BEATE RYGIERT

Schäfchensommer

Buch

Nie ist Elke so glücklich wie im Frühjahr, zu Beginn der Weidesaison, wenn sie morgens auf der Schwarzwaldhöhe steht und auf die Lichter der fernen Dörfer in der Rheinebene hinabschaut. Elke ist Schäferin und führt – wie ihre Mutter und Großmutter vor ihr – den »Lämmerhof«. Einziger Wermutstropfen sind die zunehmenden finanziellen Schwierigkeiten des Familienbetriebs. Doch dann kehrt nicht nur Elkes große Liebe überraschend zurück in die Heimat – Chris, der ihr vor vielen Jahren das Herz gebrochen hat –, sondern auch ihre Schwester Julia steht plötzlich vor der Tür, im Schlepptau die widerwillige Zoe. Das Mädchen ist in die falschen Kreise geraten, und Sozialarbeiterin Julia will, dass Elke Zoe bei sich auf dem abgelegenen Hof aufnimmt – gegen Bezahlung. Nein danke, denken sowohl Elke als auch Zoe. Doch bald stellt sich heraus, dass die beiden ungleichen Frauen sich vielleicht gar nicht so unähnlich sind, wie sie glauben …

Autorin

Beate Rygiert studierte Theater-, Musikwissenschaft und Italienische Literatur in München und Florenz und arbeitete anschließend als Theaterdramaturgin, ehe sie den Sprung in die künstlerische Selbstständigkeit wagte. Nach Studien an der Kunstakademie Stuttgart, der Filmakademie Ludwigsburg und der New York Film Academy schrieb sie Bücher und Drehbücher, für die sie renommierte Preise wie den Würth-Literaturpreis und den Thomas-Strittmatter-Drehbuchpreis erhielt. Beate Rygiert reist gern und viel und hat eine Leidenschaft für gute Geschichten. Zu Hause ist sie in einem idyllischen Dorf im Schwarzwald.

Von Beate Rygiert bereits erschienen
Herzensräuber

Besuchen Sie uns auch auf www.facebook.com/blanvalet und www.twitter.com/BlanvaletVerlag

Beate Rygiert

SCHÄFCHEN
SOMMER

Roman

blanvalet

Sollte diese Publikation Links auf Webseiten Dritter enthalten, so übernehmen wir für deren Inhalte keine Haftung, da wir uns diese nicht zu eigen machen, sondern lediglich auf deren Stand zum Zeitpunkt der Erstveröffentlichung verweisen.

Verlagsgruppe Random House FSC® N001967

1. Auflage
Copyright © 2020 by Beate Rygiert
by Blanvalet Verlag, in der Verlagsgruppe Random House GmbH,
Neumarkter Str. 28, 81673 München
Redaktion: Angela Kuepper
Umschlaggestaltung: © Johannes Wiebel | punchdesign,
unter Verwendung von Motiven von Shutterstock.com
(llaszlo; 1st Gallery; Saulich Elena; Funny Solution Studio)
AF · Herstellung: sam
Satz: Vornehm Mediengestaltung GmbH, München
Druck und Bindung: GGP Media GmbH, Pößneck
Printed in Germany
ISBN 978-3-7341-0705-4

www.blanvalet.de

Für meine Freunde vom Alberstein,
Maria, Bernd und Max,
und ihre Schafe

Prolog

Zoe wusste, dass es ein Fehler war. Dem vernünftigen Teil in ihr war vollkommen klar, dass nicht gut gehen konnte, was Leander von ihr verlangte. Sie war schon einmal geschnappt worden, ein zweites Mal durfte das nicht passieren.

»Sie traut sich nicht.« Chantal musterte sie mit einem provozierenden Grinsen. »Gib mir den Stoff. Ich hab keine Angst.«

Doch Leander beachtete Chantal gar nicht. Seine Augen, das eine braun, das andere blau wie das Eismeer, ruhten auf Zoe. Er sah sie auf eine Weise an, wie es sonst keiner je getan hatte. Seine Augen sagten: Du und ich, wir gehören zusammen. Du und ich gegen den Rest der Welt. Sie sagten: Ich zähle auf dich. So wie du auf mich zählen kannst. Ganz egal, was passiert.

Zoe nahm das Döschen aus Leanders Hand. Es fühlte sich warm an, und es schien ihr, als würde diese Wärme durch ihren Körper fließen. Du und ich. Gegen den Rest der Welt.

»Woran erkenne ich den Typen?«, fragte sie.

»Er wird dich ansprechen«, antwortete Leander. »Du musst dich um gar nichts kümmern. Er wird dich fragen, ob du Leanders Freundin bist. Und du musst nicht mal lügen, wenn du Ja sagst.«

Er zog sie in seine Arme und küsste sie, als wollte er ihre Lippen verschlingen. Seine Zunge füllte ihren Mund vollständig aus, und obwohl ihr das immer ein wenig zu viel war, fühlte sie erneut, wie sich ihr Unterleib vor Begehren schmerzhaft zusammenzog. Er ist die Liebe meines Lebens, hatte sie gestern in ihr Tagebuch geschrieben. So war es. Und so würde es für immer bleiben.

»Der Zug geht in einer Stunde«, hörte sie Leander nah an ihrem Ohr flüstern.

»Bringst du mich hin?«

Er schüttelte den Kopf.

»Das wäre viel zu auffällig. Du weißt doch …«

Ja, sie wusste. Leander hatte bei der Polizei eine Akte. Deswegen konnte er nicht selbst fahren. Deshalb brauchte er sie. Der Haken war nur, auch sie hatte eine.

»Lass mich das machen«, brachte sich Chantal schmollend in Erinnerung. »Für dich würde ich alles tun.«

Leanders Hand fuhr geschmeidig unter Zoes T-Shirt und streifte kurz ihre Brustwarzen. Von Chantal nahm er überhaupt keine Notiz.

Auf der Bahnhofstoilette schloss Zoe sich in eine Kabine ein und öffnete die Metalldose. Vierundzwanzig goldene Pillen ruhten darin, schön in Watte gepackt. Zoe überlegte. Mit genau so einem Döschen war sie schon einmal erwischt worden − dass Leander nicht daran gedacht hatte! Sie brauchte etwas Unauffälligeres, etwas, das die Zöllner nicht öffnen würden. Sie stöberte in ihrer Handtasche, fand ihr Pfefferspray und schließlich die angebrochene Notfallpackung Minitampons. Rasch füllte sie die goldenen Pillen in das Pappschächtelchen um. Den Zöllner wollte sie erleben, der seine Nase dort hineinsteckte.

Im ICE fand sie ein leeres Abteil. Für die Strecke zwischen Freiburg und Basel Badischer Bahnhof auf der deutschen Seite der Grenze brauchte der Zug dreiunddreißig Minuten, dort wartete man unerträgliche Minuten lang, ehe er die Schweizer Grenze passierte. Um sich zu beruhigen, beschloss Zoe, von tausend rückwärtszuzählen. Sie war gerade bei achthundertvierundsiebzig angelangt, als die Abteiltür geöffnet wurde.

Der Grenzpolizist musterte sie, sein Blick verharrte missbilligend auf ihren Haaren. Rechts fielen sie lang hinab bis zu ihrem Ellbogen. Auf die Farbe war sie besonders stolz, an den Spitzen fliederfarben mit einem Verlauf zu Dunkelviolett hinauf zum Ansatz. Auf der linken Seite trug sie einen millimeterkurzen Undercut. Zoe gefiel es, zwei Seiten zu haben: die eine langhaarig und die andere abrasiert.

Der Polizist schloss die Abteiltür wieder, und Zoe atmete auf. Dann hörte sie irgendwo Hundegebell. Erschrocken sprang sie vom Sitz auf und sah aus dem Fenster. Ein paar Uniformierte mit einem Schäferhund an der Leine kamen den Bahnsteig entlang. Zoes Alarmglocken schlugen grell an. Sie liebte Hunde. Aber nicht in diesem Zusammenhang. Nicht mit dem, was sie in ihrer Handtasche hatte. Das Abteil war ihr plötzlich viel zu eng, und sie stürmte hinaus. Am Ende des Gangs drehte sich der Grenzpolizist nach ihr um. Panisch rannte sie in die entgegengesetzte Richtung und sprang aus dem Zug. Auf dem Bahnsteig stolperte sie, stürzte, rappelte sich wieder auf. Sie sah einen Müllcontainer und riss ihre Handtasche auf. Wühlte nach dem Schächtelchen mit den Tampons und hatte stattdessen das Pfefferspray in der Hand.

Und dann ging auf einmal alles ganz schnell. Sie sah die Polizistin mit dem Schäferhund auf sich zukommen und drehte sich um, wäre beinahe gegen den Grenzpolizisten geprallt, der ihr aus dem Zug gefolgt war. Ihre Hand hob sich wie von selbst, löste das Spray aus.

Es war ein Fehler. Ein ganz verdammter, schrecklicher Fehler. Der vernünftige Teil in ihr wusste es. Doch es war zu spät. Mit einem markerschütternden Brüllen ging der Mann in die Knie.

1. Kapitel

Erwachen

Als Elke in den Stall kam, war das Lämmchen schon geboren.

Wie so oft war sie mitten in der Nacht mit dem Gefühl wach geworden, dass ihre Tiere sie brauchten. Doch Moira, das dunkelbraune Mutterschaf mit den sanften Augen, hatte es wieder einmal ganz allein geschafft. Hingebungsvoll leckte sie ihrem Kleinen das Bäuchlein sauber, während sich Elke davon überzeugte, dass keine Schleimpfropfen seine Atemwege verstopften und auch mit Moira alles in Ordnung war. Mit geübten Griffen nabelte sie das Lämmchen ab und desinfizierte die Wunde.

Es war still in der Mutter-Kind-Station, wie Elke diesen Teil des Stalls nannte, in dem sie jedes Frühjahr die trächtigen Tiere unterbrachte, damit sie ungestört ihre Kleinen zur Welt bringen konnten. Nur Moiras Atmen war zu hören und hin und wieder das Rascheln der anderen Schafe im Stroh. Das Lämmchen hatte die Farbe von dunkler Schokolade, genau wie seine Mutter, und der feuchte Flaum, der dessen Körper bedeckte, begann, sich unter Moiras eifriger Zunge leicht zu ringeln. Jetzt öffnete es die Augen, blickte sich erstaunt um und ließ einen feinen, hohen Laut hören. Dann raffte es all seine Kraft zusammen und versuchte, sich auf den wackligen Beinchen aufzurichten.

Schon so viele Male hatte Elke das miterlebt, und doch schien es ihr immer wieder aufs Neue wie ein Wunder. Es war das dreizehnte Lamm in dieser Woche, und Elke überlegte sich gerade einen passenden Namen, als sich die Stalltür leise öffnete und wieder schloss.

»Ist die Nachgeburt schon raus?«

»Alles bestens«, antwortete Elke und bedachte Bärbel mit einem liebevollen und doch auch vorwurfsvollen Blick. »Warum bleibst du nicht im Bett, Mama? Die Kälte tut deiner Hüfte überhaupt nicht gut.«

»Ach was«, gab Bärbel zurück und ging leise ächzend in die Hocke, um das Lamm zu begutachten. »Im Bett sterben die Leute, hat dein Vater immer gesagt.«

Er ist aber nicht im Bett gestorben, wollte Elke antworten, doch sie biss sich auf die Zunge. Ihr Vater war im Wald beim Fällen einer Fichte ums Leben gekommen, und das im besten Alter. Acht Jahre war dieser Unfall nun her. Er hatte eine Lücke hinterlassen, die nicht zu schließen war.

Elke erhob sich und überließ ihrer Mutter den Platz an der Seite des Mutterschafs. Sie wusste, wie sehr Bärbel an der Herde hing und dass sie sich nur schwer damit abfinden konnte, aufgrund ihres Hüftleidens zu Hause bleiben zu müssen, wenn Elke die Herde gemeinsam mit ihrem Lehrling Pascal und ihren Hunden über die

Hochweiden des Schwarzwalds führte. Lange würde es nicht mehr dauern, der Frühling war schon zu erahnen. Sobald die Lämmer kräftig genug waren, würden sie aufbrechen. Elkes Herz schlug höher bei dem Gedanken.

»Ein Maidle, schau an. Hast du schon einen Namen für die Kleine?«, fragte Bärbel, während sie das Lamm vorsichtig an Moiras Zitzen heranführte, damit es die wertvolle erste Milch zu trinken bekam, die sogenannte Biestmilch, die so wichtig für das Immunsystem des Neugeborenen war.

»Was hältst du von Miri?«, schlug Elke vor.

»Das klingt schön.« Bärbel strahlte sie glücklich an. »Nun trink mal ordentlich, Miri. Damit du groß und stark wirst, genau wie deine Mama.«

Elke ging hinüber zu den anderen trächtigen Schafen. Tula ruhte auf ihrem Lager aus frischem Stroh, ihr aufgeblähter Leib hob und senkte sich in gleichmäßigen Zügen. Nette und Briggi jedoch wirkten unruhig, ein deutliches Zeichen dafür, dass ihre Niederkunft nicht mehr lange auf sich warten ließ.

»Lass uns wieder schlafen gehen«, schlug Elke ihrer Mutter vor und half ihr, sich aufzurichten. »Moira kommt allein zurecht.«

Die kleine Miri hatte die Zitzen gefunden und trank gierig. Elke versorgte Moira noch mit frischem Wasser und Kraftfutter, aber das Mutterschaf hatte nur Augen für ihr Junges.

Draußen fegte ein kühler und doch schon frühlingshafter Wind über den Lämmerhof, ließ die Plane über dem sauber gestapelten Holz knattern und zerrte an einer Dachrinne, die sich ein wenig aus der Verankerung gelöst hatte. Er riss Elke den Schäferhut vom Kopf, sodass sich ihre lange goldbraune Lockenmähne über ihren Rücken ergoss. Vielerlei Düfte nach Erde und dem Sprießen der ersten Frühjahrskräuter trug der Wind mit sich, und Elke hob schnuppernd den Kopf.

Sie hörte, wie ihre Mutter die knarzende Holztreppe zu ihrem Schlafzimmer hinaufging, und stellte sich einen Augenblick lang unschlüssig vor die offene Haustür. Sollte auch sie noch mal unter die Bettdecke schlüpfen?

Es war kurz nach fünf Uhr, die Morgendämmerung färbte den Himmel über der Schwarzwaldhöhe, auf welcher der Lämmerhof mit dem Giebel dem Westhang zugeneigt saß wie ein Löwe kurz vor dem Sprung, tiefblau. Unter ihm fächerten sich die westlichen Ausläufer des Mittelgebirges auf, fielen über Kämme und Hügel ab bis zur Rheinebene, in der unter dem frühmorgendlichen Dunst die Lichter der Dörfer und Städte diesseits und jenseits des großen Flusses glommen. Hinter sich fühlte Elke den enormen Korpus des Lämmerhofs, hörte das vertraute Knarren und Knacken des uralten Ständerbaus aus nun bald vierhundert Jahre alten, miteinander verzapften Eichenbalken. Ihr war, als dehnte und reckte sich das riesige Haus mit seinen vielen Zimmern und Kammern und erwachte in der unmerklich voranschreitenden Morgendämmerung zu neuem Leben. Seit Generationen hatte dieses Gehäuse ihre Ahnen beherbergt, deren Familien einst zahlreich gewesen waren und außerdem Platz benötigt hatten für Knechte und Mägde.

Heute bewohnten es Elke und Bärbel allein. Nur Pascal, der das Schäferhandwerk bei ihnen gelernt hatte und schon bald ein geschickter, umsichtiger Tierwirt sein würde, wie ihr Beruf offiziell hieß, hatte sich im Leibgedingehaus auf der anderen Seite des ehemaligen Dreschplatzes ein gemütliches Nest eingerichtet. In den vergangenen Wochen hatte er die Gesellenprüfung abgelegt, und Elke zweifelte nicht daran, dass er als einer der Besten seines Jahrgangs abschneiden würde. Sie verstanden sich blind, Pascal war für Elke der Bruder, den sie nie gehabt hatte, und eines Tages, so hoffte sie, würde er eine Frau finden, der das Leben hier oben nicht zu abgelegen war, würde eine Familie gründen und den Hof und die Herde irgendwann einmal ganz übernehmen. Denn wer sollte das sonst tun?

Sie wollte sich gerade umwenden und in die Küche gehen, um Kaffee zu machen, als in der Stille des Morgens ein Vogelruf erklang, unterbrochen von kleinen melodischen Trillern. Elke lauschte. Kein Zweifel, es war die erste Heckenbraunelle dieses Jahres, die von ihrer Winterreise aus Afrika zurückgekehrt war. Elkes Herz machte einen Sprung, sie verschob den Kaffee auf später, schlang ihr Haar um die Hand, drehte es zu einem Dutt und verstaute es wieder unter ihrem Hut. Dann zog sie ihre Jacke fester um sich. Sie wollte dem Vogel nachgehen, wollte dabei sein, wenn sich der Wandel vom ausgehenden Winter in den Frühling vollzog.

Auf der Wiese über der Tenne hielt sie kurz inne. Ein Zaunkönig hatte sich der Heckenbraunelle angeschlossen, und während Elke den Pfad einschlug, der hinter dem Haus den Hang hinauf zum Waldrand führte, stimmte ein Rotkehlchen in den morgendlichen Gesang mit ein.

Der Weg führte an Bärbels Bienenstöcken vorbei und hinauf zu einer bewaldeten Kuppe, die ihre Familie seit Menschengedenken Hasenkopf nannte, auch wenn dieser Name auf keiner Flurkarte verzeichnet war. Mit leichten Schritten nahm die Schäferin den steilen Aufstieg. Noch ehe sie die höchste Stelle erreicht hatte, sah sie, wie der Himmel die Farbe von wilden Heckenrosen annahm, dann immer leuchtender wurde, bis schließlich die ersten Strahlen der Sonne durch die Tannen fielen und dabei Myriaden von Wassertropfen zum Glitzern brachten. Dort, wo die Bäume am dichtesten standen, lagen noch Reste von verharschtem Schnee, doch an den Stellen, wo das Licht im Laufe der länger werdenden Tage den Grund bereits erreichen konnte, schoben sich erste Triebe von Pfeifengras, Huflattich und Rasenbinse aus der nassen Erde.

Der Chor der Singvögel schwoll an. Rings um Elke rieselte und tropfte das Wasser von den Zweigen, quoll aus dem Moos und bildete Pfützen und Tümpel, lief an den Stämmen der Fichten und Buchen, der Eichen und Kiefern herab, sammelte sich gurgelnd in Rinnsalen und vereinigte sich in plätschernden Bächlein. Vom Waldboden stieg der unverkennbar frische Duft nach Frühling auf, würzig und voller Süße.

Kein Zweifel, der Winter war endgültig vorüber, die Zeit des Erwachens hatte begonnen.

Elke erreichte den Hochsitz und kletterte hinauf. Von hier oben bot sich ein weiter Blick in alle vier Himmelsrichtungen. Der Hof selbst lag an der nach

Südwesten geneigten Seite, und wer sich aus dem Tal zu ihm hinauf verirrte, dem verschlug es die Sprache angesichts der Aussicht über die Rheinebene bis hinüber nach Straßburg und auf die dahinter aufragenden Vogesen. Vom Hochsitz aus jedoch sah man auch in die entgegengesetzte Richtung weit über die Höhenzüge des Schwarzwalds hinweg nach Osten, wo Elke hinter rötlichem Dunst die Schwäbische Alb nur erahnen konnte, geblendet vom gleißenden Licht der aufgehenden Sonne.

Es geht wieder los, dachte sie und ließ den Blick über die weich gerundeten Höhenzüge im Süden gleiten, die sogenannten Grinden, baumlose Flächen voller Heidekraut und horstig wachsender Süßgräser, zahlloser Kräuter und Beerensträucher.

Über diese Hochweiden würde sie in den folgenden Monaten ihre Tiere führen, immer im Wettlauf mit dem Wetter und dem unerbittlichen Wechsel der Jahreszeiten. Das tat sie Jahr für Jahr im Auftrag der Naturschutzbehörde, denn ohne die Beweidung durch Schafe würden diese Freiflächen, die seltenen Pflanzen und Tieren eine Heimat boten, innerhalb kürzester Zeit vom Wald verschlungen werden. Die Grinden bildeten eine eigentümlich verzauberte Landschaft wie aus den alten Überlieferungen, und Elke konnte es nicht erwarten, dorthin zurückzukehren. Es wurde Zeit. Das Stallfutter ging zu Ende, die meisten Lämmer waren geboren, ihre Herde befand sich in einem guten Zustand, was nicht selbstverständlich war nach einem harten Winter.

Elke lehnte sich auf der schmalen Holzbank des Hochstands zurück. Ihr Blick fiel auf das abgerundete

Brett, das mit zwei Messingscharnieren an der Seiten-
lehne befestigt war. Wenn man es hochklappte und mit
einem Stützkeil fixierte, hatte man einen kleinen Tisch
vor sich, auf dem man eine Thermoskanne abstellen
oder ein paar Sätze in ein Notizbuch schreiben konnte.
In all den Jahren seit dem Tod ihres Vaters funktionierte
das Scharnier noch immer, ohne zu klemmen, so wie
alles Bestand hatte, was von seiner Hand stammte. Und
von Elke immer wieder gewartet und gepflegt wurde,
so wie sie Brett und Scharnier regelmäßig mit Leinöl
einrieb und jedes schadhafte Rundholz ersetzte.

Elke vermisste ihren Vater. Sie wusste, dass es ihrer
Schwester ebenso erging, von ihrer Mutter ganz zu
schweigen. Um den Verlust ertragen zu können, sprachen sie nicht darüber, wie sehr er ihnen fehlte, jede
von ihnen machte das mit sich allein aus. Doch das
Schweigen linderte den Schmerz nicht. Und immer
wieder kehrten Elkes Gedanken zurück zu dem Mann,
der ihrer Meinung nach den Tod ihres Vaters verschul-
det hatte.

Er hätte die Fichte besser sichern müssen.

Dieser Satz hatte sich in Elkes Gehirn gefressen und
war nicht mehr daraus zu vertreiben. Jeder wusste, dass
man einen so mächtigen Baum in einer derart steilen
Lage sorgfältig sichern musste. Alles andere war lebens-
gefährlich. War fahrlässig. Und damit unverzeihlich.
Elke verstand nicht, wie ihre Mutter es fertigbrachte,
noch immer genauso liebenswürdig zum Meinhardtsbauern zu sein wie früher. Sie selbst schaffte es nicht.
Stattdessen schlug sie einen großen Bogen um den
Mann, der ihrer Meinung nach schuld daran war, dass

ihr Vater von der alten Fichte erschlagen worden war, auch wenn sie wusste, dass er sich das selbst nicht verzieh. Doch was nützte seine Reue? Sie machte ihren Vater auch nicht mehr lebendig.

Elke rieb sich die Augen. Um sie herum erstrahlte die Landschaft in grüngoldenem Licht. Die Nebel in den Niederungen rissen auf, wurden von den Aufwinden wie Zuckerwattefäden verwirbelt und nach oben gezogen, wo sie sich in der erwärmenden Luft nach und nach auflösten. Das Leben ist zu kurz, um sich zu grämen, hatte ihr Vater oft gesagt. Schon als Kleinkind war sie das erste Mal von ihm hierher mitgenommen worden, und als sie nur wenig größer gewesen war, hatte sie still und andächtig den geheimnisvollen Übergang von der Nacht zum Tag an seiner Seite erlebt, hatte Rehe und Hirsche aus dem Wald treten sehen, Hasenfamilien beobachtet, die im Morgendämmern aus ihren Bauten kamen, um die Sonne zu begrüßen. Nie würde sie das erste Mal vergessen, als sie gemeinsam dem charakteristischen Ruf der Auerhähne gelauscht hatten und Zeugen ihrer merkwürdigen Balztänze geworden waren, dieser prächtigen, riesengroßen Hähne mit den feuerroten Flecken um die Schnäbel, die ihre blaugrün glänzenden Schwanzfedern wie einen Fächer ausbreiteten, auf ihren kurzen Krallenfüßen herumhüpften, und das alles nur, um den Weibchen zu gefallen.

Als Förster hatte ihr Vater alle Geheimnisse des Waldes und seiner Bewohner gekannt, und auch wenn er ihr eine Menge beigebracht hatte, so war sich Elke doch sicher, dass er viel zu viele davon mit in sein Grab genommen hatte.

Vom Hof weit unter sich hörte sie Gebell, dann das Geklapper von Metallkannen. Es musste sechs Uhr sein, denn um diese Zeit versorgte ihre Mutter die Hunde und ging in den Ziegenstall, um die Milch für ihren berühmten Käse zu melken. Die Ziegen hatte sich Bärbel vor vier Jahren angeschafft, als abzusehen gewesen war, dass sie nicht mehr wochenlang auf den Hochweiden unterwegs sein konnte.

Es war nicht ihre Art, sich länger als nötig gegen das Unvermeidliche zu stemmen, und deshalb hatte sie ihre schier unerschöpfliche Energie in neue Bahnen gelenkt. Elkes Großmutter Theresia hatte bereits Ziegen gehalten, und als junges Mädchen hatte Bärbel von ihr das Käsemachen gelernt. Nach einer Phase des Experimentierens und einiger Besuche von Käsereien in der Schweiz und dem Allgäu gelang es ihr, dermaßen delikate Laibchen zu produzieren, außen fest und innen cremig, dass die Sterneköche der Gegend sie ihr nur so aus der Hand rissen. Bärbel war nicht wenig stolz auf diesen Erfolg, und wenn sie an diesem Morgen die vollen Kannen mithilfe des Rollwagens, den Elke für sie konstruiert hatte, in die Kühlkammer schob, würde sie vermutlich überschlagen, wie viele Ziegen sie haben müsste, um alle Anfragen zu erfüllen. Andere Bauern nahmen den Muttertieren die gesamte Milch für ihren Käse weg und ernährten die Ziegenkinder mit Kuh- oder Kunstmilch, doch Bärbel wollte das nicht. Ihre Zicklein sollten die Milch ihrer Mütter erhalten, nur das, was sie übrig ließen, verarbeitete sie. Auch wenn die feinen Leute, die sich in den sündteuren Restaurants nach einem üppigen Menü noch ein Stück von ihrem Käse in den Mund schoben, das möglicherweise nicht zu würdigen wussten: Für Bärbels Käse musste kein Tier Mangel leiden, das wäre ja noch schöner. Und Elke liebte ihre Mutter dafür.

Es dauerte nicht lange, und Elke hörte das vertraute Hecheln ihres Hütehundes Victor, der Bärbel einmal mehr entwischt war, um Elkes Fährte zu folgen. Mit freudig wedelnder Rute erschien er wenig später unter dem Hochsitz und sah zu ihr empor. Dann kontrollierte er die Umgebung, markierte zwei, drei Bäume und setzte sich in Habtachtstellung vor die Leiter, den Blick aufmerksam auf den Pfad gerichtet. So wartete er geduldig, bis sie zu ihm hinunterstieg, und als sie sich auf den Heimweg machte, schlug er vor Freude beinahe Purzelbäume.

An diesem Morgen kamen noch drei weitere Lämmer zur Welt, und so wurde es halb elf, bis Elke und ihre Mutter sich ein ordentliches Frühstück gönnen konnten. Bärbel schlug Eier von ihren Hühnern in die Pfanne und schnitt vom im eigenen Holzofen gebackenen Bauernbrot einige Scheiben ab.

»Ist noch etwas von der Heidelbeermarmelade da?«, fragte Elke.

»Nur noch ein Glas«, antwortete Bärbel. »Und das hab ich für deine Schwester beiseitegetan. Nimm doch von dem Brombeergelee. Oder vom Honig.«

Der Duft von frisch gebrühtem Kaffee erfüllte die Küche, auf dem Tisch stand ein Brett mit Schwarzwälder Rauchfleisch, ein regelmäßiges Geschenk vom Meinhardtsbauern, das Elke schon allein deshalb nie anrühren würde, weil sie seit vielen Jahren Vegetarierin war. Wie konnte man sein Leben mit Tieren verbringen, um sie am Ende aufzuessen? Ihre Mutter hielt diese Haltung zwar für ein wenig überspannt, hatte aber nie versucht, sie ihr auszureden.

Bärbel hatte ihnen beiden die knusprigen Spiegeleier eben auf die gebutterten Brotscheiben gelegt, als es draußen hupte. Es war Lena, die junge Postbotin, die seit einem halben Jahr eingeteilt war, die Bergbauernhöfe anzufahren, und sich, davon war Bärbel überzeugt, in Pascal verguckt hatte.

»Komm rein! Kaffee ist fertig.«

Mit einem Packen Briefsendungen und der Tageszeitung im Arm stürmte die junge Frau in die Küche und ließ sich auf einen Stuhl fallen.

»Hm«, sagte sie und schnupperte. »Das riecht aber gut bei euch.«

»Möchtest du auch ein Ei?«

Lena schüttelte den Kopf, griff aber dankbar nach dem Henkelbecher mit Kaffee, in den Bärbel einen großzügigen Schuss Sahne getan hatte. Der gemeinsame Kaffee mit der Postbotin war ein kleines Ritual und deren Vorlieben längst in Bärbels Kopf gespeichert. Vielleicht gehörte sie ja bald zum Haushalt, man wusste nie.

»So spätes Frühstück?«, erkundigte sich Lena und ließ den blonden Pferdeschwanz wippen, als sie von Elke zu Bärbel sah.

»Vier Lämmergeburten«, antwortete Elke und machte sich über ihr Spiegeleibrot her.

»Oh, wie süß, darf ich sie sehen?«

»Klar«, grinste Bärbel.

»Ist Pascal nicht da?«, fragte Lena.

»Der ist noch in der Stadt«, gab Bärbel zurück und warf Elke einen bedeutsamen Blick zu. Siehst du? Wusste ich es doch, schien sie sagen zu wollen. »Nach den Prüfungen hat er sich freigenommen und ist zu seinen Eltern gefahren. Morgen kommt er zurück, nicht wahr, Elke? Und ich sag dir eines, Lena. Wenn sein Gesellenzeugnis erst einmal da ist, gibt es ein Fest auf dem Lämmerhof.«

»Es ist ... Ich hab nämlich zwei Briefe für ihn«, sagte Lena und kaute nachdenklich auf ihrer Unterlippe herum. »Und der eine ist aus Neuseeland.«

»Seit wann schaust du dir die Post anderer Leute an?«, fragte Elke mit einem Augenzwinkern, und doch konnte auch sie nicht den Blick von dem kleinen Stapel abwenden, der am anderen Ende des Tisches lag. Ein Brief aus Neuseeland kam nicht alle Tage.

»Hat er nicht einmal erzählt, dass er dort Verwandte hat?«, sagte Bärbel leichthin. Sie schob ihr Besteck zusammen und erhob sich. »Möchtest du jetzt die Lämmer sehen?«

Die beiden verschwanden in Richtung Stall, während Elke den Tisch abräumte. Dann sah sie rasch die Post durch, wobei sie es tunlichst vermied, die beiden an ihren Lehrling adressierten Umschläge einer näheren Prüfung zu unterziehen. Das tat man einfach nicht. Außerdem beschäftigte ihre eigene Post sie weit mehr, als ihr lieb war. Der Kontoauszug war wie immer ernüchternd. Und dann waren da noch die Rechnung für die neuen Infrarotstrahler und die vom Tierarzt für die Entwurmung der Herde. Elke verschob es auf später, sie zu öffnen.

Draußen hupte es zweimal, dann brauste Lena in ihrem Postauto wieder davon.

»Neuseeland«, sagte Bärbel nachdenklich vor sich hin, als sie wieder in der Küche war. Die Post auf der Kommode, auf der Elke sie wie immer abgelegt hatte, schien sie magisch anzuziehen. Entschlossen griff sie nach einem größeren Umschlag, der in keine DIN-Norm passte, und wog ihn in der Hand.

»Mama!«, sagte Elke mahnend.

»Du meinst, wir sollten nicht nachsehen, wer der Absender ist?«

»Nein, das sollten wir nicht. Das nennt man Privatsphäre. Und … und Briefgeheimnis. Das weißt du doch.«

»Na gut«, gab Bärbel zurück, doch dann fiel ihr Blick auf den zweiten Brief, und ein Strahlen flog über ihr Gesicht.

»Der da ist vom Prüfungsamt!«, rief sie freudig aus. »Sieh mich nicht so an«, fügte sie mit unschuldiger Miene hinzu. »Der Stempel ist so groß, wie sollte man den übersehen?« Elke lachte und schüttelte den Kopf. Doch Bärbel war noch nicht fertig. »Was hältst du davon, wenn wir eine Überraschungsparty organisieren?«, schlug sie vor. »Wir laden natürlich Lena ein, die verständigt die anderen, mit denen er so gern abhängt. Und Jule. Und …«

»Bist du dir sicher, dass er sich darüber freuen wird?«, wandte Elke ein. Bei diesen jungen Menschen wusste man nie.

24

»Natürlich freut er sich!«, behauptete Bärbel. »Wir können auch seine Eltern einladen. Sie dürfen natürlich nichts verraten, wenn er noch dort ist. Und Karl von der Naturschutzbehörde. Und unsere Nachbarn natürlich.«

»Auch den Meinhardtsbauern?«

»Den auch. Selbstverständlich.« Bärbel warf Elke einen strengen Blick zu. »Du darfst nicht so nachtragend sein. Deinem Vater wäre das nicht recht.«

Doch Elke war bereits aus der Tür.

Wenn Bärbel etwas in die Hand nahm, dann gelang es auch. Sie telefonierte den halben Nachmittag durch die Gegend, und am nächsten Vormittag füllte sich der Hof mit Helfern. Die große Scheune wurde ausgeräumt und gefegt, Tische und Bänke aufgestellt und festlich gedeckt, der Meinhardtsbauer stiftete ein Fässchen Bier, und Karl Hauser vom Naturschutzzentrum, in dessen Auftrag die Schäferei seit Jahren die Grinden abweidete, hatte noch eine Kiste selbst gemachten Apfelwein übrig. Die Fridolinsbäuerin versprach, einen ihrer legendären riesigen Hefezöpfe zu backen, und Bärbel setzte in ihrer Rührmaschine, in der sie normalerweise Brot knetete, Teig für Flammkuchen an. Von Pascals Eltern hatte sie in Erfahrung gebracht, dass ihr Sohn vorhatte, gegen sechs Uhr abends auf dem Lämmerhof einzutreffen.

Um diese Zeit kam auch Lena mit Pascals Freunden aus dem Tal. Sie steckten noch Wachsfackeln rund um den Hof in die Erde, dann war alles für das Überraschungsfest bereit.

»Und wenn er durchgefallen ist?«, wagte die Fridolinsbäuerin zu fragen, die schon am Nachmittag gekommen war, um bei der Vorbereitung der Flammkuchen zu helfen.

»Durchgefallen? Pascal? Nie im Leben«, entgegnete Bärbel empört. Immer wieder sah sie unruhig nach dem Zufahrtsweg. »Wo Jule nur bleibt?«, fragte sie halb laut.

»Bist du sicher, dass sie es schaffen wird?«, erkundigte sich Elke. Es würde sie nicht wundern, wenn einer der schwierigen Jugendlichen, um die sich ihre Schwester kümmerte, ihnen einen Strich durch die Rechnung machen würde.

»Sie hat es versprochen«, brummelte Bärbel. Auch sie wusste, dass jederzeit ein Notfall dazwischenkommen konnte. »Vielleicht wird es ja ein bisschen später.«

Denn das wurde es nämlich meistens.

Es ging auf sieben Uhr zu, und die Gäste wurden langsam ungeduldig, als Pascal endlich in seinem alten VW-Käfer auf dem Lämmerhof eintraf. Sein überraschtes Gesicht angesichts des beleuchteten Hofs und der Menschenmenge, die ihn erwartete, brachte Bärbel zum Lachen.

»Hab ich was verpasst?«, fragte er, nachdem er den Wagen neben dem Traktor abgestellt hatte. Verwirrt blinzelte er in das Licht der vielen Fackeln. »Hat jemand Geburtstag?«

»Willkommen zu Hause!«, rief Bärbel.

»Herzlichen Glückwunsch«, tönte es von allen Seiten. Bärbel drückte ihm einen Umschlag in die Hand.

»Hier«, sagte sie bestimmt. »Dein Prüfungsergebnis. Und wir wollen jetzt alle wissen, was da drinsteht.«

Pascal blickte auf und direkt in Elkes Gesicht, die ihm verschwörerisch zublinzelte und leicht mit dem

Kopf nickte. Er starrte auf den Brief und begriff endlich, riss ihn auf und zog das Blatt hervor. Es war mucksmäuschenstill geworden, alle sahen ihn erwartungsvoll an. Er schluckte, wirkte auf einmal ziemlich nervös.

»Gib her«, raunte Bärbel, die es nicht mehr aushielt.

»Mama«, fuhr Elke warnend dazwischen. »Lass ihn.«

Pascal faltete den Brief auf, und einen schrecklichen Augenblick lang befürchtete Elke, er könnte tatsächlich durchgefallen sein. Aber nein, rief sie sich zur Ordnung, das ist unmöglich. Und da erscholl auch schon sein Jubelschrei; seine Hand, die das Prüfungsergebnis hielt, schnellte nach oben.

»Ihr könnt das Bier anzapfen«, rief er und reichte das Schreiben an Bärbel weiter. »Vor euch steht ein diplomierter Schäfermeister, auch Tierwirt genannt.«

»Ich hab es gewusst«, jubelte Bärbel und wedelte mit dem Brief durch die Luft. »Eine glatte Eins! Junge, ich bin stolz auf dich!«

Die erste Ofenladung Flammkuchen war bereits verteilt, als Julia in ihrem Golf auf dem Lämmerhof eintraf.

»Du siehst müde aus«, sagte Elke, die ihrer Schwester entgegengegangen war, um sie zu begrüßen. »Welcher jugendliche Schwerverbrecher hat dich diesmal aufgehalten?«

»Kein Schwerverbrecher«, widersprach Julia und löste sich mit einer lustigen Grimasse aus Elkes Umarmung. »Eher ein dummes, verzogenes, unglückliches Gör, das sich mal wieder mit bunten Pillen im Handtäschchen erwischen ließ. Und dann auch noch mit Pfefferspray herumfuchtelte.«

»Du bist zu gutmütig«, erklärte Elke, während sie zu den anderen hinübergingen.

»Dafür kann ich über Nacht bleiben. Ich hab mir morgen freigenommen. Zu viele Überstunden.«

»Ach, wie schön! Bist du hungrig?«

»Und wie!«, antwortete Julia. »Na, da ist ja unser Superstar. Herzlichen Glückwunsch, Pascal.« Lena rückte ein wenig zur Seite, sodass sich Julia zu ihnen setzen konnte. »Ich bin ja so froh, dass du hier auf dem Hof bist«, fuhr Julia fort. »Allein könnte Elke das alles ja überhaupt nicht schaffen.«

Pascal antwortete nicht. Für einen, der gerade seinen Abschluss feierte, wirkte er nachdenklich und in sich gekehrt, fand Elke. Verlegen lächelte er ihrer Schwester zu, dann wandte er rasch den Blick ab. Wahrscheinlich war ihm der Rummel einfach peinlich. Pascal machte ohnehin nie viele Worte, er war ein ruhiger junger Mann, und es war kein Wunder, dass er sich zum Schäferberuf hingezogen fühlte.

»Wir sind alle froh, dass du hier bist, Pascal«, erklärte Lena und strahlte den frischgebackenen Tierwirt an.

»Möchtest du ein Bier?«, fragte Pascal in Richtung Julia und stand auf. »Ich hol dir eines.«

»Ja, das wäre nett«, antwortete Julia überrascht.

Lief der Junge dieser Unterhaltung etwa davon?, überlegte Elke und ging nachsehen, ob die zweite Ofenladung Flammkuchen schon fertig war.

Jeder der Gäste hatte seinen eigenen weiten Heimweg, und so waren gegen elf Uhr alle aufgebrochen. Nur Lena schob den Abschied hinaus, half mit, Gläser und

Geschirr in die Küche zu tragen, und spülte sogar noch ab. Doch als Pascal sich zurückzog, ohne sie einzuladen zu bleiben, fuhr auch sie, sichtlich enttäuscht, hinunter ins Tal.

Elke, die immer wieder nach ihren Schafen gesehen hatte, überzeugte sich ein weiteres Mal davon, dass in der Mutter-Kind-Station alles in Ordnung war. Dann zog sie sich mit ihrer Schwester in die »Mädchenkammern« zurück, wie sie ihre beiden Zimmer neben dem gemeinsamen Bad im ausgebauten Heuschober immer noch nannten. Dabei war besonders Elkes Zimmer mit seinen fast dreißig Quadratmetern geräumig. Das ein Meter vierzig breite Bett hatte sie sich während des Studiums angeschafft, und auch ihr Schreibpult aus dem Holz eines alten Kirschbaums stammte noch aus dieser Zeit. Und da sie hier hauptsächlich in der kalten Jahreszeit lebte, war es mit einem modernen Schwedenofen ausgestattet.

»Vielleicht könntest du einen meiner Jugendlichen hier aufnehmen«, meinte Julia, nachdem sie beide geduscht hatten und in ihren Schlafanzügen, so wie früher, in Elkes Zimmer beisammensaßen. »Wir suchen ständig nach Betreuungsplätzen.«

»Auf keinen Fall«, entgegnete Elke und gähnte herzhaft. Es war ein langer Tag gewesen. »Mir reichen sechshundert Schafe. Ich kann nicht auch noch auf einen jugendlichen Straftäter aufpassen.«

»Wie sich das anhört«, beschwerte sich Julia. »Jugendliche Straftäter. Das sind ganz normale Kinder, die Blödsinn gemacht haben. Wir haben auch Blödsinn gemacht, als wir jung waren. Weißt du nicht mehr?«

»Aber doch nicht so«, widersprach Elke und zog die Knie an. In ihrem hellblauen Pyjama und mit der langen Lockenpracht, um die ihre Schwester sie von klein auf beneidet hatte, wirkte sie wie Mitte zwanzig, dabei war sie schon zweiunddreißig.

»Als du damals den Trecker genommen hast, um zu deiner Freundin ins Tal hinunterzufahren, wie alt warst du da? Fünfzehn?« Julia strich sich eine Strähne ihres dünnen blonden Haares, das sie von ihrer Mutter geerbt hatte, hinters Ohr.

»Zwölf. Aber das war etwas ganz anderes …«

»Das sagen sie alle. Du hattest einfach Glück, als du vom Weg abgekommen bist, dass da ein paar kräftige Tannen standen. Ansonsten wärst du …«

»Ja, ja, ich weiß«, unterbrach Elke sie mit einem schiefen Grinsen. »Papa hat es oft genug wiederholt. Ich wäre den Abhang runter und dem Fridolinshof ins Scheunendach gestürzt. Aber ich hätte keinem mehr Ärger gemacht, weil ich mir dabei das Genick gebrochen hätte.«

Julia zog die Augenbrauen hoch und versuchte, dabei streng auszusehen.

»Und falls nicht, wärst du vors Jugendgericht gekommen. Soll ich dir die Delikte aufzählen, die du in deiner Jugend alle verbrochen hast?«

»Danke, nein«, lachte Elke. Dann wurde sie ernst. »Ich finde es toll, dass du das machst, das weißt du. Mit deinen beiden Examen könntest du weiß Gott einen bequemeren Job haben.«

»So wie du«, konterte Julia. »Du könntest in einem Zuchtbetrieb arbeiten oder einen Hightech-Hof leiten.

Aber nein, meine Schwester will wie vor hundert Jahren mit ihrer Herde über die Berge ziehen. Verstehe das, wer will.«

Elke sah ihre Schwester erschrocken an.

»Aber du, du verstehst das doch, oder?«

»Natürlich versteh ich dich. Und du mich auch, hoffe ich.«

Elke tat so, als müsste sie schwer nachdenken. Doch als Julia sie in die Seite knuffte und dann Anstalten machte, sie wie in alten Zeiten durchzukitzeln, beeilte sie sich, kichernd zu versichern: »Klar versteh ich dich, Jule. Das weißt du doch.«

In dieser Nacht schlief Elke tief und fest, und als sie aufwachte, war es kurz nach sechs. Sie hörte Bärbels Milchkannen auf dem Wagen leise scheppern, dann das Geräusch, mit dem die Tür zum Ziegenstall wieder zufiel, und drehte sich ausnahmsweise noch einmal im Bett um. Bärbel hatte sicher nach den Lämmern gesehen, fünf Minuten durfte sich Elke noch gönnen.

Als sie eine halbe Stunde später die Stalltür öffnete, schlugen ihr Wärme entgegen und der vertraute Geruch nach den Leibern und dem Wollfett der Schafe. Pascal hatte bereits ausgemistet und schob gerade den letzten Schubkarren hinaus. Elke ließ Wasser in die Tränken laufen und verteilte frische Streu. Die Eimer mit dem Kraftfutter hatte Pascal auch schon vorbereitet und trug sie nun zu den verschiedenen Trögen.

»Nächste Woche gehen wir mit ihnen raus«, sagte Elke. »Auf die Hausweide. Damit sie sich daran gewöhnen.«

Pascal nickte, während er die neugierige Fabiola liebevoll von sich schob und sich Annabell zuwandte, um deren Klauen zu kontrollieren.

»Ja«, antwortete er, »es wird Zeit«, und half der schüchternen einjährigen Gretel, sich ihren Weg durch die massigen Leiber der anderen Schafe zur Tränke zu bahnen. Elke hatte schon mehrere junge Menschen zum Tierwirt ausgebildet, doch Pascal war mit Abstand der Begabteste. Sie war so unsagbar froh, ihn bei sich zu haben.

Elke war Schäferin in der fünften Generation auf dem Lämmerhof. Obwohl das Schafehüten traditionell als Männersache galt, waren in ihrer Familie stets die Frauen dieser Aufgabe nachgegangen und hatten die Linie an ihre Töchter weitergegeben. So hatte Elke die Schäferei vor einigen Jahren von Bärbel übernommen, diese von ihrer Mutter Theresia, und davor war es Elkes Urgroßmutter Anna gewesen, die von einem entfernten Onkel eine kleine Herde von etwa hundert Tieren geerbt hatte. Elke war stolz auf ihre Ahninnen, die nach und nach den Bestand vergrößert und sich in dieser Männerwelt einen guten Namen erarbeitet hatten. Auch Elke war eine viel geachtete Schäferin und gewann mit ihrer Herde regelmäßig Preise.

Der einzige Unterschied zwischen Elke und ihren Ahninnen war jedoch, dass jede von ihnen einen tüchtigen Mann an ihrer Seite gehabt hatte, während Elke noch immer Single war. Sie hasste es, darauf angesprochen zu werden. Und bei den seltenen Gelegenheiten, bei denen ihre Mutter sagte: »Ohne Männer hätte es keine von uns geschafft. Sieh dich nach einem passenden um, solange es noch Zeit ist«, stürmte Elke regelmäßig aus der guten Stube des Lämmerhofs, riss ihre Jacke vom Haken im Flur und verließ das Haus.

Ich brauche niemanden, sagte sie sich dann, und das tat sie auch an diesem Morgen, als sie sah, wie Pascal den reizbaren Caruso beruhigte und sich danach Al Capones Klauen widmete, indem er die verhornten Stellen fachmännisch mit seinem Klappmesser wegschnitt. Zum Glück, dachte Elke, haben wir Pascal.

Beim Mittagessen war der frischgebackene Schäfer jedoch noch stiller als sonst. Bärbel hatte Julia zuliebe Dampfnudeln mit echter Vanillesoße zubereitet, und sie waren ihr wunderbar gelungen. Alle langten kräftig zu, nur Pascal schien heute weniger Appetit zu haben als sonst.

»Was ist los«, fragte Bärbel mit gerunzelter Stirn, während er die beiden Dampfnudeln auf seinem Teller hin- und herschob. »Schmeckt es dir heute nicht?«

»Ich muss euch etwas sagen«, erklärte er und legte sein Besteck auf den Tisch. Dabei wurde er über und über rot. Auf einmal hatte Elke ein flaues Gefühl im Bauch.

»Was hast du auf dem Herzen?«, fragte Bärbel herzlich wie immer und warf Elke einen bedeutungsvollen Blick zu. »Sicher geht es um dein Gehalt, nicht wahr? Als ausgelernter Schäfer werden wir dir natürlich …«

»Nein«, unterbrach Pascal sie. »Darum geht es nicht. Es ist …« Er schluckte und warf Elke einen kurzen, scheuen Blick zu. »Ich werde weggehen. Nach Neuseeland.« Er stieß geradezu erleichtert den Atem aus und biss sich auf die Unterlippe.

»Du tust ... was?« Es war Bärbel, die ihren Ohren nicht trauen wollte.

»Mein Onkel hat mir eine Stelle besorgt«, erklärte Pascal und starrte auf eine Stelle vor sich auf dem Tisch. »Und ... ja, ich ... ich habe schon zugesagt.«

2. Kapitel

Abschied

Es war ganz still in der großen Bauernküche. Nur das Summen einer entnervten Stubenfliege war zu hören, die nicht begreifen konnte, warum die Fensterscheibe ein so hartes, kaltes Hindernis zur Freiheit darstellte. Elke fühlte sich benommen, ganz als hätte ihr jemand einen Schlag gegen den Kopf versetzt.

»Du meinst … du willst uns im Herbst verlassen? Wenn die Saison zu Ende ist?« Sie wollte es noch immer nicht glauben.

Doch Pascal presste die Lippen aufeinander und schüttelte den Kopf. Er zog den Umschlag, der in keine DIN-Norm passte, aus der Innentasche seiner Schäferweste und legte ihn behutsam vor sich auf den Tisch. »Hier ist ein Arbeitsvertrag drin«, sagte er bedächtig. »Und ein Flugticket.«

»Wann?«, fragte Julia mit Empörung in der Stimme.

»Nächste Woche.«

Der Stuhl krachte zu Boden, als Elke aufsprang und die Küche verließ. Sie hörte nicht, wie die Tür hinter ihr

35

ins Schloss fiel. In ihrem Kopf hallten die Worte nach. Ein Flugticket. Nächste Woche. Das hatte Chris auch gesagt, damals. Ehe er aus ihrem Leben verschwunden war.

Ihre Hunde sprangen kläffend am Gitter des Zwingers empor und jagten begeistert heraus, als sie die Tür öffnete, allen voran der kluge Victor. Schon Elkes Großmutter hatte diesen eigenwilligen Schlag Altdeutscher Hütehunde gezüchtet, die sogenannten Strobel. Es waren struppige Kerle, die nicht gerade einfach zu erziehen waren, das Fell grau, rehbraun und schwarz gescheckt, die gelben Augen hellwach. Doch genau diese Hunde hatten es auch Elke angetan, und das nicht nur, weil sie mit ihnen aufgewachsen war. Sie schätzte den starken und treuen Charakter, das Temperament und die Ausdauer ihrer Gefährten.

Victor, Achill und Strega gehorchten sofort auf ihren Pfiff, während der sechs Monate alte Tim und seine Schwester Tara eine Extraeinladung brauchten, ehe sie ihr folgten. Tara sollte eigentlich Pascals erster eigener Hütehund werden, sie hatten sie bislang gemeinsam erzogen. Daraus würde wohl nichts werden. Nach Neuseeland konnte er die hübsche, grau-schwarz getigerte Hündin kaum mitnehmen, und Elke hatte auch keine Lust mehr, sie ihm zu überlassen. Auch Tara würde mit dem Verlust fertigwerden müssen …

Bevor die Verzweiflung über sie herfallen konnte, hatte Elke mit energischen Schritten den Weg in Richtung Vogelskopf eingeschlagen. Es wurde höchste Zeit, die Hunde auf die Saison vorzubereiten, viel zu lange hatten sie auf der faulen Haut gelegen. Bald würden sie täglich achtzig bis hundert Kilometer zurücklegen müssen, wenn es galt, die Herde zu leiten und an ihren Flanken unermüdlich auf und ab zu patrouillieren. Noch ehe ihr jemand folgen konnte, war Elke aus Sicht- und Rufweite des Hofs und stieg in raschem Tempo den Berghang hinauf, so schnell, dass sie nicht zum Nachdenken kam.

Eine Dreiviertelstunde später hielt sie auf einer Lichtung an, durchgeschwitzt und außer Atem. Sie hatte die Schleppleinen mitgenommen und trainierte nun mit den Hunden die einfachen Befehle. Was bei den älteren tadellos klappte, war für Tim und Tara eine Herausforderung, zu groß war ihre Begeisterung, endlich unterwegs zu sein und einander über die Wiese zu jagen.

In kleinen Einheiten übte Elke mit den Jungspunden die einfachsten Befehle. Wie immer belohnte sie mit nichts weiter als ihrem Lob und Streicheleinheiten, als Tadel genügten der strenge Klang ihrer Stimme und Nichtbeachtung. Es galt, ein Band aus Emotionen und Gedanken zwischen ihr und jedem einzelnen Hund aufzubauen, dazu bedurfte es Konzentration und Selbstkontrolle. In den besten Fällen war es ihr, als lenkten ihre Gedanken den Hund, ohne dass sie die Befehle auch nur aussprechen musste. Das waren Momente schieren Glücks und der absoluten Einheit zwischen ihr und ihren Tieren, und dieser Harmonie schlossen sich meist auch die Leitschafe an. Dann schien es ein Leichtes, die sechshundert Tiere selbst über unwegsame, schmale Korridore zu leiten, so als wäre die Herde die Verlängerung ihres eigenen Körpers und die Hunde so etwas wie ihre ausgelagerten Hände. Doch an diesem wunderschönen Frühlingstag war Elke von dieser Harmonie weiter entfernt als Neuseeland vom Lämmerhof. Und kaum dass sie den Gedanken an Pascals Pläne zuließ, stürmten Tim und Tara auch schon, so als hätte sie eine unsichtbare Leine gelöst, auf und davon in den Wald.

Es bedurfte all ihrer Konzentration, um die jungen Hunde zurückzurufen. Die wussten genau, was sich eigentlich gehörte, und schlichen endlich mit eingezogenen Schwänzen und angelegten Ohren fast auf ihren Bäuchen kriechend zu ihr heran. Tara versuchte, ihr die Hand zu lecken, um sie freundlich zu stimmen, doch Elke entzog sich ihr streng. Sie leinte die beiden an und zwang sich dazu, sie keines Blickes zu würdigen, während sie den Rückweg antrat.

Pascal, dieser Verräter, ging also nach Neuseeland, und das ausgerechnet jetzt, direkt bevor die Wanderschaft begann. Die Enttäuschung darüber, wie wenig Rücksicht ihr Mitarbeiter, dem sie drei Jahre lang alles beigebracht hatte, was sie selbst wusste, auf sie und ihren Betrieb nahm, brannte wie Feuer in ihrem Herzen. Dass er überhaupt ging, wo sie ihm doch längst die Nachfolge auf dem Hof in Aussicht gestellt hatte, war schlimm genug. Aber ausgerechnet zu diesem Zeitpunkt war es geradezu unanständig von ihm. Den Gedanken, was um alles in der Welt sie ohne ihn tun sollte, schob Elke noch immer von sich. Es war ohnehin klar, dass sie keinen Ersatz finden würde, schon gar nicht so kurzfristig. Bärbel würde zwar tagelang herumtelefonieren, doch es würde zu nichts führen. Elke kannte jeden einzelnen Schäfer nicht nur hier im Schwarzwald,

38

sondern in ganz Deutschland, schließlich gehörte sie einer aussterbenden Zunft an. Sie war nicht die Einzige, die dringend einen Helfer benötigte. Außerdem wollte sie für die Weidesaison nicht irgendjemanden, sondern einen Partner, auf den sie sich verlassen konnte. Alles andere hatte überhaupt keinen Zweck.

Sie machte einen großen Umweg, um den Hunden ausreichend Auslauf zu verschaffen und ihrem inneren Aufruhr ein Ventil zu geben. Es dämmerte bereits, als sie erschöpft zum Lämmerhof zurückkehrte. In der Küche brannte Licht. Erst jetzt wurde ihr bewusst, dass sie einen der raren gemeinsamen Nachmittage mit ihrer Schwester versäumt hatte, und zu ihrer Verzweiflung und Enttäuschung gesellte sich noch die Reue darüber, einfach davongerannt zu sein. Es kam so selten vor, dass sie und Julia Zeit miteinander verbringen konnten. Vielleicht war sie schon wieder aufgebrochen?

Zu ihrer Erleichterung fand sie Schwester und Mutter am Küchentisch, ein Brett mit hausgemachtem Käse, Butter und Brot vor sich. So als hätten sie die Dampfnudeln gegen die Vesper eingetauscht. Erst jetzt merkte Elke, wie hungrig sie war.

»Wo ist Pascal?«, fragte sie.

»Weg«, antwortete Bärbel kurz und bündig, erhob sich und legte ein Gedeck für Elke auf.

»Unsere Mutter hat ihn rausgeworfen«, erklärte Julia und verzog das Gesicht. »Sie hat gesagt, wenn er es richtig findet, uns derart im Stich zu lassen, dann könne er gleich seine Sachen packen. Ja. Und das hat er dann auch getan, der Dickschädel.«

Elke stöhnte, ließ sich auf den Stuhl fallen und zog

ihre schweren Schuhe aus. Dann stand sie auf, um sich die Hände am Spülstein zu waschen, der noch aus dem vorigen Jahrhundert stammte und aus Terrazzo gegossen worden war.

»Ist doch wahr«, schimpfte Bärbel und warf ihrer Tochter einen prüfenden Blick zu. Eigentlich wäre es Elkes Sache gewesen, das zu entscheiden, schließlich war sie seine Ausbilderin gewesen. »Oder hättest du ihn etwa noch behalten wollen?«

»Ach, ist jetzt auch schon egal«, murmelte Elke tonlos und trocknete ihre Hände ab. Über dem Spülstein hing ein kleiner Rasierspiegel. Ihr Vater hatte ihn dort vor vielen Jahren aufgehängt und niemand ihn seither entfernt. Sie musterte sich kurz in dem kleinen Rechteck. Was sie sah, kam ihr fremd vor. Auf einmal war sie entsetzlich müde.

Sie setzte sich zu Tisch, aß ein Käsebrot und trank ein großes Glas Wasser. Der Lämmerhof verfügte über eine eigene Quelle bester Qualität. Und doch schien es heute schal zu schmecken.

»Was willst du jetzt machen?«, fragte Julia in die lastende Stille hinein.

Elke zuckte mit den Schultern. »Was ich machen will? Weiter, was sonst?«

»Ganz allein?« Julia sah sie mit ihren großen blauen Augen besorgt an. »Das geht doch gar nicht. Wie willst du die Passagen bewältigen?«

Julia hatte lange genug auf dem Lämmerhof mitgeholfen, um die Gefahren zu kennen. Befand sich die Herde einmal auf einer Weide, konnte sie ein einziger Schäfer mit erfahrenen Hunden wohl hüten. Doch die

40

Hochweiden der Grinden bildeten keine zusammenhängende Fläche. Um von einer auf die nächste zu gelangen, musste Elke mit sechshundert Schafen mitunter schmale Wanderwege nehmen, die bei so vielen Tieren rasch zu Nadelöhren wurden. Ganz besonders an solchen Stellen musste ein zweiter Schäfer die Nachhut sichern.

»Ich hab ja die Hunde«, erklärte Elke trotzig und sah an ihrer Schwester vorbei.

»Und wie willst du den Pferch transportieren?«

Elke zuckte mit den Schultern. Nachts brauchte sie einen mobilen Weidezaun, der aus leichten Kunststoffpfählen und einem Netz bestand, damit die Herde beisammenblieb. Der war zwar rasch aufzubauen und wog nicht viel, doch tragen konnte sie ihn schlecht allein. Zu zweit war das kein Problem. Wanderten sie weiter, fuhr üblicherweise einer der Schäfer den Zaun zur nächsten Weide und baute ihn dort gleich auf, während der andere bei der Herde blieb. Auch zu zweit war das eine recht komplizierte Logistik, doch Elke hatte sich bereits eine Lösung ausgedacht.

»Ich nehm wieder Papas alten Camper mit«, sagte sie. »Wenn wir die Weide wechseln müssen, fahr ich damit schon am Abend vorher zum neuen Weideplatz und bau dort den Pferch auf. Und je nachdem, wie fit ich noch bin und wie das Wetter ist, gehe ich am selben Abend zurück zur Herde oder lass sie dort in der Obhut der Hunde und kehr am nächsten Morgen früh zu ihr zurück. Das hat den Vorteil, dass ich den aktuellen Zustand des Wegs schon kenne und weiß, worauf ich dann mit der Herde achten muss.«

Zufrieden lehnte sie sich zurück. Sowohl Bärbel als auch Julia starrten sie zweifelnd an.

»Ist dir da nicht ein kleiner Denkfehler unterlaufen ...«, begann Julia, doch Bärbel unterbrach sie.

»Nein, zwei Denkfehler, und zwar keine kleinen«, erklärte sie. »Erstens: Wie willst du den Pferch umziehen, wenn die Herde ihn noch auf der alten Weide braucht? Zweitens: Willst du wirklich an einem Tag die doppelte Wegstrecke zurücklegen?«

Elke seufzte. Die vergangenen Stunden hatten sie erschöpft.

»Beim Ausräumen der Scheune hab ich unseren alten Zaun wiedergefunden. Wenn ich ein paar Segmente ersetze, ist er noch gut zu gebrauchen. Und was deine zweite Frage anbelangt: Ja, warum nicht? Wie hat Papa immer so schön gesagt? Ein bisschen Bewegung bringt uns nicht um.«

»Und der alte Camper«, melde sich Julia zu Wort. »Hat der überhaupt noch TÜV?«

»Nein«, antwortete Elke ungerührt. »Trotzdem fährt er tadellos.«

»Aber ...«

»Was?«, unterbrach Elke sie ungeduldig. »Denkst du, auf den Grinden kommt eine Politesse vorbei und hängt mir einen Strafzettel hinter die Scheibenwischer?«

»Darum geht es doch nicht«, widersprach Julia.

»Worum dann?«

»Um deine Sicherheit.«

»Das seh ich auch so«, warf Bärbel ein. »Auf alle Fälle ruf ich morgen den Anton an, dass er vorbeikommt und sich die alte Karre ansieht. Wenn schon kein TÜV, dann sollten wir wenigstens wissen, dass du mit ihm nicht irgendwo da draußen liegen bleibst.«

»Mama!«, rief Julia empört. »Du unterstützt das auch noch?«

»Was, bitte, sollen wir denn sonst tun, Jule?«, rief Elke entnervt.

»Wie wäre es mit einem neuen Wohnmobil?«, schlug Julia vor. »Ich meine«, schob sie hinterher, als sie die entsetzt aufgerissenen Augen von Mutter und Schwester sah, »ein gebrauchtes von mir aus. Aber doch nicht diese Schrottkiste. Wie alt ist das Ding denn? Zwanzig Jahre? Dreißig? Seit ich denken kann, steht diese Karre auf dem Hof. Das kann doch nicht euer Ernst sein?«

Das Schweigen, das nun einsetzte, wurde lastender, je länger es währte. Elkes Mut wich dem Gefühl der Verzweiflung. Sie wusste, dass ihre Schwester im Grunde recht hatte. Aber was blieb ihr übrig? Mit Pascal an ihrer Seite war es immer irgendwie gegangen.

»Lass es gut sein, Jule«, bat Elke ihre Schwester. »An einen neuen Wagen ist vorerst nicht zu denken.«

Im Grunde, so überlegte sie weiter, brauchten sie einen weiteren Kredit, zumindest einen kleinen. Schon längst hatte sie ins Tal fahren wollen, um mit Achim Trefz zu sprechen, dem langjährigen Bankberater ihrer Familie. Achim würde Verständnis haben. Bislang hatte er ihnen jedenfalls noch immer geholfen …

Auf der Kommode entdeckte Elke den Notizblock ihrer Mutter, auf dem sie gestern noch die lange Liste der Überraschungsgäste für Pascals Party notiert hatte. Heute erkannte sie darauf eine Reihe von Namen, und jeder einzelne davon war durchgestrichen worden.

»Vielleicht kann ich Urlaub nehmen«, schlug Julia halbherzig vor.

»Urlaub hättest du bitter nötig«, entgegnete Elke mit einem liebevollen Lächeln. »Aber nicht, um Schafe zu hüten. Das ist nämlich harte Arbeit, auch wenn manche Städter das anders sehen.«

Julia seufzte und schwieg. Natürlich wusste ihre Schwester, wie anstrengend die Herdenarbeit war, sie hatte früher schließlich auch mitgeholfen. Noch als Studentin hatte sie ihre Semesterferien gemeinsam mit Elke und ihrer Mutter auf den Hochweiden verbracht. Doch seit ihren Examina war das nicht mehr möglich gewesen, und weder Elke noch Bärbel wären je auf die Idee gekommen, sie dazu zu drängen. Julia hatte ihre eigenen Schäfchen drunten in der Stadt. Für diese jungen Menschen, die »Blödsinn gemacht hatten«, wie sie es nannte, wusste sie immer Rat. Sie hatte Jura und Soziologie studiert, um »ihre jugendlichen Straftäter«, wie Elke sie nannte, vor dem Jugendknast zu bewahren, denn sie glaubte nicht daran, dass Gefängnisse Menschen besser machten, ganz im Gegenteil. Julia war dafür, ihnen stattdessen eine Hand zu reichen, und meistens klappte das gut. Doch für Elke und die sechshundert Schafe fiel auch ihr heute keine Lösung ein. Das Einzige, was sie tun konnte, war, die beiden Rechnungen einzustecken. Sie würde sie, wie schon einige Male zuvor, stillschweigend bezahlen, was Elke nicht verborgen blieb.

»Weißt du, wohin Pascal gefahren ist?«, fragte Elke, als sie Julia wenig später zu ihrem Wagen begleitete.

»Nein«, antwortete Julia unglücklich. »Mama war

ziemlich heftig. Ich meine, irgendwie kann ich den Jungen auch verstehen. Er ist zwanzig und will die Welt sehen. Das darf man ihm doch nicht verübeln, oder?«

Elke lachte traurig auf.

»Du verstehst immer alle, Jule. So bist du nun mal.«

Sie umarmten sich, und während Elke ihre jüngere Schwester im Arm hielt und den vertrauten Duft ihres Haars einatmete, betrachtete sie die Sterne, die über dem Rheintal aufgegangen waren. Eine Sternschnuppe schoss über den Himmel.

Wenn ich doch nur an diesen Unsinn mit dem Wünschen noch glauben könnte, dachte Elke. Ihre Wünsche hatten sich noch nie erfüllt, auch nicht nach den prächtigsten Himmelslichtern.

»Ruf ihn an«, riet Julia, als sie schon in ihrem Wagen saß. »Lass ihn nicht so fortgehen, das hat er nicht verdient.« Dann schloss sie die Fahrertür und fuhr davon.

»Es ist nicht, weil es mir bei euch nicht gefällt«, begann der junge Schäfer trotzig. Er starrte in das Bier, das vor ihm auf dem Tisch stand, dann warf er Elke einen gequälten Blick zu. Sie hatten sich im Auerhahn getroffen, einer uralten Vesperstube, die der aktuelle Besitzer in den vergangenen dreißig Jahren in einen wahren kulinarischen Tempel umgewandelt hatte, der weit über den Schwarzwald hinaus berühmt geworden war.

»Du hättest es mir früher sagen müssen«, antwortete sie und lehnte sich zurück. Vor ihr stand ein Kräutertee, doch den Schmerz in ihrer Magengegend würde er wohl nicht lindern. »Dann hätte ich mich besser darauf einstellen können. Das wäre fair gewesen, und das weißt du auch.«

»Aber ich war doch selbst überrascht«, rechtfertigte sich Pascal. »Nie im Traum hätte ich damit gerechnet, dass daraus etwas wird. Und dann auch noch so schnell.«

Elke schwieg und dachte an Julia. Es hat keinen Sinn, ihm jetzt noch Vorwürfe zu machen, würde sie sagen. Pascal konnte nichts dafür, dass Elke das alles so sehr an die Sache mit Chris erinnerte, er konnte nicht ahnen, dass sie seinen jähen Abschied über die wirtschaftlichen Probleme hinaus, die ihr nun entstanden, auch noch persönlich nahm. Er schuldete ihr nichts. Auch wenn Bärbel das anders sah.

»Und … es wäre nicht vielleicht möglich, denen in Neuseeland vorzuschlagen, dass du erst im Herbst kommst?« Elke hasste sich für diese Frage. Es lag ihr nicht, zu bitten und zu betteln.

»Das hab ich versucht«, versicherte ihr Pascal. »Sie sagen, entweder jetzt oder gar nicht.« Er schluckte, schien schwer mit sich zu ringen. »Soll ich absagen?«, fragte er schließlich widerstrebend und blickte sie zum ersten Mal an diesem Abend offen an. Sie sah ihm in die Augen und erkannte, wie gern er das Angebot annehmen wollte. Es hatte keinen Zweck, ihn zu etwas zu zwingen. Spätestens in ein paar Tagen würde er es ihr übel nehmen. Sie dachte an die Schafe, wie sensibel sie auf jede Unstimmigkeit reagierten, von den Hunden ganz zu schweigen. Nein. Auf einer solchen Basis konnten sie nicht vernünftig zusammenarbeiten.

»Die Entscheidung kann dir niemand abnehmen«,

antwortete Elke und trank das Teeglas aus. »Geh, wenn es dich so sehr fortzieht.« Sie erhob sich. »Dann leb wohl. Alles Gute.« Sie biss sich auf die Zunge, um nicht doch noch etwas Vorwurfsvolles hinterherzuschieben. Auch Pascal war aufgestanden und stand nun verlegen vor ihr.

»Danke. Ich meine … für alles.«

Elke nickte nur, zu sehr schnürte es ihr die Kehle zu. Sie reichte ihm stumm die Hand, und er schlug ein. Ihrer beider Händedruck war fest, und für einen Augenblick fühlte Elke wieder die alte Verbundenheit mit dem jungen Schäfer. Dann entzog sie ihm ihre Hand, nickte noch einmal und wandte sich ab.

»Geht aufs Haus«, sagte Bastian, der sie von der Theke aus diskret beobachtet hatte. Der ältere Wirt, eine gepflegte Erscheinung mit vollem eisgrauem Haar und klugen Augen, kam jede Woche hoch zum Lämmerhof. Bastian Krämer war Bärbels bester Abnehmer und hätte am liebsten ihre gesamte Ziegenkäseproduktion exklusiv für sein Restaurant aufgekauft, für das ihm vor Kurzem ein Michelin-Stern verliehen worden war. Doch Bärbel wollte nicht von einem einzigen Kunden abhängig sein und belieferte auch Bastians Konkurrenz, sehr zu dessen Verdruss. Unter diesen Umständen hätte Elke seine Einladung normalerweise nicht angenommen. Doch heute nickte sie nur, murmelte einen Dank und wandte sich rasch zum Gehen. Denn es hätte nicht viel gefehlt, und sie wäre in Tränen ausgebrochen.

»Frau Stängele vom Arbeitsamt sagt, sie hätte vielleicht einen neuen Auszubildenden für dich.«

Bärbel machte einen energischen Haken hinter den Namen der Frau vom Jobcenter auf ihrem Block.

»Ich will keinen neuen Auszubildenden«, erklärte Elke. Ihre Mutter sah sie über den Rand ihrer Lesebrille fragend an. »Wie vielen habe ich jetzt schon das Schäferhandwerk beigebracht?«, fuhr sie fort und goss warme Milch in ihren Kaffeebecher. »Sechs, wenn ich diese Jennifer mitzähle, die schon nach einem Monat alles hingeschmissen hat. Ich hab es satt, jedes Mal wieder bei null anzufangen. Wir brauchen keinen Auszubildenden, der die Arbeit hier entweder als Phase seines Lebens begreift oder das Gelernte anderswo anwendet. Wir brauchen jemanden, der bleibt.«

»Dann such dir endlich einen passenden Mann!«

Elke warf ihrer Mutter einen wütenden Blick zu.

»Ja klar«, polterte sie los. »Weil die hier ja Schlange stehen. Täglich gebe ich fünf Männern einen Korb, die alle nichts lieber wollen, als Schäfer zu werden. Oder soll ich in einer Fernsehshow auftreten, Schäferin sucht Mann? Ist es das, was du dir vorstellst?«

Elke schob den noch fast vollen Becher wütend von sich, dass der Milchkaffee überschwappte und einen hässlichen Fleck auf dem weiß-rot karierten Tischtuch hinterließ. Draußen tobten die Hunde im Zwinger, vor allem die hellen Stimmen von Tim und Tara waren deutlich herauszuhören. Es wurde Zeit, dass sie dort nach dem Rechten sah.

»Du weißt genau, was ich meine«, knurrte Bärbel. »Du musst dir endlich diesen Chris aus dem Kopf schlagen.«

»Der ist für mich kein Thema mehr«, fuhr Elke auf.

Es war lange her, dass jemand es gewagt hatte, diesen Namen auszusprechen.

»Und ob er das ist. Glaubst du, ich sehe es dir nicht an? Dein Verstand hat es begriffen. Aber dein Herz …«

»Hör auf mit dem Quatsch«, stöhnte Elke. »Bitte. Ich hab genug Sorgen. Geh mir nicht auch noch mit diesem Unsinn auf die Nerven.«

»Was du brauchst, ist ein Mann!«, insistierte Bärbel und fixierte sie streng über ihre Brille hinweg. »Du bist nicht gemacht fürs Alleinsein. Genauso wenig wie ich.« Erschrocken hielt sie inne.

Auch Elke hielt kurz die Luft an. Natürlich, ihre Mutter fühlte sich einsam, auch wenn sie es niemals offen zeigte. Aber jetzt hatte sie sich verraten. Wieso wunderte sie das eigentlich? Ging es ihr nicht ebenso?

»Wir sind aus demselben Holz, Elke«, fügte Bärbel leise hinzu, nahm ihre Lesebrille ab und verstaute sie in der abgegriffenen Lederhülle. »Pass auf, dass du nicht eines Morgens aufwachst und feststellst, dass du über all den Schafen und Hunden vergessen hast zu leben.«

Sie stand auf und verließ die Küche, ließ ihre Tochter allein, die viel zu überrascht war, um etwas zu entgegnen. Wenig später sah sie ihre Mutter über den Hof gehen und mit energischen Schritten den Weg in Richtung Hasenkopf einschlagen. Über dem Arm trug sie ihre Imkerkleidung. Es war Zeit, nach den Bienen zu sehen. Bärbels Honig war der beste weit und breit.

Doch was hatte sie gesagt? Nie hatte sich ihre Mutter über ihr Schicksal beklagt. Wirkte sie nicht glücklich und zufrieden, trotz des Verlusts ihres Mannes? Oder war sie ganz einfach pragmatisch und verbarg ihre wahren Gefühle? Schließlich tat Elke das ja auch.

Sie sollte sich Chris aus dem Kopf schlagen? Ja, sie hatte es versucht. Aber es funktionierte nun mal nicht. Erst vergangenes Silvester hatte sie sich von Manuel Kimmich getrennt, dem Erben eines der größten Höfe im Mittleren Schwarzwald, der heute noch herumerzählte, Elke sei seine Traumfrau, wisse aber leider nicht, was sie wolle. Dabei wusste sie es ganz genau. Und alle anderen auch. Jeder wusste, dass der Einzige, der jemals ernsthaft für sie in Betracht gekommen war, von heute auf morgen nach Kanada verschwunden war, und das an der Seite einer Austauschstudentin, die Elke noch heute von ganzem Herzen hasste. Das war zwar gut und gern zehn Jahre her, und wenn sie auch so tat, als wäre das kein Problem mehr für sie, schmerzte diese alte Wunde doch noch immer wie am ersten Tag. Denn ehe diese Carol aufgetaucht war, waren Elke und Christian Leitner zwei Jahre lang ein Paar gewesen und fest davon überzeugt, es ihr ganzes Leben zu bleiben. Mit Chris hatte einfach alles gestimmt, sie waren wie die zwei Hälften einer Nuss gewesen, wie zwei Bäume, die aus einer gemeinsamen Wurzel wuchsen. Wie oft war es vorgekommen, dass der eine aussprach, was der andere gerade dachte. Mit Chris zusammen zu sein hatte sich richtig angefühlt. Er hatte sie verstanden, auch ohne Worte, denn große Reden zu schwingen und ihre Gefühle in Worte zu fassen war Elkes Sache nicht. Doch dann war diese Kanadierin aufgetaucht, hatte von den endlosen Weiten des Yukon erzählt, demgegenüber der Schwarzwald eine Miniaturlandschaft war, und auf einmal war Chris nicht mehr wiederzuerkennen gewesen. Und ehe Elke richtig begriffen hatte, was da passierte, war er auch schon weg gewesen. Was nützte es ihr, wütend zu sein, verletzt und rasend vor Eifersucht? Nichts. Da war nämlich niemand mehr, dem sie ihre Enttäuschung ins Gesicht schreien konnte. Übrig geblieben war das Gefühl eines unerträglichen Verlusts, die Erinnerung an ein so unbeschreibliches Glück, dass keiner dagegen ankam, weder ein Manuel Kimmich noch ein Samuel Schnitzer oder wie sie alle hießen, mit denen ihre Mutter sie verkuppeln wollte. Keiner konnte diese Sehnsucht stillen, die sie zwar erfolgreich verdrängte, die sich aber in unbedachten Momenten, kurz vor dem Einschlafen oder frühmorgens draußen in der Natur, immer wieder in ihr Herz schlich.

Zoe

Sie hatte Leander nicht verraten. Keinen aus der Clique. Das Schlimmste war, dass sie ihn nicht mehr sehen konnte. Ihr Vater hatte sie zwar »freigekauft«, doch sie ahnte, dass die Drogenfahndung sie beobachtete. Und dass Leander sowieso untergetaucht war, so tief es nur ging.

Sie hoffte so sehr, dass er ihr irgendwie eine Nachricht zukommen lassen würde. Dass er an sie dachte und zu ihr hielt. Du und ich gegen den Rest der Welt. Dass er sie liebte. Ganz egal, was passiert. Doch es kam keine Nachricht. Und im Grunde, das musste sie sich eingestehen, hatte Leander nie von Liebe gesprochen. Liebe war uncool. Es reicht doch, was wir fühlen, oder?

Was sie selbst fühlte, war das reine Chaos. Sie war zornig auf sich selbst, weil sie sich wie ein dummes kleines Mädchen verhalten hatte. Wieso hatte sie die Pillen nicht in dem luftdichten Metalldöschen gelassen? Wieso war sie davongerannt wie eine Irre? Und warum zum Teufel hatte sie dem Grenzpolizisten das Pfefferspray aus nächster Nähe ins Gesicht gesprüht, wo ihr das doch auch nichts mehr geholfen hätte? Jetzt blieb er womöglich blind. Und sie war nicht nur eine

52

fünfzehnjährige Drogenkurierin. Sie saß in der ganz dicken Scheiße.

Zu der Wut auf sich selbst und der Sehnsucht nach Leander kam der Hass auf ihren Vater hinzu. Dem sie dermaßen egal war, dass er sie nicht einmal ausgeschimpft hatte. Kein Wort hatte er gesagt, nachdem er sie nach Hause geholt hatte, nicht ein einziges verdammtes Wort. Mit beleidigter Miene hatte er den Döner in sich hineingestopft, den er auf dem Heimweg gekauft hatte, oder wie sollte sie sonst diesen Ausdruck in seinen Augen deuten, ebenso vorwurfsvoll wie ratlos? Ja, er sollte es bloß wagen, ihr Vorwürfe zu machen. Sie würde ihm gern endlich ihre Meinung sagen. Weil er ihre Mutter totgefahren hatte. Und noch nicht einmal eine einzige Träne bei ihrer Beerdigung vergossen hatte.

Dass sie ihren Döner nicht angerührt hatte, war ihm ebenso egal gewesen. Dass sie seit Kurzem Vegetarierin war, auch das hatte er schon wieder vergessen, so wenig interessierte sie ihn. Warum hatte er sie überhaupt abgeholt? Weil ihm keine andere Wahl blieb vermutlich. Weil er sie nicht auch noch totfahren konnte. Weil er ein ferngesteuertes Monster war, so wie die Figuren, die er tagtäglich für seine Arbeit erfand.

Ja, alle fanden ihn immer total cool, sogar Chantal war davon beeindruckt gewesen, dass ihr Vater sich Computerspiele ausdachte. Dass Zoe ihn von klein auf kaum anders kannte als mit dem bläulichen Widerschein eines Bildschirms im Gesicht, das interessierte keinen.

»Kommst du bitte mal wieder zu uns in die wirkliche Welt?«, hatte ihre Mama ihn oft gebeten. Mit einem

Lachen, Mama fand alles super, was ihr Vater tat, selbst als sie nach dem Unfall leblos im Sicherheitsgurt hing, hatte ein Lächeln auf ihren Lippen gelegen. Mama hätte sie jetzt in die Arme genommen. Hätte sie tüchtig ausgeschimpft und sich dann wieder mit ihr versöhnt. Aber das war für immer vorbei. Fünf Jahre war sie jetzt schon tot.

Jeden Tag nach der Schule musste sie sich bei dieser Sozialarbeiterin melden. Die stellte die seltsamsten Fragen, jeden Tag aufs Neue, obwohl sie nie eine Antwort von ihr bekam. Nach Leander und Co. fragte sie allerdings nie. Sondern nach ihren Zielen, als ob sie in ihrer Situation irgendwelche haben könnte, außer irgendwie heil aus dieser Sache herauszukommen. Ob sie den Grenzpolizisten im Krankenhaus besuchen wolle, hatte sie neulich wissen wollen. Und ob sie Tiere gernhätte.

Die hatte doch einen Sprung in der Schüssel. Als ob es eine Rolle spielte, ob sie Tiere mochte oder nicht.

3. Kapitel

Aufbruch

Der Frühling kam schneller und heftiger als sonst, das Thermometer stieg tagsüber fast auf zwanzig Grad, eine Temperatur, die selbst im Sommer in diesen Höhenlagen selten herrschte. Die Schafe wurden unruhig, und das lag nicht nur daran, dass sie Pascal vermissten. Sie fühlten, dass es Zeit wurde, den Hof zu verlassen. Auf der Hausweide unterhalb des Lämmerhofs probierten die Lämmchen die frischen Triebe der ersten Frühlingskräuter und wurden von Tag zu Tag kräftiger. Nicht mehr lange, und sie würden mit der Herde mithalten können.

»Kriegst du das allein hin?«

Elke stand in Karl Hausers holzgetäfeltem Büro im Naturschutzzentrum, das in einem alten Forsthaus an der Schwarzwaldhochstraße untergebracht war. Auch wenn sie jedes Jahr im Auftrag der Landesregierung ihre Herde über die Hochweiden führte, brauchte es doch einen offiziellen Beweidungsvertrag.

»Klar!«

55

Wie jedes Jahr hatte sie alle Weideplätze aufgesucht, um sich zu vergewissern, dass dort alles in Ordnung war und ihre bescheidenen Unterstände, die sich unsichtbar für Wandereraugen an den Waldrändern ihrer Weideplätze unter dem Gebüsch verbargen, noch intakt waren. Außerdem hatte sie an den entlegeneren Plätzen in den dort seit Jahren installierten Containern für alle Fälle Vorräte in luftdicht verschlossenen Behältern deponiert, damit sie nicht so schwer zu schleppen hatte: Mehl und Reis zum Beispiel, Milchpackungen, ein paar Konserven und vor allem Wasser. Es hatte sich komisch angefühlt, dieses Mal Corned Beef und andere Fleischdosen wegzulassen, die Pascal so gern gegessen hatte. Manches war auch einfacher, wenn man allein war.

Sie spürte Karl Hausers Augen auf sich ruhen. Er kannte sie, seit sie auf der Welt war, und wusste, dass er sich auf sie verlassen konnte. Er wusste aber auch, was da auf sie zukam. Im Gegensatz zu vielen anderen Leitern der Naturschutzbehörden war Hauser nämlich kein sogenannter Schreibtischtäter, der vom Forstwissenschaftsstudium direkt in die Amtsstuben gewechselt war und keine Ahnung davon hatte, wie es da draußen wirklich aussah. Karl war Ranger gewesen und kannte den Schwarzwald wie seine eigene Westentasche. Elke glaubte, hinter seiner Stirn direkt lesen zu können, wie er gerade im Geiste die Passagen durchging, die vielen Stellen, durch die die Herde schmal geführt werden musste, weil auf beiden Seiten gefährliche Abhänge oder sogenannte Felsenmeere drohten, in denen sich die Schafe leicht verletzen konnten. Bislang hatte Elke stets einen Helfer gehabt, auch wenn nicht alle so geschickt gewesen waren wie Pascal.

»Schade, dass Pascal nicht mehr da ist, was?«

Elke zuckte mit den Schultern. »Ich schaff das schon«, antwortete sie kurz angebunden. Der Leiter der Naturschutzbehörde nickte. »Wie geht es eigentlich Agamemnon?«, erkundigte sie sich, um das Thema zu wechseln. Vor einem Jahr hatte sie Karl Hauser und seiner Frau Ursula einen Hund aus ihrer Zucht überlassen, was sie selten tat und auch nur dann, wenn sie sich sicher war, dass er in gute Hände kam. Ein Altdeutscher Hütehund vom Schlag der Strobel brauchte Auslauf und eine verantwortungsvolle Aufgabe, sonst war er nicht zufrieden und konnte reizbar werden.

»Dem geht es prächtig«, erklärte Hauser mit einem Lächeln. »Wieso kommst du nicht mal vorbei und besuchst uns? Wir würden uns alle sehr freuen, nicht nur Agamemnon.«

»Das würde ich gern«, sagte sie. »Aber dafür hab ich einfach keine Zeit, Karl. Du weißt ja …«

Karl Hauser nickte wieder und betrachtete die junge Schäferin nachdenklich.

»Gut, dass du die Hunde hast«, sagte er.

Auf einmal bekam Elke Angst, er würde den Vertrag nicht unterschreiben. Er war ein Freund ihres Vaters gewesen, würde er tatsächlich so weit gehen und ihr den Auftrag, von dem ihre Existenz abhing, entziehen?

»Weißt du, Karl«, sagte sie fast schon trotzig, »in den Alpen gibt es viele Schäfer, die allein hüten.«

»Das stimmt«, antwortete Hauser und konnte sich ein Lächeln angesichts ihrer Kampfbereitschaft offenbar nicht verkneifen. Dann wurde er wieder ernst. »Die müssen ihre Tiere aber nur von einer Alm zur nächsten treiben, ohne Straßen, ohne Engpässe.« Elke wurde es heiß unter ihrem Pulli. Karl sah angestrengt aus dem Fenster, als fände er in den Kronen der Fichten, die das alte Gebäude beschatteten, Antworten auf eine ungelöste Frage. Dann gab er sich einen Ruck, ging zu seinem Schreibtisch zurück und unterschrieb die Papiere. »Wenn du Hilfe auf einer Passage brauchst«, sagte er, als er sie Elke reichte, »ruf mich bitte an. Am besten, bevor irgendetwas passiert. Ja?«

»Mach ich«, antwortete Elke dankbar. Sie wusste, dass sie auf diesen erfahrenen Mann zählen konnte.

Als sie in der Morgendämmerung ihre Montur anlegte, die frisch gewaschene Schäferhose aus festem Drillich mit den vielen praktischen Taschen über der Funktionsunterwäsche, ihr Lieblings-T-Shirt, über das sie das alte karierte Flanellhemd ihres Vaters zog, das ihr immer Glück gebracht hatte, fühlte sie, wie ihr Herz vor Freude pochte. Die ganze Anspannung der vergangenen Wochen, die Enttäuschung und Verzweiflung über Pascals Weggang – alles war verflogen.

Schon auf der Treppe fing sie den köstlichen Duft nach Pfannkuchen ein. Das war ein altes Ritual zwischen ihr und Bärbel. Jedes Mal, bevor sie im Frühjahr zum ersten Mal auszog, gab es diese köstlichen warmen Fladen, die sie mit hausgemachter Marmelade bestrich und zusammengerollt verschlang, während sie die übrig gebliebenen mitnahm.

Als sie die Küche betrat, hatte Bärbel außerdem bereits

zwei Thermoskannen mit heißem Kräutertee gefüllt und zwei Frischhaltedosen mit belegten Broten gerichtet.

»Wie viele Äpfel soll ich für dich einpacken?«, fragte sie Elke, die ihre Mutter verdutzt musterte. Auch sie trug ihre alte Schäferhose.

»Was hast du vor?«, fragte sie. »Du kommst doch nicht etwa mit?«

»Doch«, erklärte Bärbel entschlossen und packte den Proviant in ihren und Elkes Rucksack. »Nur heute. Damit du einen guten Start hast. Ab morgen musst du es allein schaffen.«

Elke griff nach dem Kaffeebecher, den Bärbel ihr reichte, und schüttelte den Kopf.

»Aber Mama«, sagte sie mahnend. »Du sollst doch nicht …«

»Ein Tag bringt mich nicht um«, unterbrach Bärbel sie und lud ihr einen Pfannkuchen auf den Teller. »Du weißt so gut wie ich, dass die Lämmer besonders am Anfang kaum zu bändigen sind. Für die ist es doch das allererste Mal. Und wir haben dieses Jahr vierunddreißig von der Sorte …«

»Fünfunddreißig«, korrigierte Elke sie und verteilte großzügig Brombeermarmelade auf dem Pfannkuchen, rollte ihn zusammen und aß ihn aus der Hand.

»Na, siehst du. Und auch für Tara und Tim wird das ein richtiges Abenteuer. Ich bin gespannt, wie sie sich machen. Wenn alles gut geht, sind wir um die Mittagszeit auf der Moorheide. Den Pferch hast du dort schon vorbereitet?« Elke nickte mit vollem Munde. »Nun, dann musst du mich heute Abend halt heimfahren.«

Elke grinste.

59

»Aber gern doch«, sagte sie und fügte ernst hinzu:
»Danke, Mama.«

Dann packten sie die restlichen Pfannkuchen zu ihrem
Proviant, leerten die Kaffeebecher und brachen auf.

Über den östlichen Kämmen flammte der Himmel
magentafarben auf, als sie die Hunde aus dem Zwinger ließ. Unermüdlich hatte Elke mit ihren zottigen
Gefährten in den letzten Wochen trainiert, und vor
allem auf Victor setzte sie die Hoffnung, dass er ihr
den fehlenden menschlichen Kollegen ersetzen würde.
Aber auch Achill und Strega waren fähige Hütehunde
und würden nun die Gelegenheit erhalten, sich zu
beweisen. Tara und Tim wollte sie vorsichtshalber noch
an der Leine mit sich führen, entschlossen, sie mit Bärbel wieder nach Hause zu schicken, sollten sie sich in
der Aufregung des Aufbruchs nicht zu benehmen wissen. Vorerst allerdings band sie die jungen Hunde an
einem Pfosten fest.

»Willst du vorausgehen?«, fragte sie ihre Mutter,
doch die schüttelte den Kopf.

»Du bist die Chefin«, erklärte sie, wie von Elke nicht
anders erwartet. Es war wichtig, dass die Tiere wussten,
woran sie waren.

»Was macht deine Hüfte?«, erkundigte sich Elke.

»Frag mich das lieber heute Abend«, entgegnete
Bärbel mit einem Grinsen. Es war ihr anzusehen, wie
sehr sie es genoss, endlich wieder einmal ihren alten
Schlapphut aufzusetzen, den traditionellen Schäferstab
zu ergreifen und den Rucksack zu schultern.

Und dann ging es los.

Elke betrat den eingezäunten Bereich, und sogleich liefen die Leitschafe Moira und Fabiola auf sie zu, gefolgt von ihren Lämmern Miri und Fee. Um sich die Abstammung besser merken zu können, gab Elke den Lämmern stets Namen, die mit demselben Buchstaben begannen wie der des Mutterschafs, und hatte sie auch den Stammbaum eines jeden Tieres im Kopf, so war eine solche Eselsbrücke besonders für ihre Auszubildenden hilfreich. Gewesen, korrigierte sich Elke in Gedanken, noch immer entschlossen, mit dem Ausbilden Schluss zu machen.

Sie öffnete das Gatter, löste die Leinen der beiden jungen Hunde und setzte sich an die Spitze der Herde. Bärbel blieb zusammen mit Victor zurück, um die Nachhut zu bilden und dafür Sorge zu tragen, dass kein Tier verloren ging oder in die Irre lief. Den Leitschafen schlossen sich nun auch Tula und Nette an, und sogleich folgte die gesamte Herde.

Das war ein Blöken, Mähen und Bimmeln von Glöckchen, darüber die hellen, aufgeregten Stimmen der Lämmer, die wie erwartet ausgelassen hierhin und dorthin rannten, dann wieder angstvoll ihre Mütter suchten und ein solches Durcheinander anrichteten, dass Victor, Achill und Strega unablässig damit beschäftigt waren, Elkes und Bärbels Kommandos zu folgen und die seitlichen Linien der sich langsam voranbewegenden Herde zu kontrollieren und versprengte Schafe zurückzuholen. Elke verspürte eine Welle von Glück, als sie sah, wie sich die sechshundert Tierleiber schließlich formierten und wie ein einziger Körper vorwärtsschoben. Tief atmete sie die prickelnde Frühlingsluft ein, in die sich die Gerüche des Aufbruchs mischten, die Aromen der frisch zerstampften Erde und zertretenen Kräuter mit den Ausdünstungen der Tiere und ihrem Dung. Richtung Süden ging es steil die Flanke des Berges hinauf, und als Elke sich umwandte, sah sie die Herde sich wie ein wollweißer Teppich über die mit frischem Grün bedeckten Wiesen ergießen. Über den Kämmen ging die Sonne auf, und auf einmal wusste Elke, dass alles gut werden würde. Zumindest heute. Und weiter wollte sie gar nicht denken.

Wie in den vergangenen Jahren hatte Moira zu ihr aufgeschlossen und rieb sich trotz der Anwesenheit von Tim und Tara vertraulich an ihren Beinen. Auf Moira konnte sie sich ebenso verlassen wie auf Victor, der gerade angerast kam und mit hängender Zunge an ihr vorbeischoss, wie um ihr zu zeigen, dass er noch immer da war.

»Hey, Victor, guuuut«, rief sie ihm zu und beobachtete grinsend, wie er überglücklich und voll motiviert im weiten Bogen um die Herde herum und zurück zu Bärbel lief, um am Ende seinen Posten wieder einzunehmen.

So schritt der Morgen voran, und mit ihm bewegte sich Elkes Herde langsam, aber stetig hinauf über den Vogelskopf in Richtung Moorheide. Bald wichen die offenen Hänge dem Wald, und die Hütearbeit wurde schwieriger. Wenn sich Elke umblickte, was sie ständig tat, konnte sie auf dem Holzabfuhrweg, den sie nahmen, mitunter nur die ersten fünfzig Schafe überblicken, die anderen blieben hinter einer Kurve verborgen, und sie war froh und dankbar dafür, dass Bärbel sie heute begleitete und ganz hinten nach dem Rechten sah. Sie lauschte auf das Bellen

62

der Hunde, aus dessen Tonlage sie heraushören konnte, in welcher Verfassung sie sich befanden, ob sie lediglich die Schafe zurechtwiesen oder ernsthafte Gefahr drohte. Doch alles schien in bester Ordnung.

Gegen elf passierten sie einen Engpass zwischen einem fast senkrecht ansteigenden und mit hohen Fichten bewachsenen Hang und einem tief eingeschnittenen Gebirgsbach, sodass die Herde besonders schmal geführt werden musste, was gleich am ersten Wandertag eine echte Herausforderung für die Tiere war. Elke wusste, dass diese Stelle einer der Gründe für Bärbels Entschluss gewesen war, sie zu begleiten. Sie bezog auf einem erhöhten Felsen Position und ließ die Herde mit Moira an der Spitze an sich vorüberziehen. Ausgerechnet Miri hatte den Anschluss an ihre Mutter verpasst und gebärdete sich so ungestüm, als sie es bemerkte, dass sie an den Rand des Abhangs geriet, das Gleichgewicht verlor und in den Bach hinunterpurzelte. Sogleich verließ Elke ihren Posten und stieg vorsichtig den abschüssigen Rain hinunter. Miri plärrte derweil, dass es zum Erbarmen war, dann verstummte sie plötzlich, was Elke noch mehr besorgte. Dichtes Dornengestrüpp wucherte am Rand des Baches, der zum Glück nicht reißend war und das Lämmchen nicht mit sich fortspülte. Elke entdeckte es in einem etwas tieferen Felsbassin, wo es verzweifelt strampelte, um die kleine Schnauze über Wasser zu halten. Bis zu den Knien musste die Schäferin ins Wasser steigen und war einmal mehr dankbar für die hohen Schaftstiefel, die ihr Vater ihr damals zur Meisterprüfung hatte anfertigen lassen. Dann endlich erreichte sie mit dem

Haken am Ende ihres Schäferstabs das Tier und zog es mit geübtem Schwung zu sich.

»Alles klar da unten?«, schrie Bärbel vom Weg herunter.

»Alles klar«, antwortete Elke, packte das Lamm an den Hinterläufen, bis es hustete, Wasser ausspie und schließlich lauthals zu protestieren begann. Dann legte sie es sich über die linke Schulter und kletterte vorsichtig den Abhang wieder hinauf, wobei ihr einmal mehr der Schäferstab Halt bot. Sie brachte Miri zu ihrer Mutter, die ihr Lamm vorwurfsvoll blökend in Empfang nahm, eilig trocken leckte und es mit der Nase vor sich hertrieb, entschlossen, Miri keine weiteren Eskapaden durchgehen zu lassen.

Bald darauf öffnete sich der Wald zu einer Lichtung, auf der sie Rast machten, die Tiere grasen ließen, Pfannkuchen und Käsebrote aßen und heißen Tee tranken. Dabei behielt Elke stets ihre Tiere im Auge, und als sie sah, dass einige Schafe sich dem Waldrand gefährlich näherten, schickte sie Victor hinüber, um nach dem Rechten zu sehen.

»Zita, wie immer«, meinte Bärbel mit einem missbilligenden Blick auf die ausgebüxten Schafe, denen Victor nun Beine machte, und schraubte die Thermoskanne wieder zu. Sie wandte sich ab und rieb sich unauffällig die Hüfte, doch Elke hatte längst an ihrem Gang bemerkt, dass sie Schmerzen plagten. Jetzt aber war es zu spät zum Umkehren, die Hälfte ihrer Tagesstrecke lag schon hinter ihnen, und Bärbel blieb nichts anderes übrig, als sie weiter bis zur Moorheide zu begleiten, wo der Camper bereitstand. Außerdem wusste Elke, dass

64

ihre Mutter es hassen würde, auf ihr Gebrechen angesprochen zu werden.

Bärbel lehnte sich auf ihren Schäferstab, um dessen
Knauf sie wie immer einen alten Wollschal gewickelt
hatte, damit es bequemer war, und ließ den Blick über
die Herde schweifen.

»Warum lässt du Tara nicht mal ran?«, schlug sie vor.

»Gute Idee«, antwortete Elke und rief die junge
Hündin zu sich, die sie wie Tim noch immer an der
langen Schleppleine gesichert hatte. »Los, lauf rechts!«,
befahl sie ihr und machte sie los. Wie ein Pfeil schoss
Tara davon, lief wie befohlen an der rechten Flanke
der Herde entlang, bellte zweimal hell und herausfor-
dernd, rannte fast zwei einjährige Schafe um, sodass
sie erschrocken davonstoben, kriegte gerade noch die
Kurve und brachte die beiden Versprengten wieder
zurück zu den anderen. Dann hörte sie auf Elkes Pfiff,
wendete und lief mit fliegenden Ohren und leuchtenden Augen zu ihrer Schäferin zurück.

»Guuuuut, Tara«, lobte Elke, leinte die Hündin wieder an und rieb ihr zärtlich die Stelle gleich hinter dem
Ansatz der Ohren, wo Tara es am liebsten hatte.

Nun sprang Tim an ihr hoch, er wollte sich ebenfalls
beweisen, und nach ein paar Minuten gab Elke auch
ihm eine einfache Aufgabe, die der junge Rüde perfekt
erledigte. Auf dem Weg zurück zu seiner Herrin konnte
er jedoch vor lauter Begeisterung nicht an sich halten
und packte ausgerechnet die resolute Fabiola kurz an
den Fesseln. Das erfahrene Schaf blökte und trat nach
ihm, und Elke hatte ihre liebe Mühe, den aufgebrach-
ten Tim zurückzurufen. Statt des ersehnten Lobs wurde

er getadelt, sodass er sich mit angelegten Ohren hinter Elke verzog.

»Der lernt es auch noch«, meinte Bärbel gutmütig.

»Ja«, nickte Elke. »Er hat gute Anlagen. Für den Anfang war das überhaupt nicht schlecht.«

Drei weitere Stunden ging es immer höher hinauf, bis sie endlich den Kamm und damit ihre erste Station, die Moorheide, erreichten. Müde und erleichtert trieben die Schäferinnen gemeinsam mit ihren Hunden die sechshundert Schafe in den vorbereiteten Pferch, durch den ein Bächlein aus einer nahen Quelle verlief, sodass die Tiere ihren Durst stillen konnten.

Als alle versorgt waren und sich im Schatten einiger einzeln stehender Kiefern ausruhten, ließ Elke die Herde in der Obhut ihrer Hunde zurück und fuhr ihre Mutter zum Lämmerhof.

»Willst du heute nicht noch einmal zu Hause schlafen?«, fragte Bärbel, ehe sie ausstieg. »Die Herde ist dort oben doch sicher.«

»Ich bin lieber bei ihnen«, antwortete Elke.

»Soll ich morgen früh hochkommen und dir Frühstück bringen?«

»Ich hab alles im Camper, was ich brauche«, beruhigte Elke sie. »Ich ruf dich an«, fügte sie hinzu, als sie die Unruhe ihrer Mutter bemerkte. »Wenn alles nach Plan läuft, ziehen wir am Freitag weiter.«

Bärbel nickte. Sie gab ihrer Tochter noch einen Kuss auf die Wange und stieg schließlich aus. Elke sah ihr nach, bis sie im Haus verschwunden war. Dann startete sie den alten Wagen und fuhr zurück auf die Weide.

4. Kapitel

Sturm

Elke versuchte, sich vorzustellen, wie es wohl gewesen sein mochte, als vor mehr als einem halben Jahrtausend Menschen in die Wildnis der *silva nigra* vorgedrungen waren, des »Schwarzen Waldes«, um den sogar die Römer lieber einen Bogen geschlagen hatten, als ihn zu erschließen. Wie sie Feuer gelegt und den Urwald gerodet hatten, um ihm auf seinen Hochflächen Weideland zu entreißen. Im Laufe der Jahrhunderte konnte sich hier eine neue Landschaftsform entwickeln, in der sich seltene, anderswo längst ausgestorbene Pflanzen und Wildtiere ansiedelten. Im einundzwanzigsten Jahrhundert hatte der Mensch andere Wege gefunden, um sein Überleben zu sichern, als auf den unzugänglichen Höhen Tiere weiden zu lassen, doch um die Kulturlandschaft zu erhalten, wurden Spezialisten wie Elke beauftragt, mit ihren Herden die Grinden freizuhalten. Die einen sagten Spezialisten. Die anderen nannten sie Überbleibsel einer längst vergessenen Zeit.

Sie kletterte noch einmal in den Pferch, sah nach

jedem einzelnen Lamm und deren Mutter, überzeugte sich davon, dass alle den ersten Wandertag gut überstanden hatten, und begann dabei routiniert, ihre Tiere zu zählen. Es waren genau fünfhunderteinundachtzig erwachsene Tiere und fünfunddreißig Lämmer. Moira rieb ihre Stirn an Elkes Oberschenkel, und die Schäferin legte ihr die Hand auf die flache Stelle zwischen den Ohren, wo sich das kurze Fell über der Schädeldecke anfühlte wie ein kratziger Teppich.

»Gut, wieder hier zu sein, was, Moira?«, murmelte sie und beugte sich zu Miri hinab, die ebenfalls angesprungen kam. »Na, Kleines, wie gefällt es dir hier draußen?«

Victor, Achill und Strega hatten an strategischen Stellen rund um das Gehege mit dem Rücken zur Herde Position bezogen, lagerten halb verborgen im Gras und blickten aufmerksam ins Unterholz. Die beiden Junghunde jedoch wichen nicht von Elkes Seite.

Während Elke das klare Wasser der Quelle in ihre Plastikschüssel füllte, sich auszog und mit einem Waschlappen von Kopf bis Fuß wusch, fragte sie sich, ob sie wirklich einer aussterbenden Spezies angehörte. Kaum jemand verstand, warum sie die Bequemlichkeit ihres eigenen Bettes dem Leben hier draußen vorzog. Warum sie sich bei gutem Wetter lieber ein Lager am Waldrand baute, gebettet auf Polstern aus Süßgräsern, Heidekraut und Farnwedeln, oder in dem uralten Camper schlief. Dass sie es nicht zu einsam fand, wochenlang nur in Gesellschaft ihrer Hunde und Schafe. Und warum sie sich nicht fürchtete, ganz allein draußen im Wald. Denn so modern die Zeiten auch geworden sein mochten – senkte sich einmal die Dunkelheit über das

68

Land, wurden die meisten Menschen von uralten Ängsten befallen.

Angst hat man nur vor dem, was man nicht kennt, hatte ihr Vater gesagt und seine Töchter von klein auf auch mitten in der Nacht in den Wald mitgenommen. Es kam nicht so schnell vor, dass Elke sich fürchtete, sie war vertraut mit dem heimlichen Leben, das im nächtlichen Wald erwachte. Sie wusste, von welchen Tieren die glühenden Augen stammten, die zwischen den Stämmen der Bäume hier und dort aufflammten, und dass sich diese Wesen mehr vor ihr fürchteten als umgekehrt. Sie kannte die Ursache fast aller Geräusche, und auch das Geraschel im Unterholz machte sie nicht nervös.

Nun schlüpfte sie in den frisch gewaschenen Trainingsanzug, zog sich von Bärbel handgestrickte Socken über und beobachtete, wie der Himmel dort, wo die Sonne vor einer halben Stunde untergegangen war, einen unwirklichen perlmuttfarbenen Glanz annahm. Sie liebte diese kurze Zeit, ehe die Dämmerung einsetzte. Ein leichter Wind kam auf, und sie zog sich die Kapuze ihres Hoodies über den Kopf. Ganz allein war sie hier oben schon lange nicht mehr gewesen, auch Pascal hatte das Kampieren auf den Grinden zugesagt, und so hatten sie viele Abende und Nächte gemeinsam verbracht, manche Male stundenlange Gespräche geführt und noch öfter geschwiegen, gelauscht und dem Mikrokosmos des Waldes nachgespürt.

Doch Elke verscheuchte jeden Gedanken an Pascal, sah stattdessen noch einmal nach ihrer Herde. Die Schafe lagerten in den üblichen Gruppenverbänden zum Wiederkäuen auf der Erde, hier und da blökte noch eines der Lämmer und wurde von den Älteren beruhigt, während sich die Dämmerung nach und nach wie ein blaues Tuch über die Moorheide legte.

Der Abend war lau. Elke beschloss, draußen zu schlafen. Sie ließ den Camper im Schutz einiger Bäume, trug eine Isomatte und ihren Schlafsack zu einem unscheinbaren Unterstand am Waldrand und machte sich dort ein Lager. Dann erhitzte sie auf ihrem Campingkocher Wasser, hängte einen Teebeutel in den Topf und füllte das Ganze in ihre Thermoskanne.

Der erste Abend der Saison war immer ein besonderer, und Elke konnte direkt fühlen, wie nach dem langen Winter ihre Sinne erwachten. Sie aß ihren letzten Pfannkuchen, trank heißen Tee, lauschte dem charakteristischen glucksenden Geräusch, das die Schafe beim Wiederkäuen verursachten.

Als es ihr zu kühl wurde, schlüpfte sie in ihren Biwakschlafsack und machte es sich bequem. Die kleine Holzkonstruktion, die sie in der vergangenen Saison gemeinsam mit Pascal gebaut hatte, war ringsum von Fichten fast zugewachsen und verbarg das Lager vor neugierigen Blicken. Und doch konnte sie die Herde von hier aus gut beobachten. Noch einmal wurde es unruhig, als Tim und Tara sich um eine Kuhle dicht neben ihrem Lager balgten, bis sie sich schließlich friedlich aneinanderkuschelten. Sicherheitshalber machte Elke ihre Leinen an dem Pfosten neben ihr fest. Nach und nach schlichen auch Achill und Strega zu ihr heran, legten sich zu ihren Füßen, während Victor, verantwortungsbewusst, wie er nun einmal war, ein paar Meter von ihr entfernt unter einem Haselstrauch Position bezog und die Herde im Auge behielt. So fühlte sich Elke sicher und geborgen, bewacht von ihren Hunden und nah genug bei ihrer Schafherde. Und ehe sie in den Schlaf hinüberglitt, spürte sie, wie das Glück sie ausfüllte von den Zehenspitzen bis unter die Kopfhaut.

Dieses Gefühl verließ sie auch nicht am folgenden Tag, der für die Jahreszeit mit ungewohnt sommerlichen Temperaturen begann und gegen Mittag Hitze brachte. Die Herde, die in den Morgenstunden das junge Gras abgeweidet hatte, das den Tieren nach dem Winterheu wunderbar zu munden schien, lagerte entspannt zum Wiederkäuen unter der kleinen Gruppe von Kiefern in der Mitte der Weide. Auch Elke genoss den ruhigen Tag, behielt die Herde aufmerksam im Auge und versetzte am frühen Nachmittag den Zaun um ein Stück, damit die Schafe eine weitere Parzelle der Moorheide abgrasen konnten. Und wenn sie auch durch diese umständlichen Verrichtungen immer wieder daran erinnert wurde, dass Pascal nicht mehr da war, so tat ihr die Ruhe, die die Natur ringsum ausstrahlte, doch gut und besänftigte nach und nach ihr Gemüt.

Am Nachmittag rief Bärbel an und wollte wissen, ob sie nicht vorbeikommen solle, doch Elke lehnte dankend ab. Noch hatte sie ausreichend Wäsche und ebenso Proviant, ohnehin aß sie niemals besonders viel, wenn sie draußen auf der Weide war, ihre Mutter wusste das genau.

Geduldig setzte sie Tims und Taras Schulung fort, lobte und korrigierte sie, ließ Victor eine Aufgabe vormachen und freute sich an den Fortschritten der jungen Hunde.

Gegen Abend zogen Wolken auf, und als sich die Sonne hinter der Rheinebene dem Horizont zuneigte, färbte sich der Himmel über den Vogesen rot wie Blut. Noch immer war es unnatürlich warm, und eine frühe Stechmücke summte um Elkes Kopf. Sie überlegte kurz, ob sie in dieser Nacht besser im Camper schlafen solle, entschied sich jedoch dagegen. Die Schafe, die um diese Zeit normalerweise wieder lebhafter wurden, lagen noch immer apathisch unter den Bäumen. Nur die Lämmer spielten ausgelassen neben dem Bach und jagten einander rund um den Pferch.

An diesem Abend schlüpfte Elke früh in ihren Schlafsack. Dennoch blieb sie noch lange wach, beobachtete, wie nach und nach die Sterne am Himmel aufgingen, bis das samtblaue Firmament, das in diesen Höhen von keinerlei Streulicht getrübt war, nur so übersät war von funkelnden Gestirnen. Am östlichen Himmel erkannte sie die Sternbilder des Frühlings, den Großen Bären und den Löwen, über den Julia und sie früher gern Witze gemacht hatten, weil ihrer Meinung nach diese Sternengruppe eher wie eine Maus aussah. Sie suchte und fand die Nördliche Krone mit dem hellen Stern Gemma, die Formation des Herkules und schließlich auch das sogenannte Frühlingsdreieck, das von den Sternen Regulus, Arktus und Spica geformt wurde und das ihr Chris vor vielen Jahren zum ersten Mal gezeigt hatte. Und ehe sie sichs versah, fielen ihr die Augen zu, und sie begann zu träumen.

Chris stand auf einmal neben ihrem Lager. Komm,

sagte er und deutete zum Horizont. Dort flackerten blauviolette Nordlichter über den Himmel. Sie fühlte seine Hand in der ihren, warm und mit sanftem Druck, und so liefen sie gemeinsam über die Moorheide, immer schneller, unter ihren nackten Fußsohlen federte das Gras. Sie hörte sein Lachen und lachte mit ihm, da tat sich unvermittelt ein Abgrund vor ihnen auf. Abrupt blieb sie stehen, verlor fast das Gleichgewicht, schwankte, konnte sich gerade noch fangen. Erschrocken sah sie sich um, doch Chris war nicht mehr da. Die Herde, fuhr es ihr durch den Kopf. Sie hatte sie allein gelassen, und während sie versuchte, sich zu orientieren, denn die Landschaft um sie herum war ihr auf einmal vollkommen fremd, sah sie Blitze über den Himmel zucken. Was eben noch vielfarbige Nordlichter gewesen waren, zerriss in hässlichen Zacken den nachtschwarzen Himmel.

Ein Donner krachte, und Elke fuhr von ihrem Lager hoch. Tim und Tara winselten, die Schafe blökten. Elke saß noch der Schrecken des Traumes in den Gliedern. Doch das Gewitter war real.

Rasch sprang sie auf und fuhr in ihre wetterfeste Kleidung. Immer wieder zuckten grelle Blitze über den nächtlichen Himmel, gefolgt von Donnerschlägen. Die Junghunde kläfften angstvoll und zerrten an ihren Leinen, während sich Achill und Strega gegen Elkes Beine drückten. Nur der tapfere Victor war bereits draußen bei der Herde.

Als Elke auf die Weide trat, wurde sie von einer Böe beinahe umgeworfen. Die Moorheide lag schutzlos den Winden preisgegeben auf dem Sattel einer Bergkuppe.

Es war stockfinster, doch im Wetterleuchten konnte Elke erkennen, dass die Schafe aufgeschreckt und ungeordnet durch den Pferch rannten.

Und dann ging auf einmal alles ganz schnell: Mit einem ohrenbetäubenden Krachen schlug ein Blitz in eine allein stehende Kiefer auf der Weide ein, spaltete sie und setzte den harzhaltigen Stamm in Brand. Wie eine mächtige Fackel loderte das Feuer in den nächtlichen Himmel auf, während ein Teil der Herde, allen voran die eigensinnige Zita, in panischer Flucht davonstob, den leichten Elektrozaun ohne Rücksicht auf Verluste niedertrampelte und im Wald verschwand. Victor jagte ihnen augenblicklich hinterher, und auch Achill und Strega gehorchten Elkes Befehl und folgten ihm, während sie selbst zu der verschreckten Gruppe lief, die sich in der anderen Ecke des Pferchs angstvoll zusammendrängte.

»Moira«, schrie Elke. »Fabiola!«

Im Heulen des Sturms ging ihre Stimme unter. Wo waren die Leitschafe? Sie hörte das helle Blöken eines Lammes und erwischte im Schein des brennenden Baumes die kleine Fee noch rechtzeitig, ehe sie zwischen ihren Beinen hindurchschlüpfen und der flüchtenden Herde hinterherrennen konnte. Sie nahm das Lamm über die Schulter, und gerade als sie Fabiola entdeckte, um die sich eine große Schar ihrer treuen Anhängerinnen drängte, riss eine Sturmböe die Reste des neuen Elektrozauns aus seiner Verankerung und zerrte ihn über die Weide. Dabei legte sich das Netz um die Läufe einiger Tiere, die erschrocken das Weite suchen wollten und sich dabei nur noch fester in dem Gewebe verfingen. Eilig übergab Elke die kleine Fee der Obhut ihrer Mutter, zückte ihr Messer und machte sich daran, die verhedderten Schafe loszuschneiden.

Es war ihr gerade gelungen, die befreiten Tiere sprengten davon, als sich ein ohrenbetäubendes Heulen, das Elke einen Schauer über den Rücken jagte, von Westen her näherte und sich mit dem Geräusch von berstendem Holz vermischte. Instinktiv warf sie sich zu Boden und legte schützend die Arme über den Kopf. Keinen Moment zu früh, denn sogleich brauste ein ungeheures Dröhnen wie eine Walze über sie hinweg. Abgerissene Zweige, Tannenzapfen und schließlich kleinere Äste prasselten auf sie nieder. Sie versuchte, aufzustehen und zum Camper zu rennen, um dort Schutz zu suchen, doch der Wind schleuderte ihr Staub und Sand in die Augen, sodass sie die Orientierung verlor. Eine weitere Böe warf sie zu Boden, etwas Hartes traf sie am Kopf, und um sie herum wurde es schwarz.

Als sie wieder zu sich kam, konnte sie nicht aufstehen, dicht über ihr wölbten sich Fichtenzweige, und erst nach einer Weile begriff Elke, dass sie unter der Krone eines umgestürzten Baumes lag. Vorsichtig bewegte sie probehalber jedes ihrer Glieder und stellte erleichtert fest, dass sie unverletzt war. Dicht neben ihr ertastete sie die mächtigen Äste des Baumes. Die Zweige aber hatten über ihr ein schützendes Dach gebildet, darunter war sie sicher geborgen, ganz ähnlich wie in einer jener Reisighütten, die Julia und sie als Kinder so gern gebaut hatten. Sie lauschte. Noch immer erklang, durch die Zweige gedämpft, das Heulen des Sturms. Dann hörte sie ein Winseln und verzweifeltes Kläffen. Victor!

Er suchte nach ihr. Der Gedanke an das Schicksal ihrer Tiere verlieh ihr neue Kräfte. Unter allen Umständen musste sie hier raus.

Auf allen vieren suchte sie sich einen Weg durch das Geäst der gestürzten Baumkrone. Es dauerte eine gefühlte Ewigkeit, bis sie endlich unter dem letzten Hindernis hindurch ins Freie kriechen konnte. Sie erhob sich auf ihre Knie und rieb sich die brennenden Augen. Ein weiterer Baum hatte Feuer gefangen, und beißender Qualm drang in ihre Lunge. Dann war Victor bei ihr und warf sie beinahe um, fuhr ihr mit der Zunge überglücklich über das Gesicht.

»Ist ja gut, alter Junge«, wollte sie sagen, doch sie brachte nur ein heiseres Krächzen heraus. Nun kamen auch Achill und Strega angelaufen. Tara und Tim hatten sich offenbar losreißen können, unsäglich erleichtert liebkoste sie jedes einzelne ihrer treuen Tiere.

»Wo sind die Schafe?«, fragte sie und richtete sich auf.

Im Schein der brennenden Bäume war die Moorheide nicht wiederzuerkennen. Dort, wo der Waldrand gewesen war, lag ein Gewirr von umgestürzten Fichtenstämmen, das bis in die vormals freie Fläche der Weide hineinragte. Der Rest war übersät mit abgerissenen Ästen und Zweigen.

»Oh mein Gott«, murmelte Elke. Wenn das Feuer sich nur nicht ausbreitete! Hatten die umgestürzten Bäume ihre Herde unter sich begraben? Etwas stach erneut in ihrer Lunge, und sie musste fürchterlich husten. Der Wind trieb ganze Garben von Funken vor sich her und setzte an vielen Stellen das trockene Gras und

76

weiter entfernt auch Sträucher in Brand. Und noch immer ließ der Sturm nicht nach.

Ihre Augen suchten den Camper. Er konnte sich doch nicht einfach in Luft aufgelöst haben! Die Moorheide war derart verändert, dass es ihr schwerfiel, sich zu orientieren. Dann begriff sie, dass ihr alter Wagen unter mehreren entwurzelten Bäumen begraben worden war.

In diesem Augenblick öffnete sich der Himmel, und ein wolkenbruchartiger Regen ergoss sich auf die Hochweide. Er löschte das Feuer in den Baumstämmen und schließlich auch die übrigen Brandnester und hüllte alles in tiefe, undurchdringliche Schwärze. Kein Mond, kein Stern erhellte die Sturmnacht, und der Regen fiel nun so dicht, dass Elke selbst im Schein ihrer Stablampe, die sie immer in ihrer Schäferjacke bei sich trug, über im Weg liegende Hindernisse stolperte.

»Sucht die Schafe«, rief sie ihren Hunden immer wieder zu, und doch wusste Elke, dass es, solange Dunkelheit herrschte, in diesem Gewirr von umgestürzten Bäumen unmöglich und sogar gefährlich war, sich vorwärtszubewegen. Jederzeit konnte ein Baum seine Lage verändern, von einem anderen herunterrutschen, stützende Äste konnten brechen und sie und ihre Hunde erschlagen.

Unwillkürlich dachte sie an ihren Vater, der auf diese Weise den Tod gefunden hatte. Deshalb pfiff sie die Hunde zu sich und suchte für sie alle eine sichere Stelle, um den Morgen abzuwarten. Tara und Tim band sie wieder an einem Stamm fest, sie waren viel zu aufgeregt, um still liegen zu bleiben. Achill und Strega hörten auf ihren Pfiff, doch Victor ließ lange auf sich warten, und Elke begann, sich um ihn zu sorgen. Da vernahm sie seine unverkennbaren Belllaute und gleichzeitig das Blöken von Schafen, und im nächsten Augenblick rannten Tula und ihr Lämmchen Trixi sowie die einjährige Grete heran. Victor leckte kurz Elkes Hand, dann verschwand er erneut. Während sie eilig aus abgerissenen Ästen einen Miniaturpferch für die verängstigten Tiere baute, brachte Victor noch weitere versprengte Tiere zu seiner Herrin, bis sich schließlich zwölf Schafe und drei Lämmer um Elke scharten und sich dicht aneinanderpressten.

Unendlich erschien ihr die Nacht, die Stunden der Dunkelheit im strömenden Regen schienen kein Ende zu nehmen. Der Sturm war weitergezogen und hatte eine unnatürliche Stille zurückgelassen. Als die Schwärze endlich einer diffusen Dämmerung wich, untersuchte Elke die verängstigten Tiere genauer, und tatsächlich hatten sich einige leichte Schürfwunden zugezogen oder waren mit ihrem Fell an Zweigen und Dornen hängen geblieben und bluteten aus kleinen Wunden. Elke drückte Moos und feuchte Erde in die Wunden, ein altes Heilmittel. Ein Tier hinkte leicht, doch nachdem Elke ihm die eingerissene Hornhaut an den Klauen weggeschnitten hatte, ging es wieder.

Kein Vogel sang an diesem Morgen. Nur das bedrohliche Geräusch von Holz, das aneinanderrieb, stöhnte und ächzte, das unvermittelte Krachen und Brechen von nachgebenden Kronen erfüllten die verwüstete Moorheide, und je weiter die Morgendämmerung voranschritt, desto mehr enthüllte sie das Maß der Zerstörung.

Elkes alter Camper war tatsächlich unter mehreren Bäumen begraben. Und zu ihrem Schrecken stellte sie fest, dass Victor fehlte.

Sie rief nach ihm, bis ihr die Stimme versagte. Da endlich raschelte es hinter ihr, und zu Elkes unendlicher Erleichterung schmiegte sich ihr struppiger Freund an sie. Doch Victor schien aufgeregt, stieß ihr mehrfach mit der Nase leicht gegen das Knie und bedeutete ihr, ihm zu folgen.

»Hast du noch mehr gefunden?«, fragte sie. Der Hund aber lief bereits tiefer in den Wald, blieb stehen und blickte sich auffordernd nach ihr um.

Elke wusste, dass der starke Regen jede Geruchsspur vernichtet hatte. Dennoch folgte sie ihm. Wenn er sich so auffällig gebärdete, dann gab es einen Grund dafür.

Victor lief voraus und vergewisserte sich immer wieder, dass sie mit seinem Tempo mithalten konnte. Zielsicher suchte er sich und seiner Herrin einen Weg durch den Sturmbruch. Elke stellte allerdings rasch fest, dass die Schneise, die das Unwetter durch den Wald geschlagen hatte, relativ schmal war. Und ausgerechnet uns musste es treffen, dachte sie verzweifelt, während sie im unversehrten Teil des Waldes viel rascher vorankam.

Nach einer halben Stunde wurde Elke bewusst, auf welches Ziel sie sich zubewegten. Ihr wurde flau im Magen. Mit jedem weiteren Meter, den sie zurücklegten, bestätigte sich ihre Befürchtung: Vor ihnen lag der steil abfallende Berghang des Wilden Sees, einem der zwölf noch erhaltenen Karseen, die vor mehr als hunderttausend Jahren in der ausgehenden letzten Eiszeit entstanden waren. Mächtige Gletscher auf den Nordseiten der Höhenzüge waren damals während der Klimaerwärmung ins Rutschen geraten, hatten Unmassen von Geröll mit sich geführt und über viele Jahrzehntausende nicht nur gigantische Abhänge, sondern an deren Fuß auch tiefe, meist kreisrunde Mulden geformt, in denen sich das Schmelzwasser sammelte. Schwarz und geheimnisvoll ruhten diese Seen in ihren Senken, und noch heute waren die sie überragenden Karwände, die durch die Gletscher geformten Abhänge, gefährlich steil. Vor allem an jener felsigen Stelle, die im Volksmund »Teufelsstein« genannt wurde und zu der Victor sie gerade führte.

Lieber Gott, dachte Elke, mach, dass sie nicht dort hinuntergestürzt sind.

Die meisten ihrer Gebete erhörte Gott nicht, das wusste Elke aus Erfahrung. Und wenn sie ehrlich war, wandte sie sich ohnehin höchst selten an ihn, denn ihr war klar, dass »der alte Herr«, wie schon ihr Vater ihn genannt hatte, meist viel zu beschäftigt war, um sich um die kleinen Angelegenheiten einer Schwarzwälder Schäferin zu kümmern, zog man die Summe der Menschheitsprobleme insgesamt in Betracht. Und als sich Elke den Felsen über der Karwand näherte, gab es ausreichend Hinweise darauf, dass er auch diesmal anderswo zu tun gehabt hatte. In einem Gestrüpp fand sie Fetzen von Wolle. Und nur wenige Meter vom Abgrund entfernt die charakteristischen Spuren von Schafsklauen im aufgeweichten Waldboden.

Auf einmal begann Victor, der ein Stück vorausgeeilt war, wie verrückt zu bellen. Elke folgte ihm, auf das Schlimmste gefasst. Sie achtete nicht auf die Dornen von wilden Heckenrosen, nicht auf die Zweige, die ihr ins Gesicht schlugen. Zweimal wäre sie fast gestürzt, weil sich ihre Stiefel in Brombeerranken verfingen. Sie musste erst noch eine Gruppe eng ineinander verwachsener Jungtannen umrunden, die für ihren Hund kein Hindernis darstellten, dann sah sie Victor. Auf einer in den Abgrund hinausragenden Felsnase stand er und bellte in die Tiefe.

»Victor«, rief sie. »Komm her!«

Doch der Hund, der sonst so ausgezeichnet gehorchte, schien sie nicht zu hören.

Vorsichtig näherte sie sich der Kante. Die Erosion nagte an den Felsen, tiefe Risse spalteten das Gestein. Es war nicht ungefährlich hier, jeder Tritt wollte wohl bedacht sein, damit sich nicht ein Stück Fels löste und in die Tiefe stürzte. Noch einmal rief Elke nach ihrem Hund, und diesmal folgte er ihrem Befehl. Erregt stupste er mit der Nase gegen ihr Knie, dann zog es ihn zurück auf seinen Posten auf dem Felsvorsprung.

»Was ist da?«, fragte sie und erschrak über den kratzigen Klang ihrer Stimme. Sie wusste, dass sich Victor keinesfalls dermaßen aufregen würde, hätte er nicht dort unten Mitglieder seiner Herde entdeckt.

Elke sah sich nach einer geeigneten Stelle um und legte sich flach auf den Boden. Langsam robbte sie bis zur Kante vor und blickte hinab. Zuerst konnte sie nichts erkennen. Aus der fast senkrecht abfallenden Karwand wuchsen an vielen Stellen Farne, Sträucher und junge Bäume und versperrten ihr die Sicht. Wo weiter unten der Fels endete, streckten ihr trotz der Steilheit des Untergrunds dicht an dicht gewachsene

Fichten und Tannen ihre Kronen entgegen. Wer hier hinunterstürzte, brach sich entweder das Genick oder verfing sich zwischen den Bäumen. Victor bellte indessen noch immer aufgeregt, und Elke konzentrierte sich darauf, die Felswand genauer zu untersuchen.

Erst nach einer Weile hörte sie ein schwaches Blöken. Auf einem vielleicht drei Quadratmeter großen Absatz auf halber Höhe der Steilwand kauerte unter einem Gestrüpp aus jungen Erlen ein Schaf und reckte den Kopf zu ihr empor.

»Zita«, flüsterte Elke, und ihr Herz klopfte schneller. Wie um alles in der Welt war das Schaf dorthin gelangt? Hatten die Erlenschösslinge den Sturz des Tieres aufgehalten?

In diesem Augenblick klingelte das Handy in ihrer Jackentasche. Vorsichtig kroch Elke zurück und setzte sich auf. Sie zog das Gerät aus ihrer Tasche und wunderte sich über die Blutspuren darauf. Sie stammten von mehreren kleinen Risswunden an ihrer Hand, doch sie fühlte keinen Schmerz.

»Geht es dir gut?«, hörte sie Bärbels Stimme. »Das war vielleicht ein ziemlicher heftiger Sturm heute Nacht. Wie ist es euch ergangen?«

Elke wusste erst nicht, was sie antworten sollte. Alles drehte sich um sie herum vor Erschöpfung und Sorge.

»Es war die Hölle«, sagte sie dann. »Die Herde ist weg … Ein paar Tiere hat Victor zusammengetrieben, aber alle anderen sind in Panik durchgegangen. Und Zita …«

»Sie sind am Schliffkopf«, hörte sie ihre Mutter sagen. »Kannst du dorthin kommen?«

»Am … am Schliffkopf?«, fragte Elke verdutzt und erleichtert zugleich. »Bist du sicher?«

»Karl hat angerufen. Es hat dort einen Unfall gegeben. Den Tieren ist nichts passiert. Und dem Fahrer zum Glück auch nicht.« Elke schwirrte der Kopf. Sie konnte es kaum glauben.

»Du meinst, die ganze Herde ist am Schliffkopf?«

»Es scheint so«, hörte sie ihre Mutter sagen. »Karl meint, es wäre gut, wenn du kommen könntest. Der Fahrer macht wohl ein ziemliches Theater.«

»Das … das geht nicht«, stammelte Elke. »Auf dem Camper liegen drei umgestürzte Bäume. Du machst dir kein Bild, was heute Nacht auf der Moorheide los war.«

Kurz war es still in der Leitung.

»Aber dir geht es doch gut?«, fragte Bärbel angstvoll.

Elke betrachtete ihre blutenden Hände.

»Ja«, sagte sie. »Den Hunden auch. Hör zu, ich bin am Teufelsstein über dem Wilden See. Zita sitzt hier auf einem Felsvorsprung fest. Ich habe keine Ahnung, wie wir sie von da heraufkriegen sollen. Wenn dem Autofahrer nichts passiert ist, dann soll er nach Hause gehen und abwarten, bis wir das hier geregelt haben.«

Elke hörte, wie Bärbel erleichtert aufatmete. Oder war es eher ein Seufzen?

»Gut, dann fahr ich zur Unfallstelle«, sagte sie. »Und wegen Zita … Ich sag dem Meinhardtsbauern Bescheid. Der weiß, wen man sonst noch braucht. Wo genau hängt sie fest, sagst du?«

Im ersten Moment wollte Elke aufbegehren. Doch dann besann sie sich und erklärte ihrer Mutter, wo sich das Tier befand. Der Meinhardtsbauer hatte etwas gutzumachen. Und sie würde jedem dankbar sein, der ihr an diesem entsetzlichen Tag zu Hilfe kam.

Es war ein anspruchsvoller Fußmarsch von der nächstgelegenen Parkmöglichkeit hinauf zu Elke. Doch schon eine gute Stunde nach dem Telefonat mit ihrer Mutter trafen Josef Meinhardt und seine beiden Söhne Eric und Ralf bei ihr ein. Die jungen Männer hatten Kletterseile geschultert und schleppten schwere Taschen mit sich, in denen sich die Ausrüstung befand, die man ihrer Meinung nach benötigte, um ein Tier aus dieser Notlage zu bergen.

»Könnt ihr mich zu Zita hinunterlassen?«, fragte Elke.

Ralf Meinhardt war ein Stück um den Teufelsstein herumgegangen und hatte das Schaf auf dem Felsvorsprung gesichtet.

»Das wird schwierig«, meinte er, als er zu den anderen zurückkehrte. »Vielleicht sollte man dem Tier den Gnadenschuss geben. Das wird viel zu gefährlich, außerdem scheint es verletzt …«

»Niemals!« Elke erschrak selbst vor ihrer Heftigkeit, und das Echo der Karwand warf ihren Schrei gleich dreimal zurück. Erst jetzt bemerkte sie das Gewehr, das neben der Seilwinde lag. Auf einmal befiel sie eine Mischung aus Furcht und Zorn. »Ich hab gedacht, ihr seid hier, um mir zu helfen«, schleuderte sie dem Meinhardtsbauern ins Gesicht.

»Das sind wir auch«, versicherte er ihr und wandte sich an seinen Sohn. »Bring das Gewehr wieder weg, Junge. Los, mach schon.«

»Tut mir leid«, erklärte der junge Mann, nahm das Gewehr und verschwand mit ihm in der Richtung, aus der sie gekommen waren.

»Es ist dein Tier, Elke«, brach der Meinhardtsbauer das entstandene Schweigen. »Du allein entscheidest, was getan wird.«

»Du willst dich also wirklich abseilen lassen?«, fragte Eric, und Elke nickte. »Hast du das schon einmal gemacht?«

»Ja, hab ich«, antwortete sie. Zu Manuels Hobbys hatte das Klettern gehört, und sie war einige Male mit ihm in den Alpen gewesen.

»Ist es nicht besser, wir gehen zu zweit da runter?«, wandte Eric ein. Und als Elke dankend ablehnte und sich der Ausrüstungstasche zuwandte, fügte er hinzu: »Wie willst du dem Tier allein das Geschirr anlegen?«

»Das schaff ich schon«, versicherte ihm Elke. »Zita hat einen recht nervösen Charakter. Mich kennt sie, dich aber nicht. Sie würde sich erschrecken und noch weiter abstürzen.« Sie hob den Spezialgurt hoch, den sie Zita unter dem Bauch anlegen musste. Er war gut sechzig Zentimeter breit und weich gepolstert, sodass er nirgendwo einschnitt. »Und ihr denkt, der ist stark genug?«

»Damit haben wir schon Kälber verfrachtet«, erklärte Eric.

»Aber mit der Winde eine Felswand hochgezogen haben wir noch nie ein Tier«, räumte der Meinhardtsbauer ein. »Du musst achtgeben, dass das Schaf nicht an einem Felsvorsprung hängen bleibt oder sich daran verletzt. Hoffentlich zappelt es nicht allzu sehr herum.«

»Das wird es nicht«, versicherte Elke.

Ohne weitere Einwände sicherte der Bauer nun die Seilwinde an drei mächtigen Eichenstämmen. Währenddessen wählte Elke unter den mitgebrachten Sachen Erics Klettergurt, der ihr in der Statur am nächsten kam, und zog die Riemen an ihrer Hüfte und den Oberschenkeln fest. Dann wartete sie, bis die Winde endlich an Ort und Stelle installiert war, und konnte doch ihre Ungeduld kaum bezähmen. Auch Ralf war zurückgekehrt und half mit. Elkes Blicken wich er jedoch aus.

»Kommst du mit diesen Dingern zurecht?«, fragte Eric und reichte ihr ein halbautomatisches Sicherungsgerät, mit dem sie, einmal in der Wand hängend, den Seilfluss regulieren konnte.

»Ja, die kenn ich«, antwortete sie. »Kein Problem.«

Sie probierte die drei Helme der Männer auf und fand einen, der ihr passte.

»Lass uns alles noch einmal überprüfen«, bat Eric und kontrollierte jede einzelne Sicherheitsverbindung, jeden Karabiner und jeden Knoten, während Elke Victor beruhigte und ihn anwies, bei Josef Meinhardt Platz zu machen und auf sie zu warten.

»Es kann losgehen«, sagte er dann, und Elke stellte sich rückwärts zum Abgrund. Sie holte tief Luft, ging breitbeinig ein wenig in die Hocke und ließ sich vorsichtig rücklings in die Tiefe hinab.

Umsichtig wich sie den Sträuchern aus, die in den Felsspalten wurzelten. Sobald sie nahe genug war, begann sie, beruhigend auf Zita einzureden. Das Schaf sah ihr aufmerksam entgegen und machte zu Elkes Schrecken Anstalten, auf dem schmalen Vorsprung aufzustehen. Doch immer wieder knickten die Läufe ein.

»Ruuuuhig«, sagte sie beschwörend. »Ich komm ja schon, meine Süße.« Zita antwortete ihr mit einem vertrauensvollen Laut.

Endlich hatte Elke die kleine Plattform erreicht. Mit langsamen, beruhigenden Bewegungen näherte sie sich dem verunglückten Tier, streichelte es und untersuchte es auf Verletzungen. Es blutete an einem seiner Hinterläufe, der seltsam verrenkt war.

»Alles wird gut«, sagte sie besänftigend, als Zita bei der Berührung der Wunde zusammenzuckte.

Sie gab den Männern oben ein Zeichen, und der Rettungsgurt für Zita wurde langsam zu ihr heruntergelassen. Elke löste den Karabiner, mit dem die beiden Enden des Gurts miteinander verbunden waren, und begann, ihn vorsichtig unter dem Bauch des Schafs hindurchzuschieben. Sie hatte es beinahe geschafft, als ein paar kleinere Gesteinsbrocken auf sie niederregneten, die das an der Felswand scheuernde Seil wohl gelöst hatte. Erschrocken machte Zita eine heftige Bewegung und rutschte ein Stück weit von Elke weg und dem Abgrund entgegen. Die Espentriebe am Rand des Felsvorsprungs zitterten bedenklich.

»Ruuuuhig«, sagte Elke und musste sich doch selbst zur Ruhe zwingen. »Alles ist guuuut.« U-Laute wirkten beruhigend auf Zita, das wusste Elke aus Erfahrung, und so fuhr sie fort, diese Worte zu wiederholen, während sie sich langsam auf das verängstigte Tier zubewegte. Doch Zita wurde immer nervöser, und so entschloss sich Elke, sich ihr vom Abgrund her zu nähern. Sie blickte nach oben, wo sich Eric und Ralf, die sich selbst mit Gurten gesichert hatten, weit zu ihr herunterbeugten. Mit einer Handbewegung bedeutete sie ihnen, dass sie ihr Seil nachgeben sollten, und ließ sich langsam von dem Vorsprung heruntergleiten. Indem sie sich mit den Füßen vom Felsen wegstemmte, umrundete sie vorsichtig die Kante der Plattform und näherte sich nun von der Talseite dem verunglückten Schaf.

»Alles guuuut«, gurrte sie ihm sanft in die aufgestellten Ohren, streichelte seinen Hals, wo sie fühlen konnte, wie hart und schnell das Herz des Tieres schlug. Es dauerte eine gefühlte Ewigkeit, bis es ihr gelungen war, den Rettungsgurt unter seinem Bauch hindurchzuführen, die beiden Karabiner oberhalb seines Rückens mit der Rettungsleine zu verbinden und sorgfältig zu sichern. Während all dieser Zeit hing sie im Klettergeschirr über dem Abgrund, dann stemmte sie sich wieder auf den Vorsprung hinauf.

»Zita kann hoch«, rief sie und kraulte das Tier beruhigend hinter den Ohren. »Aber sachte!«

Millimeter um Millimeter zog die Seilwinde an, und langsam wurde das Schaf aufgerichtet. Und als hätte sie endlich begriffen, dass alles, was geschah, zu ihrem Besten war, hielt Zita mit weit aufgerissenen Augen vollkommen still. Einen Moment lang stand sie auf drei Beinen und blickte erstaunt um sich, dann verlor sie die Bodenhaftung und hing vollständig in der Luft. Elke hielt den Atem an, als sie hörte, wie Seile und Gurte ächzten.

»Pass auf, dass sie nicht gegen die Wand knallt!«, rief ihr der Meinhardtsbauer zu, und Elke fühlte, wie sich ihr eigenes Seil straffte. Mit Erics Hilfe, der oben ihr Seil einholte, schwang sie sich hoch und stemmte sich mit ihrer gesamten Körperkraft zwischen Schaf und Fels. Das war nicht ungefährlich, aber anders konnte sie das hundert Kilo schwere Tier nicht manövrieren. Meter um Meter kämpfte sie sich so hinauf, sprach weiter mit Zita, die sie in ihrem Rücken von der Felswand fernhielt, und beruhigte damit doch auch sich selbst. Kurz bevor sie ganz oben waren, hatten sie noch einen Überhang zu bewältigen, und Elke fühlte, wie die Kräfte sie verlassen wollten.

»So kriegen wir sie nicht hoch«, hörte sie die Männer rufen. Zita hing unter dem Vorsprung fest und begann nun jämmerlich zu blöken.

Mit letzter Kraft drehte Elke sich um, suchte mit dem Rücken Halt an einer glatten Stelle in der Felswand und drückte, so fest sie nur konnte, Zita mit den Füßen von ihr weg. Und wirklich, mit einem Ruck verschwand das Schaf aus ihrem Sichtfeld nach oben.

»Wir haben es«, schrie Ralf, und eine unsagbare Erleichterung machte sich in Elke breit. Sogleich fiel die Erschöpfung über sie her, jetzt, da Zita gerettet war. Ein hohes Sirren schrillte in ihren Ohren, vor ihren Augen wurde alles flirrend weiß. Dann hörte sie ihren Namen, der wie aus weiter Ferne erklang.

»Elke«, rief der Meinhardtsbauer, und seine Stimme überschlug sich fast vor Panik. »Elke, wo bist du? Komm hoch!«

Das brachte sie wieder ganz zu sich. Wie ein Sack hing sie in den Seilen, doch nun straffte sie sich, drehte sich in die korrekte Position, suchte und fand sichere Tritte im Fels und zog sich an kleinen Vorsprüngen empor.

»Könnt ihr anziehen?«, keuchte sie, und sogleich

89

ruckte das Seil und half ihr dabei, die wenigen Meter, die sie von den anderen trennten, zu überwinden.

Wenig später lag sie flach auf dem Rücken, den Blick in die Kronen der Bäume über ihr gerichtet, einige Momente lang unfähig, sich zu rühren. Victor leckte ihr das Gesicht ab, und der Meinhardtsbauer kniete neben ihr, in der Hand einen Becher Kaffee. Nach ein paar Atemzügen richtete sie sich mühsam auf, stützte sich auf den linken Ellbogen und trank gierig. Sie fühlte, wie aufgewühlt der Mann war, sah, wie seine Lippen Worte formten und doch nicht aussprachen. Beide dachten sie an dasselbe, da war sie sich sicher, nämlich an jenen Tag, als ihr Vater umgekommen war.

»Danke«, sagte sie, und er blickte ihr erstaunt, erleichtert und auch ein wenig ungläubig in die Augen, denn er wusste um ihren unversöhnlichen Groll. Dann wandte er den Blick rasch ab und starrte auf den leeren Becher. Wieder zuckte es in seinem Gesicht, und Elke verstand ihn nur zu gut. Es war nicht seine Sache, viele Worte zu machen, ebenso wenig wie ihre. Auch nicht um große Dinge wie Schuld und Vergebung. »Danke, Josef«, sagte sie noch einmal mit Nachdruck. »Das werde ich dir und deinen Söhnen nicht vergessen.«

5. Kapitel

Ärger

H ier«, sagte Bärbel und reichte das Tablett mit den Schnapsgläsern herum. »Nach einem solchen Tag ist ein Bärwurz genau das Richtige.«

Sie saßen in der guten Stube des Lämmerhofs beisammen, Josef Meinhardt und seine Söhne, Karl Hauser und der junge Fridolinsbauer, der als Mitglied der Freiwilligen Feuerwehr zum Autounfall gerufen worden war.

Bärbel hatte die Herde völlig verstört neben dem verunglückten Wagen angetroffen, und ausgerechnet Manuel Kimmich, mit dem Elke im vergangenen Herbst Schluss gemacht hatte, war ihnen zu Hilfe geeilt, hatte auf seinem Pick-up seinen Ersatzweidezaun mitgebracht und ihn gemeinsam mit Bärbel aufgestellt. In diesem Pferch ruhte sich die Herde nun von den ausgestandenen Strapazen aus. Nur Zita lag mit einem gebrochenen Hinterlauf im Stall. Elke hatte kein einziges ihrer Tiere verloren, und das war mehr, als sie hatte hoffen können.

»Der muss doch betrunken gewesen sein«, rief der

Fridolinsbauer aus, und Elke zwang sich, die Bilder des Morgens aus ihrem Kopf zu verbannen und der Unterhaltung am Tisch zu folgen. »Wieso hat man bei dem keinen Alkoholtest gemacht? So wie der Wagen aussah, muss er gerast sein wie ein Verrückter …«

»Und das bei so einem Wetter«, fügte Bärbel kopfschüttelnd hinzu. »Was ich nicht verstehe, ist, dass sie einfach stehen geblieben sind. Normalerweise rennen Moira und Fabiola doch bei jedem Motorengeräusch davon.«

»Es war ein Tesla«, warf Karl Hauser ein. »Ein Elektromotor, der macht keinen Lärm. Außerdem waren die Tiere in Panik.«

»Ein Tesla?«, fragte Ralf Meinhardt und riss die Augen weit auf. »Du meinst, so einer für hundertfünfzigtausend?«

Karl nickte düster.

»Und leider handelt es sich um einen Staatssekretär im Stuttgarter Landtag«, fügte er hinzu. »Deshalb hat sich auch keiner getraut, einen Alkoholtest zu machen.«

»Das darf doch wohl nicht wahr sein«, begehrte Bärbel auf. »Dieser Kerl ist bei Sturm mit überhöhter Geschwindigkeit über die Bundesstraße gerast, es hat gegossen wie aus Kübeln, und jetzt sollen unsere Schafe schuld daran sein, dass …«

»Sie standen nun mal mitten auf der Straße«, wandte Karl Hauser ein. »Und wie schnell er tatsächlich gefahren ist, können wir nur vermuten. Ehrlich gesagt bin ich froh, dass er nicht in sie hineingerast ist. Ich mag mir das gar nicht vorstellen …« Bedrücktes Schweigen folgte auf seine Worte. Jeder hatte auf einmal schreckliche Bilder im Kopf. »Zum Glück ist ja nichts passiert«, fuhr Hauser rasch fort. »Weder Tier noch Mensch wurden verletzt. Für alles andere gibt es schließlich Versicherungen.«

»Gott sei Dank hast du nicht im Camper geschlafen«, seufzte Bärbel und sah ihre Tochter liebevoll an. »Habt ihr gesehen, wie der zugerichtet ist? Drei Fichten haben ihn total zertrümmert.«

»Nun ja«, meinte Elke, »die Karre war ohnehin nichts mehr wert.« Dass der Camper keinen TÜV mehr hatte, brauchte keiner der Anwesenden zu erfahren. »Für den zahlt keine Versicherung auch nur einen Cent.«

»Ich spreche nicht von dem alten Camper deines Vaters«, entgegnete Karl Hauser. »Sondern von dem Unfall.« Er suchte nach einer Visitenkarte in seiner Geldbörse und legte sie auf den Tisch.

»Das ist ein recht unangenehmer Bursche«, warf der junge Fridolinsbauer ein. »Er hat gesagt, er will dich verklagen.«

»Verklagen?«, fragte Bärbel empört.

Karl Hauser hob beschwichtigend die Hände.

»Nun mal langsam«, versuchte er, sie zu beruhigen. »Man sagt so manches im ersten Zorn. Aber das regeln die Versicherungen ohnehin unter sich, macht euch also keine Sorgen.«

Aber Elke machte sich durchaus Sorgen, große sogar.

»Eine Haftpflichtversicherung«, hörte sie Eric Meinhardt sagen. »Die hat doch jeder.«

Sie auch? Elke war sich auf einmal überhaupt nicht so sicher. Sie hatten an vielen Stellen einsparen müssen in den vergangenen beiden Jahren. Den Papierkram schob sie außerdem am liebsten weit von sich.

Sie hatte ihr Glas mit Bärwurz nicht angerührt. Alkohol war ihre Sache nicht, und schon gar nicht an diesem Abend. Innerlich zitterte sie vor Müdigkeit und Niedergeschlagenheit. Und dennoch. Statt hier im Lämmerhof herumzusitzen, sollte sie bei ihrer Herde sein. Sie hatte heiß geduscht und frische Kleidung angezogen. Sie hatte sich sogar eine halbe Stunde hingelegt und danach zwei Portionen Spaghetti mit Bärlauch und ein Schälchen Vanillepudding aufgegessen. Einige Stunden lang hatte sie die Wärme und Behaglichkeit des Lämmerhofs genossen. Das musste genügen.

»Du bleibst heute Nacht doch hier, oder?«, fragte Bärbel beunruhigt, als diese sich erhob. Elke schüttelte den Kopf.

»Ich kann die Tiere nicht allein lassen«, sagte sie. »Nicht jetzt. Sie sind ja völlig durcheinander. Siehst du bitte nach Zita?«

»Was soll das werden?«, erkundigte sich Karl Hauser besorgt. »Du hast ja nicht einmal mehr einen Wagen dort oben.«

»Der Sturm ist vorbei«, erklärte Elke trotzig. »Ich schlafe draußen. Ohnehin ist das viel sicherer, wie wir jetzt wissen.«

»Aber Elke …«

»Es geht schon«, antwortete sie kurz angebunden und war bereits an der Tür. »Ich nehm den Jeep mit, ja?«

»Jetzt warte doch mal«, rief ihr Karl Hauser nach. »Wenn du willst, hol ich mein Wohnmobil und bleib heute Nacht bei der Herde. Deine Mutter hat vollkommen recht …«

Doch Elke hörte ihn schon nicht mehr. Im Hof blieb

sie kurz stehen und betrachtete den Himmel. Die Nacht war klar, kein Wölkchen, so als wäre nichts geschehen. Nur merklich abgekühlt hatte es, und Elke war froh, einen zweiten Pullover und frische Socken in ihren Rucksack gesteckt zu haben. Sie pfiff nach Tim und Tara, die freudig in den Jeep sprangen.

Unterwegs gingen ihr immer wieder die Bilder der vergangenen Nacht durch den Kopf. Sie sah sich durch den Wald rennen, fragte sich, was sie hätte besser machen können. Warum musste ausgerechnet ihr ein solches Fiasko passieren? Und das bereits am zweiten Tag der Saison. Ihr war klar, dass ihre Mutter recht damit hatte, wenn sie sagte, dass sie bei einem solchen Unwetter auch zu zweit nichts hätten ausrichten können. Oder vielleicht doch? Wäre es zu zweit möglich gewesen, die Herde am Durchgehen zu hindern? Schwer zu sagen. Vermutlich nicht. Niemand hätte die Tiere stoppen können. Und doch vermochte Elke das Gefühl, versagt zu haben, nicht abzuschütteln.

Als sie die Weide erreichte, fand sie alles ruhig vor. Die Herde stand regungslos unter dem glitzernden Sternenhimmel. Im Mondschein schimmerten die Tiere, als wären sie aus reinem Silber. Freudig liefen ihr Victor, Achill und Strega entgegen, erhielten eine extra Futterration und ihre Streicheleinheiten samt jeder Menge Lob. Sie hatten die Koppel vorbildlich bewacht.

Ich brauche einen neuen Weidezaun, dachte Elke, während sie die Schafe zählte und sich vergewisserte, dass es jedem einzelnen gut ging. Sie wollte den geliehenen Zaun so bald wie möglich ihrem Exfreund zurückgeben, denn sie hasste den Gedanken, jemandem, dem sie den Laufpass gegeben hatte, verpflichtet zu sein. Manuel machte sich womöglich immer noch Hoffnungen, sie könne es sich anders überlegen, das durfte sie nicht unterstützen. Dabei zwang sie sich, die Frage, wovon sie den neuen Pferch bezahlen sollte, sowie alle anderen Sorgen auszublenden und ins Hier und Jetzt zurückzukehren. Denn sie wusste, dass sie die feinfühligen Tiere ansonsten beunruhigte.

Sie suchte sich eine geeignete Stelle für ihr Lager und rollte ihre Isomatte aus. Todmüde schlüpfte sie in ihren Schlafsack und schlief sogleich ein.

Der folgende Tag verlief ruhig, und Elke war dankbar dafür. Das Wetter war mild und sonnig, und die Schafe blühten sichtlich auf. An dieser neuen Weide führte ein beliebter Wanderweg vorüber, doch aufgrund der nahen Sturmschäden hielten sich die Ausflügler fern.

Dann kam der Samstag, und Elke erhielt Besuch von ihrer Schwester, die auf ihre Bitte hin einen neuen Weidezaun im Kofferraum mitbrachte. Julia hatte, wie es ihre Art war, gleich eine viel bessere, aber auch kostspieligere Ausführung gewählt.

»Man darf nicht an der falschen Stelle sparen«, behauptete sie. »Mit diesem Zaun hast du es einfacher. Schau nur, er lässt sich viel schneller aufbauen. Er wiegt weniger. Und er ist …«

»… teurer«, schloss Elke trocken.

»… stabiler. Außerdem ist er ein Geschenk von mir, weil …«

»Nein«, unterbrach Elke ihre Schwester. »Das kann ich nicht annehmen. Es reicht, was du ohnehin schon für mich tust. Du bezahlst immer wieder meine Rechnungen, und dafür schäme ich mich. Aber …«

»Unsinn«, schimpfte Julia. »Wir sind eine Familie. Irgendwann einmal brauche ich womöglich deine Hilfe. Dann wirst du mich auch nicht hängen lassen. Oder?«

»Ach Jule«, seufzte Elke. »Natürlich würde ich das nicht. Aber diese Chance, mich zu revanchieren, wird wohl nie kommen. Du bekommst einfach alles viel besser hin als ich …«

»Spinnst du jetzt, oder was?«, rief Julia empört. »Hör auf mit dem Gejammer. Du machst alles genau richtig. Für den Sturm kannst du nichts, oder bestimmst du neuerdings über das Wetter?« Elke musste wider Willen grinsen und schüttelte den Kopf. »Komm«, fuhr Julia fort und kraulte Strega hinter den Ohren, »lass uns den neuen Zaun aufbauen. Wie ich sehe, ist diese Parzelle ohnehin so gut wie abgegrast. Wo soll der neue Pferch denn stehen?«

Gemeinsam steckten sie die Koppel ab, und Elke musste zugeben, dass der neue Zaun praktischer zu handhaben war als der alte, der ihr immerhin schon viele Jahre lang gute Dienste geleistet hatte. Im Grunde, das wusste Elke, investierte sie viel zu selten in ihre Ausrüstung, und das hatte einen Grund.

»Ich muss zu Achim Trefz«, sagte Elke, als sie sich schließlich zum Essen niederließen. Ihre Schwester hatte einen Picknickkorb voller Köstlichkeiten mitgebracht, von denen sie wusste, dass Elke sie für ihr Leben gern aß: eingelegtes Gemüse vom Italiener, leckeren Kichererbsensalat vom Griechen und knuspriges Fladenbrot, gebratenen Tofu und eine Schüssel mit einem bunten Obstsalat aus exotischen Früchten. »Ich hoffe«, fuhr Elke fort, »Achim gewährt mir einen Sonderkredit.«

Julia sah ihre Schwester erschrocken an.

»Wie viel brauchst du?«, fragte sie.

»Wie viel hat der Zaun gekostet?«, fragte Elke zurück, und ehe Julia ihr widersprechen konnte, ergänzte sie: »Außerdem ist der Camper hin. Ich habe hin- und herüberlegt, aber ohne einen zweiten Wagen kommen wir nicht zurecht. Es geht nicht, dass Mama ohne Fahrzeug auf dem Hof bleibt, wenn ich auf der Weide bin.«

»Klar brauchst du einen neuen Camper«, führte Julia den Gedanken fort. »Vielleicht sogar noch einen Anhänger dazu für die Gerätschaften. Jeder Schäfer hat heute so etwas, Elke.«

»Ja«, stöhnte sie. »Weißt du auch, was so ein Fahrzeug kostet?«

»Wir könnten nach einem gebrauchten suchen.«

Elke antwortete nicht. Auch so mussten sie mit einem mittleren fünfstelligen Betrag rechnen.

»Und wenn du einen Teil der Herde verkaufst?«, fragte Julia leise. Das war ein heikles Thema, Elke hing an ihren Schafen. Jeder einzelne Abschied fiel ihr unsagbar schwer. »Darüber denke ich auch nach«, räumte sie schließlich ein. »Du weißt ja, wie sich unsere Einnahmen zusammensetzen. Ein Teil durch den Beweidungsvertrag. Und der andere Teil wird durch Verkäufe gedeckt. Für meine Einjährigen habe ich schon Kaufinteressenten, die holen sie im September ab. Vierzig Tiere, alle im Zuchtbuch eingetragen mit den allerbesten Anlagen. Ich verkaufe nur an andere Züchter. Wozu

98

ich nicht bereit bin, ist, meine Tiere ans Messer zu liefern.«

Julia nickte. Auch sie wusste, dass gerade im Frühjahr die Nachfrage nach Lämmern zum Schlachten enorm groß war. Allein Bärbels Kunden aus der Gastronomie würden viel Geld für ein natürlich gehaltenes, einheimisches Lamm auf den Tisch legen. Doch das kam für Elke nicht infrage. Sie konnte sich nicht vorstellen, dass Miri oder Fee oder eines der anderen Lämmer in einer Restaurantküche enden sollten. Auch wenn sie sich durch diese Haltung eine lukrative Einnahmequelle versagte.

»Natürlich nicht«, sagte Julia und ließ den Blick über die Herde gleiten. »Aber ich finde, du könntest dich von mehr trennen als nur von vierzig. Es sind jetzt über sechshundert, nicht wahr? Das ist ziemlich groß für eine Herde. Du könntest locker hundert …«

»Ach Jule, lass …«

»Und was ist mit den Hunden? Du brauchst doch nicht unbedingt fünf, oder? Vielleicht könntest du Tara abgeben? Oder lieber Tim?«

Elke presste die Lippen zusammen und zog die Schultern hoch, wie sie es immer tat, wenn sie sich gegen etwas sträubte. Jeder wusste, wie ungern sie sich von ihren Altdeutschen Hütehunden vom Schlag der Strobel trennte.

»Es ist nicht schlecht, Ersatzhunde zu haben«, meinte sie trotzig. »Vor allem, wenn man ganz allein ist. Außerdem sind meine Strobel keine Haushunde. Sie brauchen Auslauf und eine Aufgabe …«

»Das weiß ich doch, Elke«, unterbrach Julia sie

sanft. »Aber so ein ausgebildeter Hund könnte auch anderswo glücklich werden. Zum Beispiel bei jemandem, der einen Pferdehof betreibt oder einen eigenen Wald bewirtschaftet. Soll ich mal im Internet …«

»Weder Tim noch Tara sind schon so weit«, wehrte Elke ab. »Vielleicht nach dieser Weidesaison«, räumte sie widerstrebend ein, als sie das sorgenvolle Gesicht ihrer Schwester sah. »Ich weiß ja, du meinst es gut. Aber …« Sie beendete den Satz nicht. Die Hunde waren ihre Familie. Die gab man nicht einfach so her.

»Ich hätte da eine Idee, wie du dir etwas dazuverdienen könntest«, begann Julia vorsichtig und riss ein paar Grashalme aus, »und gleichzeitig ein wenig Gesellschaft hättest.«

»Ach ja?«, fragte Elke skeptisch. »Soll ich wieder gestresste Manager-Schafe hüten lassen? Oder den Teamgeist von unmotivierten Kollegen fördern, indem ich sie auf meine arme Herde loslasse?« Denn so etwas hatte ihre Schwester das letzte Mal vorgeschlagen, als von zusätzlichen Einkünften die Rede gewesen war. Doch Julia schüttelte den Kopf und wollte etwas entgegnen, als Elkes Handy klingelte. Es war Bärbel.

»Kannst du rasch kommen?«

»Ist etwas passiert?«

»Da ist so ein Typ, er sagt, er sei von der Bank. Leiermann heißt er. Hast du gewusst, dass Achim Trefz versetzt wurde?«

»Nein«, antwortete Elke erschrocken.

»Dieser Leiermann schnüffelt hier überall herum. Er sagt, er muss unseren Hof neu bewerten wegen der Hypothek …«

»Wir sind schon unterwegs«, rief Elke und sprang auf. »Wenn man vom Teufel spricht«, sagte sie zu ihrer Schwester und packte hastig das Picknick zusammen.

»Entspricht diese Käserei überhaupt der EU-Norm?«

Elke sah Bärbel an, dass sie kurz vor dem Platzen war.

»Sind Sie jetzt EU-Kommissar oder Bankangestellter?«, fragte ihre Mutter angriffslustig zurück. Doch der unauffällige Mann im grauen Anzug mit dem modischen Brillengestell und der Halbglatze ließ sich nicht beeindrucken.

»Ich kann Sie beruhigen«, mischte sich Julia ein. »Sie entspricht den Vorschriften. Und das haben wir auch schwarz auf weiß. Darf ich fragen, weshalb Sie überhaupt hier sind?«

Der Mann betrachtete die beiden Schwestern von Kopf bis Fuß.

»Leiermann mein Name. Ich bin der Nachfolger von Herrn Trefz. Und in dieser Funktion gehe ich alle älteren Kredite durch. So auch die Hypothek, die auf diesem Hof lastet. Und mit wem habe ich das Vergnügen?«

Das Vergnügen wird dir bald vergehen, dachte Elke erbost, doch Julia nahm die Angelegenheit souverän in die Hand. Und auch wenn Bärbel mit Elke vielsagende Blicke wechselte, überließen sie es ihr, die Verhandlungen zu führen. Julia hatte tagtäglich mit Behörden zu tun und außerdem einmal Jura studiert. Und so saßen sie wenig später alle zusammen am Küchentisch des Lämmerhofs.

»Ein Kredit beruht immer auf einem Gegenwert«, erklärte Leiermann ein wenig näselnd von oben herab. »Und diesen gilt es, neu zu evaluieren.« Er wandte sich an Bärbel. »Vor fünfzehn Jahren, als Ihr Mann die Hypothek aufgenommen hat, mag der Hof noch den Wert besessen haben, der eingetragen wurde. Heute jedoch ist das zu bezweifeln.«

Einen Moment lang war es still am Tisch geworden.

»Zum Wert des Anwesens«, sagte Julia dann, »kommt noch der einer Herde von sechshundert Schafen.«

Leiermann sah sie durch seine Brillengläser amüsiert an.

»Sie meinen die, die auf der Schwarzwaldhochstraße den Unfall verursacht haben?«

Bärbel wollte zornig auffahren, doch Julia legte ihr die Hand auf den Arm.

»Es sind sechshundert erstklassige Zuchtschafe«, erklärte sie ungerührt. »Und sie haben ihren Wert.«

Der Bankangestellte blinzelte mehrmals, und Elke begriff, dass es sich um einen Tick handelte. Dann zog er einen Taschenrechner aus seiner Aktentasche und legte ihn auf den Block vor sich auf den Tisch.

»Ich habe natürlich Erkundigungen eingezogen«, sagte er selbstgefällig. »Ihre Schafe sind pro Tier im Schnitt zweihundertfünfzig Euro wert. Das macht einen Gesamtwert von rund einhundertfünfzigtausend Euro. Wenn Sie die Hälfte davon abstoßen …«

»Das werde ich auf keinen Fall«, protestierte Elke energisch. »Überhaupt, wie kommen Sie dazu, mir in meine Arbeit reinzureden? Es sind meine Tiere, und ich mache mit ihnen, was ich für richtig finde.«

Auf einmal bekam Herr Leiermanns Blick einen kalten Glanz.

»Sie irren sich«, sagte er. »Bei Licht betrachtet,

gehört die Herde der Bank. Oder diese Gebäude hier, samt dem Grundbesitz, wobei dieser Wert neu geschätzt werden müsste. Sie sollten also sehr wohl auf meinen Rat hören.«

Elkes Hände ballten sich zu Fäusten, und auch Bärbel sah aus, als könnte sie sich nicht mehr lange beherrschen.

»Was genau wollen Sie von uns?«, fragte Julia deswegen rasch.

»Es liegt in Ihrer Hand«, erwiderte Herr Leiermann. »Entweder, Sie zeigen sich kooperativ und machen von unserem Angebot einer Sondertilgung Gebrauch, oder wir werden den Kreditvertrag anpassen.«

»Ein einmal geschlossener Vertrag bleibt rechtskräftig«, erwiderte Julia ruhig, aber bestimmt. »Sie können die Konditionen nicht einfach einseitig verändern. Auch wenn die Ihnen nicht mehr gefallen.«

»Anpassen«, wiederholte Leiermann. »Nicht einseitig verändern.«

»Das ist dasselbe«, konterte Julia. »Hören Sie auf mit dieser Wortklauberei. Ich bin Juristin, also sollten Sie sich die Mühe machen, schlüssig zu argumentieren, und zwar auf der Basis der Gesetzeslage.«

Elke konnte nicht umhin, ihre Schwester zu bewundern. Der Banker hatte ein wenig Farbe im Gesicht verloren und presste die Lippen aufeinander. Dann packte er Block und Taschenrechner wieder in seine Tasche und erhob sich.

»Nun gut«, sagte er. »Ich fand es freundlicher, persönlich vorbeizuschauen. Aber wenn Sie den Schriftverkehr vorziehen …«

»Schriftverkehr ist in Ordnung«, unterbrach ihn

103

Julia. »Denn das ist später alles, was vor Gericht zählt. Von mündlichen Absprachen halte ich nicht viel, sie sind letztendlich nicht relevant.«

»Wie Sie wünschen«, antwortete Herr Leiermann. »Sie hören von uns.«

Julia erhob sich ebenfalls und begleitete ihn zur Tür. Dort blieb sie stehen, bis der Wagen des Bankangestellten vom Hof gefahren war.

»Was hat das alles zu bedeuten?«, fragte Bärbel besorgt.

Julia zuckte mit den Schultern.

»Am besten, ich seh mir diese alten Kreditverträge mal genauer an«, sagte sie. »Leihst du mir den ganzen Ordner? Dann zeig ich ihn einem meiner Kollegen, der sich wirklich mit diesem Finanzkram auskennt.«

Bärbel begann zu lachen.

»Du hast also nur gepokert?«

Julia verzog das Gesicht zu einem gequälten Lächeln.

»Im Grunde ja. Ich kann zwar beurteilen, was ein gültiger Vertrag ist und unter welchen Bedingungen er gekündigt oder, wie dieser Leiermann sagt, einseitig geändert werden kann. Aber mit der neueren Finanzgesetzgebung kenn ich mich natürlich nicht aus. Mein Schwerpunkt ist Familienrecht.«

Ihre Mutter seufzte.

»Familienrecht«, echote sie. »Ich bin gespannt, wann du mal endlich eine eigene Familie gründen wirst, statt dich um anderer Leute Kinder zu kümmern.«

Das ehemalige Büro ihres Vaters war ein Ort, den Elke am liebsten mied. Denn in diesem mit schönstem

Eichenholz getäfelten Raum erinnerte alles an ihn. Es roch noch immer nach seiner Lederjacke und dem Pfeifentabak, den er so gern geraucht hatte. Hier war alles genau so geblieben, wie er es verlassen hatte, und die Schreibtischlampe mit dem länglichen grünen Glasschirm wie auch die kalbslederne Schreibunterlage samt der Stiftablage aus gehämmertem Kupfer schienen nur darauf zu warten, dass er Platz nahm und sich der Verwaltung seines Forstgebiets wieder widmete, die er vor nunmehr acht Jahren unterbrochen hatte.

An diesem Schreibtisch saß nun Julia, vor sich den aufgeschlagenen Ordner mit den Kreditunterlagen. Und da es ohnehin höchste Zeit dafür war, gab auch Elke sich einen Ruck und beschloss, der Sache mit der Haftpflichtversicherung auf den Grund zu gehen. Denn früher oder später würde dieser Ministerialbeamte im Kaschmirmantel aufkreuzen oder, was wahrscheinlicher war, ein Schreiben seines Anwalts.

Zu ihrer Erleichterung fand sie in dem von ihrem Vater sorgfältig beschrifteten Ordner ein Unterregister »Haftpflicht«. Sie ließ sich auf den Besucherstuhl dem Schreibtisch gegenüber fallen, auf dem sie als Mädchen so manches Mal eine Strafpredigt über sich hatte ergehen lassen müssen, schlug die Seiten auf und zwang sich, den vielseitigen Vertrag durchzulesen. Ja, sie waren versichert, und der Beitrag war regelmäßig bezahlt worden. Beruhigt lehnte sie sich zurück.

»Alles in Ordnung mit der Versicherung?«, fragte Julia und sah sie forschend an. Dann zog sie den Ordner zu sich herüber. »Lass mal sehen.« Routiniert flogen ihre Augen über die Seiten. Doch auf einmal stutzte

sie. »Moment mal«, sagte sie. »Hast du die Deckungssumme vor zwei Jahren wirklich reduziert?«

Elke legte die Stirn in Falten.

»Ja«, antwortete sie. »Mama hat auch gefunden, dass
das viel zu hoch war. Und unser Beitrag …«

»Ihr habt die maximale Deckungssumme auf ein-
hunderttausend gedeckelt?«, unterbrach Julia sie
alarmiert. »Das ist viel zu wenig. Oh mein Gott, stell
dir vor, ein Mensch wäre bei dem Unfall zu Schaden
gekommen. Du würdest deines Lebens nicht mehr froh
werden, Elke. Und auch so … Was war das denn überhaupt für ein Wagen?«

»Ein Tesla«, antwortete Elke kleinlaut. Hatte Karl
nicht gesagt, der sei ganz neu gewesen?

»Ach, du liebes bisschen«, stöhnte Julia. »Da wird
wohl noch ein anderer Kollege von mir ranmüssen.«

»Wieso?«, fragte Elke angstvoll. »Was für ein Kollege
denn?«

»Hugo«, antwortete Julia und klappte den Ordner
zu. »Er ist der beste Strafverteidiger, den ich kenne. Ich
bin mir fast sicher, er wird mit mir einer Meinung sein,
dass der Fahrer Schuld an dem Unfall hatte.«

»Aber …«

»Angriff ist manchmal wirklich die beste Vertei-
digung«, erklärte ihr die Schwester. Sie wirkte blass
um die Nase. »Wir werden herausfinden, wo dieser Teslafahrer vor dem Unfall war. Ob er vielleicht
Alkohol getrunken hat und ob es dafür Zeugen gibt.
Denn glaub mir, Elke, wenn er wirklich unschuldig
ist …« Sie brach ab, lehnte sich zurück und schloss
die Augen.

»Was dann?«, fragte Elke tonlos, doch im Grunde kannte sie die Antwort.

»Und du«, fuhr Julia entschlossen fort, als hätte sie Elkes Frage nicht gehört, »brauchst unbedingt eine weitere Einnahmequelle.« Sie nahm den Versicherungsvertrag aus dem Ordner und packte die Unterlagen zu denen von der Bank. Dann erhob sie sich. »Auch dafür werde ich sorgen.«

Obgleich ihre Schwester versichert hatte, sich um alles zu kümmern, so kehrte Elke dennoch mit einem Gefühl der Unruhe zu ihren Schafen zurück. Nachts schreckte sie aus Träumen hoch, in denen sie durch undurchdringliche Wälder lief und doch nicht vorankam, so als trüge sie Stiefel aus Blei. Tagsüber fiel es ihr schwer, das mentale Band zwischen ihr und den Tieren aufrechtzuerhalten, und besonders Tim und Tara schienen alles vergessen zu haben, was sie ihnen bislang beigebracht hatte. Da sie wusste, dass die Hunde ihr mit ihrem Verhalten lediglich das spiegelten, was in ihr selbst vor sich ging, konnte sie es ihnen nicht verübeln. Alles, was ihr übrig blieb, war, hart an sich selbst zu arbeiten und sich um die Belange der Herde zu kümmern. Allein die Klauenpflege der sechshundert Schafe, die sie bislang zu zweit erledigt hatten, nahm sie Tag für Tag in Anspruch. Wie immer tat es ihr gut, sich von früh bis spät mit ihren Tieren zu beschäftigen, und am fünften Tag nach dem Besuch des Bankers hatte sie schließlich ihre innere Balance ein Stück weit wiedergefunden. Tim und Tara bestätigten ihr das mit ein paar ausgezeichneten Aktionen, als sie die Herde aus dem Pferch ließ, damit sie außerhalb des Zauns grasen konnte. Überglücklich lobte sie die Hunde und zeigte jedem einzelnen ihre Zuneigung.

Als sie Victor die Flanken tätschelte, sah sie, wie er aufmerksam den Kopf hob, die Ohren spitzte und in Richtung des Waldwegs spähte. Dann hörte auch sie das Motorengeräusch. Es war der Golf ihrer Schwester. Jule parkte den Wagen in ausreichendem Sicherheits-abstand. Dennoch reagierten Fabiola und Moira augen-blicklich; noch immer waren sie selbst bei der kleinsten Störung höchst alarmiert.

»Victor, hinten sichern«, befahl Elke. »Achill, geh rechts. Strega, geh links.«

Sogleich stoben die Hunde davon, um ihre Aufgaben zu erfüllen, damit die Herde beisammenblieb. Dann ging Elke ihrer Schwester entgegen.

»Wer sitzt denn da noch im Wagen?«, erkundigte sie sich, nachdem sie Julia umarmt hatte.

»Das ist Zoe«, erklärte diese. »Sie wird dir ab jetzt mit der Herde helfen.«

Elke stutzte kurz, dann lachte sie aus vollem Halse.

»Lange her, dass du solche Scherze gemacht hast«, rief sie kichernd. Doch Julia blieb ernst.

»Das ist kein Scherz, Elke«, sagte sie. »Du erhältst ein monatliches Honorar dafür, dass Zoe hier bei dir lebt. Und glaube mir, das kannst du dringend brauchen.«

Elke erstarb das Lachen in der Kehle. Sie sah zu Julias Wagen, aus dem gerade ein etwa fünfzehnjähriges Mädchen stieg, die Fäuste in die Hüften stemmte und widerwillig um sich blickte. Sie war dünn und bleich mit dunklem Haar, das ihr bis über die kleinen Brüste fiel. Doch dann wandte sie schroff den Blick in die andere Richtung, und Elke erkannte, dass auf der anderen Seite ihres Kopfes die Haare bis zum Scheitel abrasiert waren. Es war, als stünden dort zwei verschiedene junge Frauen, je nachdem, wie Zoe den Kopf drehte.

In diesem Moment kam Victor angerast, wie er es gern tat, um seine Herrin darauf hinzuweisen, wie gut er seine Arbeit machte. Als er das Mädchen sah, stutzte er kurz, dann lief er zu ihm und sprang schwanzwedelnd an ihm hoch. Es war ein Wunder, dass er die zierliche Gestalt nicht umwarf.

»Victor«, rief Elke streng, und sofort kam er zu ihr.

Zoe jedoch schien verwirrt durch die überfallartige Sympathiebekundung des großen struppigen Hütehundes. Ihr Blick wurde weich und glitt von ihm zu den Schafen und den anderen Hunden, die routiniert die Herde umkreisten. Dann besann sie sich offenbar, und alles an ihr signalisierte Abwehr. Zornig stapfte sie zu Elke und ihrer Schwester.

»Hier bleib ich nicht!«, schrie sie Julia an.

»Doch«, antwortete diese. »Genau das wirst du tun.«

»Moment mal«, mischte Elke sich ein. »Das kommt überhaupt nicht infrage.«

»Zoe bleibt hier«, antwortete Julia streng. »Und wenn du sie partout nicht bei dir haben willst, was ich für einen großen Fehler halten würde, dann bleibt sie auf dem Lämmerhof. Mama ist damit einverstanden.«

»Ich bleib weder hier noch auf dem bekackten Hof«, brüllte Zoe und stampfte mit dem Fuß auf.

»Na schön«, entgegnete Julia. »Ich geb dir fünf Minuten, dich zu besinnen. Wenn du dann immer

noch gehen willst, bring ich dich in den Jugendknast.«
Sie sah demonstrativ auf ihre Armbanduhr. »Zeit läuft.
Und du, komm mal mit mir mit.«

Elke konnte es nicht fassen, mit welcher Autorität
ihre sonst so sanfte Schwester diese Zoe und sogar sie
selbst behandelte. Sprachlos folgte sie ihr außer Hörweite des Teenagers.

»Hör zu«, sagte Julia und sah ihrer Schwester fest in
die Augen. »Das Mädchen hat Mist gebaut. Ihr droht
ein halbes Jahr Jugendstrafvollzug. Wenn sie den absit-
zen muss, ist ihr Leben gelaufen. Dort kommt sie erst
recht in falsche Gesellschaft. Bislang ist sie nur ein trot-
ziges, unglückliches Kind. Eigentlich hat sie ziemlich
viel Ähnlichkeit mit dir, als du jünger warst. Nein, hör
mir zu, ich bin noch nicht fertig. Wir beide hatten das
Glück, hier oben aufzuwachsen. Drunten in der Stadt
hat eine gewisse Art von Unsinn Konsequenzen. Zoe
ist an die falschen Leute geraten und wurde wiederholt
mit Partydrogen erwischt. Leider hat sie bei der letzten
Razzia ihr Pfefferspray gezückt, der Polizeibeamte ist
noch immer in der Augenklinik, gut möglich, dass er
nie wieder sehen kann.«

»Jule, ich habe meine eigenen Sorgen …«

»Genau deshalb ist Zoe hier. Das Mädchen kann mit
Tieren umgehen, darum hab ich dich ausgesucht. Es ist
eine Chance. Nicht nur für sie. Auch für dich.«

Elke wusste nicht, was sie sagen sollte. Sie war so
wütend, dass ihr die Worte fehlten. Sie schluckte mehrfach heftig.

»Ich will das nicht …«, begann sie, doch Julia unterbrach sie.

»Probier es aus«, beschwor ihre Schwester sie. »Gib dir und ihr drei Tage. Wenn du dann immer noch nicht willst, hol ich sie wieder. Okay?«

Elke holte tief Luft, um zu erklären, dass Julia das Mädchen erst gar nicht hierzulassen brauchte, als ihr Blick auf Victor fiel. Erneut lief er auf Zoe zu, die keineswegs, wie man es von einem Stadtkind erwarten könnte, vor dem großen Hund zurückwich. Er stupste mit der Nase gegen ihr Schienbein und rannte wieder zur Herde zurück.

»Victor ist dafür, dass sie bleibt«, konstatierte Julia zufrieden. »Und noch etwas, Elke. Du hast neulich gesagt, dass du dich nie revanchieren kannst für meine Unterstützung. Hier ist die Gelegenheit. Du tust mir damit einen echten Gefallen. Also?«

Elke hatte die Augen zu Schlitzen zusammengekniffen und beobachtete verärgert ihren Lieblingshund, der nun wieder seine Arbeit tat, als wäre nichts gewesen.

»Na gut«, sagte sie schließlich widerstrebend. »Ich lass es auf einen Versuch ankommen. Aber wenn sie auch nur einmal …«

»Ist in Ordnung«, unterbrach Julia sie. Dann ging sie auf das Mädchen zu. »Und?«, erkundigte sie sich. »Hierbleiben oder Jugendknast?«

Zoes Gesicht verzerrte sich erneut.

»Ich hasse Sie«, kreischte sie derart schrill, dass ein paar Schafe, die in der Nähe zu grasen begonnen hatten, besorgt die Köpfe hoben.

»Alles klar«, antwortete Julia ungerührt. »Dann holen wir mal dein Gepäck aus dem Wagen.«

Den gesamten restlichen Tag sprach Zoe kein Wort mit Elke. Sie hatte sich auf einen umgestürzten Baumstamm im Schatten des Waldrands zurückgezogen und rührte sich nicht vom Fleck. Der prall gefüllte Rucksack, an den Isomatte und Schlafsack festgebunden waren, lag noch immer genau an der Stelle, an der Julia ihn abgelegt hatte. Das Mädchen trug Jeans und T-Shirt, an den Füßen brandneu wirkende Wanderstiefel. Elkes Schwester hatte auch eine Kühltasche mit zusätzlicher Verpflegung mitgebracht und gleich zu Elkes Lager gestellt.

Es war heiß. Die Sonne zog unerbittlich ihren Halbkreis über den Himmel, und wäre da nicht Victor gewesen, der immer wieder von Elke zu Zoe und wieder zurücklief, man hätte meinen können, das Mädchen sei gar nicht da. Elke dachte nicht daran, den ersten Schritt zu tun. Sie war mit Jules Plan mindestens genauso wenig einverstanden wie Zoe. Und doch kam sie irgendwann nicht mehr darum herum, sich Sorgen zu machen. Bei dieser Hitze musste man trinken, und soweit Elke das beurteilen konnte, tat Zoe das nicht. Wenn das so weiterging, würde sie irgendwann dehydriert umfallen, und sie, Elke, hätte den Salat.

Auch Victor wirkte nicht glücklich. Immer wieder sah er zu Zoe hinüber und ließ ein bedauerndes Fiepen hören. Schließlich gab sich Elke einen Ruck, nahm ihre Wasserflasche und ging hinüber zu dem Baumstamm.

»Trink«, sagte sie barscher, als sie es beabsichtigt hatte. »Und wenn du hungrig bist, dann komm rüber zu uns.«

Zoe wandte den Kopf ab und zeigte Elke ihre kahl geschorene Seite. Sie hatte rote Flecken im Gesicht,

112

und ihre Lippen waren aufgesprungen von der Hitze. Dennoch würdigte sie Elke keines Blickes. Na gut, dachte die Schäferin, stellte die Wasserflasche neben den Baumstamm und überließ die Jugendliche ihrem Schicksal.

Der heiße Tag verrann zäh wie Blei. Die Schafe rührten sich kaum, sogar die Lämmchen hatten keine Lust herumzutollen. Träge lagen die Hunde im Gras und dösten. Erst nach Sonnenuntergang erhoben sich die Tiere und begannen zu äsen. Zoe jedoch saß noch immer da wie vor Stunden. Immerhin hatte sie die Wasserflasche geleert.

Zum Abendessen rührte Elke die Kühltasche nicht an. Julia hatte sie für Zoe mitgebracht, doch die schien keinen Hunger zu haben, und sie selbst hatte ihren eigenen Proviant. Als die Dämmerung begann, überwand Elke sich und ging erneut hinüber zu dem Mädchen.

»Willst du nicht deinen Schlafsack ausrollen? Wenn es dunkel wird, ist der Wald kein so gemütlicher Ort wie jetzt. Besser, du bereitest dein Lager vor. Und wenn du nicht weißt, wie das geht, helfe ich dir.«

Elke holte tief Luft und biss sich auf die Unterlippe. Wie sie das hasste, Kindermädchen spielen zu müssen. Na, ihre Schwester konnte was erleben. Wenn sie doch nur ein Auto hätte, dann würde sie Zoe auf der Stelle ins Tal bringen.

Zu ihrem Erstaunen erhob Zoe sich und ging zu ihrem Gepäck. Doch statt zu Elkes Lager schleppte sie alles zu dem Platz neben dem umgestürzten Baumstamm, wo sie den Tag verbracht hatte. Dort entrollte sie die Isomatte, die an den Rucksack gebunden gewesen war, zog ihre Schnürstiefel aus und schlüpfte in ihren Schlafsack. Demonstrativ drehte sie der Schäferin den Rücken zu.

Der Platz war eigentlich gar nicht so schlecht gewählt, fand Elke. Der Baumstamm und die hoch aufragende Wurzel an seinem Ende boten tatsächlich Schutz. Ihr Blick glitt prüfend über den Untergrund und die am nächsten stehenden Bäume. Kein Ameisenhügel weit und breit, kein verräterisches Loch im Boden, das auf Erdwespen schließen ließ. Und auch die Bäume wirkten keineswegs, als würde in absehbarer Zeit ein Ast herunterfallen. Hier konnte das Mädchen durchaus die Nacht verbringen. Das Wetter versprach, trocken zu bleiben. Und falls sich Zoe doch irgendwann fürchten sollte, könnte sie ja immer noch zu ihr herüberkommen.

Elke bemühte sich, so zu tun, als wäre das Mädchen gar nicht da. Seltsam, wie die Anwesenheit eines fremden Menschen ihre Routine störte. Nach kurzem Zögern ging sie mit ihrem Waschbeutel zu dem Brunnen am Rande eines unscheinbaren Wanderwegs, der an der Weide vorbeiführte und wo aus einem Metallrohr Wasser in einen Trog aus Buntsandstein sprudelte. Dort putzte sie sich die Zähne und wusch sich am ganzen Körper, so wie immer. Es war gutes Quellwasser, und Elke füllte ihre Trinkflaschen auf. Auch die Hunde hatten bereits ihren Durst gestillt. Wie jedes Jahr, wenn sie hier verweilte, kratzte Elke Moos aus den Ritzen der Zahl 1905, dem Jahr, in dem der Brunnen errichtet worden war. Ihr Vater hatte ihr davon erzählt. Jeder Quadratmeter hier barg Geschichten, und die meisten waren längst in Vergessenheit geraten.

Auf dem Weg zurück zum Lager sah sie, dass das fremde Mädchen genauso dalag wie vorhin. Elke hätte Zoe gern von dem Brunnen erzählt, damit sie sich dort Wasser holen könnte, wenn sie Durst bekam. Aber falls sie nicht bereits schlief, ließ ihre Körperhaltung keinen Zweifel daran, dass sie ihre Ruhe haben wollte.

Sie wird das Plätschern selbst bemerken, sagte Elke sich. Und musste sich auf einmal eingestehen, dass sie sich an Zoes Stelle, damals, als sie fünfzehn Jahre alt gewesen war, wohl kaum anders verhalten hätte.

Zoe

Es war lange her, dass sie die Nacht draußen verbracht hatte. Damals war sie noch ganz klein gewesen. Ihre Eltern hatten sie in ihre Mitte genommen, und trotz des Kinderschlafsacks hatte sie den Herzschlag ihrer Mama gespürt. Das hatte genügt, um ihre Angst zu vertreiben. An viel mehr konnte sie sich nicht erinnern. An das kalte Wasser des Bachs, an dem sie sich am Morgen danach gewaschen hatten und an die köstlichen Marzipanhörnchen, die ihr Vater von irgendwoher mit dem Auto geholt hatte. Marzipanhörnchen …

Zoes Magen knurrte so laut, dass sie fürchtete, damit die Hunde zu wecken. Und das wollte sie nicht. Alle sollten schlafen, vor allem die Schäferin. Und Victor, dem nichts zu entgehen schien. Denn sie musste fort. Diese Nacht noch. Zurück zu Leander. Er war der einzige Mensch auf dieser Welt, der sie verstand.

Es war grotesk, was sich die Erwachsenen alles so einfallen ließen, um sie zu trennen. Ihr Vater, dieser Verräter, hatte sogar eingewilligt, dass man sie aus der Schule nahm und zu dieser Schäferin verschleppte. Mit fünfzehn, hatte Leander gesagt, stecken sie dich nicht in den Jugendknast. Nicht wegen ein paar Pillen.

Und was Leander sagte, das stimmte, immerhin war er schon zwanzig. Außer, und das war ein fürchterlicher Gedanke, den Zoe weit von sich wegzuschieben versuchte, was nicht immer funktionierte – außer, dieser Grenzpolizist würde an den Folgen seiner Verletzungen sterben, dann wäre sie vermutlich dran. Immer wieder träumte sie davon: dass ihr Pfefferspray auf einmal eine richtige Pistole war und sie dem Beamten damit ins Gesicht schoss.

Sie riss die Augen auf, um die grässlichen Bilder zu verscheuchen. Über ihr wölbte sich der Sternenhimmel, so unfassbar dicht und leuchtend. Eine Sternschnuppe zerschnitt das flimmernde Bild, und Zoes Herz zog sich schmerzhaft zusammen, so groß war ihre Sehnsucht nach Leander.

Hinter ihr raschelte und scharrte es. Die Worte der Schäferin kamen ihr in den Sinn, dass im Dunkeln der Wald kein gemütlicher Ort sei. Zoe tastete nach der Taschenlampe, die sie bereitgelegt hatte. Dann richtete sie sich vorsichtig auf, horchte auf die Geräusche der Schafherde, erwartete fast, Victors feuchte Schnauze zu fühlen und sein Hecheln nah an ihrem Ohr zu vernehmen ... Doch alles blieb still.

Kurz gab sie sich der Erinnerung an Simba hin, ihren eigenen Hund. Streng genommen hatte er ihrer Mutter gehört, doch konnte ein Tier wirklich einem einzelnen Menschen gehören? Sie war mit dem Labrador aufgewachsen und hatte ihn geliebt wie einen Bruder, den sie nie gehabt hatte. Ehe der Schmerz über seinen Verlust über sie herfallen konnte, kroch sie leise aus dem Schlafsack. Denn Simbas Verlust war eng verbunden mit dem ihrer Mutter. Nach ihrem Tod hatte ihr Vater ihn weggegeben. Trotz ihres Bittens und Flehens.

Sie tastete nach ihren Schuhen, schlüpfte hinein und schnürte sie sorgfältig. Wenige Meter von ihr entfernt wurde das Rascheln lauter. Die Versuchung war groß, die Lampe anzuschalten und nachzusehen, was dort war. Doch sie beherrschte sich. Das Licht hätte sie verraten. Ohnehin wäre es ein Riesenglück, wenn die Hunde nichts bemerkten.

Sie hatte es sich genau überlegt. Das Naheliegende war, zurück zur Straße zu laufen und zu hoffen, von jemandem mitgenommen zu werden. Aber dort würde man sie zuerst suchen. Also wollte sie das Gegenteil tun. Hinter ihrem Lagerplatz verlief ein Wanderweg, das hatte sie bei Tage genau gesehen. Wanderwege führten zu Parkplätzen, und dort gab es meistens Orientierungskarten.

Die wenigen Schritte bis zu diesem Weg hatte sie sich eingeprägt, sodass sie diesen auch im Dunkeln finden konnte. Was sich als unnötig herausstellte, die Nacht war hell und klar. Jetzt nur auf keine trockenen Zweige treten und auch sonst keinen Lärm machen. Behutsam tastete sich Zoe voran. Der Gedanke an Leander schenkte ihr Kraft. Sie würde ihn finden. Wo auch immer er sich versteckt hielt.

Ihre Flucht war leichter, als sie es zu hoffen gewagt hatte. Keiner der Hunde schlug an. Der Waldweg war breit genug, dass sie den Grasstreifen in seiner Mitte im Licht des Sternenhimmels erkennen konnte. Mochte es um sie herum so viel rascheln, wie es wollte, sie fürchtete sich nicht. Im Schwarzwald gab es Rehe und Hasen,

Füchse und vielleicht noch Marder, Raubtiere jedoch nicht. Nach einer gefühlten halben Stunde glaubte sie sich weit genug vom Lagerplatz entfernt und schaltete die Taschenlampe an. Der Lichtkegel glitt über den Weg, an den Stämmen von Bäumen entlang, warf scharfe tanzende Schatten und lockte einen dichten Schwarm Mücken an, die ihr in Mund, Nase und Augen flogen. Deshalb löschte sie die Lampe lieber wieder und wartete, bis ihre Augen sich erneut an das fahle Licht der Nacht gewöhnt hatten. Denn sie war keineswegs dunkel.

Der Weg führte langsam, aber stetig bergab. Auch gut, dachte Zoe. Wenn er hinunter ins Tal verlief, umso besser.

Sie ging und ging und merkte kaum, wie sie mehr und mehr in einen merkwürdigen Zustand geriet. Fast so, wie wenn sie eine von Leanders Pillen nahm. Von den goldenen hatte er ihr allerdings noch nie eine gegeben, die seien viel zu teuer, hatte er gesagt. Und außerdem zu heftig für ein kleines Mädchen wie sie. Das hatte Zoe geärgert. Sie war kein kleines Mädchen. Um ihm das zu beweisen, war sie nach Basel gefahren.

Plötzlich stolperte sie über etwas Weiches und konnte sich gerade noch an einem jungen dünnen Baumstamm festhalten. Erstaunt blieb sie stehen und tastete nach ihrer Taschenlampe. Doch die war nicht mehr da. Sie musste sie verloren haben.

Auf einmal fühlte Zoe wieder die Panik in sich aufsteigen wie damals im Zug. Sie ließ sich auf alle viere nieder und tastete den Boden ab. Irgendetwas krabbelte zwischen ihren Fingern. Hinter ihr flatterte etwas auf, ein unheimlicher Schrei gellte durch die Nacht. Sie

schreckte auf, stolperte voran, schlug sich den Kopf an
etwas Hartem an und tastete sich weiter. Wo war der
Weg? Das Pochen ihres Herzens erfüllte ihre Brust,
dehnte sich aus bis in ihre Schläfen.

Ruhig bleiben. Tief ein- und ausatmen, hatte ihre
Mutter oft gesagt. Sie strengte sich an, in dem Zwielicht den Weg zu erkennen. Warum war das vorhin so
einfach gewesen? Sie legte den Kopf in den Nacken, um
ein Stück leuchtenden Sternenhimmels zu erhaschen.
Doch über ihr war alles düster und schwarz. Warum war
das so? Waren Wolken aufgezogen? Oder standen die
Bäume so dicht?

Sie zwang sich, innezuhalten und herauszufinden,
ob sie sich noch immer auf dem Weg befand. Aber wo
sollte sie denn sonst sein, sie war an keiner der wenigen
Abzweigungen abgebogen. Schließlich beschloss sie, da
weiterzugehen, wo der Abstand zwischen den Bäumen
am größten war. Dort musste der Weg verlaufen, daran
gab es keinen Zweifel. Zuversicht stieg in ihr auf. Auch
als die Bäume immer enger zusammenrückten, sorgte
sie sich nicht. Schließlich befand sie sich im Wald, da
waren die Wege mitunter schmaler.

Das Gefühl für Zeit und Raum zu verlieren war ihr
nicht unbekannt. Es kam darauf an, immer weiterzugehen, sich tragen zu lassen. Der Wald meinte es gut
mit ihr, da war sie sich auf einmal ganz sicher. Genau
in dem Moment, als sie bemerkte, wie durstig sie war,
vernahm sie in der Nähe ein feines Plätschern.

Das Wasser schmeckte nach Moos und Erde, doch
das machte nichts. Sie versuchte, dem Rinnsal zu folgen,
aber immer größere Steine versperrten ihr den Weg.

Wieder hielt sie inne. Müdigkeit lastete schwer auf ihren Lidern. Wenn sie ihren Schlafsack dabeigehabt hätte, dann hätte sie sich hier zwischen die moosbewachsenen Wackersteine legen und auf Farnwedel gebettet schlafen können. Doch wozu brauchte sie einen Schlafsack? War die Nacht nicht warm genug?

Kurz schien der Gedanke an eine Rast äußerst verlockend. Doch dann verwarf sie ihn wieder. Sie musste weiter. Ins Tal. Nach Freiburg. Zu Leander.

Erneut versuchte sie, sich zu orientieren. Zwischen den Felsbrocken meinte sie, einen Pfad auszumachen. Um dorthin zu gelangen, musste sie über mehrere große Blöcke klettern. Das gestaltete sich schwieriger, als sie gedacht hatte. Und als sie es endlich geschafft hatte, stellte sie fest, dass da kein Weg war, auch wenn es von Weitem so ausgesehen hatte. Sie war in ein Meer aus Felsen geraten. Ratlos blickte sie sich um.

Silbern und unheimlich schimmerte das Gestein rings um sie im fahlen Licht des Sternenhimmels. Sie hatte es nicht bemerkt, doch der Wald war vereinzelten, drohend aufragenden Baumkrüppeln gewichen. Ein Wanderweg war das hier schon lange nicht mehr. Aber Umkehren war keine Option. Also kämpfte sie sich voran.

Nach einigen Hundert Metern ging es auf einmal nicht mehr weiter, der nächste Fels lag mehrere Meter unter ihr. Einst hatte sich hier eine Kiefer mit ihren Wurzeln ins Gestein gekrallt, jetzt ragte nur noch ihr Gerippe empor. Zoe fand, dass diese Baumruine wie eine Leiter aussah, und beschloss, an ihr hinunterzuklettern. Sie war schon halb unten, als der morsche

121

Ast unter ihrem Tritt brach. Bei dem Versuch, sich am Stamm festzuhalten, riss sie sich die Handflächen auf, während sie hinabglitt.

Sie landete weich auf einem Haufen aus vertrocknetem Laub. Ihre Hände brannten wie Feuer. Rings um sie ragten Felsen auf, mächtige Brocken, dazwischen schmale Spalten. Trotz ihrer Erschöpfung sprang sie auf, um herauszufinden, wo es weiterging. Doch es ging nirgendwo weiter. Sie quetschte sich in die breiteste Lücke zwischen zwei Felsen, entschlossen, sich hindurchzuzwängen. Etwas schien sie festzuhalten. Brombeerranken legten sich um ihre Schultern, ihre Hüfte. Sie schrie auf, als Dornen ihr Gesicht zerkratzten, und musste einsehen, dass hier kein Durchkommen war. Tränen liefen ihr übers Gesicht, während sie den Rückzug antrat.

Es dauerte ewig, bis die Brombeerranken sie wieder freigaben. Kraftlos ließ sie sich auf den Blätterhaufen sinken. Über ihr ragte gespenstisch der tote Baumstamm auf. Sie mobilisierte ihre letzten Kräfte und versuchte, an ihm in die Höhe zu klettern, doch immer wieder rutschte sie ab. Irgendwann musste sie es sich eingestehen: Sie saß in der Falle.

6. Kapitel

Kratzer

Elke wachte davon auf, dass Victor ihr über das Gesicht leckte. Sofort war sie hellwach und richtete sich auf. Noch war es dunkel, doch das erste Licht der Morgendämmerung verlieh der Nacht einen tiefblauen Schimmer. Die Frühaufsteher unter den Vögeln begannen, mit ihrem Gesang ihr Revier zu markieren. Im Unterholz knackte es, vielleicht war es ein Reh, das normalerweise hier gern äste.

Wenn Victor sie weckte, hatte er immer einen Grund. Elke kroch aus dem Schlafsack, zog die Hose an und schlüpfte in ihre Schuhe. Mithilfe der Stablampe leuchtete sie die Herde ab; hier und dort hob eines der Leitschafe schlaftrunken den Kopf. Sie konnte nichts Auffälliges bemerken.

Als sie sich nach Victor umsah, entdeckte sie ihn, wie er um Zoes Schlafsack herumschnüffelte. Das Mädchen war nicht mehr da. Victors Nase untersuchte fieberhaft den Platz rund um das provisorische Lager.

Elke leuchtete die gesamte Lichtung ab, dann den

Waldrand. Von Zoe keine Spur. Vielleicht war sie zum Austreten hinter ein Gebüsch gegangen. Oder sie holte sich Wasser vom Brunnen. Doch dort war sie nicht. Sie antwortete auch nicht auf Elkes Rufe. Victor kehrte unverrichteter Dinge aus dem Wald zurück und blieb unglücklich fiepend vor ihr stehen. Er war dazu ausgebildet worden, Schafe zu hüten und im Ernstfall wiederzufinden, ein echter Spürhund war er nicht. Noch nie hatte er die Aufgabe gehabt, einen Menschen zu suchen, sein Platz war bei der Herde.

»Verdammt«, presste Elke hervor. »Verdammt, verdammt, verdammt.« Sie könnte es so schön haben, ruhig, nur ihre Tiere und sie. Aber nein, ihre Schwester musste ihr dieses Gör aufs Auge drücken. Und jetzt war es weg.

Elke versuchte, ihre Wut zu zügeln und sich zu konzentrieren. Sie musste Zoe finden, ob ihr das passte oder nicht. Nicht auszudenken, wenn ihr etwas zustoßen würde. Was hätte sie an ihrer Stelle getan?

Zurück. Mit Sicherheit wollte Zoe zurück nach Freiburg. Also hatte sie vermutlich den Weg genommen, auf dem Julia sie hergebracht hatte. Wenn sie vernünftig war und nicht wie Hänsel und Gretel in den Wald gerannt war.

Fluchend zog Elke ihre Jacke über und wies Victor und die anderen Hunde an, die Herde zu bewachen. Tim und Tara pfiff sie mitzukommen. Zwölf Kilometer lag die Bundesstraße entfernt, und als sie dort zwei Stunden später angelangt war, wurde ihr die Vergeblichkeit dieser Suche überdeutlich. Sie hatte ja keine Ahnung, wann Zoe genau abgehauen war. Der Schlafsack hatte sich kalt angefühlt. Vielleicht hatte sie trotz der frühen Stunde ein Autofahrer mitgenommen. Vermutlich war sie längst über alle Berge, und zwar buchstäblich.

Am liebsten hätte Elke ihre Schwester angerufen und sie zur Schnecke gemacht, doch sie wusste, dass sie an diesem Ort keine Verbindung hatte. Hier stand sie nun, zwölf Kilometer von ihrer Herde entfernt, mitten auf der Schwarzwaldhochstraße, und weit und breit keine Menschenseele. Zoe konnte überall sein. Womöglich unterschätzte sie die Kleine, und sie kannte sich im Schwarzwald tatsächlich aus?

Elke ließ sich stöhnend auf einem Baumstumpf nieder und kramte in den unergründlichen Taschen ihrer Jacke nach einem Müsliriegel, den sie für alle Fälle immer dabeihatte. Sie stärkte sich, nahm ein paar kräftige Züge aus ihrer Wasserflasche, dann pfiff sie nach den Hunden und machte sich auf den Rückweg.

Doch als sie gegen neun endlich wieder bei der Herde war, erwartete sie die nächste unerfreuliche Überraschung. Victor war weg. Strega rannte begeistert auf sie zu, so als wollte sie sagen: »Siehst du, wie prima wir die Arbeit auch ohne ihn gemacht haben?«

Die Schafe blökten ihr vorwurfsvoll entgegen. Sie hatten die abgesteckte Weide vollständig abgegrast und wollten nun ihr Frühstück. Moira und Fabiola drängten sich an sie, als sie in den Pferch stieg, um ein paar Pfähle zu entfernen. Auf der Stelle strömten die Schafe durch die Öffnung im Zaun und begannen zu fressen. Als die einjährige Gretel an ihr vorüberlief, fiel Elke ihr schwerfälliger Gang auf. Hatte sie sich etwa den Huf verletzt?

»Gretel, komm«, rief Elke, und das Schaf blieb stehen, sah sich nach ihr um. Gretel war ein ängstliches Tier, doch zu ihrer Schäferin hatte sie Zutrauen. Obwohl sie sicherlich genauso hungrig war wie alle anderen, trabte sie mit gesenktem Kopf auf Elke zu.

Nein, mit ihren Hufen war alles in Ordnung. Da fiel es Elke wie Schuppen von den Augen. Gretel war trächtig, wie hatte das passieren können? Elke erinnerte sich an das eine Mal im März, als Caruso zwischen die Jungtiere geraten war. Offenbar hatte er seine Chance genutzt.

»Das wird ein Juli-Lamm«, sagte Elke und kraulte Gretel das krause Stirnhaar. Das hatte sie noch nie erlebt. Und doch wusste die Schäferin, dass es nichts gab, was es nicht gab. Eine Geburt auf der Weide wie in den alten Zeiten. Sie würde Bärbel dazuholen, wenn es so weit war.

Sie war gerade dabei, die letzten Meter Zaun zu setzen, als Victor über die Wiese gehechtet kam. Die Zunge hing ihm weit aus dem Maul, er wirkte noch zerzauster als sonst, in seinem zottigen Fell entdeckte Elke ein paar Blutflecken und jede Menge Pflanzenreste und Ranken. Einige Meter vor ihr bremste er ab und warf sich flach auf den Bauch, legte die Ohren an und winselte schuldbewusst.

»Ja«, sagte Elke streng. »Schäm dich was! Einfach abhauen! Hab ich dir das beigebracht?« Da bemerkte sie eine Bewegung am Waldrand. Zoe. Unsagbare Erleichterung durchströmte sie. Hatte ihr famoser Hund tatsächlich das Mädchen zurückgebracht?

Victor blieb ihr Stimmungswandel nicht verborgen.

In demütiger Haltung stand er auf und näherte sich ihr mit eingezogenem Schwanz. Er wusste ganz genau, was sich gehörte. Er war ungehorsam gewesen, das war ihm durchaus bewusst. Und doch hatte er das Richtige getan. Ein Schwall von Zuneigung wallte in Elke auf, als sie sich zu ihm niederbeugte und ihn kurz zärtlich an den Ohren zog.

»Das hast du gut gemacht«, sagte sie und richtete sich wieder auf.

Zoe stand am Brunnen und wusch sich Gesicht und Arme. Dann hielt sie kurz ihren Kopf unter den Wasserstrahl, schüttelte sich und wrang ihr Haar aus. Elke ging entschlossen auf sie zu, um ihr die Meinung zu sagen. Ja, sie hatte einiges mit ihr zu klären. Zoe musste so schnell wie möglich wieder aus ihrem Leben verschwinden. Doch als sie vor der Jugendlichen stand, blieben ihr die heftigen Worte im Hals stecken. Ihr T-Shirt war zerrissen, im Gesicht und an den Armen entdeckte Elke blutige Kratzer. Als Zoe die Hände hob wie zur Abwehr, sah Elke, wie aufgeschürft sie waren.

»Komm«, hörte sie sich sagen. »Das müssen wir versorgen. Sonst kann es sich entzünden.«

Sie wechselten kein einziges Wort miteinander, während Elke erst in aller Ruhe Wasser und Kaffeepulver in ihre zerbeulte Espressokanne füllte und auf den einflammigen Gaskocher stellte, bevor sie sich Zoes Verletzungen zuwandte. Das Mädchen ließ keinen Schmerzenslaut hören, als Elke die Handflächen desinfizierte und verband, obwohl das Jod höllisch brennen musste, Elke kannte sich in diesen Dingen aus. Auch die Wunden im Gesicht ließ Zoe sich abtupfen, ohne mit der

Wimper zu zucken. Dann zog sie wortlos ihre Hose aus, und Elke sah eine weitere tiefe Schürfwunde an ihrem Oberschenkel.

»Wie ist das alles passiert?«, fragte sie, doch Zoe gab keine Antwort. »Du verstocktes kleines Biest«, schimpfte Elke und warf ihr das Desinfektionsmittel in den Schoß, damit sie sich selbst half. »Du dringst in mein Leben ein. Mein bester Hund lässt deinetwegen seine Herde im Stich. Sieh ihn dir an. Auch er ist verletzt. Ich erwarte eine Antwort von dir, wenn ich dich etwas frage.«

»Ich hab mich verlaufen«, antwortete Zoe und wandte sich ab.

»Das ist mir klar, Schlaumeierin«, konterte Elke. »Aber so geht das nicht!« Zoe schluckte. Blickte sehnsüchtig auf die blubbernde Espressokanne. Wortlos schenkte Elke ihr einen halben Becher voll ein. »Nun hör mir mal gut zu«, fuhr sie fort, um Geduld ringend. »Du bist nicht allein auf der Welt. Alles, was man tut, hat Konsequenzen. Wenn meinem Hund etwas passiert wäre …«

»Es ist ihm nichts passiert«, antwortete Zoe schnell, und ihre Stimme klang brüchig. Zum ersten Mal, seit Julia sie hier oben ausgesetzt hatte, sah sie Elke direkt an. Ihre ausdrucksvollen braunen Augen waren gerötet, die Lippen aufgesprungen. Mit einer Mischung aus Furcht und Entschlossenheit blickte sie Elke an, ehe sie nach dem Becher griff und vorsichtig, um sich nicht zu verbrennen, trank. Und da war auch Victor wieder da. Seine rote Zunge fuhr über Zoes Hand.

»Victor, nein«, rief Elke instinktiv. Da bemerkte sie

das Lächeln, das auf dem Gesicht des Mädchens auf-
leuchtete und es vollkommen verwandelte.

»Er hat mich gerettet«, sagte Zoe und begann, Kletten
und Dornen aus seinem Fell zu zupfen. Es wirkte nicht
so, als täte sie das zum ersten Mal. »Ich hätte da nie
wieder rausgefunden, aber er hat mir den Weg gezeigt.«
Ihre verletzte Hand fuhr vorsichtig durch sein Fell. »Ist
es okay ... ich meine ... darf ich ihn streicheln?«

Elkes erste Reaktion war ein zorniges Nein. Doch bei
Victors Anblick, der den Kopf senkte, damit Zoe ihn
besser kraulen konnte, zögerte sie. Kämpfte das Gefühl
nieder, dass ihr Hund ein Verräter war. Dabei wusste sie
doch genau, dass Tieren ein solches Denken vollkommen fremd war. Victor war ein großartiger Gefährte,
noch nie hatte er sie enttäuscht. Dass er Zoe große
Zuneigung entgegenbrachte, war nicht zu übersehen.
Vielleicht sollte auch sie ihr eine Chance geben?

»Von mir aus«, sagte sie deshalb, wandte sich ab und
ließ den Blick gewohnheitsmäßig über die Herde schweifen. »Aber übertreib es nicht. Strobel sind Arbeitshunde,
keine Schoßtiere. Kennst du dich aus mit Hunden?«

Zoe kraulte Victor hinter den Ohren und ließ sich
Zeit mit der Antwort. »Wir hatten früher einen Lab-
rador«, sagte sie schließlich. Ihre Stimme klang belegt.
»Mein Vater hat ihn weggegeben, als ...« Sie brach ab.

»Als was?«, hakte Elke nach. Sie konnte es nicht leiden, wenn man in halben Sätzen mit ihr sprach.

»Nachdem er meine Mutter totgefahren hatte.«

Sie teilten sich das Essen aus Julias Kühlbox, dann ließ
sich Zoe rücklings ins Gras fallen und schlief auf der

Stelle ein. Elke betrachtete sie eine Weile, ertappte sich bei dem Gedanken, dass Zoe wie ein Kind wirkte, wenn sie schlief. Was für eine Geschichte war das gewesen? Ihr Vater hatte doch ganz sicher nicht seine Frau totgefahren, da brachte das Mädchen bestimmt etwas durcheinander. Bei Gelegenheit würde sie Julia danach fragen.

Sie stand auf, um nach den Schafen zu sehen. Interessiert beobachtete sie, wie Zitas Anhängerinnen sich Fabiola anzuschließen versuchten, was ein paar anderen Tieren nicht zu passen schien. Nun, sie würden sich arrangieren, besser heute als morgen. In zwei Tagen spätestens müssten sie weiterziehen. Also stieg sie in den Pferch, um zwischen den Tieren zu vermitteln.

»Warum machst du das?«, fragte Zoe sie, als sie sich zum Abendbrot wieder zu ihr setzte. Auf den Kratzern in ihrem Gesicht hatten sich Krusten gebildet. Einige waren tief, und Elke hoffte, dass keine Narben zurückblieben, denn Zoe war hübsch, wenn man mal von der seltsamen Frisur absah. Aber konnte ihr das nicht egal sein?

»Was meinst du?«

»Na, das hier mit den Schafen.«

»Weil es das ist, was ich am liebsten tue.«

»Wirklich?« Zoe wirkte ehrlich überrascht. »Hier in dieser Einöde rumhängen und draußen schlafen wie ein … ein …«

»Obdachloser? Ist es das, was du meinst?« Zum ersten Mal, seit sie hier war, wirkte Zoe verlegen. Dann nickte sie und sah Elke trotzig an. Die begann zu schmunzeln. Sie wusste, dass viele so dachten.

»Es ist mir egal, was du oder andere von mir denken«, sagte sie. »Ich führe genau das Leben, das ich führen möchte. Kannst du das von dir sagen?«

Zoe wich ihrem Blick nicht aus. Dann schüttelte sie den Kopf.

»Man lässt mich ja nicht«, sagte sie verbittert.

»Du meinst, mit Drogen handeln? Oder was lässt man dich nicht?« Augenblicklich verschloss sich Zoes Miene wieder. Sie presste die Lippen aufeinander, schlang die Arme um ihre Knie und wandte Elke ihren Undercut zu.

»Ist ja auch egal«, fuhr Elke fort. »Meinetwegen musst du nicht hierbleiben. Ich werde nachher meine Schwester anrufen, und dein kleines Schwarzwaldabenteuer ist zu Ende. Das ist es doch, was du willst, oder?«

Zoe zeigte keine Regung. War es ihr wirklich gleichgültig, was mit ihr geschah?

Es dauerte eine Weile, bis Elke begriff, dass Zoe weinte. Vollkommen lautlos, das Gesicht zu einer Maske erstarrt. Elke wusste nicht, was sie tun sollte, doch Victor kroch zu ihr hin und legte die rechte Pfote auf den unverletzten Oberschenkel des Mädchens. Wie zufällig. Dabei beobachtete er aufmerksam, wie es seine Pflicht war, die Herde.

Victor will, dass sie bleibt, dachte Elke und bemerkte erst, als sie Blut schmeckte, dass sie sich gerade ihre Unterlippe zerbiss.

»Oder willst du hierbleiben?« Elke räusperte sich. Wieso klang ihre Stimme so kratzig?

War das ein Nicken? Oder wehrte Zoe nur eine Mücke ab? Wieder stieg Zorn in Elke auf.

»Gib mir eine Antwort«, herrschte sie das Mädchen

an. »Na schön«, sagte sie nach einer Weile. Zoe hatte sich noch immer nicht geäußert. »Dann rufe ich jetzt meine Schwester an und lass dich abholen.« Sie zog ihr Handy aus der Tasche.

»Ich … ich möchte lieber bleiben«, wisperte Zoe.

Elke atmete tief ein und aus. Dann steckte sie ihr Telefon weg.

»Okay«, sagte sie. »In diesem Fall gibt es ein paar Regeln. Erstens: Du entfernst dich allein nie weiter vom Lager als hundert Schritte. Zweitens: Du hältst dich von der Herde fern. Drittens: Victor ist mein Hund, und du respektierst das. Viertens …«

»Ich mach dir keinen Ärger mehr«, unterbrach Zoe sie genervt. »Aber komm mir nicht mit Verboten!«

»Das sind meine Regeln. Du wirst dich daran halten. Ansonsten holt Jule dich wieder ab.«

»Ach, lass mich einfach in Ruhe, ja?«

Zoe sprang unwillig auf und stapfte zurück zu der Stelle auf der anderen Seite der Weide. Dort, wo sie sich gestern zum Schlafen hingelegt hatte, bei dem umgestürzten Baumstamm, setzte sie sich ins Gras und hielt ihr Gesicht in die Abendsonne. Oder sah einfach nur weg, genau konnte Elke das nicht erkennen.

Auch Victor war aufgestanden und sah winselnd von Elke zu Zoe und wieder zurück.

»Du bleibst hier«, sagte Elke streng, und der Hund legte sich augenblicklich wieder hin. Er bettete den Kopf auf seine Vorderpfoten und bot ein Bild des Jammers. Elke seufzte. Und doch verstand sie ihn. Zoe war in seinen Augen ein Teil der Menschenherde. Dass sie jetzt ganz woanders lagerte, passte nicht in sein Bild von Ordnung und Harmonie. Aber damit würde er wohl, genau wie sie selbst, zurechtkommen müssen.

Die Nacht verlief ruhig, und auch der folgende Tag verstrich ohne Zwischenfälle. Zoe blieb auf ihrem Posten bei dem umgestürzten Baumstamm. Sie schien nicht hungrig zu sein, denn nicht einmal zu den Mahlzeiten kam sie zum Lagerplatz. Allerdings trank sie von dem Quellwasser, was Elke beruhigte.

Kurz vor Sonnenuntergang holperte Bärbels Jeep den Waldweg entlang. Elke wunderte sich nicht darüber, tatsächlich hatte sie diesen Besuch schon viel früher erwartet. Julias Worten nach zu urteilen hatte Zoes Schicksal Bärbels mütterliches Herz erweicht, immerhin hatte sie angeboten, Zoe auf dem Lämmerhof aufzunehmen. Also war es klar, dass sie sich früher oder später nach dem Stand der Dinge erkundigen würde.

»Und, wie läuft's so?«, fragte Bärbel, drückte Elke an sich und steckte jedem der Hunde, die sie begeistert umtanzten, einen Leckerbissen zu, die sie in ihren unergründlichen Jackentaschen mitgebracht hatte. Forschend warf sie Zoe einen Blick zu, die sich gerade ihre Flasche am Brunnen auffüllte.

»Gretel ist trächtig«, sagte Elke und kehrte Zoe den Rücken zu. Wie erwartet hatte sie Bärbels ganze Aufmerksamkeit.

»Was?«, rief ihre Mutter aus und begab sich zusammen mit Elke unverzüglich zur Herde. Auch sie fand unter den sechshundert Schafen im Nu das einjährige Tier heraus und untersuchte es. »Tatsächlich. Noch ungefähr zwei Monate, schätze ich.« Sie erhob sich und schüttelte den Kopf. »Gretel, Gretel, du machst Sachen. Da tust du so, als wärst du die Schüchternste von allen, und dann …«

»Das war Caruso«, verteidigte Elke das Schaf. »Du kennst ihn doch. Das Einzige, was du Gretel vorwerfen kannst, ist, dass sie nicht schnell genug davongerannt ist.«

Sie lachten und tätschelten Gretel liebevoll die Flanken.

»Kommst du mit ihr klar?«

»Natürlich!«

»Ich meine nicht das Schaf.« Bärbel warf einen vielsagenden Blick in Richtung Zoe, die sich wieder auf den Baumstamm gesetzt hatte und ihnen demonstrativ den Rücken zukehrte.

»Ach Mama«, seufzte Elke. »Ich bin mir nicht sicher, ob Jule wirklich weiß, was sie da getan hat.«

»Jule macht genau das Richtige.« Bärbel musterte Elke streng. »Wir können das Mädchen doch nicht in den Jugendstrafvollzug schicken!«

»Ich kann nichts dafür, dass die Kleine Mist gebaut hat. Vorige Nacht ist sie einfach abgehauen und hat sich im Wald verirrt. Wenn Victor sie nicht zurückgebracht hätte, wer weiß, was passiert wäre. Dann hätte man mir die Verantwortung zugeschoben.«

»Victor hat sie zurückgebracht?«

»Ja! Er hat sich eigenmächtig von der Herde entfernt. Ohne meine Erlaubnis, stell dir das mal vor!«

Ihre Mutter blickte nachdenklich dem schwarzgrauen Hütehund nach, der gerade pflichtbewusst die Herde umkreiste und Tim, der ihm hinterherrannte und sich wie ein Halbstarker gebärdete, gutmütig in seine Schranken wies.

»Das ist erstaunlich«, murmelte Bärbel und lehnte sich auf ihren Schäferstab. »Wo hat er sie denn gefunden?«

Elke warf Zoe einen Blick zu. Sie war sich sicher, dass die Kleine ganz genau wusste, dass man von ihr sprach.

»Tja, da Victor ziemlich viel kann, aber nicht sprechen, und die junge Dame den Mund nicht auftut, kann ich das nur vermuten. Wahrscheinlich ist sie im Felsenmeer gelandet, so zerkratzt, wie sie ist.«

»Dann musst du Julia anrufen«, meinte Bärbel. »Wenn sie das noch mal tut und ihr was passiert …«

»Soll Jule ihr vielleicht elektronische Fußfesseln anlegen?« Elke lachte freudlos auf.

»Und was hast du dann vor?«

Ratlos schwieg Elke eine Weile. Nur die Geräusche der Herde waren zu hören und das aufgeregte »Mäh« eines Lammes, das seine Mutter suchte.

»Victor hat sie in sein Herz geschlossen«, antwortete Elke schließlich. »Auch wenn mir das überhaupt nicht passt, für mich heißt das etwas.« Bärbel wirkte wenig überzeugt. »Sie hat versprochen, keinen Ärger mehr zu machen«, fügte Elke hinzu.

»Wenn sie so ist, wie du früher warst, dann würde ich darauf nicht allzu viel …«

»Immerhin hab ich nicht mit Drogen rumgemacht …«

»Und was war das mit den Fliegenpilzen?«

Elkes Mundwinkel zuckten. Dann konnte sie sich ein Grinsen nicht mehr verkneifen.

»Lass das bloß nicht Zoe hören«, raunte sie Bärbel zu.

Die lachte schallend.

»Aber alles andere, das darf ich ihr erzählen?«

Wie immer, wenn die Herde auf dieser Lichtung weidete, entfachten sie ein Lagerfeuer in einem uralten, vom Gras überwucherten Steinkreis. Dafür hatte Elke schon im Laufe der vergangenen Tage ausreichend Brennholz gesammelt. Bärbel hatte leckere Tofubratlinge und Selleriescheiben mitgebracht und für sich und Zoe echte Bratwürste. Dazu gab es Kartoffelsalat und frische Radieschen aus dem Garten, und wie nicht anders zu erwarten, schmolz Zoes hartnäckiger Trotz unter dem köstlichen Duft von brutzelndem Essen nach und nach dahin. Irgendwann stand sie auf, klopfte sich den Schmutz von der Jeans und schlenderte zu ihnen herüber.

»Willst du auch eine Bratwurst?«, fragte Bärbel, während sie das Grillgut mithilfe einer zurechtgeschnitzten Astgabel routiniert wendete.

»Ich esse kein Fleisch«, kam es zögernd zurück.

Elke blickte erstaunt auf.

»Tatsächlich nicht? Willst du lieber von den Sellerieschnitzeln ...?«

»Ja gern! Ich meine ... wenn sie übrig sind ...?« Zögernd verlagerte Zoe ihr Gewicht auf den anderen Fuß und machte große Augen, als sie die Schüssel mit Kartoffelsalat entdeckte.

»Jetzt setz dich schon«, forderte Bärbel sie auf. »Und guten Tag auch. Wir im Schwarzwald, wir begrüßen uns, wenn wir uns treffen.«

»Ähm, ja ... Hallo.« Zoe setzte sich in den Schnei-

dersitz und schob das Kinn ein wenig vor. »Ich meine …
Guten Tag, Bärbel.«

Elkes Mutter nickte zufrieden, als wollte sie sagen:
Na also. Geht doch.

»Was hast du denn da im Gesicht?«, fragte sie arglos.
»Bist du in ein Dornengestrüpp geraten?«

Zoe biss sich auf die Unterlippe und berührte mit der
Zeigefingerkuppe vorsichtig die tiefste Schramme über
der linken Augenbraue.

»Ja«, sagte sie. »Brombeeren.«

Bärbel nickte wissend. »Ah«, meinte sie und stach
mit der Gabel in die Selleriescheibe, um zu prüfen, ob
sie schon weich war. »Dann warst du wohl im Felsenmeer. Was hast du dort zu suchen gehabt?« Sie fragte so
nebenbei, als wäre es das Normalste von der Welt, dass
sich ein Mädchen, das gerade mal einen Tag in Elkes
Obhut war, nachts im Felsenmeer herumtrieb. Und als
keine Antwort kam, blickte sie irritiert auf und legte die
Astgabel behutsam beiseite. »Sprich mit mir!«, fügte sie
mit freundlicher Strenge hinzu. »Wenn ich dich etwas
frage, dann möchte ich, dass du mir antwortest. Also?«

»Was wollen Sie denn wissen?«, brach es aus Zoe
heraus. Schon saß sie wieder auf ihren Füßen in der
Hocke. Sie wirkte wie ein Tier auf dem Sprung. »Ja, ich
wollte weg. Das muss Ihnen doch klar sein.«

»Und wo genau willst du hin? Vielleicht kann ich
dich ja hinfahren?« Zoe starrte Bärbel an, die ungerührt
eine Scheibe Sellerie auf einen Teller packte und ihn vor
sie hinstellte. Dann reichte sie ihr die Schüssel. »Kartoffelsalat? Oder magst du den nicht? Ist mit Gemüse-
brühe gemacht. Meine Tochter isst auch kein Fleisch.«

Es war Zoe deutlich anzusehen, dass sie einen schweren Kampf mit sich ausfocht. Schließlich siegten offenbar der Hunger und Appetit auf Kartoffelsalat. Doch ehe Bärbel die Schüssel losließ, fragte sie erneut: »Zu wem willst du?«

»Zu niemandem«, kam es patzig zurück. Und doch hatte ihr Zorn keine Kraft mehr.

»Na, dann ist es ja gut«, meinte Bärbel und ließ schmunzelnd die Schüssel los. »Du willst also hierbleiben?«

»Vorläufig«, antwortete Zoe mit vollem Mund. Ein tiefes Aufatmen ging durch ihren schmächtigen Körper, und die beiden Schäferinnen beobachteten amüsiert, wie Zoe sich über das Essen hermachte. Was auch kein Wunder war, sie hatte den ganzen Tag noch nichts gegessen.

»Spätestens übermorgen musst du weiter«, sagte Bärbel zu ihrer Tochter, als sie das schmutzige Geschirr in ihren Korb stapelte und den Marmorkuchen in der Mitte der Picknickdecke platzierte. Elke nickte, und Zoe riss ihren Blick von dem Kuchen los und sah fragend von ihr zu Bärbel. »Die Herde muss die Weide wechseln«, erklärte Elkes Mutter, während sie den Kuchen aufschnitt. »Hier ist bald alles abgegrast.«

»Kannst du kommen und mir mit dem Weidezaun helfen?«, fragte Elke.

»Klar«, antwortete Bärbel und nahm sich ein Stück von dem duftenden Gebäck. »Ich helf dir auch bei der Passage. Dann geht alles schneller.« Sie warf Zoe einen prüfenden Blick zu, doch die hatte sich schon wieder abgewandt. Damit will ich nichts zu tun haben, signalisierte jede Faser ihres Körpers.

138

Elke widersprach ihrer Mutter nicht, im Gegenteil, sie war erleichtert über ihr Angebot. Und machte sich gleichzeitig Sorgen. Eigentlich sollte Bärbel längst ihre Hüfte operieren lassen, das sagte auch ihr Arzt schon seit mindestens drei Jahren. Doch dickköpfig, wie sie war, wollte sie davon nichts wissen.

Hatte Bärbel darauf gebaut, dass das gemeinsame Grillen das Eis zwischen Zoe und Elke brechen würde, so sah sie sich getäuscht. Auch an diesem Abend verabschiedete sich das Mädchen kurz angebunden und ging hinüber zu dem eigenen Lager am Baumstamm.

»Die ist ein ganz harter Brocken«, sagte Elke leise. »Futtert sich den Bauch voll und macht dann einen auf feindselig.« Doch Bärbel wog nachsichtig den Kopf.

»Das wird schon«, behauptete sie. Gemeinsam räumten sie alles auf, dann saßen sie noch eine Weile schweigend beisammen und betrachteten den Nachthimmel. In der zunehmenden Dunkelheit funkelten immer mehr Sterne auf. »Ach, ist das schön hier draußen«, brach Bärbel irgendwann das Schweigen. »Am liebsten würde ich hierbleiben und bei euch übernachten.«

Warum denn eigentlich nicht?, wollte Elke antworten, Platz gab es schließlich genug. Doch dann fiel ihr der Grund wieder ein. Bärbel brauchte ein Bett, eine Matratze und vermutlich auch eine Schmerztablette, so genau hatte sie das noch nicht herausfinden können, ihre Mutter sprach nicht über ihre Besuche beim Arzt.

Jetzt erhob sie sich mit einem kaum unterdrückten Ächzen, und Elke nahm die Kühltasche und den Henkelkorb, um ihre Mutter zum Jeep zu begleiten.

»Du machst das großartig«, sagte Bärbel, als sie alles im Kofferraum verstaut hatten. »Noch nie hat jemand von uns allein gehütet. Dein Vater wäre stolz auf dich.«

»Wenn Papa noch da wäre, wäre vieles anders«, entfuhr es Elke. Sie biss sich auf die Lippen. Doch Bärbel nahm sie in die Arme und drückte sie fest an sich.

»Natürlich wäre es das«, flüsterte sie nah an Elkes Ohr. »Aber glaub mir, ich bin mir sicher, dass er trotz allem hier irgendwo ist und auf uns aufpasst.«

Elke holte schon Luft, um zu widersprechen, doch sie hatte einen Kloß im Hals und brachte kein Wort heraus. Erst als ihre Mutter gefahren war und sie zurück zu ihrem Lager ging, fiel ihr wieder ein, was Zoe über den Tod ihrer Mutter gesagt hatte. Was immer geschehen sein mochte, auch sie hatte mit dem Verlust eines Elternteils zu kämpfen. Und ohne dass Elke es wirklich wollte, stimmte diese Erkenntnis sie gegenüber der störrischen Jugendlichen doch etwas milder.

»Geh ruhig zu ihr hinüber«, sagte sie später zu Victor, als sie sich in ihren Schlafsack kuschelte und die Unruhe ihres treuen Gefährten bemerkte. »Pass gut auf Zoe auf. Wenn sie wegläuft, schlag an.«

Wie ein Pfeil schoss der Hütehund durch die Dunkelheit. Strega schien das alles überhaupt nicht zu verstehen, erhob sich besorgt und witterte hinaus in die Nacht.

»Ist schon in Ordnung«, beruhigte Elke sie. »Strega, Platz. Du auch, Achill.« Eine Weile dauerte es noch, bis die Hunde die neue Rangordnung während der Nacht untereinander geklärt hatten, dann war endlich alles still. So still, wie eine Frühsommernacht auf den Höhen des Schwarzwalds überhaupt sein konnte.

Am folgenden Tag begann ein Gerangel zwischen Fabiola und Annabell, einem kräftigen zweijährigen Schaf aus dem Gefolge von Zita, die dem erfahrenen Leittier offenkundig den Rang streitig machen wollte. Elke wusste, dass dies zu ernsthaften Kämpfen führen konnte, und da die kleine Fee ständig an der Seite ihrer Mutter war, konnte das gefährlich werden. Sie war den ganzen Tag so damit beschäftigt, das Gleichgewicht der Herde zu bewahren und Annabell in ihre Schranken zu weisen, dass sie den Golf ihrer Schwester erst bemerkte, als die Hunde wie verrückt zu bellen begannen. Sie schob den Hut tiefer in die Stirn, um von der Sonne nicht geblendet zu werden. Wer zum Teufel war der blonde Mann, der neben Julia auf sie zukam?

»Darf ich dir Phillip de Vitt vorstellen? Zoes Vater.«

Elke war zu überrascht, um mehr als ein »Hallo« zu murmeln, und betrachtete Zoes Vater mit schlecht verborgener Verwunderung. Mit seinen dichten lockigen Haaren, die er mit einem Gummi zu einem kleinen Pferdeschwanz im Nacken zusammengenommen hatte, und den leuchtend blauen Augen hinter der randlosen Brille hatte er nicht die geringste Ähnlichkeit mit Zoe.

»Wo ist meine Tochter?«, fragte er und starrte fasziniert auf die Schafherde. Einer nach dem anderen begrüßten die Hunde Julia und widmeten sich wieder ihrer Arbeit.

»Dort hinten«, antwortete Elke und streckte den Arm in Richtung Baumstamm aus. Doch da war niemand. Und Victor war auch verschwunden.

Entschlossen steckte Elke beide Zeigefinger in den

141

Mund und pfiff. Sofort kam der Hütehund aus dem Unterholz und raste auf sie zu.

»Wo ist Zoe?«, rief Elke zornig. Victor stutzte kurz, schlug einen Haken und verschwand wieder im Wald. »Eben war sie noch hier«, sagte sie zu de Vitt. »Wie es aussieht, hat sie keine Lust, Ihnen zu begegnen.«

Zoes Vater lief rot an, aber keineswegs vor Entrüstung, wie Elke verwundert bemerkte, sondern offenbar vor Verlegenheit.

»Vielleicht musste sie mal«, versuchte Julia, ihn zu beruhigen. »Was ist denn mit Victor los?«

»Er hat Zoe adoptiert«, erklärte Elke resigniert. Und als aus dem Unterholz nur Victors helles Gebell zu hören war, mit dem er normalerweise versprengte Schafe zurück zur Herde jagte, weit und breit aber keine Zoe auftauchte, machte sich Elke selbst auf den Weg.

»Zoe! Komm da raus«, rief sie. Aus den Augenwinkeln nahm sie wahr, wie Annabell schon wieder Fabiola von der Seite anrempelte. Verärgert ging sie dem Klang von Victors Gebell nach und fand Zoe unter einer großen Douglasie. Wieder hatte sie die Knie angezogen und die Arme darum geschlungen, so als wollte sie sich so klein wie möglich machen. Und auf einmal hatte Elke eine Art Déjà-vu. Genau so hatte sie dagesessen, nachdem sie den leblosen Körper ihres Vaters nach Hause gebracht hatten. Damals war sie zwar nicht fünfzehn, sondern vierundzwanzig Jahre alt gewesen, doch auch sie war in den Wald gerannt, hatte sich unter einen Baum gesetzt und sich so klein wie möglich gemacht. Und auf einmal war ihr Zorn verraucht.

»Hey«, sagte sie und ging vor Zoe in die Hocke.

»Dein Vater ist da. Sag ihm Hallo, damit er weiß, dass du okay bist. Schließlich lebst du jetzt hier in dieser Einöde, verbringst die Nächte draußen. Wahrscheinlich macht er sich Sorgen. Das ist doch normal, oder?«

»Der macht sich keine Sorgen«, stieß Zoe hervor und rückte ein Stück von Elke ab. »Dem bin ich so was von egal.«

»Nun, er ist schließlich hier«, entgegnete sie sanft. »Offenbar bist du ihm doch nicht ...«

»Geh weg«, schrie das Mädchen. »Lass mich einfach in Ruhe. Sag ihm, er soll nach Hause fahren. Sag ihm, was du willst. Dass es mir gut geht. Aber ich will ihn nicht sehen. Bitte!«

Elke wusste nicht, wer ihr mehr leidtun sollte, Zoe oder Phillip de Vitt. Der brach beinahe in Tränen aus, als sie ihm sagte, dass seine Tochter sich weigerte, ihn zu sehen. Sie konnte sich nicht vorstellen, was dieser freundliche Mann verbrochen haben könnte, dass Zoe ihm dermaßen grollte. Auch Julia hatte sie nicht umstimmen können, die sie bei der Douglasie aufgesucht hatte, geschweige denn, dass Zoe auch nur ein Wort mit ihr gewechselt hätte.

»Kommst du mit ihr klar?«, fragte Julia besorgt, und Elke musste beinahe lachen, weil sich Bärbel genauso ausgedrückt hatte. »Oder soll ich sie wieder mitnehmen?«

»Mit Gewalt?« Elke lachte auf. »Nein, ist schon in Ordnung. Victor hat sich mit ihr angefreundet.« Sie überlegte kurz, ob sie den Ausreißversuch erwähnen sollte, entschied sich dann aber dagegen. Vermutlich hatte Bärbel das sowieso schon erzählt, und de Vitt musste man ja nicht unbedingt noch mehr beunruhigen.

»Das ist bemerkenswert«, sagte Julia erleichtert.

»Zoe hat erzählt, dass Sie auch einmal einen Hund hatten?«

De Vitt nickte.

»Ja, meine Frau hatte einen Labrador«, antwortete er und wirkte noch niedergeschlagener als zuvor. »Vielleicht war es ein Fehler, ihn wegzugeben, Zoe hat mir das nie verziehen. Aber sie war erst zehn, als der Unfall passierte. Und Simba … na ja, er war eben an meine Frau gewöhnt. Ich kam nicht klar mit ihm. Wir haben ihn einer befreundeten Familie gegeben, da geht es ihm gut.«

Schweigen breitete sich aus. Elke sah hinüber zu Fabiola, alles schien in Ordnung zu sein. Ihre Augen suchten Annabell und fanden sie am anderen Ende der Weide. Sie atmete auf. Die Tiere hatten den Konflikt untereinander geklärt, und das war in jedem Fall besser so.

»Victor passt auf sie auf«, sagte sie zu de Vitt.

Zoes Vater nickte und biss sich auf die Lippen. Sehnsüchtig warf er dem Waldrand einen Blick zu.

»Hat sie denn alles, was sie braucht?«

»Eine Taschenlampe wäre nicht schlecht«, fiel Elke ein. »Sie hat ihre neulich verloren. Und sie scheint kein Handy zu haben …«

»Das Handy hab ich ihr abgenommen«, erklärte Julia. »Gib gut auf deines acht. Sie soll auf keinen Fall die Möglichkeit bekommen, jemanden aus ihrer alten Clique zu kontaktieren. Das Programm habe ich nur deshalb durchgekriegt, weil ich der Staatsanwältin versichert habe, dass Zoe hier vollkommen von der Außenwelt abgeschirmt ist.«

»Abgeschirmt?« Elke glaubte, nicht richtig gehört zu haben. »Wir sind ständig in der Nähe der Bundesstraße, mal ein paar Kilometer mehr, mal weniger. Wanderwege führen hier vorbei. Dies ist der Schwarzwald, Jule, nicht der Yukon.«

»Weiß ich doch«, entgegnete ihre Schwester gelassen. »Ziemlich unwahrscheinlich, dass dieser Drogendealer hier wandern geht, oder?«

Elke stöhnte innerlich auf. Manchmal sah ihre Schwester vor lauter Begeisterung das Naheliegende nicht. Doch sie schwieg.

»Die Taschenlampe bringe ich gleich morgen vorbei«, sagte de Vitt eifrig, offenbar froh, etwas für seine Tochter tun zu können.

»Morgen nicht«, antwortete Elke. »Morgen haben wir Weidewechsel. Ich hab hier sechshundert hochsensible Tiere und einen harten Tag vor mir. Da kann ich Sie nicht auch noch brauchen, solange Zoe so schlecht auf Sie zu sprechen ist.«

Das saß. Doch Elke war es nun mal nicht gewohnt, diplomatisch um den heißen Brei herumzureden. Ihre Tiere brauchten eine klare Ansprache, und sie fand, dass das auch bei Menschen nicht schaden konnte. »Die Taschenlampe geben Sie besser meiner Schwester.«

Julia seufzte tief auf.

»Tut mir leid, Phillip«, sagte sie fast schon liebevoll und legte ihm die Hand auf den Arm. »Meine Schwester meint es nicht so.«

Doch de Vitt wirkte keineswegs beleidigt, sondern eher fasziniert. »Sie haben ziemlich viel Ähnlichkeit mit meiner Tochter«, sagte er schließlich. »Vielleicht kommen Sie ja tatsächlich an sie ran.«

Zoe

Abyssus abyssum invocat – Ein Fehler zieht den anderen nach sich.

Wie eine Endlosschleife erklang dieser bescheuerte Satz aus dem Lateinunterricht in ihrem Hirn. Mit diesem Sprichwort hatte sie sich die Fälle Nominativ und Akkusativ eingeprägt. Niemals hätte sie gedacht, dass seine Bedeutung eines Tages so auf ihre Situation passen würde.

Ein Fehler zieht den anderen nach sich. Dass die Sache mit Basel ein Fehler war, hatte sie vorher gewusst. Doch alles hätte gut ausgehen können, wäre sie bei der Grenzkontrolle nicht in Panik geraten. Auch das wäre zwar schlimm genug, aber nicht so fatal gewesen, hätte sie dem Mann nicht aus nächster Nähe in die Augen gesprüht. Einem Beamten. Und das keineswegs aus Notwehr. Jedenfalls sahen die Erwachsenen das so.

Ob es ein Fehler war, lieber bei einer schrägen Schäferin und ihren sechshundert Schafen zu sein als unter anderen Jugendlichen im Strafvollzug, darüber hatte sie noch nicht abschließend entschieden. Dass ihr Ausreißversuch dermaßen in die Hosen gegangen war, summierte sich allerdings zu der langen Liste an

147

Mist, den sie gebaut hatte. Sie könnte jetzt mit Leander zusammen in seinem Versteck leben, wo auch immer das sein mochte, wenn sie sich nicht so dämlich verirrt hätte. Stattdessen kampierte sie hier zwischen Tannenzapfen und Schafdung.

Zoe wälzte sich in ihrem Schlafsack auf die andere Seite. Ein Moskito umschwirrte ihren Kopf stets genau dann, wenn sie am Einschlafen war. Immer befand sich irgendwo unter ihr ein Ast oder ein Stein, der sie drückte. Da half auch die teuerste Isomatte nichts, die ihr Vater unbedingt kaufen musste.

Ihr Vater. Hatte es gewagt hierherzukommen. Dabei war er an allem schuld. Denn auch für ihn galt die verdammte Klugscheißerei des alten Plautus: *Abyssus abyssum invocat*. *Abyssus* hieß nämlich eigentlich gar nicht Fehler, sondern Abgrund. Und in diesem Abgrund der Schuld steckte Phillip de Vitt bis zum Hals.

Verzeihen würde sie ihm das alles nie. Besser, er kapierte das bald. Denn noch hatte sie drei bittere Jahre vor sich. Drei Jahre bis zur Volljährigkeit. Drei Jahre bis zur Freiheit, tun und lassen zu können, was sie wollte. Und weder Phillip de Vitt noch Schafe, das schwor sie sich, würden dann in ihrem Leben vorkommen.

Eine feuchte Nase schnuffelte an ihrem Genick, dann fuhr eine raue Zunge über ihre Wange. Hatte sie geweint? Und hatte Victor das wirklich noch vor ihr bemerkt?

Zoe drehte sich um und schlang die Arme um den Hals des Strobels. »Du bist der Einzige, der mich versteht«, flüsterte sie in das drahtige, nach Moos und Wildheit riechende Fell. Zum Glück gab es Victor. Er war der Grund, warum sie überhaupt noch hier war. Wenn er nicht wäre, ja, was dann?

Was sie brauchte, war ein Smartphone mit Navigation. Oder eine Wanderkarte. So etwas hatte sie bei Elke noch nirgendwo entdeckt, die schien jeden einzelnen Trampelpfad in diesem verdammten Schwarzwald auswendig zu kennen.

Aber sie hatte ein Handy, die Schäferin. Es sollte nicht so schwierig sein, es zu klauen. Für Leander hatte sie schon ganz andere Sachen gemacht. Oder wäre das ein weiterer Fehler? Warum war das Leben nur so kompliziert?

Ihre Mutter, die hätte eine Antwort darauf gehabt. Sie hatte immer eine Lösung gewusst. Solange sie da gewesen war, hatte ein Fehler korrigiert werden können. *Abyssus abyssum invocat?* Sie hätte nur gelacht. Die spinnen doch, die Römer, das hätte sie gesagt. Zoe konnte sich so gut an ihre Stimme erinnern, an ihren Duft und wie es sich anfühlte, von ihr gehalten zu werden. Nur ihre Gesichtszüge waren wie ausgelöscht. Alles, woran Zoe sich erinnern konnte, waren diese starr vor sich hin lächelnden Lippen, als ihre Mutter schon tot war. Alles andere war rot gewesen. Rot von ihrem Blut.

7. Kapitel

Schäfchen zählen

Drei Wochen vergingen, und Elke fand sich damit ab, dass Zoe teilnahmslos mittrottete, wenn sie die Weide wechselten, und sich sofort einen Lagerplatz suchte, der so weit wie nur möglich von ihrem entfernt lag. Elke erschien das sogar ziemlich mutig, denn während sie meistens unter ihren niedrigen Schutzhütten kampierte, lag das Mädchen ungeschützt unter freiem Himmel. Zum Glück wachte Victor nachts über Zoes Schlaf, während er tagsüber seine Arbeit tat. Elke musste zugeben, dass er sich noch mustergültiger verhielt als sonst, so als ob er die nächtliche Abwesenheit wiedergutmachen wollte. Und doch wusste Elke, dass er auch in der Dunkelheit mit seiner Aufmerksamkeit bei der Herde war, so wie immer.

Es gab Stunden, da vergaß Elke Zoes Anwesenheit sogar. Morgens holte sich das Mädchen einen halben Becher Kaffee, den Tag über bedienten sich beide aus der von Bärbel regelmäßig frisch aufgefüllten Kühltasche, wann immer sie hungrig waren, und nur am Abend setzte sich Zoe manchmal zu Elke. Dann hatte sie meist eine Frage. Wo genau sie eigentlich seien. Und ob Elke nicht eine Karte habe. Hatte sie nicht. Und wenn, hätte sie die Zoe natürlich nicht gegeben. Für wie blöd hielt das Mädchen sie eigentlich?

Ihr Handy trug Elke nun immer nah an ihrem Körper, auch wenn sie wusste, dass das wegen der Strahlung nicht besonders gesund war. Doch ihr waren die begehrlichen Blicke der Jugendlichen keineswegs entgangen. Obwohl sie gesagt hatte, sie würde ihr keinen Ärger mehr machen, traute Elke der Kleinen nicht über den Weg.

Alle paar Tage holte ihre Mutter Zoe zu sich auf den Lämmerhof, damit sie nicht verwilderte, wie Bärbel sagte, duschen und in einem richtigen Bett schlafen konnte. Sie sah ohnehin schlimm genug aus mit ihrer halben langen Mähne, die sie jetzt meistens zu einem Zopf flocht, und der kahlen Kopfseite, wo ein haselnussbrauner Flaum nachwuchs. Wenn die Herde sicher stand, ging auch Elke mit zum Lämmerhof und gönnte sich den Luxus, von ihrer Mutter verwöhnt zu werden, ein Bad zu nehmen und ihr langes Haar zu waschen. Doch ganz wohl war ihr nie bei dem Gedanken, ihre Herde allein zu lassen.

»Es ist kein Wunder, dass sie kein Vertrauen zu dir hat«, mahnte Bärbel sie an einem jener Abende, als Zoe bereits zu Bett gegangen war. »Du traust ihr ja auch nicht.«

»Du etwa?«

»Ich schließe die Tür jedenfalls nicht ab, wenn sie hier schläft.«

»Und was sagt Jule dazu?« Bärbel antwortete nicht. Jede von uns hat ihren eigenen Dickschädel, dachte Elke und grinste in sich hinein. »Was sagst du ihr, wenn das Mädel eines Morgens nicht mehr da ist?«

»Die läuft nicht weg«, behauptete Bärbel, und ihre Tochter seufzte. »Sie braucht Hilfe, und zwar dringend …«

»Ich bin Schäferin«, unterbrach Elke sie. »Keine Eingliederungsbeauftragte. Auch keine Sozialarbeiterin. Und die psychologische Ader hast du ausschließlich an Jule vererbt, an mich nicht.«

Bärbel lachte.

»Als ob der Schäferberuf damit nichts zu tun hätte.«

»Da geht es um Tiere, Mama. Nicht um Menschen. Tiere. Und die haben keine Hintergedanken.«

Es geschah an einem heißen Nachmittag Anfang Juni. Die Herde lagerte erschöpft im Schatten des Waldrands, einige Schafe hatten sich sogar tiefer unter die Bäume zurückgezogen. Da sie so weit von jeder Straße entfernt waren, hatte Elke darauf verzichtet, den Zaun aufzustellen, es war viel zu warm, als dass die Schafe Lust hatten, die Gegend zu erkunden. Besser, sie nutzten die Kühle des Horsts. Die Hunde ruhten träge im Gras, Tim und Tara schnarchten laut vernehmlich vor sich hin. Die Hitze flimmerte über den Grinden, und das Zirpen der Grillen überdeckte sogar das Plätschern des nahen Bachs.

Elke saß mit dem Rücken gegen den Stamm einer gedrungenen Kiefer gelehnt, über sich einen ausladenden Ast, der sie wie ein Dach aus dunkelgrünen

Nadeln beschirmte. Sie liebte diesen Baum, der Wind und Wetter seit Jahrzehnten trotzte. Immer wenn sie hier rastete, musste sie daran denken, wie sie vor vielen Jahren gemeinsam mit Chris ihre Mutter ein paar Tage lang vertreten hatte, damit sie eine Sommergrippe auskurieren konnte. Unter diesem Baum hatten sie sich geliebt …

Eine blau schillernde Libelle hatte sich zu ihr verirrt, und obwohl Elke diese Tiere schon so oft gesehen hatte, beobachtete sie doch fasziniert, wie sich die sogenannte Teichjungfer in der Luft hielt gleich einem Miniaturhubschrauber, dann ruckartig die Richtung wechselte und zur Feuchtwiese davonflog. Schwebfliegen suchten die Umgebung nach blühenden Gräsern ab. Ein goldschimmernder Käfer kletterte an einem Halm empor. Elke fielen immer wieder die Augen zu, und gerade, als sie dachte, sich ein Nickerchen erlauben zu können, schreckte sie das helle Gebell eines ihrer Hunde auf.

Es war Strega. Achill und Victor stimmten sofort mit ein. Elke griff nach Hut und Schäferstab und erhob sich. Denn da war noch eine andere Stimme, die eines fremden Hundes, keuchend und wütend.

Elke war auf der Stelle hellwach, und während sie über die Weide rannte, zog sie vorsorglich ihre Arbeitshandschuhe aus der Westentasche und streifte sie über. Fabiola und ihr Gefolge sprengten unter den Bäumen hervor, Elke entgegen. Auch Moira führte einen Teil ihrer Gruppe, von Achill dirigiert, in ihre Richtung. Doch wo waren die anderen?

»Victor«, schrie sie, »geh links. Hol sie!« Sofort rannte er los, gefolgt von Tara.

Und dann sah sie die Französische Bulldogge, die außer Rand und Band zwischen der Herde herumjagte, hier und dort ein Schaf an den Fesseln erwischte, sodass die erschrockenen Tiere in alle Richtungen davonstoben. Tim, der sich in letzter Zeit zu einem recht verlässlichen Hütehund entwickelt hatte, verlor die Nerven und raste wütend ebenfalls zwischen die Schafe, offenbar um den Angreifer auszuschalten. Elke rief nach ihm, doch er hörte nicht. Wie verrückt jagte er bellend hinter der Bulldogge her. Wenigstens auf Achill und Strega war Verlass. Sie umrundeten die auseinanderlaufende Herde auf der rechten Seite und versuchten zu retten, was zu retten war.

Da hatte die Französische Bulldogge Tim entdeckt und als Feind ausgemacht.

»Tim«, schrie Elke, so laut sie konnte, und pfiff durch die Finger. »Komm her!«

Aus den Augenwinkeln nahm die Schäferin am Waldrand eine kleine Gruppe von Wanderern wahr, während sie auf die beiden Hunde in der Mitte der Herde zurannte. Drohend wandte sich der massige, wenn auch um einiges kleinere Eindringling gegen Tim, fletschte das breite Gebiss und sprang dem Strobel todesmutig an die Kehle. Im nächsten Moment hatten sich die beiden ineinander verbissen, und als Elke sie endlich erreichte, wälzten sie sich bereits auf der Wiese. Beherzt griff die Schäferin zu und packte Tim am Halsband. Doch die Französische Bulldogge hatte sich im dichten Fell des Hütehundes verbissen und ließ ihn nicht los.

Auf einmal riss jemand den Angreifer am Halsband zurück. Elke hätte vor Überraschung beinahe Tim losgelassen, der sich wand wie ein Aal und wie verrückt seinen Gegner verbellte, denn es war Zoe, die die kräftige Bulldogge mit beiden Händen am Halsband festhielt und beruhigend auf sie einredete. Da kam endlich ein Mann in einem bunt karierten Hemd und in einer Wanderhose angestapft.

»Ist das Ihr Hund?«, fragte Zoe ihn streng. »Der ist aber nicht gut erzogen. Wie können Sie den hier einfach frei rumlaufen lassen?«

Mit hochrotem Kopf legte der Mann seinem Tier die Leine an.

»Kann ja keiner ahnen, dass hier Schafe sind«, brummte er bockig.

»Dies ist ein Naturschutzgebiet«, erklärte Elke in ruhigem Ton. Auch wenn sie den Mann am liebsten zusammengebrüllt hätte, so wusste sie doch, dass ihr das nur Ärger einbringen würde. Es wäre nicht das erste Mal, dass sich ein Wanderer über sie oder die Hunde beschwerte. Karl Hauser hatte wahrlich andere Sorgen, und darum nahm sie sich zusammen. »Hier herrscht Leinenpflicht. Bitte halten Sie sich in Zukunft daran.«

»Und was ist mit Ihren Hunden?« Eine stämmige Frau in einer Bluse mit demselben Muster wie das Hemd des Hundehalters war zu ihnen getreten. »Die laufen doch auch frei rum?«

Elke seufzte. »Ich betreibe mit meiner Schäferei hier oben Landschaftspflege.« Sie bemerkte, wie Zoe ihr einen überraschten Blick zuwarf. »Mit der Herde werden diese Wiesen vor dem Verwalden bewahrt. Meine Hunde sind speziell dafür ausgebildet und hören aufs Wort.«

Zu spät fiel Elke ein, dass Tim gerade nicht unbedingt ein gutes Beispiel abgegeben hatte.

»Das hab ich gesehen, wie dieser Hund aufs Wort gehorcht hat«, höhnte die Frau und wies mit dem Finger auf Tim, den Elke an der kurzen Leine zurückhielt. Daraufhin begann er, wie aufs Stichwort wütend zu bellen.

»Das ist auch kein Wunder«, mischte sich Zoe wieder ein. Ihr Gesicht war rot vor Zorn. »Ihr Hund hat die ganze Herde aufgemischt. Sehen Sie die Lämmer dort? Die sind total verängstigt. Warum nehmen Sie nicht einfach Ihre Bulldogge und machen, dass Sie weiterkommen? Wir haben genug zu tun, um alle Schafe wieder einzufangen, die dieser Köter in den Wald gejagt hat.« Zoes Stimme überschlug sich beinahe, doch ihre Worte zeigten Wirkung. Ohne weitere Widerrede machte das Paar auf der Stelle kehrt und zerrte ihr geiferndes Tier hinter sich her. Kurz darauf verschwanden sie gemeinsam mit den anderen ihrer Gruppe im Wald.

»Manchen Leuten müsste man verbieten, Hunde zu haben.« Aufgebracht ballte Zoe die Fäuste. »Vor allem nicht so einen. Der braucht doch Halter mit Rückgrat. Keine solchen Schnullis.«

»Danke«, sagte Elke. »Das war wirklich mutig. Hattest du überhaupt keine Angst?« Zoe hob die Schultern und ließ sie wieder fallen. Sie beugte sich zu Tim hinunter und kraulte ihm das schweißnasse Fell.

»Du denkst wohl, ich bin feige«, sagte sie erbittert.

»Nein, überhaupt nicht«, widersprach Elke. »Kannst du Tim bitte rüber zu meinem Lager bringen? Du kannst ihn dort anbinden, wenn du ihn nicht die ganze Zeit halten willst.«

Zoe nahm wortlos die Leine und führte Tim von der Weide. Dabei sprach sie beruhigend auf den Strobel ein, der sich tatsächlich zu entspannen schien. Elke sah ihnen nach und musste sich eingestehen, dass das Mädchen wirklich ein überraschend gutes Händchen für Hunde besaß.

Dann ging sie rasch zum Waldrand, doch Victor, Strega, Achill und sogar Tara leisteten vorbildliche Arbeit. Auf ihren Schäferstab gestützt, überwachte Elke, wie sie nach und nach alle versprengten Schafe aus dem Wald zurück auf die Weide trieben. Stolz auf ihre wundervollen Gefährten erfüllte sie, während sie abwechselnd lobte und weitere Befehle gab. Erst nach einer Weile bemerkte sie Zoe, die ein paar Meter hinter ihr stand und aufmerksam zusah.

»Willst du mir helfen, den Weidezaun aufzustellen?«, fragte Elke. »Die Schafe sind noch ziemlich nervös, und ich will nicht, dass einige wieder in den Wald laufen.«

Sie fühlte, wie Zoe zögerte. Und doch hatte sie bereits eine magische Grenze überschritten, als sie sich vorhin eingemischt hatte.

»Wenn es sein muss«, brummte sie. Und doch glaubte Elke, in ihren Augen zu erkennen, dass sie sich freute. »Was soll ich tun?«

Dass sie kräftiger war, als man ihrer zierlichen Gestalt zutrauen würde, hatte Zoe bereits bei ihrem Einsatz mit der Französischen Bulldogge bewiesen. Auch beim Setzen des Zauns stellte sie sich geschickt an. Elke beobachtete genau, wie die Schafe auf das Mädchen reagierten. Bislang hatte sie Zoe von den Tieren ferngehalten, sie waren zu sensibel, um der Unausgeglichenheit dieser Jugendlichen ausgesetzt zu werden. Jedenfalls hatte Elke das geglaubt.

Zu ihrer Überraschung reagierten Fabiola und Moira jedoch überhaupt nicht auf Zoes Anwesenheit, und das war ein gutes Zeichen. Keines der Schafe wich zurück, wenn sie sich ihnen näherte, so als wäre sie eine von ihnen. Annabell ging sogar so weit, an ihr zu schnuppern. Elke atmete auf. Womöglich könnte Zoe sie tatsächlich bei der Arbeit unterstützen und nicht einfach nur eine stumme, verdrießliche Begleiterin sein?

»Kann ich noch etwas tun?«, fragte Zoe, als der Pferch stand.

Elke nickte. »Du kannst die Schafe zählen, wenn wir sie hineintreiben. Damit wir wissen, dass keines fehlt.«

Elke war sich ziemlich sicher, dass alle Schafe aus dem Wald zurückgekehrt waren, auch ohne zu zählen, das hatte sie einfach im Blick. Dennoch war das Schäfchenzählen ein Ritual, an das sie sich immer hielt.

Fassungslos sah Zoe sie an. »Du verarschst mich doch«, sagte sie frostig. »Ich soll jedes einzelne Schaf zählen?«

Elke konnte sich ein Grinsen nicht verkneifen.

»Ich zähle sie jeden Abend«, sagte Elke. »Wenn du keine Lust dazu hast, kein Problem.«

Sie rief den Hunden die bekannten Befehle zu und öffnete den Zaun so, dass eine schmale Pforte entstand, durch die höchstens zwei Tiere auf einmal hindurchkamen. Moira war wie immer die Erste, die sie passierte, andere folgten ihr. Konzentriert und doch vollkommen entspannt begann Elke zu zählen. Sie fühlte, wie Zoe sie beobachtete, doch sie achtete nicht weiter auf sie. Diese Zeit gehörte ausschließlich ihr und der Herde. Während sie jedes einzelne Tier an sich vorbeiziehen sah, machte sie sich intuitiv ein Bild von seinem Zustand. Gretel wurde, behäbig, wie sie geworden war, von einigen Jungtieren zurückgedrängt und wartete geduldig, bis auch sie die Öffnung passieren konnte. Miri und Fee hatten sich längst von ihren Müttern emanzipiert und tollten mit ein paar anderen Lämmern so lange wie möglich auf der offenen Weide herum, bis Victor sie mit freundlichem Nachdruck in den Pferch trieb. Die Nachhut bildete Annabell mit einigen anderen Anhängerinnen der verletzten Zita.

»Sechshundertelf«, zählte Elke, »-zwölf, -dreizehn«, und schloss das Gatter hinter dem letzten Tier. Die Herde war vollständig.

»Du machst das wirklich jeden Abend?«, fragte Zoe. Elke lachte.

»Kommt dir das so komisch vor?«

Zoe zuckte mit den Schultern und sah an der Schäferin vorbei hinüber zur Herde.

»Und du kennst jedes einzelne Tier?«

»Natürlich. Ich hab die meisten schließlich zur Welt gebracht.« Aufmerksam versuchte sie, Zoes Miene zu deuten. »Eines ist übrigens trächtig«, fuhr sie fort. »Siehst du das helle Tier mit dem braunen Fleck an der Stirn? Das Schaf, das dort abseitssteht? Sie heißt Gretel. Im Juli ist es so weit. Dann bekommen wir noch mal ein Lamm oder auch zwei.«

Zoe antwortete nicht, stattdessen betrachtete sie die Herde, als sähe sie die Tiere zum ersten Mal. Elke rief ihre Hunde zusammen und gab ihnen ihr wohlverdientes Futter. Dann wusch sie sich die Hände und das Gesicht mit dem Wasser aus einem Fünfziglitercontainer, den Bärbel ihnen am Abend zuvor frisch aufgefüllt hatte. Aus Mangel an Quellen oder Brunnen würden sie auf dem nächsten Weideplatz sogar einen Wassertank für die Herde brauchen.

Sie teilten sich schweigend das Abendessen. Es gab Bärbels Holzofenbrot und einen selbst gemachten Aufstrich aus Roter Bete, Meerrettich und Äpfeln, dazu eine Salatgurke, die Elke in Scheiben schnitt. Seit sie beschlossen hatte, vegetarisch zu leben, probierte ihre Mutter immer wieder neue Rezepte aus. Es schien auch Zoe zu schmecken, herzhaft langte sie zu, bis ein weinroter Schnurrbart ihre Oberlippe zierte.

»Wie bist du auf die Idee gekommen, Schafe zu hüten?«

Elke war so überrascht über die plötzliche Frage, dass sie sich beinahe verschluckt hätte.

»Ich bin damit aufgewachsen«, sagte sie und nahm einen Schluck Wasser. »Meine Mutter hat Schafe gehütet, davor meine Großmutter und meine Urgroßmutter.«

»Dann hast du das halt einfach auch übernommen?«

»Du meinst, mir ist nichts Besseres eingefallen?«

Zoe zuckte mit einer Schulter und wandte verlegen den Blick ab.

»Klingt halt so«, sagte sie und zog einmal mehr die Knie an und die Schultern hoch.

»Ich hab Agrarwissenschaften studiert«, erzählte Elke. »Und in ein paar Großbetrieben gearbeitet. Aber dann bin ich zurückgekommen und hab die Schäferei übernommen, denn das wollte ich schon immer. Meine Mutter hat Probleme mit der Hüfte, das ist dir sicher aufgefallen. Deshalb kann sie nicht mehr mitkommen. Das ist nicht leicht für sie.«

»Ist sie nicht glücklich auf dem Lämmerhof?«

Elke überlegte. Was hieß schon glücklich.

»Ich glaube, sie wäre lieber hier draußen. Aber am besten ist, du fragst sie selbst.«

Am folgenden Abend bot Zoe an, die Schafe zu zählen, und Elke konnte nicht anders, als von dem großen Ernst, mit dem das Mädchen diese Aufgabe versah, berührt zu sein. Es war, als käme ganz vorsichtig eine vollkommen neue Zoe aus der gut gehüteten Deckung, sodass sie neugierig wurde, was wohl hinter der abweisenden Fassade des Mädchens sonst noch alles verborgen sein mochte. Dieses Mal zählte Elke zur Sicherheit mit. Doch als ihr klar wurde, dass Zoe das bemerkte, ließ sie es künftig sein.

»Kannst du morgen Elke bei der Passage zur nächsten Weide helfen?« Sie saßen in der Küche des Lämmerhofs und futterten Chili sin Carne, Zoe hatte sich soeben eine zweite Portion geben lassen. Jetzt hielt sie allerdings erschrocken mit Essen inne. Auch Elke war alles andere als begeistert. »Ich bring euch natürlich hoch. Aber dann muss ich zum Arzt.«

Augenblicklich fühlte Elke sich schuldig. In diesem Jahr arbeitete ihre Mutter wirklich viel zu viel.

»Zum Orthopäden?« Und als Bärbel nickte, fügte sie hinzu: »Ist es denn schlimmer geworden?«

Bärbel schob sich einen großen Löffel Essen in den Mund und sah kauend von ihrer Tochter zu Zoe.

»Das ist dieses Mal wirklich nicht schwer«, umging sie Elkes Frage, als sie wieder sprechen konnte. »Zum Rehbuckel sind es kaum acht Kilometer, und die Passage ist leicht. Das schafft ihr locker, ihr zwei. Beim letzten Weidewechsel hast du mir doch auch schon geholfen.« Sie hatte sich direkt an Zoe gewandt, die auf ihre Portion Chili sin Carne sah, als hätte sie auf einmal keinen Hunger mehr. »Ich bin sicher, das schaffst du locker.«

»Und wenn ... Ich meine, wenn die Schafe in alle Richtungen davonrennen?«

Bärbel lachte.

»Das tun sie schon nicht. Schafe sind Herdentiere. Wenn keiner sie erschreckt, bleiben sie zusammen.« Und als sie sah, dass Zoe noch immer nicht überzeugt war, fügte sie hinzu: »Victor ist ja auch noch da. Der macht die Arbeit, wenn es sein muss, ohnehin allein.«

»Sag mir ehrlich, Mama, wie geht es deiner Hüfte?«

Bärbel nahm eine Handvoll Kräuter aus der Dose, in der sie ihren selbst gesammelten Haustee aufbewahrte, und gab sie in die Kanne. Zoe war bereits schlafen gegangen. Auch Elke war todmüde. Und am folgenden Morgen mussten sie in aller Herrgottsfrühe aus den Federn.

»Meiner Hüfte geht es nicht gut, das weißt du doch«, antwortete Bärbel geduldig. »Früher oder später werde ich um die Operation nicht herumkommen«, fügte sie hinzu. »Ich denke, im Herbst, wenn du wieder im Haus bist, muss ich das in Angriff nehmen.« Der alte

Wasserkocher begann zu pfeifen, und Bärbel goss den Kräutertee auf.

»Und morgen?«

»Ach Maidle«, seufzte ihre Mutter und nahm wieder Platz. »Es wird Zeit, dass Zoe Verantwortung übernimmt. Ich hab sie beobachtet, in dem Mädchen steckt mehr, als ich dachte. Und wenn sie schon bei dir da oben rumhängt, dann kann sie sich auch nützlich machen. Das ist doch der Sinn der Sache. Sie soll was tun, sagt Julia. Vom Rumsitzen kommt sie nur auf dumme Gedanken.«

»Wahrscheinlich hast du recht«, räumte Elke ein. »Es kam nur ... ein wenig plötzlich. Könntest du morgen bitte den Fridolinsbauern anrufen, damit er Wasser für die Schafe auf den Rehbuckel bringt?« Das tat der Nachbar jedes Jahr, denn auf diesem Weideplatz gab es keine Quelle.

»Natürlich«, antwortete Bärbel. »Sag mal, hast du eigentlich gewusst, dass Karl in den Ruhestand geht?«

Elke starrte sie erschrocken an.

»Karl Hauser? Das kann nicht sein. Er wird doch nächsten Monat erst sechzig.«

»Er lässt sich frühverrenten oder wie man das nennt. Ich hab es gestern vom Meinhardtsbauern erfahren.«

»Aber das hätte mir Karl doch erzählt!«

»Josef sagt, es sei eine recht spontane Entscheidung gewesen.«

Oh mein Gott, das darf nicht wahr sein, fuhr es Elke durch den Kopf. Wie würde es dann mit ihr und der Schäferei weitergehen? Karl Hauser war ihr wohlgesinnt. Aber es gab auch andere Stimmen im Ministe-

163

rium in Stuttgart, die die Grindenbeweidung für überflüssig hielten.

»Bist du dir ganz sicher, dass es kein Gerücht ist?«

Bärbel hob die Schultern und ließ sie wieder fallen. »Du hast recht, die Leute reden viel. Sicher sagt er es dir bald persönlich, falls es wirklich stimmt.«

»Hat … ich meine … hat Josef Meinhardt was von einem Nachfolger gesagt?«

Ihre Mutter stand auf und nahm das Honigglas vom Bord, sodass Elke für einen Moment ihr Gesicht nicht sehen konnte.

»Wenn ich es mir recht überlege«, antwortete Bärbel dann, »kommt mir die ganze Sache auch recht unwahrscheinlich vor. Ich hätte dich damit nicht beunruhigen sollen. Der Karl und Frühruhestand, das passt einfach nicht zusammen.«

Hoffentlich nicht, dachte Elke.

Am nächsten Morgen klingelte der Wecker um halb fünf. Schlaftrunken nahm Elke kleine Schlucke von Bärbels starkem Kaffee.

»Hier«, sagte ihre Mutter zu Zoe und hielt ihr einen etwas kürzeren Schäferstab entgegen. »Der hat einmal Elke gehört, als sie so alt war wie du. Und das Ding hier auch. Willst du ihn tragen?« Sie zeigte Zoe einen Schlapphut aus weichem Leder, dem man ansah, dass er schon einiges hinter sich hatte. Das Mädchen machte ein angewidertes Gesicht und schüttelte den Kopf, griff allerdings nach dem Schäferstab. »Weißt du, wie man damit umgeht?«

»Na, als Wanderstab, oder?«

Bärbel grinste.

»Ja, das auch. Siehst du vorn die kleine Metallschaufel?« Zoe nickte. »Mit der kann man allerhand machen: giftige Pflanzen ausstechen zum Beispiel, damit die Schafe sie nicht fressen. Du kannst aber auch ein bisschen Erde damit aufnehmen und sie einem Schaf gegen die Flanke werfen, wenn es vom Kurs abweicht. Das tut ihm nicht weh, und es begreift, wo es langgeht. Und mit diesem Haken hier …«

»Das erklär ich ihr später«, unterbrach Elke ihre Mutter. »Komm, lass uns aufbrechen. Vorerst wird Zoe ohnehin kein Schaf damit einfangen.«

Die Dämmerung hatte bereits eingesetzt, als sie losfuhren. Mit jedem Standortwechsel entfernte sich die Herde weiter vom Lämmerhof, und doch brauchten sie nur eine Dreiviertelstunde für die Strecke, die Elke mit ihren Schafen inzwischen zu Fuß zurückgelegt hatte.

Als sie die Weide erreichten, wirkten die Felle der Schafe im ersten Morgenlicht wie aus purem Gold. Tautropfen glitzerten an den Spitzen der Grashalme. Die Luft war klar und rein.

Die Hunde umtanzten sie begeistert zur Begrüßung, auch die Schafe wirkten wach und aufmerksam, und Elke war sich sicher, sie ahnten längst, dass es heute weitergehen würde.

»Na, freut ihr euch auf den Rehbuckel?« Moira drückte wie jeden Morgen ihren Kopf gegen Elkes Hüfte und knuffte sie spielerisch in die Hose.

Rasch bauten sie gemeinsam den Weidezaun ab und verstauten ihn auf dem Anhänger von Bärbels Jeep. Sie würde ihn zusammen mit Zoes Gepäck und dem Proviant auf dem Rehbuckel abladen und dann weiter zu ihrem Arzttermin fahren. Inzwischen hatte auch das letzte Schaf begriffen, dass der Aufbruch kurz bevorstand, und Unruhe machte sich unter der Herde breit. Eine neue Weide bedeutete frisches Futter, darauf freute sich jedes Tier.

»Was muss ich tun?« Zoes Stimme klang dünn.

»Bleib einfach immer hinter dem letzten Tier«, riet ihr Elke. »Gleich wird sich die Herde formieren, du wirst sehen, so schwierig ist das gar nicht. Victor weiß, was er zu tun hat. Und wenn ein paar Schafe sich entfernen, holt er sie zurück.« Gut, dass sie diesmal keine Straßen überqueren mussten. Bärbel hatte sich das alles vermutlich sehr genau überlegt. Die Passage zum Rehbuckel gehörte tatsächlich zu den einfachsten ihres Weidejahrs. »Bist du bereit?«, fragte Elke mit prüfendem Blick auf Zoe. »Keine Sorge. Es kann eigentlich gar nichts schiefgehen. Zur Not hast du ja jetzt den Schäferstab, damit kannst du den Tieren auch die Richtung weisen. Zum Beispiel mit ein bisschen Erde, wie es meine Mutter erklärt hat. Aber du wirst sehen, schon wenn du den Stab ausstreckst, begreifen die Tiere, dass sie dort nicht durchsollen. Alles klar?« Und als Zoe nickte, rief Elke den Hunden ihre Befehle zu und setzte sich an die Spitze der Herde.

»Moira, komm«, lockte sie, und schon folgte ihr das Leittier. Auch Fabiola schloss sich an, und so setzte sich einmal mehr die Herde langsam in Bewegung. Wie immer sprangen die inzwischen gewaltig gewachsenen Lämmer wild durcheinander, doch Achill und Strega hielten an den Flanken alles unter Kontrolle. Zunächst ging es einige Kilometer lang eine breite Schneise sacht bergab, ehe sie in einen bequemen Holzabfuhrweg einbiegen mussten, eine Art Hohlweg, zu dessen Seiten das Gelände sanft anstieg. Das war gut, so konnte keines der Tiere seitlich ausbrechen. War die Herde einmal in Bewegung, würde sie nichts mehr aufhalten.

Hin und wieder ließ Elke auch Tim und Tara mit klaren Befehlen von der Leine, die sie zur Freude der Schäferin immer besser ausführten. Wenn das so weiterging, würden die beiden auf einer Fachauktion im Herbst einen stattlichen Preis erzielen – falls Elke sich dazu durchringen konnte, sie tatsächlich abzugeben, wozu ihre Schwester ihr dringend riet.

Rasch verdrängte Elke diesen unangenehmen Gedanken und konzentrierte sich vollkommen auf die über sechshundert Tiere, die ihr so vertrauensvoll folgten. Noch verlief die Passage kerzengerade, und so hatte sie das Ende der Herde mit Zoe im Blick und beobachtete Victor, der wie erwartet seine Sache ausgezeichnet machte. Dann wurde der Holzweg schmaler, wand sich in sanften Kurven den Berg empor, und Zoe verschwand aus Elkes Sichtfeld. Dennoch schien alles nach Plan zu verlaufen. Zum gemeinsamen Hüten brauchte es Vertrauen, und Elke fühlte, wie ihre Anspannung nur zögerlich nachließ. Hin und wieder befahl sie Strega und Achill, die Spitze weiterzuführen, und ließ die Herde an sich vorbeiziehen, um hinten nach dem Rechten zu sehen.

»Alles in Ordnung?«, rief sie dann Zoe zu, als sie in Sicht kam.

»Alles in Ordnung«, hallte die helle Stimme der Fünfzehnjährigen mit hörbarem Stolz zurück.

Gegen Mittag hatten sie ohne Zwischenfall den Reh-buckel erreicht.

»Gut gemacht!«, lobte Elke ihre Begleiterin. Erschöpft ließ sich Zoe neben ihr auf den Boden sinken. Eine ausladende Eberesche voller leuchtend roter Beeren spendete ihnen Schatten. »Hungrig?«

»Und wie!«

Sie hatten den Pferch aufgebaut, in dem die Schafe genüsslich grasten. Jetzt wurde es höchste Zeit, dass auch sie sich stärkten.

Elke packte gerade die Reste des Chili sin Carne und eine Dose mit selbst gemachten Falafeln aus, als ein Motorengeräusch sie aufmerken ließ. Es war der Traktor des Fridolinsbauern, der über den überwachsenen Grindenweg kam. Er zog einen Anhänger mit drei großen Tanks.

»Da kommt Wasser für die Schafe.« Elke biss erleichtert in eine Falafel. Fast eine Woche würden sie hierbleiben, da lohnten sich die dreitausend Liter durchaus. Sie erhob sich, um dem Nachbarn entgegenzugehen, doch auf einmal blieb sie wie angewurzelt stehen. Aus dem Traktor stieg nicht der Fridolinsbauer, sondern Karl Hauser. Und auf der Beifahrerseite … Nein, das konnte nicht sein.

Elke wandte den Blick ab und sah hinüber zu ihren Schafen. Ihr Herz raste. Der Mann, der neben dem Traktor stand und nicht recht zu wissen schien, was er tun sollte, sah aus wie … Aber das war unmöglich, eine Halluzination, vermutlich hatte sie an diesem heißen Morgen zu wenig Wasser getrunken. Victor gab Laut, und die anderen Hunde fielen mit ein. Als Elke wieder hinüber zum Traktor sah, tanzten sie um Karl Hausers Begleiter und fletschten die Zähne.

»Hallo, Elke«, hörte sie die vertraute Stimme des Rangers über das Toben der Hunde hinweg. Elke ließ einen energischen Pfiff ertönen. Auf der Stelle kehrten die Hunde zu ihr zurück, und Hauser ging auf sie zu.

»Ich kann mir vorstellen, dass das eine ziemliche Überraschung ist«, sagte er. »Aber ich wollte es dir so bald wie möglich persönlich sagen, ehe du es von anderen erfährst.« Elke hielt den Blick auf ihn gerichtet und vermied es, zu dem Mann am Traktor hinüberzusehen. »Darum hab ich dem Fridolinsbauern die Fahrt abgenommen. Ich zieh mich zurück, Elke. Sie haben mir angeboten, in den Frühruhestand zu gehen. Und mein Nachfolger ... na, du kennst ihn ja. Ich finde, besser hätte es nicht kommen können. Und da dachte ich, ich bring ihn gleich mit.« Um Elke drehte sich auf einmal alles. Karl Hauser, die Kiefern, der Vogelbeerbaum, die Weide, sogar ihre Schafe und Hunde standen kopf. »Elke«, hörte sie Hausers besorgte Stimme. »Ist dir nicht gut?«

Da kam alles wieder zum Stillstand, der Boden befand sich unter ihr, die Bäume ragten dort auf, wo sie hingehörten, und bewegten ihre Äste sacht im Wind. Victor lehnte sich gegen ihren Oberschenkel, als wollte er sie stützen.

»Alles bestens«, sagte sie.

Alles bestens, wiederholte sie im Stillen. Nur dass dort drüben beim Traktor ihr neuer Vorgesetzter stand. Und zu ihr herüberlächelte, als wäre er niemals fort gewesen.

8. Kapitel

Wege

Hallo, Elke«, sagte Chris und blickte sie forschend an. Er trug einen von der Sonne ausgebleichten Rangerhut, dessen ursprüngliche olivgrüne Farbe man nur noch erahnen konnte, und sah verdammt gut damit aus. Um seine leuchtend blauen Augen hatten sich Lachfältchen gebildet, seine Haut war von Wind und Wetter gegerbt. Zweimal musste Elke sich räuspern, bis auch sie ein halb ersticktes Hallo herausbrachte. »Wie geht es dir?«

Ihr fiel auf die Schnelle keine Antwort darauf ein. Dabei wurde ihr klar, dass er vermutlich gar keine erwartete. Hatte er nicht zehn Jahre in Kanada gelebt? Dort wollten die Leute, wenn sie *How are you* sagten, auch nicht unbedingt wissen, wie es um den anderen stand.

»Seit wann bist du zurück?«, fragte sie stattdessen.

»Seit einem Monat«, antwortete Chris. »Du hast die Schäferei von deiner Mutter übernommen?«

Elke wies mit dem Kinn hinüber zur Herde.

»Sieht so aus, oder?«

Sie wandte sich ab. Was glaubte dieser Mann eigentlich? Dass er hier nach all der Zeit einfach so auftauchen und dämliche Fragen stellen konnte?

»Wer ist denn das Mädchen?«, erkundigte sich Karl und sah in Zoes Richtung.

»Eine ... Praktikantin«, beeilte Elke, sich zu sagen. Sie hatten den Leiter der Naturschutzbehörde nicht eingeweiht, Julia war dagegen gewesen. Warum eigentlich?, fragte Elke sich jetzt. Wieso mussten sie verheimlichen, aus welchem Grund Zoe wirklich hier war?

»Sie kommt aber nicht aus unserer Gegend, oder?« Karl Hauser runzelte angestrengt die Stirn. »Ich habe sie jedenfalls noch nie gesehen.«

»Nein, sie ist aus Freiburg«, antwortete Elke. »Julia ist mit ihrem Vater ... ähm ... befreundet.« Hauser hob lächelnd die Brauen. Elke wurde bewusst, wie missverständlich das geklungen hatte. Aber vielleicht war es kein Fehler, wenn er annahm, dass Julia persönliche Gründe hatte, ihr Zoe zu vermitteln. Und doch war es ihr unangenehm, den alten Freund zu belügen.

»Also ... Chris wird mein Amt übernehmen«, kam Karl Hauser wieder auf das ursprüngliche Thema zurück. Jeder in der Gegend kannte ihre Vorgeschichte, wusste, wie sehr Chris Elke damals gekränkt hatte. Deshalb brachte Karl es jetzt auch nicht fertig, ihr in die Augen zu sehen. »Wir sind alle sehr froh, dass er wieder da ist. Ich denke, ihr beide ... ich meine, ihr werdet doch gut miteinander klarkommen, oder?«

Elke schwieg, und auch Chris kommentierte das nicht. Er schien angestrengt die Schafherde zu mustern, so als

171

suchte er ein bestimmtes Tier unter den sechshundert heraus. Dann warf er Hauser einen kurzen hilfesuchenden Blick zu. Der ging zum Traktor und machte sich an der Anhängerkupplung zu schaffen, um die mobile Weidetränke mit den drei großen Kunststoffbehältern abzukoppeln.

»Elke«, sagte Chris leise und in einem Ton, der ihr eine Gänsehaut über den Rücken jagte. »Ich weiß, dass es überraschend kommt. Ich hatte ja keine Ahnung, dass du jetzt hier lebst, sonst hätte ich mich schon früher gemeldet, noch von Kanada aus.«

»Wie geht es Carol?«, fragte Elke, und ihre Stimme klang wie ein Reibeisen. Chris schluckte, schob seinen Hut aus der Stirn und betrachtete den Himmel, wo ein Rotmilan seine Kreise zog.

»Ich hab keine Ahnung, wie es ihr geht«, sagte er schließlich. »Sie und ich … wir haben uns getrennt. Schon vor einem Jahr.«

Eine Weile sagte keiner etwas. Der Raubvogel über ihnen ließ seine lang gezogenen heiseren Rufe hören.

»Wann genau übernimmst du Karls Amt?«

»Nächsten Monat. Mit seinem sechzigsten Geburtstag geht er in Rente. Aber ich bin natürlich jetzt schon da, damit der Übergang gut klappt. Ach Elke«, seine Stimme wurde fast flehend, »dürfte ich dich zum Abendessen einladen, heute oder wann immer es dir passt? Ich denke, wir haben eine ganze Menge …«

»Nein«, sagte sie schroff und wandte sich ab. »Daran bin ich nicht interessiert.«

»Wer war denn das?«

Zoe lag auf ihre Ellbogen gestützt im Gras und sah dem Traktor nach, der zwischen den Bäumen verschwand.

»Mein Chef«, antwortete Elke und starrte auf die Dose mit Falafeln. Zoe hatte ihr die Hälfte übrig gelassen. Doch der Appetit war ihr gründlich vergangen.

»Warum hat der alte Mann mich so angestarrt?«

»Weil er dich noch nicht kannte«, antwortete sie kurz angebunden, packte entschlossen die Lebensmittel zusammen und verstaute alles in der Kühlbox. Dann stand sie auf.

»Und was hast du ihm gesagt?« Zoes Stimme klang trotzig.

»Dass du meine Praktikantin bist.«

Elke sah sich um. Sie musste unbedingt etwas tun. Noch immer raste ihr Herz und pochte schmerzhaft gegen ihren Brustkorb. Ihre Knie fühlten sich an wie aus Pudding, als sie zu den auf den Hänger montierten Wassercontainern ging, um die Tränke in Betrieb zu nehmen. Gut, dass der Fridolinsbauer ihnen jedes Jahr so großzügig diese Anlage überließ. Mechanisch schloss Elke die Schläuche zwischen den Tanks und den Tränkebecken an, dazu waren nur wenige Handgriffe notwendig. Dann versetzte sie einige Zaunelemente so, dass die Schafe Zugang zu der Wasserquelle bekamen. Moira war wie erwartet die Erste, die ihre Schnauze in das Kunststoffbecken hielt und damit den Mechanismus auslöste, der Wasser einströmen ließ. Mehr oder weniger geduldig warteten die anderen Tiere, bis sie an der Reihe waren.

»Warum haben sie bisher kein Wasser gebraucht?«

Zoe war ihr gefolgt. Auf Elkes alten Weidestab gestützt, beobachtete sie das Gedränge der Tiere um die Tränke.

»Die Wiesen waren bislang feucht genug, und das Gras war saftig«, antwortete Elke. »Vielleicht ist dir aufgefallen, dass die Schafe hauptsächlich frühmorgens und abends bei Dämmerung grasen. Da nehmen sie mit dem Futter eine Menge Tau auf. Außerdem war es bislang nicht zu heiß, und ich achte darauf, dass die Tiere immer im Schatten ruhen können. Das spart eine Menge Wasser. Jetzt aber wird es Sommer. Das Gras ändert schon seine Farbe, siehst du das?«

Zoe blickte angestrengt über die Weide.

»Es wird … irgendwie gelblicher.«

Elke nickte. Dann bückte sie sich und hob ein Taschenmesser auf, das neben dem Anhänger im Gras lag. Es handelte sich um ein Klappmesser aus einer traditionsreichen Schmiede in Solingen mit Ebenholzgriff und Neusilberbeschlägen. Noch ehe Elke es öffnete, wusste sie, dass die Klinge aus dreihundert Lagen Damaststahl bestand und handgeschmiedet war. Denn ihr Vater hatte dieses wertvolle Messer Christian Leitner, genannt Chris, vor vielen Jahren geschenkt.

Die Klinge war scharf wie eh und je. Rasch ließ Elke das Messer wieder zuklappen und in ihrer Jackentasche verschwinden.

»Wer war eigentlich der andere Mann?«, wollte Zoe auf einmal wissen, und Elke dachte, dass es auch seine Vorteile gehabt hatte, als sie und das Mädchen sich den ganzen Tag nur angeschwiegen hatten.

»Der neue Chef«, antwortete sie kurz angebunden und kehrte Zoe den Rücken zu, um nach der Herde zu sehen. Und da es bei sechshundert Schafen immer einige gab, denen man die Klauen schneiden musste, war sie den ganzen Nachmittag über gut beschäftigt.

»Ich bin sicher, keiner hat so gut manikürte Schafe wie wir«, sagte Bärbel am Abend mit einem Grinsen, als sie ihre Tochter bei dieser Arbeit antraf. Dann fiel ihr Blick auf das Messer in Elkes Hand. »Wo kommt denn das auf einmal her?«

Elke ließ das Schaf los, das ein paar erleichterte Sprünge in Richtung der anderen Tiere machte, und rieb sich den unteren Rücken. Auf dem Muster der Damaszenerklinge spiegelte sich die Abendsonne.

»Du hast es gewusst.« Elke klappte das Messer zu und steckte es weg. Es hatte ihr gute Dienste geleistet. »Gib es zu. Du hast gewusst, dass Chris zurück ist. Und hast mir nichts gesagt.«

Bärbel antwortete nicht gleich. Sie blinzelte in die untergehende Sonne und wirkte auf einmal sehr müde.

»Ich war mir nicht sicher, ob es stimmt«, räumte sie ein. »Und da du schon auf Karls Pensionierung so … so erschrocken reagiert hast, wollte ich dich nicht weiter …«

»Du hättest mich vorwarnen können«, unterbrach Elke sie erschöpft.

»Es macht dir also immer noch etwas aus?«

Elke starrte sie wütend an.

»Nein, wie kommst du darauf?«, schrie sie unvermittelt, sodass Victor angerannt kam und besorgt vor ihr stehen blieb. »Es macht mir nichts aus. Er hat mir das Herz gebrochen, aber jetzt ist es mir vollkommen egal, dass er mein Vorgesetzter wird und ich dauernd mit ihm zu tun haben werde. Warum sollte mir das auch was ausmachen? Herrgott, seid ihr denn alle miteinander verrückt geworden? Ich hasse diesen Mann. Und wenn er hier wirklich bleibt, dann … dann …«

Sie atmete heftig, ballte die Hände zu Fäusten und stapfte blindlings über die Weide, nur fort von allen, hinein in den angrenzenden Wald.

Sofort umhüllte sie eine völlig andere Welt. Tief atmete sie die harzgeschwängerte Luft ein, lauschte dem Klopfen eines Spechts, dem Gurren von Waldtauben. Bei einem mächtigen, von Farn und blühenden Heidelbeersträuchern überwucherten Baumstumpf blieb sie stehen und sah sich um. Keine fünf Schritte entfernt entdeckte sie eine Gruppe prächtiger Steinpilze. Sie wartete darauf, dass sie einmal mehr der Frieden überkam, den ihr das grüne Zwielicht der Fichten und Tannen sonst immer schenkte, schon als ganz kleines Mädchen war das so gewesen. Doch an diesem Tag fühlte sie nichts.

Elke atmete mehrmals tief durch. Chris war wieder da. Ganz langsam sickerte diese Erkenntnis von ihrem Verstand tiefer. Sofort begann ihr Herz auf eine Weise zu schlagen, die sie vollkommen vergessen hatte. Weder bei Manuel Kimmich hatte es das getan noch während der anderen kurzen Beziehungen, die sie in den vergangenen Jahren geführt hatte. Was hatte er gesagt? Mit Carol war es aus?

Sie setzte sich auf den Baumstamm und vergrub ihr Gesicht in den Händen. Auf einmal war der alte Schmerz wieder da, gerade so wie damals, als er sie verlassen hatte. Das alles sollte vergeben und vergessen sein? Man konnte die Uhr nicht einfach zehn Jahre zurückdrehen. Auch wenn er mit ihr essen gehen wollte, hatte das noch lange nichts zu bedeuten. Er hatte ein schlechtes Gewissen, das war ja klar. Sie würde sich jedoch nicht einen Abend lang Ausflüchte und Entschuldigungen anhören für etwas, das so lange her war. Nur damit er sich besser fühlte. Da konnte er lange warten.

Sie stand auf, holte Chris' Messer aus der Tasche und ließ es aufschnappen. Wann er den Verlust wohl bemerken würde? Sie atmete mehrmals tief durch, bog den Kopf in den Nacken und sah in die sich wiegenden Gipfel der Bäume. Dann nahm sie ihren Hut ab, erntete die Pilze und legte jeden einzelnen behutsam hinein. Es waren gut und gern zwei Pfund, sie passten kaum in die Wölbung. Bärbel würde aus ihnen ein fantastisches Abendessen zaubern. Und sie würden zur Tagesordnung übergehen, so wie immer, und nie wieder mehr Worte über Christian Leitner verlieren, als es wegen seiner neuen Funktion als Leiter der Naturschutzbehörde notwendig war.

Die nächsten Tage vergingen ohne große Zwischenfälle, und eine trügerische Ruhe legte sich über sie. Der Rehbuckel war ein besonderer Ort; hier verbrachte Elke normalerweise Tage, auf die sie sich das ganze Jahr über freute, Tage wie aus der Zeit gefallen, ein Stück Ewigkeit, in der ihre Gedanken auf Wanderschaft gingen, während sie und ihre Herde ruhten. Nicht die Uhr, sondern der Lauf der Sonne gliederte ihr Dasein, und irgendwann stellte sich ein Zustand ein, in dem es ihr vorkam, als würde sie mit der Natur, die sie umgab, verschmelzen, als würde sie Teil der Bäume, der Wiese, des Windes und des Lichts. Und natürlich Teil der Tiere, mit denen sie lebte. Waren sie und ihre vierbeinigen Gefährten ohnehin schon wortlos miteinander verbunden, so wurde auf dem Rehbuckel dieses Gefühl Jahr für Jahr noch stärker. Dann musste sie den Hunden nicht mehr erst laut Befehle geben, allein der Gedanke genügte, so wie sie die Bewegung der Herde voraussah, ehe die Schafe losliefen. Als wäre die Trennung zwischen ihr und der Natur aufgehoben. Dann fühlte Elke, dass sie und diese Landschaft, der Wald mit seinen Weiden und allen Bewohnern darin, eins waren, der Schwarzwald ein Wesen, so wie ein Bienenschwarm eine Einheit bildete, auch wenn kein Mensch bislang herausgefunden hatte, wie genau das funktionierte. Für Elke waren diese raren Momente des Verschmelzens mit ihrer Umgebung pures Glück, ein Glück, von dem sie das ganze restliche Jahr über zehrte.

Doch in diesem Sommer war alles anders.

In diesem Sommer war Zoe an ihrer Seite statt Pascal. Zoe mit ihren Fragen. Mit ihrem Schweigen, das mitunter lauter war, als wenn sie sprach. Doch das war nicht das Schlimmste. Es waren ihre eigenen Erinnerungen, die ihre Begegnung mit Chris wieder wachgerufen hatte, so als wäre der Deckel über einer gut verschlossenen Kiste aufgesprungen, und das Weggesperrte quoll heraus. Dann tastete ihre Hand wie von selbst nach dem kühlen Griff des Klappmessers in ihrer Tasche, bis sie sich dessen bewusst wurde und mehr als einmal kurz davorstand, das Ding in den Wald zu schleudern. Doch sie tat es nie. Es brauchte weitere Tage, bis ihr klar wurde, dass sie begonnen hatte zu warten. Darauf, dass er kam, um es abzuholen. Sie nahm sich vor, es ihrer Mutter zu übergeben mit der Bitte, es Chris zurückzubringen. Doch auch das tat sie nicht.

Am sechsten Abend auf dem Rehbuckel schlugen die Hunde urplötzlich an, und in der Ferne antwortete ein ihr unbekanntes tiefes Bellen. Elke rief ihre Strobel zur Ordnung, und so saßen sie alle fünf empört und zitternd vor Anspannung um die Herde verteilt und witterten unruhig in Richtung des Wegs, auf dem sie vor Tagen hergekommen waren. Vorsorglich befahl Elke die Junghunde zu sich und legte sie an die lange Leine. Schließlich erschien ein Mann mit einem Berner Sennenhund an seiner Seite. Elke atmete auf. Diese Hunderasse war bekannt für ihre Ruhe und Freundlichkeit.

Abwartend blieb der Mann stehen. Er trug einen braunen Filzhut mit breiter Krempe und stützte sich auf einen kunstvoll geschnitzten Wanderstab, so wie ihn Pilger mit sich führten. Victor hielt die Nase witternd in die Luft, entspannte sich sichtlich und ließ sogar ein freundliches Winseln hören. Auf Elkes Befehl hin legten sich ihre Hütehunde abwartend auf den Bauch, dann ging sie zu dem Wanderer, um ihn zu begrüßen.

»Meine Senta macht keinen Ärger«, sagte er, und Elke glaubte es ihm aufs Wort, als sie in die klugen Augen des großen Tieres blickte. Ihren Besitzer schätzte sie auf um die dreißig, so wie sie selbst. An seinem Rucksack erkannte sie die Jakobsmuschel.

»Wollen Sie bis nach Santiago pilgern?«

»Das ist der Plan«, antwortete der Mann, nahm das Baumwolltuch ab, das er um den Hals trug, und wischte sich über Stirn und Nacken. »Aber nicht mehr heute. Darf ich mich zu euch gesellen für die Nacht?«

Elke zögerte. Sie hatte nicht gern Fremde bei ihrer Herde. Doch es dämmerte bereits. Sie konnte dem Mann diese Bitte wohl kaum abschlagen.

»Klar«, antwortete sie. »Dann sollten sich die Hunde besser kennenlernen, ja?«

»Ich heiße übrigens Jan«, stellte sich der Pilger vor.

»Elke.« Sie schüttelten sich die Hand. »Und dort drüben, das ist Zoe.«

Jan ließ seinen Hund von der Leine, und Elke erlaubte zuerst Victor, Senta zu beschnuppern, der nichts gegen den Besuch einzuwenden hatte. Das war ein Zeichen für die anderen, den behäbigen Pilgerhund ebenfalls zu akzeptieren. Zu Elkes Erleichterung gehörte Jan offenbar nicht zu der Sorte Wanderer, die eine Wanderschäferin ausgesprochen exotisch fanden und sie mit einer Menge Fragen löcherten. Elke warf einen Blick auf den Rucksack, den er schweigend an ihrem Rastplatz ablegte, denn aus Erfahrung konnte sie daran am ehesten die ernsthaften Pilger von denen unterscheiden, die es gern wären. Die schleppten nämlich meist zu viel Gepäck mit sich herum und mussten sich entweder nach und nach von Dingen, die sie für unverzichtbar hielten, verabschieden, oder sie gaben weit vor dem Ziel auf. Doch Jan schien nicht zum ersten Mal unterwegs zu sein.

Sie beschlossen, ihre Vorräte miteinander zu teilen. An diesem Tag hatte Elke zwei Hüte voll Pfifferlinge zwischen dem hochgewachsenen Gras am Waldrand gefunden, und diese briet sie nun über ihrem Gaskocher. Zoe hätte gern ein Lagerfeuer gemacht, doch zu dieser Jahreszeit war das mitten im Naturschutzgebiet undenkbar. Senta trank aus der Plastikschale mit Wasser, die Jan ihr aus dem Tank gefüllt hatte, und legte sich schließlich neben sein Gepäck. Inzwischen war die Nacht hereingebrochen.

»Wieso machst du das?«

Offenbar war das Zoes Lieblingsfrage. Auffordernd sah sie Jan dabei an.

»Was meinst du denn?«

»Das Pilgern. Wo liegt eigentlich Compostela?«

»Santiago de Compostela liegt im äußersten Nordwesten Spaniens«, antwortete Jan und sog begehrlich den Duft der brutzelnden Pilze ein.

Zoe riss die Augen auf.

»In Spanien?!«, echote sie. »Und da willst du zu Fuß hin?«

Jan lachte, zog seine Wanderschuhe aus und dehnte behaglich die Zehen.

»Kommt dir das so komisch vor?«

Zoe musterte ihn mit gerunzelter Stirn.

»Du verarschst mich doch«, sagte sie schließlich vorwurfsvoll.

Jan betrachtete sie amüsiert.

»Nein, das machen viele. Tausende. Und das schon seit Jahrhunderten.«

Zoe schürzte die Lippen und schwieg.

»Pilgerst du zum ersten Mal?«, fragte Elke und rührte die Pilze um.

»Nein«, antwortete Jan und kramte in seinem Rucksack. Schließlich zog er ein kleines Stoffsäckchen hervor. »Hier. Das ist getrocknetes Basilikum von meinem

181

Balkon. Falls du das gebrauchen kannst.« Elke nahm das Säckchen und schnupperte daran. Dann streute sie vorsichtig eine Prise über die Pilzpfanne. »Letztes Jahr bin ich auf dem Franziskusweg von Florenz nach Assisi gewandert«, fuhr er fort. »Das ist eine alte Pilgerroute. Die ist rund zweihundertfünfzig Kilometer lang, aber die haben es in sich. Gleich am ersten Tag geht es fast tausend Höhenmeter hinauf auf den Consuma-Pass, da geben die Ersten schon auf.« Er lachte. »Und am zweiten kommt es noch besser.«

»Aber wieso macht man so was denn?« Diese Frage schien Zoe keine Ruhe zu lassen.

»Ja, warum nur?«, wiederholte Jan. »Vielleicht, weil das eine Art ist, an seine persönliche Grenze zu gelangen. Weil man herausfinden will, ob man das schafft.«

»Aber bis nach Spanien … Ich meine, dafür brauchst du doch ein Jahr …«

»Es gibt Leute, die schaffen das viel schneller. Aber ich hab mir tatsächlich ein ganzes Jahr gegeben. Weil ich mich nicht abhetzen will. Und das Ganze nicht nur als sportliche Herausforderung sehe.«

»Wirklich? Ein ganzes Jahr? Arbeitest du denn gar nicht?«

»Seit dem ersten Juni nicht mehr«, antwortete Jan. »Mein Arbeitgeber wollte mich nicht so lange freistellen. Da hab ich gekündigt.«

Elke warf ihm einen raschen Blick zu. Dann fischte sie einen der kleinen Pilze aus der Pfanne und probierte. Sie salzte noch ein wenig nach und begann, die Portionen zu verteilen. Jan hatte seinen Blechteller zu den ihren gestellt.

»Da hattest du wohl so einen Loser-Job, der dir sowieso nicht gefiel, oder?«

Jan lachte schallend.

»Doch, mein Job gefiel mir ganz gut«, antwortete er und nahm dankend seine Portion in Empfang. »Was willst du einmal werden?«

Zoe zuckte mit den Schultern und schnupperte an ihrem Essen.

»Keine Ahnung. Ich weiß aber, was ich nicht will.«

»Und das wäre?«

»Ich werde mit Sicherheit keine Computerspiele erfinden. Und Schafe hüten vermutlich auch nicht.«

»Aha«, antwortete Jan mit einem Schmunzeln. »Na, da bleibt ja nicht mehr viel übrig. Wen, zum Teufel, kennst du denn, der sich Computerspiele ausdenkt? Ich dachte, junge Leute finden das toll?«

»Mein Vater macht das«, kam die Antwort wie aus der Pistole geschossen. »Und ich kann dir sagen, es ist überhaupt nicht toll.«

Jan wechselte einen Blick mit Elke.

»Ich hab damit nichts zu tun«, sagte sie amüsiert. »Zoe ist meine Praktikantin.«

»Und wieso findest du das nicht toll?«, fragte Jan.

»Weil ihn ansonsten überhaupt nichts mehr interessiert«, brach es aus Zoe heraus. »Er lebt in dieser Spielewelt, und du existierst für ihn nicht mehr. Er sitzt mit dir am Tisch und stopft sein Essen in sich rein, aber das ist überhaupt nicht er, sondern so eine Art Avatar. Er schmeckt nichts, sieht dich nicht, hört dich nicht, du kannst machen, was du willst, es ist ihm egal.«

Die letzten Worte klangen gepresst, als müsste Zoe

183

mit den Tränen kämpfen. Dann war es auf einmal ganz still auf der Weide. Nur das rupfende Geräusch der grasenden Schafe und das Zirpen der Grillen erfüllten die Dunkelheit. Verblüfft versuchte Elke, das Gehörte mit dem blonden Mann in Verbindung zu bringen, der fast geheult hätte, weil seine Tochter nicht mit ihm sprechen wollte.

»Das klingt ziemlich doof«, sagte Jan. »*Déformation professionelle* nennen das die Franzosen.«

»Und was soll das heißen?«

»Na ja, ich würde sagen, ›berufsbedingte Deformierung‹. Das wäre ja gerade so, als würde Elke alle Menschen wie Schafe behandeln.« Er warf Zoe einen schelmischen Blick zu. »Tut sie das?«

»Soll ich euch mal die Klauen schneiden?«, scherzte Elke und wunderte sich über sich selbst. Es war lange her, dass sie sich auf so etwas eingelassen hatte. Ziemlich genau zehn Jahre. Was für eine »Deformation« war das wohl? Eine *déformation amoureuse*? Auf einmal wurde ihr bewusst, wie humorlos sie geworden war …

»Victor behandelt uns alle wie Schafe«, warf Zoe ein und fuhr sich mit dem Handrücken über die Nase. »Wehe, wir sitzen nicht einträchtig beisammen. Dann findet er keine Ruhe.«

»Da werde ich meinen Schlafsack mal lieber hier in eurer Nähe ausrollen, wenn es okay für euch ist.« Jan gähnte und streckte den Arm nach seinem Rucksack aus.

»Warte doch mal«, rief Zoe aus. »Wieso gebt ihr Erwachsenen eigentlich niemals eine klare Antwort auf meine Fragen?«

Jan hielt in der Bewegung inne.

»Was willst du denn sonst noch wissen?«

»Warum du das machst!« Zoe klang so empört, dass Victor den Kopf hob. »Kündigen, um zu Fuß nach Spanien zu wandern. Das ist doch ... krank!«

Auch Elke sah ihn gespannt an. In der Dunkelheit konnte sie seinen Gesichtsausdruck nicht richtig erkennen.

»Wenn du das wirklich wissen willst ...« Jan stockte und atmete tief aus. »Das ist nicht mit einem Wort zu erklären.«

»Dann nimm halt so viele Wörter, wie du brauchst«, schlug Zoe vor.

»Na gut, ich versuch's. Aber ich sag dir gleich, dass es noch niemand verstanden hat, also versprich dir nicht zu viel.« Er seufzte und holte tief Atem. »Ich mache diesen Pilgerpfad, weil ich etwas herausfinden will. Etwas ... wirklich Wichtiges. Nämlich ... worauf es ankommt im Leben.« Eine Weile sagte keiner etwas. Tim war eingeschlafen und hatte leise zu schnarchen begonnen. Von den Schafen drang noch immer das dumpfe, rupfende Fressgeräusch herüber. Hin und wieder blökte ein Lamm. »Es war nämlich so«, fuhr Jan fort. »Ich hab gemerkt, dass das, wovon ich bisher dachte, dass es wichtig sei, total unwichtig wurde, wenn ich es erreicht hatte. Ich hab einen richtig guten Job aufgegeben, von dem ich immer geglaubt habe, dass ich das mein Leben lang machen wollte. Ich habe gut verdient, mir ein schönes Haus gekauft, mir Wünsche erfüllt. Dann ist die Frau, von der ich dachte, dass ich sie liebe, weggegangen. Von einem Tag auf den anderen.

Sie habe etwas Besseres verdient, hat sie gesagt. Und es hat mir nicht einmal viel ausgemacht. Verstehst du, ich habe gar nichts gefühlt. Sie war weg, und alles andere, das Haus, der Job, meine Freunde – das alles kam mir vor wie … ja, wie in einem Computerspiel. Unwirklich. Irgendwie surreal. Dann hat ein Freund gesagt: ›Komm, wir wandern durch die Toskana‹, und ich bin mitgegangen. Toskana, geil. Berge rauf, Berge runter. Andere haben aufgegeben, wir nicht. Doch am Ende, als wir in dieser Kirche standen dort in Assisi, da hab ich begriffen, dass das alles Blödsinn war. Warst du schon einmal dort?«

»Wo? In Assisi? Nein.«

»Dieser monumentale Kirchenbau, irgendwie erschien mir der genauso wie mein Leben. Er ist unglaublich prächtig, immer wieder hat man ein Stück angebaut. Unter all dem Prunk aber, sozusagen im Keller, da befindet sich das Grab des heiligen Franziskus. Und diese Krypta könnte einfacher nicht sein. Trotzdem ist sie das Herz des Ganzen. Alles andere hat man später dazugebaut, damit es noch prächtiger, noch anziehender für Pilger wurde. Und um zu zeigen, dass man mächtig war und sich das alles leisten konnte. Da habe ich verstanden, dass es nicht darauf ankommt, andere Pilger sportlich auszustechen, nicht schlappzumachen und möglichst als Erster am Ziel anzukommen. Denn eine Pilgerreise ist kein Wettlauf. Es ist ein Weg nach innen. Zum Kern. Ins … na ja, wenn du so willst … ins eigene Herz.«

Jan schwieg. Elke hatte den Eindruck, dass für ihn diese Erklärung anstrengender gewesen war als der

Wandertag. Und sie verstand, was er meinte. Vielleicht war sie aus einem ähnlichen Grund zu ihren Wurzeln zurückgekehrt und hatte die Herde von ihrer Mutter übernommen, als es Zeit dafür war. Weil sie weder in einem Großbetrieb noch an der Uni Karriere hatte machen wollen. Wozu? Um sich immer weiter von ihrem eigentlichen Wesen zu entfernen? Und es dann nach Jahren mühsam wiederfinden zu müssen, so wie Jan? Doch was wusste sie schon von diesem Mann, den das Schicksal an diesem Frühsommerabend zu ihnen auf die Weide geführt hatte? Zu wenig, um sich ein Urteil zu erlauben.

»Und deshalb gehst du jetzt nach Spanien?« Zoe ließ einfach nicht locker.

»Ja genau. Ich will einen Weg gehen, der so erschreckend lang ist, dass ich noch Wochen oder Monate überhaupt nicht ans Ankommen denken kann«, fuhr Jan leise fort. »Weil es aufs Ankommen nicht ankommt, wenn du so willst.« Selbst im Dunkeln glaube Elke zu sehen, dass er jetzt grinste. »Sondern aufs Unterwegssein. Weil das ganze Leben ein Unterwegssein ist. Und wenn wir ankommen, was passiert dann mit uns?«

»Dann sterben wir.« Es war nicht mehr als ein Flüstern.

»So ist es. Du hast es verstanden. Hab ich jetzt genug erklärt?«

Seine Frage hing in der Luft. Eine Antwort kam nicht. Stattdessen sagte Zoe: »Nein, was du sagst, stimmt nicht für alle Menschen. Meine Mama starb bei einem Autounfall. Ganz plötzlich. Eben hat sie noch gelacht, dann war sie weg.« Eine Weile hörten sie nur das heftige Atmen des Mädchens. »Sie war noch lange nicht an ihrem Ziel.«

So wie mein Vater, fuhr es Elke durch den Kopf, und eine Welle des Mitgefühls mit Zoe durchflutete sie.

»Das ist schlimm«, sagte Jan nach einer Weile, und man konnte hören, dass er es wirklich so meinte. »Tut mir sehr leid. Keiner von uns weiß, wann der Weg zu Ende ist.«

Und dann schwiegen sie, bis jeder seinen Schlafsack heranzog und es sich für die Nacht bequem machte.

Im Zwielicht des nächsten Morgens erhob sich Elke leise von ihrem Lager. Sie liebte diese Stunde zwischen Nacht und Tag, und hier auf dem Rehbuckel war sie besonders schön. Feiner Dunst lag über der Weide, auf der gerade die ersten zartlila Blüten des Heidekrauts erblühten. Von den Schafen, die gemächlich grasten, stieg Dampf auf. Sie kämmte sich geduldig ihr langes, lockiges Haar und flocht es zu einem Zopf. Dann schlüpfte sie in ihre Kleider und ging durch das taunasse Gras zur Herde, um nach Gretel zu sehen. Das trächtige Tier lagerte noch mit ein paar anderen Zweijährigen unter einem niedrigen Kieferngehölz und blickte ihr mit seinen großen Kulleraugen aufmerksam entgegen.

»Na, alles gut, meine Schöne?« Das Schaf legte vertrauensvoll seinen schweren Kopf in Elkes Hand, dann ließ es sich untersuchen. Gretels Euter war ein wenig angeschwollen. Bei Tieren, die wie sie zum ersten Mal lammten, geschah das in der Regel vier Wochen vor der Geburt.

Wie erwartet kam nun auch Moira, um ihre Schäferin zu begrüßen, gefolgt von Fabiola und ihren Gefährtinnen. Jedes Schaf hatte seine eigene Art, ihr seine Zuneigung zu zeigen; während Moira stets ihre Stirn an ihr rieb, zupfte Fabiola gern an ihrem Hosenbein. Elke genoss dieses Morgenritual und nutzte es, um sich ein Bild von der Verfassung ihrer Tiere zu machen. An diesem Morgen humpelte Briggi kaum merklich, und als sich Elke die Klaue ansah, entdeckte sie, dass in dem Zwischenspalt ein kleiner Kieselstein steckte. Im Nu hatte sie den Stein entfernt und richtete sich wieder auf. Da schoss wie ein Pfeil Victor an ihr vorbei und bellte zweimal hell auf, wie er es immer tat, wenn sich ein Fremder näherte.

Erstaunt sah Elke sich um. Neben der Tränke stand Chris, eine Bäckertüte in der Hand.

»Was machst du hier?«, fragte sie, nachdem sie den Hütehund zurückgerufen hatte.

»Nach dir schauen.« Er sah zu dem Lager hinüber, wo sich Jan eben aufrichtete und mit der Hand übers Gesicht fuhr.

Du hast zehn Jahre lang nicht nach mir geschaut, das brauchst du auch jetzt nicht zu tun, wollte Elke sagen, doch sie schwieg. »Lädst du mich zum Frühstück ein? Ich hab Brötchen mitgebracht.« Triumphierend hob er eine Bäckertüte hoch. Elke stöhnte innerlich. »Oder störe ich?«

»Chris, ich …«

»Okay, ich störe. Schon verstanden.« Er nahm den Hut ab und fuhr sich mit der Hand durchs Haar, während er noch einmal forschend zu Jan hinübersah. Elke schluckte hart. Diese Geste, wie er sich den Hut wieder

189

aufsetzte, das alles war ihr so vertraut. Eilig wandte sie den Blick ab. »Elke, ich … ich finde, wir sollten reden.«

»Worüber denn?«

Er holte tief Luft und blies sie wieder aus. Als er nicht antwortete, sah sie ihm direkt ins Gesicht.

»Willst du ein dienstliches Gespräch? Dann lass uns nach der Weidesaison einen Termin machen. Würde das passen? Im Augenblick bin ich ziemlich beschäftigt, wie du siehst.«

Sie wandte sich ab. Annabell und ein paar ihrer Gefährtinnen hatten sich offenbar in den Kopf gesetzt, den Weidezaun in der Nähe des Waldrands niederzudrücken. Sie rief nach ihren Hunden, überquerte mit großen Schritten die Wiese und sorgte für Ordnung. Als sie das erledigt hatte, war Chris verschwunden. Wo er gestanden hatte, lag die Tüte mit Brötchen im Gras.

»Und du bist sicher, dass du überhaupt nichts davon möchtest?«

Jan sah von den beiden übrig gebliebenen Mohnbrötchen zu Elke. Zoe schüttelte sich die Krümel eines Marzipanhörnchens vom T-Shirt, das sie gerade genießerisch verspeist hatte.

»Nein, pack sie ruhig ein«, antwortete Elke und trank ihren Kaffee aus.

»Danke«, sagte er und legte die Bäckertüte behutsam in seinen Rucksack.

Er schulterte sein Gepäck, setzte den Hut auf und griff nach seinem Stock. Zoe beobachtete ihn unter halb gesenkten Lidern, während sie einen Grashalm nach dem anderen ausriss.

»Warum hast du es denn so eilig?«, fragte sie schließlich und presste dann die Lippen zusammen.

»Wusste ich es doch, dass du noch längst nicht alle Fragen gestellt hast«, antwortete Jan mit einem Grinsen. Dann wurde er ernst. »Hast du in der Schule Latein gelernt?« Zoe nickte. »Das Wort Pilger kommt von *peregrinus*, weißt du, was das heißt?« Jetzt schüttelte Zoe den Kopf. »Wörtlich übersetzt heißt das Nichtbürger oder Fremder. Jemand, der nirgendwo dazugehört. Wenn man kein Bürger war, durfte man sich nur kurze Zeit an einem Ort aufhalten.«

»Aber die alten Römer sind längst tot«, warf Zoe trotzig ein. »Keiner muss sich mehr an ihre doofen Regeln halten.«

Jan lachte leise auf.

»Da hast du recht«, sagte er. »Ich halte mich auch nicht an ihre Regeln, sondern an meine eigenen. Ich habe beschlossen, ein Jahr lang ein Fremder zu sein. Ein Nichtbürger. Ein Pilger wird erst dann zu einem, wenn er unterwegs ist. Das ist quasi seine Jobbeschreibung.«

»Nimmst du mich mit?«

Elke sah bestürzt auf. Was, wenn Jan einverstanden wäre? Wie konnte sie erklären, dass Zoe bei ihr bleiben sollte? Doch ein Blick in Jans Gesicht machte deutlich, dass ihre Sorge unbegründet war.

»Nein«, sagte er freundlich. »Und das geht nicht gegen dich, Zoe. Aber eine solche Wanderschaft muss gut überlegt und geplant werden.«

Zoe war ganz bleich geworden und kaute zornig auf ihrer Unterlippe herum.

»Außerdem komme ich in deinen Plänen nicht vor.«

»So ist es.« Jan verlagerte das Gewicht seines Rucksacks und zog seinen Hüftgurt enger. Die Sonne trat über den Rand des Waldes. Elke konnte seine Unruhe, endlich aufzubrechen, direkt fühlen. »Vielleicht solltest du deine eigenen Pläne machen, statt dich denen von anderen anzuschließen. Glaub mir, das macht viel mehr Spaß.« Er wechselte einen Blick mit Elke und fasste seinen Stab fester. »Ich wünsche dir alles Gute, Zoe. Und danke für das leckere Pilzessen, Elke. Um dich braucht man sich keine Sorgen zu machen. Eine Schäferin, der morgens frische Brötchen gebracht werden, die kommt immer durchs Leben.« Jan lachte fröhlich. »Na dann. Ganz herzlichen Dank für eure Gastfreundschaft.«

Ein leiser Pfiff, und Senta war an seiner Seite. Nicht nur Zoe, auch Elke sah den beiden nach, bis sie auf dem Waldweg zwischen den Tannen verschwanden.

»So ein Klugscheißer«, presste Zoe hervor und riss das Gras jetzt büschelweise aus. »Der ist bestimmt Lehrer, so wie der daherredet.«

Elke musterte sie amüsiert.

»Meinst du?«

»Klar. Die können doch locker ein Sabbatjahr nehmen, diese Beamten. Von wegen Job kündigen und so, ich glaub dem kein Wort.« Sie sprang auf und kickte einen Tannenzapfen von sich. »Der ist auch nur so ein Schwätzer.«

»Aber du wärst tatsächlich mit ihm gegangen?«

Zoe öffnete den Mund, um heftig etwas zu erwidern, dann überlegte sie es sich offenbar anders, drehte sich um und stapfte davon.

Zoe

Hundert Schritte.

Das war Elkes Regel. Mehr als hundert Schritte in die eine und hundert in die andere Richtung sollte sie sich nicht von der Herde entfernen. Sollte. Durfte. Wie immer kribbelten Zoes Handflächen, wenn sie an die Worte »müssen« und »dürfen« auch nur dachte.

Auch Leander hatte Regeln gehabt. Seine zu befolgen war ihr leichtgefallen. Es war ein süßer Schmerz gewesen, ihre Gefühle im Zaum zu halten und ihn niemals zu fragen, wo er eigentlich wohne. Keine Telefonnummer von ihm zu bekommen, sondern stets abzuwarten, bis er sich bei ihr meldete und sie zu sich rief. Ohne Widerrede zu tun, was er sagte, auch wenn das heißen konnte, im Mediamarkt teure Geräte unter ihrer Jacke verschwinden zu lassen und sie bei ihm abzuliefern. Prüfungen nannte er das. Geschicklichkeitstests. Liebesbeweise. Obwohl er selbst nie von Liebe sprach.

Sie stand im Wald, hundert Schritte von der Herde entfernt, und betrachtete eine junge Tanne, jedenfalls glaubte sie, dass es eine war. Sie reichte ihr gerade mal bis zur Brust, und schon jetzt war klar, dass dieser Baum es nicht schaffen würde, die anderen, längst erwachsenen Tannen standen viel zu dicht und ließen kein Licht zu ihm durch. Sacht strich Zoe mit den Fingerspitzen über die hellgrünen Triebe, die das Bäumchen so hoffnungsvoll hervorgebracht hatte. Aber es würde ihm nichts nützen. Seine Wurzeln hielten es an dieser Stelle fest. Der einzige Weg, ausreichend Licht zu bekommen, war, so schnell wie möglich nach oben zu gelangen.

Nach oben.

Auch sie saß hier fest. Dieser Pilger war gekommen und wieder gegangen, aber sie musste bleiben. Er hatte sie daran erinnert, dass sie eine Gefangene war. Denn dies war kein Abenteuerurlaub, auch wenn Victor noch so nett war und das mit den Schafen eigentlich ganz lustig. Er hatte sie daran erinnert, dass sie nicht freiwillig hier war. Sondern woanders sein wollte.

Hatte sie ihn tatsächlich gefragt, ob er sie mitnehmen würde? Ihr wurde heiß vor Scham, wenn sie daran dachte. Und dann fiel ihr ein, dass auch sie es gewesen war, die damals Leander angesprochen hatte, nicht er sie, wie alle vermuteten. Er war ihr aufgefallen, wegen seiner Art zu schauen mit diesen Augen, das eine braun, das andere blau wie das Eismeer. Und wegen dieses speziellen Lächelns. Jedes Mal, wenn sie mit Chantal in den Club gekommen war, hatte er schon dort gestanden, an der Wand gelehnt und Hof gehalten. Da hatte sie ihn eines Abends angesprochen, und er hatte gelächelt, so als hätte er das von Anfang an gewusst. Ob er wohl immer noch an sie dachte? Oder hatte er sie längst vergessen?

Zoe schlang die Arme um ihren Oberkörper und setzte sich neben das Bäumchen, das die Sonne niemals sehen würde. Ihr Herz fühlte sich schwer an, so als wäre es ein Stein. Oder eine Bombe, die jeden Moment explodieren konnte. Was hatte dieser Jan gesagt? Dass sie sich ihre eigenen Pläne machen sollte, statt sich denen von anderen anzuschließen. Aber wie machte man Pläne, wenn man im Wald festsaß? Hundert Schritte. Das war ihr Radius. Außer sie lief wieder weg und machte es dieses Mal besser. Und dann?

9. Kapitel

Auszeit

Das Maidle braucht eine Auszeit von dir und den Schafen.«

Bärbel zog den Küchenhocker mit dem abgewetzten Stoffbezug heran und legte seufzend ihre Beine hoch. »Lasst sie ein paar Tage hier auf dem Hof.«

»Wie macht sie sich denn so?«, wollte Julia wissen.

Doch Elke hatte gar nicht zugehört. Gedankenverloren nahm sie einen Schluck von Bärbels Gutenachttee.

»He, Elke«, rief Julia und fuchtelte mit der Hand vor ihrer Nase herum. »Hallo? Jemand zu Hause?«

»So geht das schon den ganzen Abend«, seufzte Bärbel und schluckte eine Tablette.

»Was ist denn? Was wollt ihr von mir?« Elke wirkte, als tauchte sie aus tiefen Gedanken auf.

»Wie sich Zoe macht, hab ich gefragt.«

Elke zuckte mit den Schultern.

»Alles prima«, sagte sie mit ironischem Unterton. »Letzte Woche wäre sie beinahe mit einem Pilger nach Santiago de Compostela mitgegangen.«

»Du machst Witze.« Julia musterte ihre Schwester streng.

»Nein«, antwortete Elke mit einem freudlosen Grinsen. »Aber keine Sorge. Niemand mit halbwegs klarem Verstand würde sich so einen Klotz am Bein ...«

»Pst«, machte Julia und verdrehte die Augen. »Vielleicht kann sie dich hören.«

»Genau«, pflichtete Bärbel Julia empört bei. »Und überhaupt. Hast du noch nie von Männern gehört, die sich an jungen Mädchen vergreifen?«

Elke winkte müde ab. »Ich hätte sie schon nicht gehen lassen. Obwohl auch ich mal eine Auszeit von ihr gut brauchen könnte.« Oder eine Auszeit von Chris, dachte sie. Wobei der sich nun seit Tagen nicht mehr gezeigt hatte. Und doch kreisten ihre Gedanken unablässig um ihn.

»Na, dann sind wir uns ja einig. Zoe bleibt ein paar Tage hier. Dann kann sie mir beim Käsen helfen.« Bärbel erhob sich zufrieden. »Maidles, ich geh schlafen.« Sie küsste jede ihrer Töchter auf die Wange und tätschelte ihnen den Rücken, so wie früher, als sie noch klein gewesen waren. Dann fiel die Tür hinter ihr ins Schloss.

Eine Weile war es still in der Küche. Zoe war längst in ihrem Zimmer verschwunden und hatte ein großes Stück Hefezopf, das ihr Bärbel abgeschnitten hatte, mitgenommen wie eine Katze ihre Beute. Julia schien den Schritten ihrer Mutter auf der knarzenden Treppe nachzulauschen, die sich langsam entfernten.

»Weißt du, wie es um ihre Hüfte steht?« Elke schüttelte den Kopf und fühlte sich auf der Stelle schrecklich schuldig. War Bärbel nicht vor Kurzem erst beim Arzt

197

gewesen? Und sie hatte nicht einmal daran gedacht, sich nach dem Untersuchungsergebnis zu erkundigen. »Hast du gesehen?«, fuhr Julia fort. »Sie nimmt Tabletten, vermutlich gegen die Schmerzen. Lange sollte sie die OP nicht mehr aufschieben.«

Elke betrachtete niedergeschlagen die alte Tischplatte aus Birnenholz. Einige der nachgedunkelten Kerben hatte sie selbst auf dem Gewissen. Und direkt unter ihren tastenden Fingern war die Scharte, die ihr Vater in das Holz geschlagen hatte, als er den Rehbock, der ihm vor den Kühler gesprungen und sofort gestorben war, zerteilt hatte. Das war der Tag gewesen, an dem Elke beschlossen hatte, nie wieder ein Wesen, das zuvor geatmet hatte, zu essen …

»Elke, was ist los mit dir?« Julia legte ihr die Hand auf den Arm. »Bist du krank?«

»Chris ist wieder da.« Elke wunderte sich selbst, dass sie das tatsächlich gesagt hatte. Denn sie hatte sich geschworen, mit keinem Menschen darüber zu sprechen. Auch nicht mit ihrer Schwester.

»Ich weiß.« Julia betrachtete sie weiter auf diese forschende Art, mit der sie garantiert auch ihre jugendlichen Straftäter musterte. »Er hat sich von dieser Carol getrennt, sagt Mama.« Auf einmal wurde Elke wütend. Alle redeten hinter ihrem Rücken davon. Vermutlich hatte auch ihre Schwester von der Rückkehr ihrer früheren großen Liebe eher gewusst als sie selbst. »Das ist doch gut, oder?«

»Gut?« Elke erschrak selbst über den verbitterten Ton in ihrer Stimme. »Du meinst, er kommt nach zehn Jahren zurück, und alles ist gut, weil er endlich kapiert hat, dass diese Frau, derentwegen er mich sitzen gelassen hat, nicht die Richtige für ihn ist? Nach zehn verdammten Jahren?«

»Elke ...«

»Nichts ist gut, Julia. Er soll mich in Ruhe lassen. Aber das geht nicht. Weil er nämlich Karls Stelle übernimmt, verstehst du?«

»Ich ...«

»Natürlich. Du weißt auch das. Du weißt ohnehin alles, so wie jeder hier außer mir.« Elke war laut geworden. Unwillig stand sie auf und ging zur Tür. Auf einmal erschien ihr alles zu eng, die Küche, der Hof. Sie wollte zurück zu ihrer Herde, frei atmen können, allein sein mit sich und ihren trüben Gedanken.

»Jetzt lauf doch nicht weg.« Julia war ihr nachgegangen und legte ihr die Hand auf den Arm. »Und überhaupt. Was schreist du mich so an? Ich hab dir schließlich nichts getan. Ich versuche nur zu helfen.«

»Ja, das tust du immer, Jule, Retterin in der Not. Dass wir dafür alle nach deiner Nase tanzen, das ...« Sie unterbrach sich selbst. Ein Blick ins Gesicht ihrer Schwester genügte, damit sich ihr Zorn in Luft auflöste. Reuevoll nahm sie Julia in die Arme. »Ach, was bin ich doch für eine Idiotin«, stöhnte sie. »Es tut mir leid, Jule ...«

»Ist schon gut.« Julias Stimme zitterte. Elke wusste, sie hatte ihre Schwester an ihrem wunden Punkt getroffen. Behutsam machte Julia sich los. »Wir ... wir sollten jetzt besser schlafen gehen.« Sie wollte sich abwenden, doch Elke hielt sie zurück.

»Du bist doch sicher nicht gekommen, um mit mir über Chris zu sprechen«, sagte sie. Auf einmal wurde ihr bewusst, wie unaufmerksam sie den ganzen Abend über gewesen war.

»Nein, das bin ich nicht«, antwortete Julia mit einem Seufzen. »Eigentlich wollte ich mit euch feiern.«

»Feiern?« Elke glaubte, ihren Ohren nicht zu trauen. »Was gibt es denn zu feiern?«

»Na, zum Beispiel, dass mein Kollege es geschafft hat, dem Tesla-Fahrer einen Vergleich schmackhaft zu machen.«

»Einen … was bedeutet das?«

»Das bedeutet, dass er nicht klagen wird«, erklärte Julia. »Sondern sich mit dem zufriedengibt, was durch die Versicherungssumme gedeckt ist. Das heißt, wir müssen den Hof nicht verkaufen. Und auch die Herde nicht. Und wenn das alles vorbei ist, dann stocken wir die Versicherungssumme auf, damit so etwas nie wieder passieren kann.«

Elke musste sich setzen, auf einmal waren ihre Knie weich geworden.

»Das bedeutet, du hast mich wieder mal …«

»… gerettet, ja«, fiel ihr Julia kühl ins Wort. »Weil ich das ja so gern mache. Und um diesen Mann von der Bank, diesen Leiermann, um den kümmere ich mich auch noch. Aber jetzt bin ich müde und …«

»Danke«, sagte Elke beschämt. »Du bist die beste Schwester der Welt, und ich …«

»Ist schon okay«, sagte Julia sanft. »Jetzt komm, lass uns schlafen. Morgen sieht alles wieder ganz anders aus.«

In der Nacht machte Elke kein Auge zu. Unruhig warf sie sich von einer Seite auf die andere. Es war stickig in ihrem Zimmer, obwohl sie alle Fenster geöffnet hatte. Sie vermisste die lauen Winde, die auf den Höhen dafür sorgten, dass sie ihren Schlafsack mitunter bis zu den Ohren hochziehen musste. Hier jedoch schwitzte sie auch ohne Decke.

Als sie tapsende Schritte und das vertraute Knarzen ihrer Tür vernahm, wurde ihr klar, dass sie nicht die Einzige war, die keinen Schlaf fand.

»Bist du noch wach?«, flüsterte Julia.

»Ja, du auch?«

Wie früher rutschte sie zur Seite, und Julia schlüpfte zu ihr unter die Decke, wie sie es als Kinder schon gemacht hatten.

»Ist es wegen Chris?« Von Elke kam nur ein unmutiges Knurren als Antwort zurück. Julia seufzte. »Liebst du ihn noch?«

»Spinnst du?« Elke drehte sich auf die Seite, im Zwielicht der Nacht war das Gesicht ihrer Schwester ein helles Oval, mehr nicht. »Ich hasse ihn.«

»Ach. Tatsächlich?« Julia schwieg eine Weile. »Und ich dachte, dass er dir immer noch viel bedeutet.« Als keine Antwort kam, fragte sie: »Warum macht es dir dann so viel aus, dass er zurück ist?«

»Weil er der neue Leiter der Naturschutzbehörde ist«, antwortete Elke mit unterdrückter Ungeduld. »Wir sind auf den Beweidungsvertrag der Schwarzwaldgrinden angewiesen, das weißt du doch. Und jetzt bin ich ausgerechnet von ihm abhängig ...«

»Aber dann wäre es doch klüger, dich mit ihm zu treffen.«

Elke verschlug es einen Augenblick lang die Sprache.

201

Wusste denn alle Welt, dass sie ihm eine Abfuhr erteilt hatte? »Ich glaube nicht, dass er schlecht auf dich zu sprechen ist«, fuhr Julia fort. »Immerhin hat er dir Brötchen hochgebracht. Das fand ich eigentlich ziemlich nett …«

Erschrocken hielt sie inne, denn Elke war im Bett hochgefahren, als hätte sie eine Tarantel gestochen.

»Wie? Woher weißt du das alles?«

»Tannenzapfenfunk«, gab Julia ungerührt zurück. »Hast du das etwa vergessen? So haben wir das doch früher genannt. Hier haben die Bäume Ohren. Und die Eichhörnchen plappern alles weiter. Jeder weiß alles. Vermutlich hat Chris das dem Karl erzählt …«

»Und Karl seiner Ursel und Ursel der Bärbel …«

»Falls es nicht noch ein paar Umwege gab. Oder Frau Egerle von der Bäckerei hat es weitererzählt, was weiß ich. Du und Chris, ihr seid Gesprächsthema Nummer eins hier in der Gegend. Ist ja auch sonst kaum was los.«

Stöhnend ließ Elke sich wieder aufs Kissen fallen. Das hatte ihr gerade noch gefehlt. Wieso wunderte sie sich eigentlich?

»Aber ich wollte dir etwas ganz anderes erzählen.« Julias Stimme klang auf einmal kleinlaut. »Wahrscheinlich hast du keinen Nerv, dir das anzuhören, aber irgendjemandem muss ich mein Herz ausschütten. Sonst platze ich.«

»Was ist es denn? Du … du weinst doch nicht etwa?« Zu Elkes Entsetzen schniefte Julia, tastete und fand ein Päckchen mit Papiertaschentüchern auf dem Nachttisch ihrer Schwester. »Bitte sag mir, was passiert ist!«

»Ich hab mich verliebt.«

Elke war wie vom Donner gerührt. Ihre Schwester war zwei Jahre jünger als sie, und ihre letzte längere Beziehung lag mehr als sechs Jahre zurück. Immer scheiterte es daran, dass Julia rund um die Uhr für ihre Schützlinge da sein musste. Oder wollte. So genau hatte Elke das noch nie begriffen. Aber die Ernsthaftigkeit, mit der sich Julia ihrer Aufgabe widmete, konnte bislang kein Mann auf Dauer akzeptieren. Früher oder später stellten sie sie vor die Entscheidung, entweder sie oder der Job. Sie habe einfach keine Zeit für so was, hatte sie erst neulich Bärbel gegenüber behauptet, als diese das Thema angeschnitten hatte. Und obwohl ihre beiden Berufe nicht unterschiedlicher sein konnten, waren sich die Schwestern, was Männerbeziehungen anging, ziemlich ähnlich.

»Und in wen?«

Julia stieß einen tiefen Seufzer aus.

»Ach Elke, es könnte blöder gar nicht sein.«

»Wieso denn? Will er von dir nichts wissen? Oder wo liegt das Problem?«

Sie konnte hören, wie Julia Luft holte, um etwas zu sagen, und dann doch wieder stockte. Also beschloss Elke abzuwarten. Von draußen drangen die Rufe eines Waldkauzes zu ihnen herein.

»Du kennst ihn«, flüsterte Julia. Elke überlegte. Ihre Schwester hatte ihr hin und wieder einen ihrer Kollegen vorgestellt, wenn sie sie im Winter in Freiburg besucht hatte. Oder war es jemand, der beim Gericht arbeitete?

»Hugo?«, fragte sie auf gut Glück. Das war der Strafverteidiger, mit dem Julia öfter zusammenarbeitete.

»Neiiiin«, rief Julia empört aus. »Hugo doch nicht. Der ist glücklich verheiratet und hat Kinder.«

Elke atmete im Stillen auf. Das Letzte, was sie ihrer Schwester wünschte, war, dass sie sich in einen glücklich verheirateten Mann verliebte.

»Es ist Phillip«, flüsterte Julia schließlich, und zunächst wusste Elke nicht, wen sie meinte. »Phillip de Vitt.«

»Zoes Vater?« Auf einmal machte alles Sinn. Julias außergewöhnliches Engagement für das Mädchen. Die Vertrautheit, die sie während Phillips Besuch auf der Weide instinktiv gespürt hatte. »Ach, du grüne Neune.«

»Du sagst es«, wimmerte Julia neben ihr. »Das ist ein absolutes No-Go. Werde nie zu persönlich mit deinen Anvertrauten oder deren Angehörigen, so lauten die Vorschriften. Und dann steht auf einmal dieser Mann vor mir. Elke, schon beim allerersten Mal ist es passiert.«

»Was genau ist passiert?«, fragte Elke alarmiert. »Seid ihr ein Paar?«

Sie konnte fühlen, wie Julia nickte.

»Ja«, sagte sie dann. »Irgendwie schon. Kommt darauf an, was du unter Paar verstehst.«

Elke musste kichern, obwohl ihr eigentlich überhaupt nicht zum Lachen zumute war. Und als sie daran dachte, was Zoe neulich preisgegeben hatte, an jenem Abend, als Jan bei ihnen gewesen war, da verging es ihr auch sofort wieder. Denn Zoe hatte nicht nur ein problematisches Verhältnis zu ihrem Vater, sie hatte vor wenigen Jahren ihre Mutter verloren. Ob Jule das wusste? Stand das in den Akten? Zoe selbst hatte es ihrer Schwester garantiert nicht erzählt.

»Hör mal, Jule«, sagte sie vorsichtig, »ist nicht Zoes Mutter ums Leben gekommen?«

»Ja«, antwortete Julia arglos. »Bei einem Autounfall. Aber da war Zoe noch ziemlich klein ...«

»Sie war zehn«, unterbrach Elke sie.

»Woher weißt du das? Hat sie etwa darüber gesprochen?«

Elke antwortete nicht gleich, sie war zu überrascht. Auch Julia und sie hatten einen Elternteil verloren und wussten doch genau, wie sich das anfühlte. Dabei waren sie erwachsen gewesen, als ihr Vater verunglückt war. Kaum auszudenken, wie sie das im Alter von zehn Jahren mitgenommen hätte. Und ausgerechnet Jule, die sich in jeden Menschen hineinversetzen konnte, spielte das herunter?

»Soweit ich das begriffen habe, gibt sie Phillip die Schuld am Tod ihrer Mutter.«

»Was?« Jetzt war es Julia, die sich im Bett aufsetzte. »Wieso denn das?«

»Woher soll ich das wissen?« Elke stöhnte innerlich auf. »Ich mache ja keine Interviews mit ihr. Und keine Therapiegespräche. Außerdem erzählt sie ohnehin nur, was sie will. Und ich glaube, das mit ihrer Mutter, das ist ihr rausgerutscht.«

»Was genau hat sie gesagt?«

Das Gespräch hatte eine Wendung genommen, die Elke nicht behagte.

»Findest du das gut, mich so auszufragen? Du hast mir das Mädchen anvertraut. Nicht dass ich mich darum gerissen hätte, du hast mich vorher ja nicht einmal gefragt. Nach all den Wochen hat sie endlich so etwas wie ein minimales Vertrauen zu mir gefasst, und jetzt soll ich weitererzählen, was sie gesagt hat? Verträgt sich das mit deinen Grundsätzen?«

Julia sackte neben ihr zusammen.

»Nein«, antwortete sie kleinlaut. »Natürlich nicht. Genau das ist es ja, warum ich mich nie auf Phillip hätte einlassen dürfen. Ich muss mich von ihm trennen. Am besten sofort.«

Auch Elke hatte sich aufgesetzt und legte einen Arm um die Schulter ihrer Schwester. Ihr Herz zog sich zusammen, als Jule sich an sie lehnte und haltlos zu weinen begann.

»Ach Jule«, seufzte sie. »Liebt er dich denn auch?«

Ihre Schwester nickte schluchzend und tastete wieder nach dem Päckchen mit Papiertaschentüchern. »Ich war noch nie … so glücklich …«, brachte sie mühsam hervor.

»Warum gibst du Zoes Fall nicht einfach ab?«, schlug Elke vor. Herrje, wenigstens eine von ihnen sollte glücklich werden dürfen.

Es ging doch nicht an, dass sie beide auf ihre große Liebe verzichten mussten.

»Das hab ich auch schon überlegt«, sagte Julia nach einer Weile und wischte sich die Tränen weg.

»Und was hindert dich?«

Wieder seufzte Julia tief auf. Wenigstens waren ihre Tränen verebbt. Elke ertrug es nur schwer, ihre Schwester weinen zu sehen.

»Es gibt nur einen Kollegen, der das machen könnte«, antwortete sie. »Und der kommt mit Zoe nicht klar. Deshalb habe ich den Fall übernommen. Wenn ich

Sven den Fall gebe, dann holt er sie gleich am nächsten Tag ab und bringt sie in den Jugendstrafvollzug.«

»Bist du sicher?« So schnell wollte Elke nicht aufgeben.

»Absolut«, antwortete Julia. »Denn inzwischen gilt es als erwiesen, dass der Grenzbeamte, dem Zoe das Pfefferspray ins Gesicht gesprüht hat, für immer blind sein wird.«

Elke sog scharf die Luft ein.

»Und sie? Weiß sie das schon?«

Julia schüttelte den Kopf. »Nein«, sagte sie. »Und Phillip auch nicht.« Wieder ertönte draußen vor dem Fenster der Ruf des Waldkauzes. »Da kommt noch mächtig was auf Zoe zu.« Und auf ihren Vater, ergänzte Elke in Gedanken. »Insofern wäre es nicht schlecht, wenn ich mehr von dem Durcheinander in ihrem Herzen erfahren könnte. Das würde ihr vor Gericht helfen.«

Irgendwann waren sie vor Erschöpfung doch noch eingeschlafen, dicht aneinandergekuschelt, so wie früher. Und wie immer wachte Elke vor ihrer Schwester auf, schälte sich vorsichtig aus der Umarmung und stand auf. Jule gab Laute wie ein Kätzchen von sich, drehte sich auf die andere Seite und schlief weiter.

Die Sonne war noch nicht über den Hasenkopf gestiegen, als Elke vors Haus trat, doch im fernen Rheintal spiegelten sich ihre ersten Strahlen bereits hier und dort im glänzenden Band des großen Flusses wider. Über den Vogesen, dem Schwestergebirge des Schwarzwalds auf der französischen Seite, hing blauer Dunst.

Der Tag versprach, warm zu werden, auch wenn es vom Wiesengrund hinter dem Hof und aus dem Wald noch kühl herüberwehte mit würzigen Düften nach Blüten und Kräutern. Vor allem der Lindenbaum verströmte seine betörende Süße. In wenigen Stunden würden die Bienen darin summen, wenn auch nicht mehr so zahlreich wie noch vor wenigen Jahren.

»Schon auf?« Bärbel trat aus dem Ziegenstall und grinste ihrer Ältesten entgegen. »Dabei war da noch ein Getuschel in deinem Zimmer bis spät in die Nacht. Fast wäre ich aufgestanden und hätte euch die Ohren lang gezogen, so wie früher.«

»Haben wir dich gestört?«, fragte Elke verlegen.

Doch Bärbel zuckte mit den Schultern. »Konnte halt auch nicht schlafen«, brummte sie und wollte sich abwenden.

»Wegen der Schmerzen?«

Bärbel warf ihr einen prüfenden Blick zu. »Manchmal weiß ich einfach nicht mehr, wie ich liegen soll.«

»Ich hab dich gar nicht gefragt …«

Doch Bärbel winkte ab.

»Im Herbst«, sagte sie. »Wenn du zurück bist. Dann lass ich es machen.«

»Und wenn es früher sein muss? Ich will nicht, dass du dich so quälst.«

Aber für ihre Mutter war das Gespräch offenbar beendet. Wie jeden Morgen ging sie hinüber zur Käserei, die sie vor fünf Jahren nach den EU-Normen hatten bauen lassen, und zog das Wägelchen mit den Milchkannen heraus.

»Ich bin froh, dass du und Jule miteinander geredet

habt«, sagte sie wie nebenbei, als sie den Wagen an Elke vorbeischob. »Sie kommt mir in letzter Zeit ziemlich bedrückt vor.« Dann stieß sie die Tür zum Ziegenstall auf und verschwand darin.

»Zita hat sich ganz gut erholt.«

Sie saßen beim Frühstück und ließen sich Bärbels Holzofenbrot mit selbst gemachter Marmelade und ihrem köstlichen Waldhonig schmecken.

»Willst du sie wieder mit auf die Weide nehmen?«

Elke schüttelte mit vollem Mund den Kopf.

»Das gäbe eine Menge Unruhe«, erklärte sie, nachdem sie geschluckt hatte. »Annabell und Co. haben sich gerade Fabiola angepasst. Ich lass Zita lieber bei deinen Ziegen, da ist sie ohnehin die Queen, das gefällt ihr.«

Bärbel grinste. Sie schnitt noch ein paar Scheiben Brot ab und legte eine davon Zoe auf den Teller.

»Hättest du Lust, ein paar Tage bei mir auf dem Hof zu bleiben?«

Als Elke sah, wie begeistert die dunklen Augen des Mädchens aufleuchteten, gab ihr das zu ihrer Überraschung einen Stich ins Herz. Würde sie Zoe etwa vermissen? Victor ganz sicher, so viel stand fest.

»Wenn es für Sie okay ist?« Zoe warf Julia einen prüfenden Blick zu.

»Klar«, antwortete Julia. »Dann kannst du meiner Mutter helfen.«

»Helfen? Bei was denn?«

Zoes Stimme klang auf einmal misstrauisch. Bärbel hob eine Ecke von ihrem Ziegenkäse hoch.

209

»Schmeckt dir das?«

»Ja, der ist lecker.«

»Weißt du auch, wie man ihn macht?«

»Wie man Käse macht?«

»Genau.« Und als Zoe verblüfft den Kopf schüttelte, fügte sie in einem Ton, der keine Widerrede erlaubte, hinzu: »Dann bring ich dir das jetzt bei.«

Auf einmal sah das Mädchen längst nicht mehr so glücklich aus. Elke gab sich Mühe, ein Grinsen zu verbergen, und warf ihrer Schwester einen raschen Blick zu. Doch Julia betrachtete Zoe mit sorgenvollen Augen, als wäre das Mädchen eine Zeitbombe, und Mitleid mit ihrer Schwester stieg in Elke auf. Sollte tatsächlich ein Happy End zwischen ihr und Phillip möglich sein, dann würde Julia … Zoes Mutterstelle einnehmen. Ob das Mädchen das jemals akzeptieren würde?

Sie waren gerade dabei, das Frühstücksgeschirr abzuspülen, als Lena mit dem Postauto in den Hof fuhr und wie immer dreimal hupte.

Doch als die Briefträgerin in die Küche trat, wirkte sie längst nicht so fröhlich, wie man es von ihr gewohnt war. Sogar ihr sonst lustig wippender Pferdeschwanz sah an diesem Tag irgendwie traurig aus. Niedergeschlagen legte Lena einige Briefe und eine Ansichtskarte auf den Küchentisch.

»Wer schreibt denn heute noch so was?«, rief Elke aus und langte nach der Karte.

»Die ist von Pascal«, sagte Lena und schlug sich gleich darauf die Hand vor den Mund aus Verlegenheit. Elke grinste, während Bärbel die Hände an ihrer Küchenschürze abwischte.

»Soso«, sagte sie gespielt streng. »Du liest also die Karten fremder Leute?« Doch als sie sah, wie Lena nicht nur errötete, sondern ihr auch noch Tränen in die Augen traten, tätschelte sie der jungen Frau die Schultern. »Ist doch nicht schlimm«, murmelte sie betreten. »Was schreibt er denn?«

»Was er schreibt?« Elke schüttelte amüsiert den Kopf. Dann las sie vor: »›Liebe Elke, liebe Bärbel, wie geht es euch? Mir geht es gut. Neuseeland ist wirklich total anders als der Schwarzwald. Viele Grüße, Euer Pascal.‹«

»Und nicht mal einen Gruß an mich«, schluchzte Lena, ließ sich auf einen Stuhl sinken und schlug die Hände vors Gesicht.

»Wie«, fragte Elke und runzelte die Stirn. »Hat er dir etwa keine Karte geschrieben?«

Lena schüttelte den Kopf, sprechen konnte sie nicht.

»Ach Maidle«, seufzte Bärbel. »Wer hätte das gedacht. Ich sah euch schon als Paar, da geht dieser Depp nach Neuseeland.«

»Aber dass er überhaupt schreibt«, wunderte sich Julia. »Immerhin hast du ihn rausgeworfen.«

Lena hob den Kopf und sah entsetzt von Bärbel zu Elke. Das hatte sie offenbar nicht gewusst.

»Und dann noch so einen Blödsinn«, fügte Elke kopfschüttelnd hinzu. »Wie geht es euch? Mir geht es gut … Ja, hat er sie nicht mehr alle?«

»Wer ist Pascal?«, erkundigte sich Zoe.

»Einer, der mich hat hängen lassen.«

Plötzlich war es sehr still in der Küche. Sogar Lena hatte aufgehört zu schniefen.

»Wie … hängen? Was hat er denn …«, fragte Zoe nach.

»Das erklär ich dir später«, schnitt Bärbel ihr energisch das Wort ab.

»Ja, darin, einen hängen zu lassen, sind die Männer ganz groß«, sagte Lena resigniert, putzte sich geräuschvoll die Nase und stand auf. »Dann fahr ich mal weiter«, meinte sie niedergeschlagen und ging zur Tür. »Macht's gut.«

»Du auch, Lena.«

Schweigend beobachteten die Frauen, wie Lena den knallgelben Postwagen wendete und vom Hof fuhr.

»Armes Maidle«, sagte Bärbel schließlich. »Und bei Pascal kann man nicht mal sagen: Der ist deine Tränen nicht wert.«

»Ich finde, du solltest mit Chris reden«, sagte Julia, als sie ihre Schwester zurück zur Weide fuhr. »Damit vergibst du dir doch nichts. Denk an die Zukunft.« Elke schwieg und sah zum Beifahrerfenster hinaus. »Außerdem kann ich mir nicht vorstellen, dass er dir ernsthaft Schwierigkeiten machen wird«, fuhr Julia ungerührt fort. »Er ist doch noch immer einer von uns.«

Elke hätte gern heftig geantwortet, doch sie ließ es bleiben. Auf keinen Fall wollte sie ihre Schwester wieder kränken, so wie es ihr tags zuvor passiert war. Wenn sie jemandem solche Einmischungen überhaupt erlaubte, dann war es Julia. Auch wenn Elke fand, dass sie langsam zu weit ging.

»Denk darüber nach«, setzte Julia nach und warf ihr einen raschen Blick von der Seite zu. »Bitte. Ich glaube, Mama wäre sehr erleichtert. Auch sie macht sich Sorgen.«

Dann lenkte sie ihren Golf auf einen Wanderparkplatz. Von hier aus würde Elke ihre Herde in einer halben Stunde erreichen.

»Wann siehst du Phillip wieder?« Julia senkte die
Augen.

»Heute Abend?« Ihre Schwester nickte. Elke atmete
tief durch. »Wenn wir schon dabei sind, einander Ratschläge zu erteilen: Ich finde es viel dringender, dass
du mit Zoe sprichst, als ich mit Chris. Sollte sie nicht
wissen, woran sie ist? Was hat es für einen Sinn, sie mit
Mutter Käse machen zu lassen, während sich unten in
der Stadt über ihr das Unheil zusammenbraut?« Auf
einmal wurde Elke bewusst, dass sie sich um Zoe sorgte.
»Wenn Phillip de Vitt so toll ist, wie du sagst, wieso
spricht er dann nicht mit seiner Tochter?«

»Das hat er doch versucht«, entgegnete Julia verzweifelt. »Und ich auch. Aber das war, als würde man
gegen eine Wand reden. Sie ignoriert ihren Vater, gibt
keine Antworten, behandelt ihn wie Luft.«

Elke starrte ihre Schwester verblüfft an. »Aber genau
das behauptet sie von ihrem Vater! Dass er nur in seinen
Computerspielen lebt und gar nicht richtig da ist.« Und
als Julia nichts entgegnete, fügte sie hinzu: »Ich glaube,
sie vermisst ihre Mutter ganz fürchterlich. Wusstest du,
dass sie einen Hund hatten? Dass Phillip ihn weggegeben hat, das hat sie sehr getroffen.« Sie biss sich auf die
Lippen. Jetzt hatte sie doch weitererzählt, was Zoe ihr
anvertraut hatte.

»Hat sie sonst noch was gesagt?« Julias Stimme klang
hohl.

Elke seufzte. Jetzt kam es auch nicht mehr darauf an.

Immerhin hatte Zoe sie ja nicht um Verschwiegenheit gebeten.

»Dass sie Phillip die Schuld am Tod ihrer Mutter gibt, hab ich dir ja gestern schon verraten.« Hatte Zoe nicht gesagt, er habe sie totgefahren? Das fand Elke nun aber doch zu krass, um es ihrer Schwester weiterzuerzählen. »Vielleicht wäre es eine gute Idee, unabhängig von dem, was de Vitt sagt, dir ein Bild über den Unfallhergang zu machen, falls das möglich ist.« Julia sah sie mit wehen Augen an, und Elke legte ihr die Hand auf die Schulter. »Jule, du bist verliebt in ihn. Da sieht man einen Mann mit rosaroter Brille, keine weiß das besser als ich. Aber wenn du es wirklich gut mit Zoe meinst, dann solltest du versuchen, dir ein objektives Bild von dem Verhältnis der beiden zu machen. Findest du nicht?«

Tränen schimmerten in Julias Augen.

»Du hast recht«, sagte sie leise.

Elke drückte ihr die Hand, dann stieg sie aus. Aus dem Kofferraum nahm sie den vollgeladenen Rucksack und schulterte ihn. In ihre Umhängetasche hatte Bärbel, wie sie jetzt erst bemerkte, noch einen großen Beutel mit Kirschen gepackt, die sie vom Meinhardtsbauern bekommen hatten. Unwillkürlich musste sie lächeln. Wie gut, dass sie einander hatten, Bärbel, Julia und sie.

»Hey«, sagte sie liebevoll, als sie sich zum Abschied zum offenen Fahrerfenster hinunterbeugte. »Nicht weinen. Du kriegst das hin. Wenn eine das schafft, dann du.«

Mit diesen Worten setzte sie den Schlapphut auf, nahm ihren Schäferstab und machte sich auf den Weg zu ihren Tieren.

Erst ein paar Stunden später wurde ihr bewusst, wie frei und unbeschwert sie sich auf einmal fühlte. Sosehr sie sich an Zoes Gegenwart gewöhnt hatte, ein Teil ihrer Aufmerksamkeit war doch stets auf sie gerichtet, wenn das Mädchen auf der Weide war. An diesem herrlichen Sommertag, nicht zu heiß und nicht zu kühl, mit duftigen Wattewolken am tiefblauen Himmel, fühlte Elke sich jedoch so glücklich wie schon lange nicht mehr.

Auf ihren Schäferstab gestützt, hütete sie ihre Herde.

Sie wusste, dass Außenstehende dieses Hüten leicht mit Nichtstun verwechselten, denn man konnte nicht erkennen, was in ihr vorging, wenn sie so bewegungslos dastand und scheinbar entspannt die Herde überblickte. Dass dabei ihre ganze Aufmerksamkeit bis in die letzte Zelle auf die Schafe ausgerichtet war und sie wie ein Seismograf jede Bewegung, jede Regung, jeden Stimmungswechsel registrierte, konnte man ihr nicht ansehen. Das alles nahm sie nicht allein mit ihren Augen wahr, sondern auch durch das, was sie hörte – die vielfachen Stimmen der Tiere, die sie blind hätte voneinander unterscheiden können.

Dabei fiel ihr auf, dass sich um Annabell eine kleine Anhängerschaft gruppiert hatte. Sollte sie dabei sein, Zitas Platz einzunehmen? Das wäre nur logisch, unter den verbliebenen Anhängerinnen des verletzten Schafs war Annabell die kräftigste.

Es war nur natürlich, dass sich eine so große Herde wie die von Elke in kleinere hierarchische Untergruppen gliederte. Bevor das Urschaf domestiziert wurde, lebte es in Gruppenverbänden von zwanzig bis dreißig Tieren. Die Anführerinnen halfen dem Hirten, sofern

215

er die Rangordnung durchschaute und zu den Leittieren eine respektvolle und persönliche Beziehung
unterhielt. Und diese Rangfolge konnte sich ständig
ändern. Eines Tages würden Moira und Fabiola zu alt
sein, um sich den Respekt der nachwachsenden Generation verdienen zu können. Dann war es wichtig, die
Zeichen der Zeit zu erkennen, die früheren Leitschafe
aus der Schusslinie zu holen, in die sie bei den Range-
leien mit ihren jüngeren Konkurrentinnen unwillkürlich geraten würden, und ihnen, falls notwendig, einen
»Alterssitz« zuzuweisen. Andere Schäfer machten sich
die Sache einfach und ließen die ausgedienten Tiere
einfach schlachten.

Dabei waren sie doch Königinnen im Ruhestand,
fand Elke, die viele Jahre lang gemeinsam mit ihren
Töchtern treu mit ihr zusammengearbeitet hatten. Ob
Annabell tatsächlich auch das Zeug dazu hatte? Das
würden die folgenden Tage zeigen.

Zoe

Das Käsemachen war ihre Sache nicht. Der intensive Geruch der erwärmten Milch stach ihr in die Nase, und die weißliche Masse, die sie immer wieder mit dem kammartigen Metallgitter brechen sollte, wie Bärbel das nannte, ekelte sie. Doch sie riss sich zusammen. Es war besser, die alte Frau dachte, dass sie das Landleben mochte. Als sie endlich die Masse in die Förmchen gefüllt hatten, atmete sie auf. Sechzig winzige Käselaibe würde das am Ende ergeben. Doch das würde noch Wochen dauern. Im Reifekeller hatte Bärbel ihr stolz die verschiedenen Stadien gezeigt. Ihr kostbarster Ziegenkäse war ein ganzes Jahr alt und um mehr als zwei Drittel an Masse geschrumpft. Jetzt, wo sie wusste, wie viel Arbeit daran hing, würde Zoe Bärbels Käse noch mehr zu schätzen wissen.

Nach dem Mittagessen zeigte Bärbel ihr die kleine Bibliothek neben dem alten Büro, wo sie sich gern bedienen sollte, und legte sich zu einer Siesta hin. Doch statt in den Büchern zu stöbern, machte sich Zoe leise wie eine Katze daran, das riesige Haus zu erkunden.

Man hatte ihr eine Kammer ganz oben unter dem Dach zugewiesen, die so winzig war, dass sie mindestens viermal in das Zimmer gepasst hätte, das Zoe im Haus ihrer Eltern zur Verfügung stand. Zwei steile, knarrende Holztreppen führten dort hinauf, die letzten Stufen waren so schmal, dass man sie am besten rückwärts wieder hinunterstieg. Mit einem Blick hatte Zoe begriffen, dass man sie im ganzen Haus früh genug hören würde, falls sie den Plan hatte, sich nachts heimlich davonzuschleichen.

So klein die Kammer auch war, so fand Zoe sie doch gemütlich mit den Schreinermöbeln aus massivem honigfarbenem Holz und dem naturfarbenen Webteppich aus Schafwolle. Über dem Bett mit der karierten Wäsche hing eine handtellergroße bemalte Holztafel. Darauf war ein Junge mit halblangen blonden Haaren, der ein Lamm über den Schultern trug und sie mit großen blauen Augen anblickte. In seiner rechten Hand hielt er einen Schäferstab, der oben in einem schmalen Kreuz auslief. Und ihrem Bett gegenüber hing ein Spiegel in einem mit Blumen bemalten Holzrahmen.

Ein Stockwerk tiefer befanden sich Bärbels Schlafzimmer und daneben ein geräumiges altmodisches Bad, das sich Zoe mit der alten Frau teilen musste. Auch das war neu für sie, stets hatte sie ein eigenes gehabt.

Dabei wäre in diesem alten Kasten wahrlich Platz genug, wie sie jetzt bei ihrem Erkundungsgang herausfand. Denn über die Hälfte des Hauses bestand aus riesigen leer stehenden Speichern und ehemaligen Tennen, in denen man früher vermutlich Heu und Stroh gelagert hatte. So genau kannte sich Zoe nicht aus in diesen Dingen.

Eine selbstvergessene Weile saß sie auf einem Balken in einer dieser riesigen Scheunen und ließ die Beine baumeln. Durch mehrere Luken im Dach fiel das Sonnenlicht schräg bis hinunter auf den mit Bohlenbrettern belegten Fußboden wie die Strahlen eines goldenen Scheinwerfers, in denen Staub und winzige Mücken tanzten. Es roch süßlich nach abgestorbenen Gräsern und Kräutern, die Wärme des Tages machte sie schläfrig, und sie gab sich Tagträumen hin. Wie das Wiedersehen mit Leander ablaufen würde. Ob er wohl an sie dachte? Wenn sie die Augen schloss, konnte sie fühlen, wie seine Hände über ihre Brust geglitten waren, so unnachahmlich geschmeidig, wie zufällig. Wie sehr sie sich nach seinen Berührungen sehnte!

Irgendwann riss sie sich los und setzte ihre Wanderung durch das Haus fort. Spähte hinter jede Tür, fand Bärbels Waschmaschine und Trockenraum, eine Abstellkammer mit alten Möbeln, eine weitere mit verschiedenen Werkzeugen. In einem anderen Raum zogen sich Regalbretter die Wände entlang, auf denen fein säuberlich beschriftet und sortiert Gläser mit Honig aufgereiht waren. »Sommertracht«, las sie und »Heidehonig«, »Waldhonig« und »Weißtanne«. Darunter Bärbels Name und die Adresse des Lämmerhofs.

Die Adresse! Heiß durchfuhr sie die Erkenntnis, dass sie damit seit langer Zeit wieder wusste, wo genau sie sich befand. Sich die Anschrift einzuprägen war nicht schwierig. Außerdem entdeckte sie in einem unteren Fach einen Karton, in dem sich kleine Stapel dieser Aufkleber befanden, die darauf warteten, auf neue Gläser geheftet zu werden. Sicherheitshalber steckte sie einen davon ein.

Sorgfältig schloss sie die Tür zu dem Honigraum und setzte ihre Suche fort. Denn irgendwo in diesem Haus musste es doch auch einen Computer geben. In der sogenannten Bibliothek hatte sie keinen entdeckt. Wo hatte Elke ihn wohl versteckt?

Sie kehrte zurück in den vertrauten Wohnbereich und lauschte eine Weile vor dem Zimmer, in dem Bärbel ihren Mittagsschlaf hielt. Kein Laut war zu hören. Ganz am Ende des Flurs gab es eine Durchgangstür, hinter der Elke und Julia immer verschwanden, wenn sie sich abends zurückzogen. Und diese Tür zog Zoe magisch an.

Sie gelangte in einen weiteren Wohnbereich und öffnete dort vorsichtig eine von drei Türen. Das Erste, was ihr ins Auge fiel, war eine großformatige Fotografie über dem Bett, die eine Schafherde im ersten Licht des Morgens zeigte. Sie war derart realistisch und offenbar auf einen anderen Untergrund gedruckt worden als auf einfaches Fotopapier, war doch jeder Tautropfen im Vordergrund und jedes Härchen der Tiere so plastisch zu erkennen, dass Zoe im ersten Moment das Gefühl hatte, nicht vor einem Poster zu stehen, sondern vor einem Fenster, durch das sie diese Szene tatsächlich betrachten konnte.

Kein Zweifel, hier wohnte eine Schäferin. Zoe sah sich weiter um. Ihr Blick glitt über einen unauffälligen Schrank mit Schiebetüren und das ordentlich gemachte französische Bett, über das eine ähnliche Tagesdecke aus gewebter Wolle gebreitet war wie in ihrer eigenen Kammer. Sie ging zu einem Stehpult und entdeckte darauf die Postkarte von diesem Pascal, betrachtete die weite Wiesenlandschaft, hinter der ein schneebedeckter Gebirgszug aufragte. Zoes Blick glitt weiter über die Wände, an denen hinter Glas gerahmte Diplome und Preise hingen, Auszeichnungen, ausschließlich erste Plätze in irgendwelchen Schäferwettbewerben. Vor einem eisernen Ofen stand ein Schaukelstuhl mit einer aus bunten Wollrosetten zusammengesetzten Häkeldecke über der Lehne. Ein Bücherbord voller zusammengewürfelter Nachschlagewerke und Zeitschriften, die alle, wen wunderte es, etwas mit Schafen, ihren Krankheiten, Parasiten und Verletzungen zu tun hatten. Daneben trocken wirkende Berichte über das Züchten und über die wirtschaftlichen Aspekte einer Schäferei. Nichts, was Zoe vom Hocker riss. Und auch nichts, was ihr irgendwie nützen könnte. War es möglich, dass Elke kein Internet benutzte?

Beim Hinausgehen blieb Zoe einen Moment vor einer Wand neben der Tür stehen, an der viele kleinere und größere gerahmte Fotos hingen. Sie sah zwei vielleicht acht- und zehnjährige Mädchen auf einem Traktor, am Steuer einen über das ganze Gesicht lachenden Mann. Sie sah ein Mädchen in ihrem Alter am Steuer desselben Traktors sitzen, frech grinsend. Das musste Elke sein. Derselbe Mann im Försteranzug auf einem Hochsitz, ein Fernglas vor den Augen. Eine jüngere Version von Julia inmitten von Heidelbeeren, einen fast vollen Korb neben sich. Und schließlich entdeckte sie das Bild, auf dem Bärbel, viele Jahre jünger und wunderschön, in einer Tracht vor dem Eingang des Lämmerhofs stand: in einer weißen Bluse unter dem bodenlangen schwarzen Kleid, dessen Rock über und über mit bunten Blumen bestickt war. Auf dem Kopf trug sie eine seltsame

Haube, ebenfalls schwarz, und zwei breite Bänder fielen ihr rechts und links über die Schultern bis über die Brust. Etwas in Bärbels Blick war so erwartungsvoll, so voller Freude, dass Zoe ein Ziehen hinter ihrer Brust fühlte. So lächerlich sie die Tracht im ersten Moment auch gefunden hatte, bei Bärbel wirkte sie irgendwie richtig. Und doch aus einer anderen Zeit. Einer Märchenwelt, die es eigentlich nicht gab.

Zoe folgte einem Impuls und nahm das gerahmte Foto von der Wand. Etwas fiel zu Boden, es war eine weitere Fotografie. Zoe bückte sich und hob sie auf. Sie zeigte Elke gemeinsam mit diesem Chris, der demnächst Elkes neuer Chef werden würde. Der mit der Bäckertüte und den strahlend blauen Augen. Beide wirkten um etliches jünger. Chris hatte den Arm um Elke gelegt – und Zoe fiel es wie Schuppen von den Augen: Die beiden waren ein Paar gewesen. Irgendetwas musste passiert sein.

Zoe zuckte mit den Schultern, was ging sie das an. Sie versuchte, das versteckte Foto wieder hinter dem Rahmen zu befestigen und Bärbels Trachtenbild zurück an die Wand zu hängen. Erst beim dritten Mal gelang es ihr, zweimal rutschte das dahinter versteckte Foto wieder heraus. Schließlich hatte sie es geschafft.

Zoe war schon an der Tür, doch irgendetwas brachte sie dazu, sich noch einmal umzuwenden. Sie hatte das sichere Gefühl, etwas übersehen zu haben. Sie starrte auf den Kleiderschrank. Oder war das gar keiner?

Sie schob eine der Schranktüren auf, leicht glitt sie in ihrer Führung zur Seite. An einer Kleiderstange hingen Hosen und Hemden, als würde ein Mann hier wohnen.

Ganz auf der Seite entdeckte Zoe ein Sommerkleid und einen Wollrock. Das war alles. Die andere Schrankhälfte war mit Regelbrettern ausgestattet, auf denen sich T-Shirts, Pullover und Jacken stapelten, Socken und Unterwäsche. Zoe wollte eben die Tür wieder schließen, als sie es endlich sah: etwas, das aussah wie ein Notebook in einer weißen Kunstlederhülle.

Aufgeregt nahm Zoe es heraus und zog es aus seiner Umhüllung. Ein fast neues, leichtes Modell. Ihr Herz schlug bis zum Hals, als sie es auf den Boden setzte, öffnete und den Startknopf drückte. Mit einem fast unhörbaren Summen fuhr das Gerät hoch. Natürlich fragte es ein Passwort ab. Zoe probierte es mit Lämmerhof, Schafherde und nach einigem Nachdenken mit Victor. Fehlanzeige. Dann dachte sie angestrengt nach. Was würde Elke als die effektivste Barriere vor ihrem Wertvollsten bezeichnen? Wie von selbst tippten ihre Finger »Weidezaun« ein, und tatsächlich, der Computer setzte den Startmodus in Gang. Ein Gefühl des Triumphes stieg in Zoe auf. Die Menschen waren so leicht zu durchschauen. Ein Foto von Victor und den anderen Hunden füllte den Bildschirm, und nach und nach erschienen alle Icons auf dem Desktop. Gerade als sie das Suchprogramm startete und die Adresse von dem Honigetikett eingeben wollte, hörte sie Schritte hinter sich.

»Was machst du da?« Bärbel nahm ihr das Notebook aus der Hand und schaltete es aus. Dann reichte sie Zoe das Gerät mit strenger Miene zurück. »Räum das wieder auf. Dort, wo es hingehört.«

Widerstrebend folgte Zoe dem Befehl. Sie war wütend.

223

Doch da war auch noch ein anderes, wenig vertrautes Gefühl. Von Bärbel aus dem Zimmer hinausgetrieben, als wäre sie eine ihrer Ziegen, vermied sie es, das Foto mit ihr in Tracht anzusehen. Erst als sie allein in ihrem Zimmer war, wurde ihr bewusst, was sie empfand: Sie schämte sich.

Sie stellte sich an das Fenster in der Dachgaube. Grün, so weit sie sah. Sie stöhnte und ließ sich auf das Bett fallen. Jetzt bereute sie es, sich kein Buch ausgesucht zu haben. Da fiel es ihr ein. Karten. Womöglich gab es in der Bibliothek auch Karten?

Bärbels Rufen riss sie aus ihren Überlegungen. »Komm runter!«

Missmutig stand Zoe auf. Was hatte Bärbel vor? Wollte sie sie bestrafen? Warum ließ man sie nicht in Ruhe?

»Was ist?«, rief sie die steile Treppe hinunter.

»Ich hab gesagt, du sollst runterkommen!«

Kurz überlegte Zoe, Bärbel einfach zu ignorieren. So wie sie es mit ihrem Vater tat. Lass sie doch rufen, sagte eine Stimme in ihr. Doch aus einem unerfindlichen Grund war das nicht möglich, ihre Beine setzten sich wie von selbst in Bewegung.

»Was willst du von mir?«

Bärbel hatte ein Lächeln aufgesetzt, das Zoe noch gar nicht kannte. Ein Lächeln mit Hintergedanken, so als wollte es sagen: Na warte! Auf ihrem Arm trug sie eine seltsam weiße Kluft, einen Kittel, der in einen Hut samt Netz überging.

»Da du dich offenbar für Honig interessierst, gehen wir jetzt zu den Bienen.« In Bärbels anderer Hand entdeckte Zoe zu ihrem Schrecken das geklaute Honigetikett. Sicherlich hatte sie es in Elkes Zimmer verloren.

»Ich will aber …«

»Keine Widerrede!« Und da war er wieder, dieser Blick aus Bärbels braunen Augen, der Zoes Widerstand hinwegfegte.

»Ich hab aber eine Allergie!«, log sie im letzten Aufbegehren. Doch Bärbel zeigte sich unbeeindruckt.

»Dann sieh zu, dass du nicht gestochen wirst.«

10. Kapitel

Lämmergeburt

Fünf Tage allein mit ihrer Herde, und Elke fühlte sich wieder mehr wie sie selbst. Sie hatte Zeit gehabt nachzudenken und war zu dem Schluss gekommen, dass ihre Weigerung, Chris zu treffen, ziemlich kindisch war. Ohnehin dachte sie fast ständig an ihn. Der erste Schock, ihn nach all der Zeit völlig unvorbereitet wiederzusehen, hatte sich gelöst, ihr Zorn war verraucht, ihre Verbitterung einem großen Bedauern gewichen. Bald würde Chris zu ihrem Alltag gehören, so wie bislang Karl Hauser. Irgendwann würde es auch hoffentlich nicht mehr so wehtun. Das konnte ja nicht ewig so weitergehen. Oder etwa doch?

Es war diese klitzekleine Hoffnung, die sie zornig machte. Er hat sich gegen dich entschieden, und zwar bereits vor langer Zeit, das sagte sie sich immer wieder. Von Carol getrennt zu sein hieß noch lange nicht, dass er zu ihr zurückkehren wollte. Er hatte ja schlecht ahnen können, dass sie immer noch hier war. Hätte er es gewusst, wäre er niemals hergekommen. Oder irrte sie sich auch darin? Ja, mit Sicherheit. Ihretwegen hätte er diese gute Stelle garantiert nicht ausgeschlagen. Aber peinlich war es ihm ganz bestimmt, und deshalb hatte er die Initiative ergriffen. Er war schließlich bald ihr neuer Chef. Früher oder später ließe sich ein Gespräch ohnehin nicht mehr hinauszögern. Also gewöhnte sie sich besser daran und ging zur Tagesordnung über …

Wie in einem Karussell drehten sich ihre Gedanken im Kreis, und ihre Ruhe war dahin. Und so beschloss sie am sechsten Tag, sich mal wieder von Bärbel abholen zu lassen.

»Gretel kriegt bald ihre Kleinen«, sagte sie zu Zoe, als sie Bärbel bei der Vorbereitung des Abendessens halfen. »Möchtest du dabei sein? Oder lieber noch hierbleiben?«

»Ich möchte mit auf die Weide«, sagte Zoe schnell und warf Bärbel einen raschen Blick zu. Irgendetwas war zwischen den beiden vorgefallen, da war sich Elke sicher. Aber Bärbels Miene war auf eine Weise verschlossen, die sie erst recht misstrauisch machte. Sie hatten gerade den Tisch fertig gedeckt, als eine Limousine auf den Hof fuhr.

»Wer kommt denn so spät noch …?«, begann Elke, da sah sie das Logo des Auerhahns auf dem schwarzen Wagen. Bärbel legte wortlos ein weiteres Gedeck auf.

»Kundschaft«, sagte sie, und ihre Augen bekamen einen freudigen Glanz. Erst jetzt bemerkte Elke, dass sie das neue Kleid trug, das sie kürzlich gekauft hatte, als sie wegen des Arztbesuchs in der Stadt gewesen war. Auch die Haare hatte sie frisch gewaschen und geföhnt.

Zuletzt hatte Elke Bastian Krämer vom Auerhahn an jenem Abend gesehen, als sie sich von Pascal verabschiedet hatte. Sie wusste, dass er Bärbels »Käse-Kunde« war, wie sie und Julia das nannten, doch dass er die Ware persönlich abholte, war ihr neu. War im Winter nicht immer der Küchenchef gekommen, um die köstlichen Laibchen auszusuchen?

»Bin ich zu früh dran?«, fragte der Wirt und machte erschrockene Augen. »Ich wollte mich nicht zum Abendessen einladen.«

»Aber das ist doch gar kein Problem«, versicherte ihm Bärbel. »Du bist herzlich willkommen, Bastian. Es gibt gefüllte Zucchini aus dem Garten. Allerdings mit Buchweizen und Käse. Hier am Tisch sitzen zwei Vegetarierinnen.«

»Ich esse auch immer seltener Fleisch«, gestand der Auerhahn-Wirt und nahm erfreut am Tisch Platz. »Unsere vegetarische Karte ist übrigens die umfangreichste im ganzen Schwarzwald.« Und während er beim Essen davon plauderte, dass immer mehr Gäste auch nach veganen Speisen fragten, hatte Elke Gelegenheit, sich über ihre Mutter zu wundern. Flirteten die beiden etwa miteinander? Und das in ihrem Alter?

Verwirrt betrachtete sie Bastian Krämer. Auch er war seit einigen Jahren verwitwet. Für seine sechzig Jahre sah er gut aus mit seinen dichten silbergrauen Haaren und dem vollen Mund, der so gern lachte. Seine blauen Augen mit den sternförmigen Fältchen blickten wissbegierig in die Welt, im Moment waren sie bewundernd auf Bärbel gerichtet, während sie ihm von ihren Bienen berichtete, die zum Glück den Winter gut überstanden

228

hatten, während der Meinhardtsbauer auf rätselhafte Weise seine gesamten Völker verloren hatte.

»Im März sah noch alles gut aus, hat er gesagt«, erzählte sie gerade. »Doch im April waren plötzlich alle verschwunden.«

»Das klingt nach diesem Phänomen, das vor allem in den USA um sich greift«, antwortete Bastian nachdenklich.

»*Colony Collapse Disorder* nennen sie es dort«, warf Elke ein. »Die Arbeiterbienen sind plötzlich weg und lassen die Königin und sogar den ganzen Honig zurück. Allein ist die Königin natürlich nicht lebensfähig.«

»Von dem hab ich auch schon gehört«, meldete sich Zoe zur Überraschung aller zu Wort. »Meine Biolehrerin hat gesagt, dass es an den Chemikalien liegt, die die Landwirte benutzen.«

Bastian nickte sorgenvoll.

»All diese Chemie! Es ist auch immer schwieriger, unbelastetes Gemüse oder Fleisch zu finden. Deshalb bin ich ja so froh über deinen Käse. Er ist einfach fantastisch.«

»Danke schön.« Bärbel freute sich sichtlich über das Kompliment. »Aber das mit dem Verschwinden der Bienen ist trotzdem mysteriös. Wenn die fehlenden Bienen tot im Stock liegen würden oder in der Umgebung, dann könnte es durchaus sein, dass sie vergiftet wurden. Aber sie sind einfach weg. Von einem Tag auf den anderen.«

»Vielleicht haben sie keine Lust mehr, Honig für die Menschen zu machen«, sagte Zoe und schob ihren leeren Teller ein Stück von sich. »Vielleicht sind sie in den

Wald geflogen und machen in einem hohlen Baum jetzt ihr eigenes Ding.«

»Ja, wer weiß«, sagte Elke gedankenverloren. Dann sah sie, wie Bastian und Bärbel einen amüsierten Blick wechselten, und es gab ihr einen feinen Stich ins Herz. Erst jetzt wurde ihr bewusst, dass der Auerhahn-Wirt an der Stirnseite des Tisches saß, dort, wo früher der Platz ihres Vaters gewesen war. Doch ihr Vater war seit acht Jahren tot. Auf diesem Stuhl, so rief sie sich zur Ordnung, hatten inzwischen schon viele Menschen gesessen. Und wer weiß, wahrscheinlich war sie ohnehin auf dem Holzweg. Nur weil Bastian Krämer bei ihnen mit am Tisch saß, musste das ja nichts heißen. Oder?

»Komm doch mal runter zu uns«, sagte Bastian zu Bärbel. Die beiden hatten sich erhoben. »Wir tüfteln gerade an einem neuen Menü, und ich bin mir noch nicht ganz sicher wegen der Zusammenstellung ... Hättest du Lust, beim Probeessen dabei zu sein? Es würde mich interessieren, was du sagst.«

Während sie gemeinsam überlegten, welcher Abend dafür am besten geeignet sei, wurde Elke klar, dass ihre Mutter mit ihren neunundfünfzig Jahren noch viel zu jung war, um allein zu sein. Dennoch konnte sie es sich nicht verkneifen, darauf achtzugeben, wie lange sich die beiden im Ziegenkeller aufhielten, ehe Bastian die Spezialkühlbox im Wagen verstaute und vom Hof fuhr. Und doch kam sie sich dabei ziemlich lächerlich vor. Tauschten sie womöglich gerade die Rollen? Genau so, vermutete Elke, hatte Bärbel wohl hinter dem Vorhang des Küchenfensters gestanden und beobachtet, wie ihre Verehrer sie nach Hause gebracht hatten. Wobei

sie mit ihren Gedanken einmal mehr bei Chris angekommen war. Na wunderbar! Als ob es kein anderes
Thema gäbe.

»Wieso hast du denn mein Zimmer abgeschlossen?«

Zoe war schon vor einiger Zeit schlafen gegangen,
während Elke ihrer Mutter geholfen hatte, die Küche
aufzuräumen. Dann hatte sie verblüfft vor der verschlossenen Tür gestanden und fragte sich, wo überhaupt der Schlüssel war.

»Ach, sicher ist sicher.« Bärbel schrubbte entschlossen die Kasserolle, in der sie die gefüllten Zucchini
gegart hatte. Eine hartnäckige bräunliche Schicht war
am Topfboden hängen geblieben. »Schließlich bewahrst
du ja auch deinen Computer dort auf. Der Schlüssel
liegt im Büro in der obersten Schreibtischschublade.«

Elke war kurz sprachlos. Dann kam ihr ein Gedanke.

»Hat Zoe womöglich dort herumgeschnüffelt?«

Bärbel schien endlich zufrieden mit ihrer Arbeit und
spülte die Kasserolle mit klarem Wasser nach. Dann
wischte sie sich die nassen Hände an ihrer Kittel-
schürze ab.

»Das war ja wohl kaum anders zu erwarten«, sagte sie
schließlich und sah ihrer Tochter in die Augen. »Sie hat
sogar dein Passwort geknackt. Ein ziemlich schlaues
Mädchen, wenn du mich fragst.« Sie seufzte. »Was
machen wir nur mit ihr?«

Unwillkürlich musste Elke an ihre Schwester denken,
die womöglich gerade in Phillips Armen lag.

»Morgen nehme ich sie wieder mit auf die Weide«,
sagte sie. »Gretel wird bald lammen. Vielleicht bringt

sie das auf andere Gedanken.« Und doch war ihr klar, dass dies keine Lösung war.

»Lass mich wissen, wenn es so weit ist«, bat Bärbel. »Eine Geburt auf der Weide ist etwas ganz Besonderes. Und wer weiß, vielleicht braucht ihr mich ja.«

»Du warst in meinem Zimmer?«

Schweigen.

»Und hast mein Notebook aus dem Schrank genommen und es hochgefahren?«

Zoe tat, als hörte sie nichts, und starrte hinüber zur Herde.

»Sag mal, wie fändest du es, wenn ich deinen Rucksack durchwühlen würde?«

Zoes Miene versteinerte, wenn möglich, noch etwas mehr.

»Was wolltest du mit meinem Computer? Vielleicht kann ich dir ja helfen, ohne dass du übergriffig werden musst. Wieso hast du mich nicht einfach gefragt?«

Zoe wandte sich ihr zu. Ihre dunklen Augen blitzten.

»Ich will wissen, wo ich bin.«

Zuerst war Elke überrascht. Das war alles? Doch dann wurde ihr klar, was Zoe damit meinte.

»Willst du immer noch weg?«

Zoe wandte sich wieder ab und betrachtete mit halb geschlossenen Lidern Victor, der um die Schafe kreiste, wachsam wie immer. Elke wusste nicht, ob Zoe noch über eine Antwort nachdachte oder nicht vorhatte, überhaupt etwas darauf zu sagen. Sie beschloss zu warten.

Wie wäre es ihr an Zoes Stelle ergangen? Hätte sie nicht auch um jeden Preis wissen wollen, wo sie war?

232

Zoe war jetzt zehn Wochen bei ihnen. Wenn sie immer noch zurück zu diesem Dealer wollte, dann war ihr wahrscheinlich ohnehin nicht zu helfen.

»Pass auf, Zoe, ich zeig dir, wo du bist.« Sie zog ihr Handy aus der Tasche und startete die Suchmaschine. Zum Glück hatten sie an diesem Lagerplatz guten Empfang. Es dauerte nur ein paar Sekunden, dann hatte das Programm ihre Position hochgeladen. Elke reichte Zoe das Handy und musste über den perplexen Ausdruck lachen, mit dem sie sie anstarrte. »Hier«, sagte sie und deutete auf den blinkenden Pfeil. »Und da stehen die Koordinaten. Bist du jetzt zufrieden?«

Zoe starrte auf den Ausschnitt der Karte auf dem Display des Smartphones.

»Aber ...«, sagte sie und versuchte, das Bild mit Zeigefinger und Daumen kleiner zu zoomen, »wo ist Freiburg?«

Elke nahm ihr das Smartphone aus der Hand und tippte als Suchlauf die Route ihres Standorts bis nach Freiburg ein. Eine rote mäandrierende Linie wand sich über Höhenzüge und endete schließlich in der Rheinebene bei seinem Ziel.

»Ich kann dir das Handy leider nicht überlassen, ich brauche es selbst. Aber ganz ehrlich, Zoe. Wenn du abhauen willst, dann geh. Ich weiß, meine Schwester ist da anderer Meinung. Aber inzwischen dürftest du mich gut genug kennen, um zu wissen, dass ich niemanden zurückhalte, der seine eigenen Wege gehen will.« Sie überlegte kurz, dann fügte sie mit einem prüfenden Blick auf die völlig überrumpelte Zoe hinzu: »Nur fände ich es gut, wenn du dir deine Schritte genau überlegen würdest. Was suchst du dort in Freiburg? Jemanden, der dich in die Scheiße reingeritten hat? Oder wen sonst?« Victor kam und stupste mit seiner Schnauze gegen ihr Knie. Doch ehe sie sich erhob und dem Hund folgte, sagte sie: »Darüber musst du nicht mir Rechenschaft ablegen. Aber gegenüber dir selbst solltest du das tun. Du hast die Wahl. Entscheide dich gut.«

Sie streckte die Hand aus und nahm Zoe das Smartphone wieder weg. Dann folgte sie Victor, der ihr offenbar unbedingt etwas zeigen wollte.

Es war Gretel. Sie hatte sich schon am Vortag von der Herde abgesondert und eine geschützte Stelle zwischen zwei Bäumen, umgeben von Sträuchern, als Refugium ausgewählt. Schafe brachten ihre Lämmer gern in aller Abgeschiedenheit und ganz allein zur Welt. Doch jetzt war Gretel unruhig. Mühsam rappelte sie sich auf, scharrte im Gras und legte sich in einer anderen Position wieder hin.

»Alles guuuut«, gurrte Elke und ging neben dem Tier in die Hocke. Seine Unruhe zeigte ihr deutlich, dass es nun bald losgehen würde. Sanft kraulte sie dem Schaf den Kopf und sprach beruhigende Worte. Gretel schloss für einige Momente die Augen. Dann lief ein Zucken durch ihren Leib.

Ein Schwall Flüssigkeit ergoss sich aus ihrem Unterleib. Gretel stand mühsam wieder auf, schnupperte an dem Fruchtwasser und begann, es aufzulecken. Auch Elke erhob sich und ging rasch zurück zu ihrem Lager.

»Es geht los«, sagte sie zu der verständnislos dreinblickenden Zoe, während sie eine Packung mit Einweghandschuhen aus ihrem Rucksack holte und sie in ihre Westentasche steckte. Dann entnahm sie ihm noch eine Tube Gleitgel und Desinfektionsmittel. »Gretel wird Mutter. Willst du dabei sein?«

Als Nächstes verständigte sie Bärbel und kehrte zu Gretel zurück, deren Wehen nun in vollem Gange waren. Es dauerte noch eine halbe Stunde, dann waren bereits die winzigen Vorderläufe des Kleinen zu sehen.

»Ist … ist es das?« Zoes Stimme klang ziemlich dünn.

»Ja«, antwortete Elke. »Jetzt dauert es nicht mehr lange«, fügte sie hinzu und fuhr fort, Gretel gut zuzureden.

Sie behielt recht. Nach wenigen Minuten glitt das Lämmchen in einem einzigen Moment aus dem Geburtskanal und landete weich im Gras. Zoe stieß einen kleinen spitzen Laut aus, als sie das Neugeborene in seiner bläulich schimmernden Gebärhaut sah. Gretel machte große Kulleraugen und reckte den Kopf nach ihrem Kleinen.

Mit geübten Handgriffen nabelte Elke das Lamm ab und befreite es von seiner Hülle, doch das Kleine machte keine Anstalten, Atem zu holen. Behutsam nahm Elke es an seinen Hinterläufen hoch und schwenkte es sanft hin und her.

»Was machst du da?« Zoes Stimme klang viel höher als sonst.

»Ich löse den Schleim aus seinen Atemwegen«, antwortete Elke leise. Da gab das winzige Tier einen schmatzenden Laut von sich, etwas sprühte zu Boden, und ein feines, fiependes Mähen setzte ein. »Siehst du«, sagte Elke erleichtert, »jetzt kann es Luft holen.« Sie legte das Lämmchen vor Gretels Schnauze ab. Sofort begann die

frischgebackene Mutter, ihr Kind liebevoll abzulecken.
Dennoch fand sie keine Ruhe. Immer wieder streckte
Gretel ihr Rückgrat durch, stand auf, ohne das Neuge-
borene aus den Augen zu lassen.

»Es ist noch nicht vorüber«, sagte Elke und streifte
die Latexhandschuhe ab, die sie bei der ersten Geburt
getragen hatte. Sie befühlte den noch immer aufgebläh-
ten Leib des Schafs und massierte ihn.

»Was heißt das?«

»Das Kleine bekommt ein Geschwister.«

Tatsächlich begann Gretel, erneut zu pressen. Doch
so leicht wie bei der ersten Geburt schien es jetzt
nicht laufen zu wollen. Immer wieder drückte Elke
auf bestimmte Stellen ihres Bauchs und redete dem
Schaf beruhigend zu. Schließlich desinfizierte sie ihre
Hände erneut, zog ein frisches Paar Latexhandschuhe
über, und während einer besonders starken Wehe ließ
Elke ihre Hand in den Geburtskanal gleiten. Sie konnte
hören, wie Zoe scharf die Luft einzog, und hoffte, dass
dem Mädchen nicht schlecht wurde. Stattdessen sah
sie aus den Augenwinkeln, wie Zoe dem erstgeborene-
nen Lamm, das sich eben auf seine dünnen Beinchen
erhoben hatte und in Richtung der Zitzen stakste, half,
das Gesuchte zu finden. Und während es schmatzend
die erste Biestmilch trank, gelang es Elke, dem zweiten
Lamm aus dem Leib seiner Mutter zu helfen.

»Schau nur«, flüsterte Elke, als sie das kleine schlei-
mige Paket in Gretels Reichweite ablegte. »Gleich zwei
prächtige Kinder hast du geboren. Eine Tochter und
einen kleinen Sohn.«

Elke erhob sich und dehnte die Glieder. Zufrieden

blickte sie auf das idyllische Bild, das sich ihnen bot. Gretel lag erschöpft auf der Seite, während ihre zwei kleinen Lämmchen, bereits auf den eigenen vier Beinen, an den Zitzen wie um ihr Leben tranken.

»Das ist wichtig«, erklärte Elke Zoe und wies auf die Trinkenden. »Die erste Milch nach der Geburt ist so etwas wie ein Zaubertrank.«

»Ein Zaubertrank?« Zoe sah sie fragend an.

»Ja, sie enthält eine Menge Eiweiß, viel mehr als gewöhnliche Schafsmilch. Außerdem Vitamine und Mineralien, die das Immunsystem der Kleinen für ihr ganzes Leben prägen, und noch viele weitere gute Eigenschaften. Bekommt ein neugeborenes Lamm keine Biestmilch, kann es nicht überleben.«

Beeindruckt beobachtete Zoe die Lämmer an den Zitzen ihrer Mutter. Beide waren leuchtend weiß. Das ältere hatte einen dunklen Fleck auf der Stirn, das jüngere, ein Böckchen, einen auf der Brust, der die Form eines Herzens hatte. Jetzt hatte es die Zitze verloren und suchte leise blökend nach ihr. Gretel senkte den Kopf und stupste sanft mit ihrer Nase gegen den kleinen Schwanzansatz. Sogleich fand die winzige Schnauze die Quelle wieder und begann eifrig weiterzusaugen.

»Als ich klein war, hatte ich auch so eines«, sagte Zoe auf einmal leise.

»Du meinst, als Kuscheltier?«

Zoe nickte.

»Wenn du möchtest, darfst du ihnen Namen geben.«

Zoe sah sie strahlend an. Nein, Elke glaubte nicht daran, dass sie sich so bald auf den Weg nach Freiburg machen würde. Wenn überhaupt.

237

Zoe schien den ganzen restlichen Tag darüber nachzu-
sinnen, wie sie Gretels Nachwuchs nennen wollte, und
war nicht von dem Mutterschaf und ihren Kleinen wegzukriegen, obwohl alle drei Tiere erschöpft schliefen
und die Lämmer nur aufwachten, um zu trinken. Elke
bat sie, darauf zu achten, dass beide gleich viel abbeka-
men, und Zoe nahm diese Aufgabe sehr ernst.

Bärbel erschien erst am Abend und stützte sich
schwer auf ihren Schäferstab, als sie über die unebene
Weide zu ihnen kam. Ihr erster Weg führte sie zu Gretel.

»Hier, meine Gute«, sagte sie liebevoll zu dem Schaf
und zog einen Apfel aus ihrer Jackentasche. »Der ist
für dich. Das hast du wirklich fein gemacht.« Genüsslich verspeiste Gretel den Leckerbissen und blickte aus
ihren großen Augen in die Runde.

Bärbel strich den beiden Lämmern sanft über die
Rücken. »Hast du ihnen schon Namen gegeben?«

»Das wird dieses Mal Zoe tun. Nicht wahr?«

Zoe nickte. »Ich würde die beiden gern Momo und
Beppo nennen«, sagte Zoe fast schon scheu. Das Böckchen wandte den Kopf und schien Zoe aufmerksam
zu mustern, so als verstünde es, worum es ging. »Ich
meine, wenn euch das auch gefällt.«

»Nach dem Buch von Michael Ende?«, fragte Bärbel
behutsam.

Zoe nickte, und ihre Wangen färbten sich rosarot.

»Meine Mutter hat mir daraus vorgelesen«, murmelte sie, zog die Lippen zwischen ihre Zähne und
starrte auf die Grasbüschel zu ihren Füßen.

»Das sind tolle Namen«, sagte Elke. Zoe zuckte verlegen mit den Schultern und erhob sich. »Bleib ruhig bei den Kleinen und pass auf, dass sie regelmäßig trinken«, fügte Elke rasch hinzu. »Meine Mutter und ich sehen solange nach der Herde.«

»Momo und Beppo, der Straßenkehrer«, murmelte Bärbel, als sie außer Hörweite waren. »Das fängt zwar alles nicht mit G an ...«

»Aber das ist doch egal«, meinte Elke. Sie warf einen kurzen Blick zurück. Wirkte Zoe nicht auf einmal viel jünger, während sie einem der Lämmer half, die Zitzen des Mutterschafs zu finden, trotz der inzwischen wirklich unmöglichen Haare, herausgewachsen und verfilzt? Überhaupt nicht wie eine Fünfzehnjährige, die alles dafür tat, um erwachsen zu wirken. »Ich finde, das sind sehr schöne Namen«, fügte sie hinzu.

»Klar sind sie das«, sagte Bärbel mit einem Grinsen. »Momo und Beppo, dass wir da noch nicht selbst draufgekommen sind! Soll ich Gretel und die Kleinen nicht auf den Hof holen? Zita hätte Gesellschaft und ...«

»Nein«, entgegnete Elke. »Ich glaube nicht, dass das notwendig ist. Und Zita schubst die Gretel doch nur herum.«

»Und beim Weidewechsel?«, warf Bärbel skeptisch ein. »Wenn Pascal noch hier wäre, dann könntet ihr die beiden tragen ...«

»Das kriegen wir auch ohne ihn hin«, antwortete Elke trotzig. »Ich werde das mit Zoe besprechen. Aber sieh sie dir nur an. Zoe hat die beiden Kleinen jetzt schon adoptiert. Sicher macht es ihr nichts aus, eines der Lämmer zu tragen, wenn es notwendig ist.« Sie warf ihrer Mutter einen Blick zu, die noch nicht ganz überzeugt schien. »Mach dir keine Sorgen«, fügte sie hinzu. Warum wirkte ihre Mutter nur so bedrückt?

»Das mach ich mir auch nicht«, antwortete Bärbel. »Ich dachte nur grad an die Schur. Auf wann hast du Udo und Walter denn bestellt?«

»Nächsten Dienstag«, antwortete Elke. Bis dahin waren es noch fünf Tage.

»Bislang hab immer ich mitgeholfen«, überlegte Bärbel. »Und natürlich Pascal. Dann der Fridolinsbauer mit seinen Söhnen. Trotzdem reicht das nicht. Zoe kannst du diese harte Arbeit nicht zumuten.«

»Natürlich nicht«, sagte Elke mit einem Seufzen. Die professionellen Scherer, die im Sommer von Herde zu Herde zogen, um den Schafen aus ihrer warmen Wolle zu helfen, waren schon teuer genug. Einen zusätzlichen Arbeiter konnte sie definitiv nicht bezahlen. »Ich hab auch schon hin- und herüberlegt, wen wir fragen könnten.«

»Den Josef«, erklärte Bärbel und stützte sich auf ihren Stab. »Er und einer seiner Söhne werden dir sicher …«

»Muss das sein?« Elkes Gesicht hatte sich verfinstert. Doch auf einmal stieß Bärbel ihren Schäferstab so zornig in die Erde, dass er zwischen zwei Graspolstern stecken blieb.

»Jetzt hör halt endlich auf, so nachtragend zu sein«, schimpfte sie. »Haben sie dir nicht geholfen, Zita zu bergen? Der Josef tut alles, um uns zu unterstützen. Was passiert ist, ist eben passiert. Dein Starrsinn holt deinen Vater auch nicht zurück ins Leben. Außerdem hätte er das nicht gewollt.« Elke setzte zu einer Erwiderung an, doch Bärbel hob die Hand und brachte sie damit zum Schweigen. »Wenn ich ihm verzeihen kann, dann kannst du das schon lange. Immerhin habe ich meinen Mann verloren. Und noch etwas.« Bärbel atmete heftig, und Elke wurde es angst und bange. »Sprich mit Chris. Gib ihm eine Chance. Immerhin ist er von keinem Baum erschlagen worden. Er lebt. Er ist hier. Er will mit dir reden. Also hör auf, so stur zu sein.«

Bärbels Augen blitzten zornig. So wütend hatte Elke ihre Mutter schon seit Jahren nicht mehr gesehen. Wenn sie es sich genau überlegte, seit sie ein Teenager gewesen war. Kurz stieg Unmut in ihr auf, derart zurechtgewiesen zu werden, und das in ihrem Alter. Aber benahm sie sich denn auch erwachsen? Sollte man mit Anfang dreißig nicht souveräner sein?

»Na gut«, sagte sie und biss die Zähne so fest zusammen, dass ihr Kiefer knackte. »Dann frag halt den Josef Meinhardt.«

Bärbel musterte sie mit gerunzelter Stirn, und es sah ganz so aus, als wollte sie noch etwas loswerden. Doch dann schien sie es sich anders zu überlegen und wirkte auf einmal sehr müde.

»Alles klar«, sagte sie und wandte sich zum Gehen.

»Mama!« Elkes Stimme klang kläglich. »Wieso bist du denn so böse auf mich?«

Bärbel blieb stehen und schien nach Worten zu suchen. Dann sah sie ihre Tochter mit einem müden Lächeln an.

»Vermutlich hätte ich dir schon viel früher die Leviten lesen müssen«, sagte sie zärtlich. »Du bist irgendwie ... so hart geworden, Elke. Das ist nicht gut. Klar hattest du es schwer. Erst ging Chris weg und dann das mit Papa ...« Sie seufzte und fuhr sich über die Augen. »Aber wir alle hatten es schwer, nicht nur du.«

»Das weiß ich doch.«

»Sicher. Und trotzdem ... Versteh doch bitte, dass deine unversöhnliche Haltung es uns allen nur noch schwerer macht. Mir und deiner Schwester. Dauernd erinnerst du uns daran, was wir verloren haben.«

Plötzlich brannten Tränen hinter Elkes Augen. Hatte sie diese Vorwürfe verdient? Gab sie sich nicht die allergrößte Mühe, die Schäferei am Laufen zu halten? Verbarg sie ihren großen Kummer nicht seit langer Zeit, so gut sie es konnte, und das alles nur aus Rücksichtnahme gegenüber ihrer Mutter und Schwester? Und vor allem: Was war falsch daran, Papa nicht zu vergessen?

»Papa ist tot«, fuhr Bärbel mit belegter Stimme fort, als ob sie ihre Gedanken gelesen hätte. »Aber Chris ist ziemlich lebendig, ja, und er ist wieder hier. Also mach jetzt nicht den Fehler deines Lebens und ...«

»Wieso Fehler meines Lebens?«, brach es aus Elke heraus. »Er hat mir schließlich keinen Antrag gemacht, seit er zurück ist.«

»Du gibst ihm ja auch keine Gelegenheit dazu.«

Elke stöhnte auf.

»Siehst du denn nicht, wie peinlich das Ganze ist? Er hat ja nicht einmal versucht herauszufinden, wo ich jetzt lebe und was ich mache, als er zurück nach Deutschland kam. Wäre er in irgendeiner Form noch an mir interessiert, dann hätte er das doch getan! Aber nein. Erst als er den Job angenommen hat, wurde ihm klar, dass ausgerechnet seine Ex die Grinden beweidet.

Welchen Fehler also meinst du? Dass ich mich nicht gleich bei meinem neuen Chef einschmeichle? Ist es das, was du mir vorwirfst?«

Sie war laut geworden, viel lauter, als sie es jemals gewesen war, und gleichzeitig traten ihr jetzt doch die Tränen in die Augen. Sie wandte sich ab. Fehlte noch, dass ihre Mutter sie heulen sah wegen dieser Geschichte. Doch Bärbel stieß nur einen tiefen Seufzer aus.

»Ach Maidle«, sagte sie resigniert. »Warum bist du nur so stur. Also von mir hast du das nicht. Na ja, mach, was du willst, das tust du ja ohnehin.«

Und damit ließ sie Elke einfach stehen.

11. Kapitel

Wolle

Es war jedes Mal wieder ein Wunder, wie rasch sich die Lämmer nach der Geburt entwickelten, das wurde Elke einmal mehr am Beispiel von Momo und Beppo bewusst, denn für Zoe war das alles vollkommen neu. Sie kümmerte sich rührend um die beiden Lämmer, und bald folgten sie ihr auf Schritt und Tritt. Bärbel brachte bei ihrem nächsten Besuch Kraftfutter für Gretel mit, damit sie sich rasch von der Geburt der Zwillinge erholte, und tatsächlich entwickelte sich das frischgebackene Mutterschaf zu einem selbstbewussten und verantwortungsvollen Tier. Als die Herde nach ein paar Tagen die Weide wechseln musste, war es Zoe eine Selbstverständlichkeit, Momo während der wenigen Kilometer, die sie zurücklegen mussten, in einem speziellen Umhängetuch zu tragen, ja, sie wirkte fast stolz darauf, diese Aufgabe anvertraut zu bekommen.

An dem Tag, an dem die Scherer bestellt waren, stand Elke noch früher auf als sonst. Die Frühsommernacht war kühl gewesen, doch sobald die Sonne

244

aufging, würde es warm werden. Elke versuchte, ihre Nervosität niederzukämpfen, damit sie nicht die Herde unruhig machte. Denn an Tagen wie diesen vermisste sie Pascal ganz besonders. Auch wenn sie selbst kein einziges Schaf scheren würde, so hatte sie doch alle Hände voll zu tun, um Udo und seinem Bruder Walter die Schafe zu bringen und die geschorenen Tiere in einen separaten Pferch zu leiten. Und dann war da noch die Wolle, die in Säcke verpackt und auf den Hänger des Fridolinsbauern geladen werden musste. Die Scherer brauchten nur zwei bis vier Minuten pro Schaf, da musste alles wie am Schnürchen laufen, denn die Männer wurden pro Tier bezahlt und arbeiteten im Akkord. Dennoch würden sie für die ganze Herde zwei Tage benötigen.

Elke hatte sich gerade gründlich gewaschen und frische Kleidung angezogen, als Zoe aus ihrem Schlafsack kroch und sich im Morgenlicht die Augen rieb. Wie immer seit der Geburt der Lämmer sah sie als Erstes nach Gretel und ihren Kleinen.

»Tut das Scheren den Schafen denn nicht weh?«, erkundigte sie sich besorgt, als Elke ihr den morgendlichen Kaffee einschenkte.

»Überhaupt nicht.« Elke öffnete die Dose mit Bärbels Haferkeksen und hielt sie Zoe hin. »Die Schafe sind froh, wenn sie ihre dicke Wolle loswerden.«

»Und was soll ich dabei tun?« Zoe schob sich gleich zwei Kekse gleichzeitig in den Mund.

»Am besten kümmerst du dich um Momo und Beppo«, antwortete Elke. »Gretel nehmen wir gleich zu Anfang dran, dann kann sie wieder zu ihren Lämmern.

Steck ruhig noch ein paar von den Keksen ein«, riet sie Zoe. »Meine Mutter bringt gegen Mittag Essen hoch. Aber bis dahin wird es hier rundgehen.«

Während sie alles wieder zusammenräumten, lauschte Elke aufmerksam, ob sie das Geräusch von sich nähernden Motoren hören konnte. Dass auch Ralf Meinhardt dabei sein würde, war Elke im Grunde gar nicht recht. War es nicht Ralf gewesen, der damals ein Gewehr zu Zitas Rettung zum Teufelsstein mitgebracht hatte? Sie hatte kein gutes Gefühl dabei, ihn auf der Weide zu haben. Und doch hatte sie seit der Auseinandersetzung mit ihrer Mutter kein Wort mehr dazu gesagt.

Gegen halb sieben holperte der SUV der Scherer über die Hochweide und hielt wie immer unter der ausladenden Kiefer an, wo sie Jahr für Jahr den Scherplatz einrichten würden. Zwei Männer in Arbeitsoveralls sprangen aus dem Fahrerhaus.

»Hey, Elke, wie geht es dir?« Der kräftigste der Männer, ein wahrer Hüne mit Bauchansatz, kam erstaunlich leichtfüßig auf sie zu. Auf dem Kopf trug er einen Filzhut, der schon bessere Zeiten gesehen hatte.

»Alles bestens! Und bei euch, Udo?« Elke ließ sich von dem Scherer in den Arm nehmen und begrüßte seinen Bruder Walter nicht minder herzlich. Dann stellte sie Zoe vor.

»Lernst du hier das Schäferhandwerk?«, wollte Udo wissen. »Wo ist eigentlich Pascal?« Er sah sich suchend um.

»In Neuseeland«, antwortete Elke kurz angebunden und hielt nervös nach den anderen Ausschau. »Von heute auf morgen war er weg.«

246

Udo zog seinen speckigen Hut vom Kopf und kratzte sich im Nacken.

»Ach, was du nicht sagst. Wollte er nicht irgendwann einmal den Hof übernehmen? Na ja«, fügte er hinzu, als er bemerkte, dass Elke dieses Thema lieber nicht vertiefen wollte. »Man erlebt so manches. Das heißt, wir haben einen Helfer weniger?«

»Meine Mutter hat die gesamte Nachbarschaft zusammengetrommelt«, sagte Elke.

Sie pfiff nach den Hunden, damit sie die Schafe sanft in Bewegung brachten. Das war notwendig, damit sie ein wenig ins Schwitzen gerieten und sich das Fett in ihrer Wolle erwärmte. So früh am Morgen war das Fell der Schafe kühl und das darin enthaltene Wachs hart und brüchig, was die Arbeit der Scherer erschweren würde. Während Udo und sein Bruder Walter ihre Schuranlagen an den Ästen der Kiefer befestigten und sie mit zusätzlichen Haltestricken sicherten, gab Elke Victor und den anderen Hunden die entsprechenden Befehle. Umsichtig trieben sie die gemächlich grasenden Schafe an. Sie wussten genau, dass sie die Tiere nicht durch den Pferch jagen durften, und Elke achtete streng darauf, dass auch Tim und Tara sich zurückhielten.

»Guten Morgen, Elke!«

Elke fuhr herum. Als sie in Chris' leuchtend blaue Augen sah, wurde ihr für einen Moment schwindelig.

»Was … was machst du hier?«

»Ralf Meinhardt hat sich heute Morgen den Fuß vertreten und muss zum Arzt«, sagte Chris und betrachtete sie forschend. »Karl kann mich zwei Tage leicht entbehren, und da dachte ich, ich spring ein.« Er wartete

247

ihre Antwort nicht ab, sondern ging gleich hinüber zu Udo und Walter und packte beim Aufbau der Gerätschaften mit an, so als hätte er nie etwas anderes getan.

Ein Sturm widersprüchlicher Gefühle tobte durch Elkes Brust, während sie nach außen hin die Ruhe selbst blieb, die Hunde kommandierte und den Pferch mit Chris' Hilfe so umbaute, dass eine schmale Pforte zu der Stelle führte, wo die Schafe von ihrem dicken Wollpelz befreit werden würden. Dabei klopfte ihr das Herz bis zum Hals und wollte sich gar nicht mehr beruhigen. Das hatte sicher ihre Mutter eingefädelt. Doch ihr blieb keine Zeit, länger darüber nachzudenken, und im Grunde musste sie Chris dankbar sein. Aber was hieß da »musste« – sie war ihm dankbar. Wenn sie ehrlich zu sich war, dann war dieses verwirrende Gefühl in ihrem Herzen nichts anderes als pure Freude.

Nach und nach trafen die Helfer ein. Als alles bereit für die Schur war, standen sie ein paar Minuten lang beisammen, tranken Kaffee aus den mitgebrachten Thermoskannen und plauderten über die guten alten Zeiten.

»Wie geht es Bärbel?«, erkundigte sich Udo und hob besorgt die Augenbrauen, als Elke ihm von den Hüftproblemen ihrer Mutter berichtete. »Und dich hab ich auch schon irgendwann einmal gesehen«, wandte sich der Scherer an Chris. »Aber wo?«

»Das ist ein paar Jahre her«, antwortete Chris und warf Elke einen scheuen Blick zu. »Elf oder zwölf. Da hab ich hier schon einmal mitgeholfen.«

Udos Augen weiteten sich, er nickte und pfiff leise durch die Zähne. »Na klar, du bist doch der, der damals in die USA abgehauen ist?«

»Kanada«, antwortete Chris und sah betreten zu Boden. »Und abgehauen bin ich ...«

»Lasst uns loslegen«, schlug Elke vor. Diese Unterhaltung war ihr unerträglich. Natürlich hatte sie jenen Sommer, den Udo meinte, nicht vergessen. Aber jetzt, wo darüber gesprochen worden war, schlugen die Erinnerungen an die letzte gemeinsame Schur, damals, als Bärbel noch die Herde geführt hatte, über ihr zusammen wie ein Tsunami. Chris und sie als Team, wie sie von früh bis spät bei der Schafschur geholfen hatten. Lachend, verliebt, keine Müdigkeit spürend. Wie viel Zärtlichkeit war damals zwischen ihnen gewesen. Und heute ...

»Alles klar«, beeilte sich Udo zu sagen, der mit einem Blick die Situation erfasst hatte. »Dann wollen wir mal deinen Schäfchen die viel zu warmen Jacken ausziehen.«

Da konnte sich Elke trotz allem ein Grinsen nicht verkneifen. Tatsächlich wirkte die Wolle, wenn sie professionell in einem zusammenhängenden Stück abrasiert worden war und dann ausgebreitet im Gras lag, wie eine kuschelige Jacke, man konnte sogar noch die Form der Tierleiber erkennen. Elke lief hinüber zur Herde und lockte Gretel zum Schurplatz, während Zoe die beiden Lämmer zurückhielt, die aufgeregt blökten.

Udo schnappte das überraschte Tier mit sicherem Griff bei den Vorderbeinen, drehte es gekonnt um und setzte es auf sein Hinterteil, wobei er das Schaf mit seinen kräftigen Schenkeln stützte. Zoe riss erschrocken die Augen auf, doch Gretel schien völlig entspannt und lehnte den Kopf vertrauensvoll gegen Udos Hüfte, der bereits mit der elektrischen Schere blitzschnell ihr Bauchfell in langen, sicheren Bahnen abrasierte. Danach kamen die Hinterläufe und Keulen an die Reihe und schließlich Schwanz und Kuppe, Kopf und Hals, Vorderläufe und zum Schluss der Rücken. Dabei drehte er das Schaf in gleitenden Bewegungen hin und her, und das so souverän, dass Gretel überhaupt nicht auf die Idee kam, sich zu beschweren.

»Feines Mädchen«, lobte Udo, als er mit ihr fertig war, und half ihr mit Schwung auf die Beine. Und als sie zu Zoe und ihren Lämmern zurücklief, nur noch von einem feinen hellen Flaum bedeckt, hatte Udo Fabiola bereits den halben Bauch geschoren.

Elke atmete auf. Genau das war der Grund, warum sie keine anderen Scherer wollte als Udo und seinen Bruder. Die beiden schafften es, ihre schwere Arbeit in Rekordzeit zu erledigen, ohne dass die Herde in Stress geriet oder die Schafe womöglich verletzt wurden. Natürlich waren die älteren Lämmer, die diese Prozedur noch nicht kannten, zunächst recht nervös. Doch als sie bemerkten, wie ruhig die Leittiere alles über sich ergehen ließen, regten sie sich weit weniger auf.

Ohne sich abzusprechen, half Chris Elke dabei, Udo in raschen Abständen ein Schaf nach dem anderen zum Scheren zu bringen, während die Männer vom Fridolinshof das Gleiche bei Walter erledigten. Der Meinhardtsbauer und sein Sohn Eric leiteten die geschorenen Tiere in einen extra dafür vorbereiteten Pferch und verstauten die Wolle in den dafür vorgesehenen Säcken.

Auf diese Weise vergingen die Morgenstunden im Nu, und erst nach einer Weile wurde Elke bewusst, wie

250

perfekt sie und Chris miteinander harmonierten, fast so wie früher. Er hatte schon immer ein gutes Händchen für die Tiere gehabt, und obwohl er für die Herde ein vollkommen Fremder war, folgten die Schafe ihm willig zur Schur. Hin und wieder trafen sich ihrer beider Blicke, und wenn sich ihre Arme berührten, war es Elke, als träfe sie ein sanfter Stromschlag. Und sie fragte sich, ob er das wohl auch spüren konnte.

Gegen zwölf hielt Elke besorgt nach dem alten Jeep ihrer Mutter Ausschau. Bärbel hatte versprochen, eine »ordentliche Vesper«, wie man es hier in der Gegend nannte, vorbeizubringen, und es war so gar nicht ihre Art, sich zu verspäten. Endlich klingelte Elkes Handy.

»Ich bin unterwegs. Aber der Jeep macht so komische Geräusche«, hörte sie ihre Mutter sagen. Tatsächlich drang ein lautes Dröhnen aus dem Hörer, so als säße Bärbel auf einem alten Traktor. »Hoffentlich ist das nicht der Auspuff! Jedenfalls fahre ich damit besser nicht über die Weide, nicht dass das Ding vollends abreißt. Kannst du Zoe zum Wanderparkplatz schicken? Ich lass den Jeep lieber dort stehen. Aber allein kann ich das Essen nicht tragen.«

»Klar, ich schick sie. In zehn Minuten ist sie dort.«

»Nur die Ruhe. Vor einer Viertelstunde bin ich auch nicht am Parkplatz.«

Ein paar Wolken waren aufgezogen, als Bärbel am Waldrand eine große Picknickdecke unter den Ästen einer Tanne ausbreitete. Zoe war noch einmal zum Parkplatz zurückgegangen, um eine Schüssel mit selbst gemachtem Karamellpudding zu holen, die sie beim ersten Mal

251

nicht hatten tragen können. Als sie endlich damit kam, hatten die Männer sich bereits über Leberkäs, Kartoffelsalat und Frikadellen hergemacht, während Bärbel für Elke und Zoe die noch ofenwarme Quiche auspackte.

»Alles in Ordnung mit dir?«, fragte Elke, als Zoe die Dessertschüssel neben ihr ins Gras stellte. »Du bist ja ganz blass. Ist dir nicht gut?«

Doch Zoe zuckte unwillig mit der Schulter.

»Wo sind Momo und Beppo?«

»Bei ihrer Mama«, antwortete Bärbel und lud ihr ein großes Stück von der Quiche auf den Teller. »Hier, Maidle, iss was. Und nimm von dem Kartoffelsalat, ehe die Männer alles weggeputzt haben. Den magst du doch so gern.«

Dann widmete sich Bärbel Chris und schob ihm die besten Bissen zu. Elke jedoch wurde den Eindruck nicht los, dass Zoe irgendetwas beschäftigte.

»Wie kommt ihr voran?«, fragte ihre Mutter und packte den Brüdern noch mehr Frikadellen auf die Teller.

»Läuft gut«, antwortete Udo mit vollen Backen, und Walter grub den großen Schöpflöffel tief in den Kartoffelsalat, um sich eine ordentliche Portion aufzutun. Während sich Bärbel mit Chris über die seltsamen Geräusche des Jeeps unterhielt und beratschlagte, wer sich das mal ansehen könne, ohne dass der Wagen gleich in eine Reparaturwerkstatt gebracht werden müsste, konnte Elke nicht anders, als verstohlen sein Gesicht zu mustern, das noch immer so vertraut war und doch auch verändert. Ein paar Fältchen waren hinzugekommen, natürlich, auch an Chris war die Zeit nicht spurlos vorübergegangen. Sein gewelltes blondes

Haar war ein klein wenig dünner geworden, seidiger. Über der linken Augenbraue entdeckte Elke eine feine Narbe. Was da wohl passiert war …?

Er sah sie unvermittelt an, offenbar hatte er ihren Blick gespürt. Seine Augen waren noch immer dieselben, blau wie der Himmel und auf eine besondere Weise aufmerksam, so als könnte er ihre Gedanken lesen. Elke schaute woandershin und fühlte, wie ihr heiß wurde. Er hätte auf keinen Fall zurückkommen dürfen, dachte sie. Wieso tat er ihr das an, nach allem, was gewesen war …

»Elke braucht auch einen Wagen«, hörte sie Bärbel sagen. »So geht das doch nicht, immer ist sie darauf angewiesen, dass ich sie abhole. Aber wenn mal was passiert …«

»Was soll schon passieren?« Elke wünschte, die Mittagspause wäre längst zu Ende.

»Na, weißt du nicht mehr? Im Frühjahr der Sturm zum Beispiel.« Bärbel begann, Chris von der Gefahr zu erzählen, in der Elke und die gesamte Herde geschwebt hatten. »Seither hat sie keinen fahrbaren Untersatz mehr«, schloss sie ihren Bericht und warf Elke einen besorgten Blick zu.

»Du kannst meinen alten Ford Pick-up haben«, sagte Chris und sah Elke offen an. »Er ist nicht mehr der Jüngste, aber der Motor ist noch in Ordnung und macht es sicher noch ein paar Tausend Kilometer.« Und als er sah, dass Elke den Kopf schüttelte, fügte er hinzu. »Ich brauche ihn nicht mehr. Demnächst hab ich einen Dienstwagen, das weißt du doch. Für die alte Karre krieg ich ohnehin nichts mehr, wenn ich versuche, die zu verkaufen. Nimm ihn, Elke, deiner Mutter zuliebe.« Elke biss sich auf die Lippen und warf Bärbel einen finsteren Blick zu, dem diese, ohne mit der Wimper zu zucken, standhielt. »Überleg es dir, ja?«, fügte Chris sanft hinzu und wandte sich mit einer Frage an die Scherer.

Am Nachmittag wurde es schwül, bald waren sie alle schweißüberströmt. Obwohl Elke das Gefühl hatte, dass ihre Mutter noch mehr hinkte als jemals zuvor, ließ Bärbel es sich nicht nehmen mitzuhelfen, die geschorene Wolle in die Säcke zu füllen, und auch Zoe packte mit an. Gegen sechs Uhr abends stellten die Scherer ihre Anlagen ab und streckten ihre müden Glieder. Den ganzen Tag hatten sie in halb gebückter Haltung gearbeitet, das ging auf den Rücken.

Elke war mehr als zufrieden, gut die Hälfte der Schafe war geschoren. Sie ließ sich dazu überreden, die Herde in der Obhut der Hunde zurückzulassen und mit allen anderen zum Lämmerhof zu fahren, wo Udo und Walter übernachten würden. Eine ausgiebige Dusche und ein frisches Set Kleidung waren einfach zu verlockend, außerdem hatte sie einen Bärenhunger. Natürlich lud Bärbel auch Chris ein zu bleiben, der das mit einem fragenden Blick zu Elke annahm. Natürlich, dachte sie genervt. Und doch wurde ihr bewusst, dass sie enttäuscht gewesen wäre, hätte er abgelehnt. Was war nur mit ihr los? Wusste sie eigentlich noch, was sie wollte und was nicht?

Es gab Spaghetti mit zweierlei Soßen: bolognese mit ordentlich Hackfleisch darin für die Männer und Pesto aus selbst gesammeltem Bärlauch, das Bärbel in kleinen Portionen eingefroren hatte, sodass sie das ganze Jahr über davon hatten. Außer den Nudeln hatte Bärbel das Essen schon am Morgen vorbereitet, und so konnten sie sich, nachdem sie alle geduscht und umgezogen waren, direkt an den gedeckten Tisch setzen und es sich schmecken lassen. Udo und Walter erzählten die neuesten Geschichten aus ihrem Schererleben, und wie immer ging es sehr lustig dabei zu. Da fiel es nicht weiter auf, dass Elke kaum etwas sagte und es vermied, in Chris' Richtung zu sehen. Wieder bemerkte sie, dass auch Zoe ungewöhnlich still war, den Gesprächen nicht wirklich zu folgen schien, sondern vor sich hin brütete, und sie nahm sich vor, bei Gelegenheit herauszufinden, was das Mädchen so beschäftigte. War es vielleicht ihr bevorstehender Geburtstag? Julia hatte ihr neulich am Telefon verraten, dass Zoe bald sechzehn wurde. Und dass sie auf dem Lämmerhof eine Überraschungsparty organisieren wollte. Aber wen sollten sie einladen? Von Freunden hatte Zoe nie etwas erzählt …

»Ich glaube, ich geh schlafen«, sagte Zoe und erhob sich.

»Aber es gibt noch Nachtisch!«

»Danke, ich bin total satt. Vielleicht morgen zum Frühstück?«

»Ich sollte zurück auf die Weide«, sagte Elke, nachdem Zoe im Treppenhaus verschwunden war.

»Aber warum denn? Schlaf dich doch hier einfach mal richtig aus. Morgen wird es wieder ein anstrengender Tag.«

»Wenn du willst, nehm ich dich mit und setz dich bei der Weide ab«, sagte Chris.

»Jetzt fall mir doch bitte nicht so in den Rücken«, empörte sich Bärbel mit einem Augenzwinkern. »Das Maidle braucht mal wieder ein anständiges Bett. Ach, wenn wir doch nur den Camper noch hätten.«

Elke lachte.

»Ich schlafe draußen viel besser als im Camper oder in der Kammer, das weißt du doch.«

Mit einem resignierten Achselzucken begann Bärbel, die Teller abzuräumen, und Elke beeilte sich, ihr zu helfen. »Du bist eben eine Nomadin«, befand sie mit Blick auf ihre Tochter. »So wie deine Großmutter. Die war auch am liebsten draußen auf den Grinden. Ich dagegen, ich bin immer nach Hause gefahren, und die Schafe haben es auch überlebt. So ein bisschen Luxus, das muss schon sein.« Sie öffnete den Kühlschrank und entnahm ihm eine große Schüssel mit halbierten und gezuckerten Erdbeeren und eine mit geschlagener Sahne. »Holst du mal bitte die Glasschalen aus der Stube, Elke? So etwas Feines muss man vom guten Geschirr essen.«

Es war schon halb elf, als sie neben Chris auf dem Beifahrersitz des alten Fords saß. In dieser Zeit der kurzen Nächte wurde es gerade erst dunkel, und über dem westlichen Himmel lag ein zartvioletter Schein. Keiner von ihnen sagte etwas, und langsam, ganz langsam entspannte sich Elke. Als sie den Waldparkplatz erreichten, von dem es quer über die Grinden zu ihrem Weideplatz weiterging, meinte sie: »Du kannst mich hier rauslassen, den Rest geh ich zu Fuß«, doch Chris ließ es sich nicht nehmen, sie bis zu ihrer Herde zu bringen.

Nachdem sie die Hunde beruhigt hatte, die den Wagen umtanzten, bemerkte sie, dass auch Chris ausgestiegen war, und ging entschlossen auf ihn zu.

»Danke«, sagte sie. »Fürs Helfen und ... fürs Herbringen.« Sie stockte. Chris stand in der blauen Sommerdunkelheit vor ihr und rührte sich nicht.

»Es tut mir leid«, sagte er schließlich, und seine Stimme war rau.

Elke hielt den Atem an. Kam es jetzt? Sein Wunsch nach billiger Absolution?

»Was tut dir leid?«

»Alles.« Er atmete tief aus. Selbst jetzt konnte sie im Licht des Sternenhimmels das Aufblitzen seiner Augen sehen, die die ihren suchten. »Wie ich mich damals verhalten habe. Das war ...« Er stockte.

»Unverzeihlich?«, half sie ihm spitz nach.

Er nickte. »Ich war so ... so bescheuert. Völlig verblendet. Glaub mir, ich hatte tausendmal Gelegenheit, mein mieses Verhalten zu bereuen.«

Elke wusste nicht, was sie sagen sollte. Eigentlich wollte sie ihm die kalte Schulter zeigen, doch auf einmal hatte sie wieder diesen Kloß im Hals, wie so oft, wenn sie sich an damals erinnerte. An die Tage nach seinem Abflug. Als er einfach weg gewesen war und sich nicht einmal von ihr verabschiedet hatte. Unerreichbar für ihre Fragen, ihren Zorn. Ja, was er getan hatte, war unverzeihlich. Sie fuhr sich über die Augen und wandte sich ab. Sie sah hinüber zu ihrer Herde, auf die Verlass war, die ihr Leben bedeutete. Auf der einen Seite fingen die frisch geschorenen Schafe samtig das Sternenlicht ein und schienen wie von innen heraus zu leuchten. Auf der anderen drängten sich die Tiere aneinander, die ihre Wolle noch auf den Leibern trugen und wie riesige Wattebälle wirkten. Die Hunde hatten wieder ihre gewohnte Formation eingenommen und lagen hechelnd im Gras, Elke ahnte und hörte sie mehr, als dass sie sie sehen konnte. Das war ihre Welt. Alles vollkommen friedlich. Nur in ihrem Herzen tobte der Aufruhr.

Als Chris ganz nah zu ihr herantrat, nahm sie seinen Duft wahr, und ihre Knie wurden weich. Am liebsten wäre sie weggegangen, doch sie konnte nicht, ihr Körper gehorchte ihr einfach nicht. Sanft legte er die Arme um sie und zog sie an sich. Ihr Gesicht schmiegte sich von ganz allein an seinen Hals, so wie früher fand es diese Stelle, wo sein Hals in die Schulter überging und die Haut so zart und duftend war. Auf einmal war alles nass, und er zog sie noch enger an sich.

»Du weinst ja«, flüsterte er, und dann war es vorbei mit ihrer Selbstbeherrschung.

Wie lange sie so in seiner Umarmung dastand und den Tränen freien Lauf ließ, wusste sie später nicht mehr, sie hatte jedes Zeitgefühl verloren. Und er hielt sie, geduldig, ohne irgendetwas zu sagen, und sie war ihm dankbar dafür.

Irgendwann verebbte ihr Schluchzen, und sie löste sich von ihm. Chris reichte ihr ein großes weißes Stofftaschentuch – und da kamen ihr schon wieder die Tränen, denn auch das erinnerte sie an früher. Stets hatte er sauber gebügelte, nach Vanille duftende Stofftaschentücher mit sich herumgetragen, und das in einer Zeit, in der jeder nur solche aus Papier benutzte.

»Dass du die immer noch hast ...«

Unschlüssig standen sie beieinander, beide ein wenig verlegen.

»Warum hast du dich nie gemeldet?«

Chris sah sie erstaunt an.

»Ich hab mich nicht getraut«, bekannte er dann und scharrte betreten mit seinem Stiefel im Gras. »Das heißt, vor zwei Jahren, da hab ich mal den Karl gefragt, wie es dir so geht. Er hat mir geschrieben, dass du mit dem Manuel Kimmich zusammen wärst und ... und dass ihr bald heiraten würdet ...« Elke schnaubte verächtlich. Es stimmte. Manuel hatte das damals überall herumerzählt, obwohl er sie noch nicht einmal gefragt hatte. Auch das war ein Grund für sie gewesen, sich endlich von ihm zu trennen. »Ein Traumpaar, hat der Karl geschrieben. Na ja. Ich hatte es ja nicht besser verdient, dachte ich.«

Elke putzte sich gründlich die Nase und schluckte ein paarmal. Dann holte sie tief Luft.

»Du hast mir damals sehr wehgetan. Ach, was sag ich: Du hast mir das Herz gebrochen, wie es so schön heißt. Es hat ewig gebraucht, bis ich darüber hinweg...« Wieder erstickten Tränen ihre Stimme und straften das, was sie sagen wollte, Lügen. Nein. Sie war nie darüber hinweggekommen. Bis heute nicht. Doch das brauchte Chris nicht zu wissen. »Und deshalb möchte ich, dass du jetzt gehst. Seit du hier aufgetaucht bist, ist mir klar, dass du irgendwann versuchen würdest, dein schlechtes Gewissen zu erleichtern. Aber so einfach kommst du nicht davon, Christian Leitner. Ich verzeih dir das nicht. Weil ...«, wieder musste sie mehrmals schlucken, ehe sie den Satz beenden konnte, »weil das einfach nicht zu verzeihen ist, was du getan hast.«

Und ehe sie erneut in Tränen ausbrach, wandte sich Elke abrupt um, rannte beinahe zu ihrem Lager am Waldrand und ließ sich dort fallen. Victor kam angelaufen und stupste sie mit der Nase an. Ihm war nicht verborgen geblieben, wie aufgewühlt sie war.

»Alles gut, mein Freund«, flüsterte sie und nahm den verblüfften Hund in ihre Arme, schmiegte ihr Gesicht in sein Fell. Das tat Elke sonst nie. Sosehr sie Victor auch liebte, er war ein Arbeitshund, kein Schmusetier. Trotzdem hielt er jetzt ganz still und leckte ihr fürsorglich die Tränen ab.

Elke atmete auf, als sie hörte, wie Chris den Motor startete und langsam über die Weide davonfuhr. Zum Glück war er weg. Das hatte sie richtig gemacht. Aber warum zog und zerrte es dann so schmerzhaft in ihrer Brust? Wieso schlug ihr Herz gegen ihre Rippen, so als wollte es sie sprengen? Und warum waren dann noch immer Tränen, die aus ihr herausquollen, aus ihr, die doch sonst niemals weinte?

Zoe

In dieser Nacht konnte sie nicht einschlafen. Es war stickig in der kleinen Kammer unter dem Dach, ganz anders als draußen auf der Weide. Sogar die Matratze war ihr heute zu weich. Und sie vermisste Victor. Aber das alles war nicht der wahre Grund für ihre Unruhe.

Zoe stand auf und öffnete beide Flügel des Fensters, holte tief Atem und versuchte, ihre Gedanken zu ordnen.

»Bist du nicht eins von Leanders Mädchen?«, klang die Stimme des Motorradfahrers noch in ihr nach.

Sie hatte ihn nicht erkannt in seiner schwarzen Lederkluft und mit dem Helm, den er auch beim Pinkeln nicht abnahm, auch die anderen nicht, die auf ihren schweren Maschinen saßen und sie aus ihren offenen Visieren neugierig betrachteten. Wie viele waren es gewesen? Acht? Oder zehn? Sie musste lächerlich gewirkt haben mit der Puddingschüssel in den Händen, und sicherlich hatte sie dumm dreingeschaut. Dann hatte sie sich abgewandt, um so schnell wie möglich zu verschwinden, doch der Schwarze war ihr nachgegangen, hatte sie an der Schulter angefasst, und beinahe hätte sie die Schüssel fallen lassen.

261

»Warte mal«, hatte er gesagt, und seine Stimme hatte dumpf geklungen. »Du bist doch die kleine Zoe! Was zum Teufel machst du hier oben? Wir alle dachten, man hat dich eingelocht?«

Ihre Kehle war auf einmal vollkommen ausgedörrt. Wen meinte er mit »wir alle«? Da nahm er den Helm ab, und sie erinnerte sich auf einmal. Seinen Namen kannte sie nicht. Aber sie hatte Leander ein paarmal mit diesem Mann gesehen. Er war älter als sie alle. Und Leander hatte Respekt vor ihm gehabt. Wenn nicht sogar Angst.

»Nein«, sagte sie und wich zwei Schritte zurück, um seine Pranke auf ihrer Schulter abzuschütteln. »Sie verwechseln mich.« Sie nahm all ihren Mut zusammen, drehte sich wieder um und ging einfach weg, mit klopfendem Herzen und einer riesigen Angst, dass er sie zurückhalten würde. Schritt für Schritt setzte sie die Füße voreinander, ohne sich umzudrehen. Wenn du dich umdrehst, hast du schon verloren, hatte Leander immer gesagt, und als sie um eine Gruppe von Ebereschen bog und vom Parkplatz aus nicht mehr zu sehen war, versteckte sie sich rasch hinter einem großen Ginsterbusch, um herauszufinden, ob die Motorradmänner ihr folgten.

Sie stellte die Schüssel ab und wartete. Wildbienen summten wie betrunken in der gelben Blütenpracht des Ginsters und vor ihrer Nase herum. Ein riesiger Schmetterling in den Farben Rot, Weiß und Schwarz, wie sie noch nie einen gesehen hatte, flatterte träge um ihren Kopf und ließ sich schließlich auf ihrem Handrücken nieder. Seine Fühler betasteten neugierig ihre Haut.

Da. Die schwarze Gestalt war hinter den Ebereschen aufgetaucht und ging schwerfällig auf den Waldrand zu. Zoe hielt den Atem an. Wenn sie nicht atmete, würde man sie nicht finden. Jetzt blieb er stehen und sah sich suchend um. Zoe bückte sich tiefer hinter den Ginster und konzentrierte sich auf den Schmetterling, der immer noch auf ihrer Hand saß und gleichmütig die Flügel öffnete und schloss, öffnete und schloss. Eine Ewigkeit, angefüllt von Insektensummen, verging, dann wagte Zoe es, wieder vorsichtig nach dem Mann zu sehen.

Die schwarze Gestalt kam direkt auf sie zu, und Zoe brach der kalte Schweiß aus. Dann sank sein Stiefel in eine Vertiefung zwischen zwei Pfeifengrashorsten ein, beinahe wäre er gestürzt. Fluchend wandte er sich um und ging humpelnd zurück zum Parkplatz.

Es dauerte lange, doch endlich hörte Zoe das Aufheulen der Motoren, ein Dröhnen aus vielen Zylindern, ein Brausen, das sich langsam entfernte.

Ihr wurde schwarz vor Augen, so erleichtert war sie. Schweiß lief ihr in Strömen von der Stirn und zwischen den Schulterblättern den Rücken hinunter. Zoe wartete noch einen Moment, bis ihr Atem ruhiger ging. Der Schmetterling schien sie anzusehen, dann schlug er ein paarmal mit den Flügeln und löste sich von ihrer Hand, flatterte um ihren Kopf und verschwand in Richtung Wald. Zoe erhob sich, nahm die Schüssel und ging zurück zu den anderen.

Er hat mich beschützt, dachte Zoe nun und ließ sich wieder aufs Bett sinken. Der Schmetterling hat einen Zauber über mich gelegt. Und obwohl inzwischen viele

Stunden vergangen waren, fühlte sie erst jetzt die Erleichterung, den Männern entkommen zu sein.

Sie hatten ihr Angst gemacht. Und wenn sie wiederkämen? Erschrocken fuhr sie hoch.

Ihr Blick fiel in den alten Spiegel, der ihr gegenüber in einem mit Blumenranken bemalten Rahmen an der Wand hing. Sie sah furchtbar aus. Der Undercut war in den vergangenen Wochen herausgewachsen. Die lange Haarpartie trug sie seit Tagen zu einem verfilzten Zopf geflochten. Entschlossen stand sie auf und suchte nach einer Schere. In der Schublade der Kommode fand sie eine zum Fingernägelschneiden. Damit säbelte sie sich den Zopf ab und versuchte, das Haar auf die Länge der nachgewachsenen Seite zu kürzen, was ihr gründlich misslang.

Jetzt sehe ich selbst aus wie Momo, dachte sie und schnitt eine Grimasse. Hauptsache jedoch, man erkannte sie nicht wieder.

12. Kapitel

Besuch

Könnt ihr mich und Zoe heute entbehren?«
Bärbels Stimme drang putzmunter und unternehmungslustig aus dem Telefon, dabei war es erst sechs Uhr morgens.

»Klar.« Elke hatte schlecht geschlafen. Gefühlt überhaupt nicht. Und alle Knochen taten ihr weh. »Was ist mit Zoe? Ist sie krank?«

»Nein. Wir gehen heute alle beide zu Teresa, Haare schneiden. Und bei der Gelegenheit schau ich beim Anton vorbei, damit er sich meinen röhrenden Jeep ansieht. Hoffentlich kann man ihn noch reparieren.«

»Und was ist mit dem Essen?«

»Das gebe ich Udo und Walter mit«, kam die Antwort. »Heute gibt es zur Abwechslung mal belegte Brote. Also. Wir melden uns. Mach's gut.«

Bärbel hatte die Verbindung unterbrochen, ehe Elke etwas erwidern konnte. Zum Friseur wollten die beiden! Elke lachte trocken auf und fuhr sich mit den Fingern durch ihre Lockenmähne. Da war sie seit drei Jahren nicht mehr gewesen. Jule war es, die ihr ab und zu die Spitzen schnitt. Besser wäre es allerdings, sie würde sich die Haare abschneiden lassen. Eine praktische Kurzhaarfrisur, wie Teresa zu sagen pflegte. Doch sie konnte sich einfach nicht dazu durchringen. Die langen Haare waren das Letzte, das sie mit ihrer unbeschwerten Studentenzeit verband. Außerdem musste man eine Kurzhaarfrisur alle vier Wochen nachschneiden lassen, sagte sie sich. Und dazu fehlten ihr sowohl die Zeit als auch das Geld.

Punkt sieben fuhr eine ganze Fahrzeugkolonne auf die Weide. Vorneweg Udo und Walter, gefolgt von dem Traktor mit den Männern vom Fridolinshof, an den sie heute ihren größten Anhänger gekuppelt hatten, um später die Säcke mit der Wolle abzutransportieren.

Die Wolle. Elke seufzte. Auch die rentierte sich nicht mehr. Hatte ihr Erlös in früheren Zeiten einen Nebenverdienst eingebracht, so deckte er heute nicht einmal mehr die Kosten der Schur. Rund fünfzig Cent erhielt sie für das Kilo Wolle. Die Schur eines Schafs kostete zwei Euro.

Die Meinhardts trafen ebenfalls auf der Weide ein. Das Schlusslicht bildete Chris in seinem Ford, und kurz setzte Elkes Herzschlag aus, als sie ihn sah. Sie war sich fast sicher gewesen, dass er an diesem Tag nicht kommen würde, schließlich hatte sie ihn am Abend zuvor ziemlich brüsk weggeschickt. Doch jetzt tat er so, als wäre nichts gewesen, und half den Scherern beim Rüsten ihrer Anlagen. Und dann ging es wieder los.

Schaf um Schaf wurde von seinem Pelz befreit, wenn irgend möglich, legten Udo und Walter an Tempo noch zu. Auch Chris packte mit an, als hätte er nicht bereits

266

einen harten Arbeitstag hinter sich. Sack um Sack voller Wolle wanderten auf den Hänger, und als es Mittag wurde und Elke das Essen auf dem großen Tischtuch ausgebreitet hatte, drängten sich bereits über drei Viertel der Herde im Pferch der Geschorenen, und nur noch gut hundert Schafe waren übrig.

»Ich dachte, heute bekommen wir nur belegte Brote?«, lachte Udo, als er die Fülle der Speisen sah, die Bärbel ihnen eingepackt hatte. Zu zwei großen Laiben ihres Holzofenbrots gab es verschiedene hausgemachte Würste und Speck vom Meinhardtsbauern, außerdem Bärbels Ziegenkäse und frisch angerührten Kräuterquark. Dazu eingelegte Gürkchen, Tomaten und einen Berg von Radieschen noch mit dem frischen Grün daran. Bärbel musste sie am Morgen aus dem Garten geholt haben.

»Vesperplatte eben, wie das bei uns im Schwarzwald üblich ist«, sagte Josef Meinhardt zufrieden und setzte sich ins Gras. Eric brachte gekühltes Bier aus der Eisbox, die sie im Traktor verstaut hatten, und verteilte die Flaschen unter den Helfern. Wie immer lehnte Walter ab, er trank nur Wasser, und wenige wussten, weshalb. Er hatte in jungen Jahren zu sehr dem Alkohol zugesprochen, wie er Elke und Bärbel einmal freimütig gestanden hatte. Er habe gesoffen wie ein Loch, und ohne die Hilfe seines Bruders hätte es übel mit ihm geendet.

Nach dem Essen legten sich die Männer rücklings ins Gras. Von den Scherern und Josef tönte bald leises Schnarchen herüber, während Elke nach Gretel, Momo und Beppo sah, die ihr blökend entgegenliefen.

»Ihr vermisst eure Zoe, stimmt's?« Elke streichelte

die Lämmer und brachte sie zu ihrer Mutter zurück.
»Morgen ist sie sicher wieder da.«

Sie stand auf und ließ den Blick über die Herde gleiten. Annabell und ihre Freundinnen warteten noch auf
die Schur und wirkten ein wenig beleidigt, wie sie da
gemeinsam im Schatten des Waldrands lagerten und zu
ihr herübersahen. Tula, die kurz vor der Mittagspause
geschoren worden war, leckte ausgiebig ihren rechten
Hinterlauf. Elke wollte eben zu ihr gehen, um zu prüfen,
ob sie womöglich beim Scheren einen Kratzer abbe-
kommen hatte – was bei Udo und Walter äußerst selten vorkam –, als sie das Geräusch von Motoren hörte.
Zuerst dachte sie, Bärbel und Zoe seien schon früher
zurückgekehrt, doch dann erkannte sie ihren Irrtum.

Es waren Motorräder, die sich näherten. Und zwar
viele. Sofort war sie in Alarmbereitschaft. Die Straße
war zu weit entfernt, als dass das Geräusch von dort
kommen konnte. Auf die Weide führte kein offizieller
Weg, nicht einmal ein Wanderpfad.

Sie pfiff nach ihren Hunden und gab ihnen Anwei-
sung, die Herde zu schützen. Dann setzte sie ihren Hut
auf, ergriff den Schäferstab und ging dem immer lauter
werdenden Lärm entgegen. Sie musste die Herde hinter
sich wissen, falls diese Leute tatsächlich hierher unterwegs waren. Auf einmal war Chris an ihrer Seite. Er sah
besorgt aus. Und auch ziemlich zornig. Gerade steckte
er sein Handy in die Hosentasche. »Na, die können was
erleben«, knurrte er.

Als sie in Sicht kamen, hielt Elke kurz die Luft an.
Sie zählte ein Dutzend Motorradfahrer auf schweren
Maschinen, alle von Kopf bis Fuß in schwarzes Leder

gekleidet. Und wie sie so über die Grinde auf sie zurasten, dass Gras und Kräuter büschelweise von den Reifen spritzen, wirkten sie wie eine kleine Armee.

»Was wollen denn die hier?«, hörte sie Josef Meinhardt fragen. Hinter ihr hatten sich alle in einer Reihe aufgestellt, Eric, Udo und Walter. Auch die Männer vom Fridolinshof standen breitbeinig da und sahen den Eindringlingen finster entgegen.

Wenige Meter vor ihnen kamen sie zum Stehen, doch sie stellten die Maschinen nicht ab. Der Lärm der Motoren, die sie immer wieder aufheulen ließen, war unbeschreiblich.

Elke brauchte sich nicht umzuwenden, um zu wissen, dass inzwischen jedes einzelne ihrer Schafe in Panik durch den Pferch rannte. Sie konnte nur hoffen, dass Victor und die anderen Hunde selbst die Nerven behielten.

Einer in der vordersten Reihe hob jetzt die Hand, und die Motoren erstarben. Der Mann klappte sein Visier hoch. Um das Kinn hatte er ein Baumwolltuch gebunden, vor den Augen eine Sonnenbrille.

»Wo ist Zoe?«, fragte der Mann.

Elkes Herz setzte kurz aus, um dann umso heftiger weiterzuschlagen. Oh Jule, dachte sie. Ich hab dir doch gesagt, dass der Schwarzwald nicht der Yukon ist und kein sonderlich guter Ort, um jemanden zu verstecken.

»Hier gibt es keine Zoe«, sagte sie mit fester Stimme und hoffte inständig, dass die anderen sich nicht verrieten.

»Aber sie war gestern hier«, antwortete der Fremde. »Sie treibt sich hier irgendwo herum.«

»Um diese Jahreszeit sind viele Touristen auf der

Schwarzwaldhochstraße«, sagte Elke so gelassen, wie sie nur konnte. »Tagesausflügler. So wie Sie. Aber Sie sollten auf den Straßen bleiben.«

Wie aufs Stichwort trat Chris ein paar Schritte vor.

»Sie befinden sich hier nämlich in einem Naturschutzgebiet«, sagte er. »Fahrzeuge dürfen die ausgewiesenen Straßen nicht verlassen. Was Sie hier tun, ist eine schwere Ordnungswidrigkeit. Es kann Sie alle die Führerscheine kosten.«

Der Fremde schien amüsiert.

»Wer sagt das? Ein Schäfer?«

»Der Leiter der Naturschutzbehörde«, antwortete Chris. »Ich habe übrigens eben mit den Kollegen von der Verkehrspolizei telefoniert. Die werden Sie drüben auf der Nationalstraße in Empfang nehmen.«

Der Mann zeigte mit keiner Regung, ob er Chris überhaupt gehört hatte. Stumm schien er die Weide abzusuchen. Schließlich gab er ein Zeichen, und die Maschinen heulten erneut so laut auf, dass Elke sich zusammenreißen musste, um sich nicht die Ohren zuzuhalten. Ein Motorrad nach dem anderen vollzog ein Wendemanöver, dann röhrten die Maschinen zu Elkes grenzenloser Erleichterung davon.

Ihre erste Sorge galt den Schafen. Zum Glück war keines ausgebrochen. Sie lobte jeden einzelnen ihrer Hunde, die so gute Nerven bewahrt hatten, und beruhigte die Leitschafe. Dann erst bemerkte sie, dass die Männer immer noch beieinanderstanden und sie fragend musterten.

»Was hat das zu bedeuten?«, brach Chris als Erster das Schweigen. »Was wollen diese Kerle von Zoe?«

Elke sog scharf die Luft ein und stieß sie wieder aus. Sie sah zu den anderen. Wie sehr wünschte sie, ihre Schwester wäre hier. Aber Julia war in Freiburg, und Elke wusste, dass sie diesen Menschen, die ihr stets so großzügig halfen, eine Erklärung schuldete.

»Kommt«, sagte sie. »Ich erzähl es euch beim Kaffee. Den brauch ich jetzt dringend.«

In Wirklichkeit war sie froh, ein paar Minuten Zeit zu haben, um zu überlegen, was sie am besten preisgeben sollte. Die Wahrheit, entschied sie. Alles andere war einfach nicht ihre Art.

»Was ich euch jetzt sage, muss unter uns bleiben«, begann sie und sah von einem zum anderen. »Kann ich mich darauf verlassen?«

Überrascht sahen die Männer sie an.

»Wir haben schon immer zusammengehalten«, erklärte der Fridolinsbauer. »Und das werden wir auch weiterhin tun, nicht wahr?«

»Natürlich«, stimmte Josef Meinhardt ihm zu, und auch die Übrigen nickten.

Elke holte tief Luft.

»Es war Julia, die Zoe hier bei mir untergebracht hat«, erzählte sie und vermied es dabei, Chris in die Augen zu sehen. Immerhin hatte sie Karl damals angelogen, als er sich nach dem Mädchen erkundigt hatte. »Jeder von euch kennt ja meine Schwester, und ihr wisst, wie sehr sie sich für Jugendliche einsetzt, die mit dem Gesetz in Konflikt geraten sind. Zoe ist eine davon. Statt in den Jugendstrafvollzug zu gehen, soll sie sich hier bewähren.«

»Du meinst, sie sollte eigentlich in den Knast?« Josef

Meinhardt wirkte ziemlich fassungslos, während Udo und sein Bruder die Neuigkeit gelassen aufzunehmen schienen. Chris' Miene war undurchdringlich.

»Nun ja, sie ist erst fünfzehn«, sagte Elke. »Also ist sie noch nicht voll straffähig, jedenfalls würde Jule das so ausdrücken, ich habe keine Ahnung von diesen Dingen. Sie hat mich auch nicht um meine Meinung gefragt, sondern kreuzte eines Tages mit Zoe hier auf und … nun ja, seither ist sie bei uns.« Sie schluckte. Hatte Zoe wirklich mit diesen bedrohlich wirkenden Männern zu tun gehabt? Worauf hatte sie sich da nur eingelassen?

»Zoe ist ein gutes Mädchen«, sagte Udo mit Nachdruck, und Walter nickte. »Ich hab gesehen, wie sie sich um die Lämmer kümmert und um die Hunde. Jeder macht mal Dummheiten, besonders in dem Alter. Gut, dass sie hier sein kann, Elke. Du und Jule, ihr macht das richtig.«

»Wenn ihr wüsstet, was ich alles angestellt hab, als ich jung war, vielleicht würdet ihr überhaupt nicht mehr mit mir reden«, fügte Walter hinzu.

»Aber warum habt ihr das geheim gehalten?«, fragte Chris, und Elke hatte das Gefühl, dass er es ihr übel nahm, ihn nicht eingeweiht zu haben.

»Jule wollte es so«, sagte sie. »Mir war das auch nicht recht. Keiner von ihrer alten Clique sollte wissen, wo sie ist. Aber offenbar haben sie es doch herausgefunden.« Sie stöhnte auf. Trotz aller Vorsicht musste Zoe gestern jemandem begegnet sein. Aber wo?

Beim Waldparkplatz, schoss es ihr durch den Kopf. Als sie den Nachtisch geholt hatte. Hinterher war sie

272

nicht mehr dieselbe gewesen und hatte den ganzen Tag kaum etwas gesagt.

»Dann ist sie hier wohl nicht mehr sicher, oder?« Der Fridolinsbauer wirkte besorgt.

»Doch. Gerade hier ist sie jetzt am sichersten«, meinte Josef Meinhardt. »Schließlich haben sie das Mädchen hier nicht gefunden. Der Schwarzwald ist groß. Den können sie nicht kreuz und quer durchkämmen.«

»Wir müssen ohnehin bald die Weide wechseln«, überlegte Elke. Am liebsten wäre sie sofort aufgebrochen, doch das ging ja schlecht, sie waren mitten in der Schur.

»Wie dem auch sei«, meinte Udo, trank seinen Kaffee aus und erhob sich. »Die Schafe werfen ihre Wolle nicht von allein ab. Los, lasst uns weitermachen. Heute Nacht möchte ich in meinem eigenen Bett schlafen. Und je eher Elke hier wegkommt, desto besser.«

Alle legten sich nochmals kräftig ins Zeug, und bereits um vier war auch das letzte Schaf geschoren, eine Stunde später die Wolle verpackt und auf den Hänger verladen. Elke meinte, jeden ihrer Knochen einzeln zu spüren, als sie sich von Udo und Walter verabschiedete und allen anderen von Herzen für die Unterstützung dankte. Nach anfänglichem Zögern ließ sie sich von Chris überreden, der ihr anbot, sie zum Lämmerhof zu bringen.

»Hast du tatsächlich die Polizei verständigt?«, fragte sie, als sie den Waldparkplatz erreichten, wo sie sich besorgt umsah. Natürlich war von der Motorradbande nichts mehr zu sehen.

»Klar«, sagte Chris. »Aber ich nehme nicht an, dass sie die Kerle erwischt haben. Eric hat mir übrigens erzählt, dass er mit seinem Handy alles gefilmt hat. Ob uns das allerdings weiterhilft … Keine Ahnung. So vermummt, wie die waren.«

Eine Weile schwiegen sie, und Elke dachte bedrückt an den vergangenen Abend zurück. Offenbar nahm Chris ihr die Abfuhr nicht übel. Oder doch?

»Was hat das Mädchen denn angestellt?«, fragte er plötzlich.

»Irgendwas mit Drogen«, antwortete Elke. »Jule hat was von bunten Pillen im Handtäschchen erzählt. Schlimmer ist aber, dass sie bei der Festnahme einem Beamten mit Pfefferspray ins Gesicht gesprüht hat. Offenbar sind seine Augen … verletzt.« Dass der Mann vermutlich blind bleiben würde, wollte sie lieber nicht erzählen. Schließlich wusste auch Zoe davon noch nichts.

»Sollte deine Schwester nicht wissen, dass sie entdeckt wurde?«

»Stimmt«, sagte sie und zog ihr Handy aus der Tasche.

Noch zwei weit geschwungene Kurven, dann fuhren sie aus dem Wald heraus, und der Lämmerhof kam in Sicht. Unerschütterlich thronte er auf der Wiesenhöhe, vom goldenen Licht der sich dem Horizont nähernden Sonne beschienen. Bärbels Ziegen weideten am Hang direkt unterhalb der Ställe, und Elke erkannte Zita, die inmitten der kleineren Tiere auf einem bequemen Absatz im Hang lagerte. Offenbar hatte sie sich gut in die neue Gesellschaft eingefügt.

Chris lenkte den Ford die Auffahrt hinauf und in den Hof, wo er anhielt. Er stellte jedoch den Motor nicht ab und schien ganz vertieft in den Anblick seiner Hände, die auf dem Lenkrad ruhten. Er machte keine Anstalten auszusteigen. Kurz focht Elke einen Kampf mit sich aus.

»Möchtest du mit reinkommen und mit uns zu Abend essen?«

Ihre Stimme klang klein und irgendwie atemlos. Chris sah ihr in die Augen.

»Nur, wenn du es wirklich möchtest«, sagte er ernst. Elke zog es das Herz zusammen, als sie die Traurigkeit in seinen Augen erkannte. Noch einmal rang sie mit sich. Was wollte sie wirklich? Sie hatte keine Ahnung. Jedenfalls nicht, dass er jetzt einfach so davonfuhr.

»Ja«, sagte sie. »Komm doch bitte mit rein.«

Dann öffnete sie rasch die Tür und stieg aus. Verdammt. Wieso brachte dieser Mann sie nur immer wieder so durcheinander?

Als sie in die Küche kamen, holte Bärbel gerade einen duftenden Zwetschgenkuchen mit Streuseln aus dem Ofen. An der Spüle stand ein fremdes Mädchen mit blondem Bubikopf.

»Alles gut gegangen?«

Bärbel strahlte, als sie Elke in Begleitung von Chris sah.

»Ja, alles bestens. Wo ist Zoe?«

»Ich bin hier«, sagte das blonde Mädchen und drehte sich grinsend zu ihnen um. Erst auf den zweiten Blick erkannte Elke sie, so verändert wirkte Zoe.

»Was … was hast du mit deinen Haaren gemacht?«

»Sieht sie nicht hübsch aus?« Bärbel wirkte so stolz, als hätte sie ihr höchstpersönlich die Haare gemacht.

»Ja, und vollkommen anders.«

»Du hättest mich fast nicht erkannt?«, fragte Zoe hoffnungsvoll.

Auf einmal fiel es Elke wie Schuppen von den Augen. Der überraschende Friseurtermin. Diese perfekte Verwandlung.

»Nein«, sagte Elke. »Wollen wir hoffen, dass auch deine alten Freunde dich nicht mehr erkennen werden.«

Zoe wurde blass. Angst glomm in ihren dunklen Augen auf.

»Welche alten Freunde denn?«

Bärbel blickte von ihr zu Zoe, dann hilfesuchend zu Chris.

»Wir hatten leider unangenehmen Besuch auf der Weide«, sagte Elke. »Julia kommt nachher auch. Dann erzählst du uns, was gestern auf dem Waldparkplatz passiert ist, ja?«

»Und du weißt nicht, wie der Mann heißt? Oder einer der anderen?«

»Nein.«

Mit ihrer neuen Frisur sah man erst, wie hübsch Zoe eigentlich war. Der Kurzhaarschnitt und der goldene Farbton betonten ihr herzförmiges Gesicht mit dem Grübchen im Kinn. Jetzt war es jedoch bleich, und unter ihren Augen lagen dunkle Schatten.

»Aber du hast ihn schon einmal gesehen.«

Zoe antwortete nicht, stattdessen presste sie die Lippen aufeinander und erinnerte Elke wieder an das verstörte Mädchen in den ersten Tagen auf der Weide.

»Jedenfalls kannte er dich«, fuhr Julia fort. »Und er sucht nach dir.«

Aber sie will nicht gefunden werden, dachte Elke. Und sie möchte bleiben. Sonst hätte sie am Tag zuvor die Gelegenheit genutzt und wäre mit den Männern abgehauen.

»Möchtest du vielleicht jetzt erzählen, wer dich damals in die Schweiz geschickt hat?« Julia sprach sanft mit ihr, doch sofort war Zoe voller Abwehr. Sie starrte auf die Tischplatte. Dann schüttelte sie den Kopf.

»Warum nicht?«, hakte Julia nach.

»Weil ich keine Verräterin bin«, sagte Zoe leise.

»Aber glaubst du denn nicht auch, dass er etwas mit diesen Motorradfahrern zu tun hat? Wie sollten die sonst deinen Namen kennen?«

Doch Zoe verschränkte nur die Arme vor der Brust und schwieg.

»Vielleicht kennen die Zoe ja von woanders?« Bärbel konnte es offenbar nicht mit ansehen, dass sich keiner am Tisch mehr für ihren herrlich duftenden Zwetschgenkuchen interessierte. Und auch auf ihren Einwurf schien niemand zu hören.

Julia wirkte nachdenklich, dann zog sie die Aktentasche auf ihren Schoß, die sie mitgebracht hatte. Sie entnahm ihr ein Foto und legte es vor Zoe auf den Tisch.

»Du kennst dieses Mädchen, oder?« Zoe starrte auf das Foto, und ihre Augen weiteten sich. Es war offensichtlich, dass die Abgebildete keine Unbekannte für sie war. Doch wieder presste sie die Lippen aufeinander und drehte den Kopf zur Seite, so als gäbe es nichts Interessanteres als Bärbels Küchenbüfett. »Sie heißt Chantal.« Julia ließ Zoe nicht aus den Augen. »Sie liegt im Krankenhaus, weil sie eine Überdosis von solchen Pillen genommen hat, wie man sie bei dir gefunden hat. Es geht ihr gar nicht gut.«

Zoe starrte Julia erschrocken an. Dann schüttelte sie ratlos den Kopf.

»Das stimmt nicht«, flüsterte sie rau. »Das sagst du nur, um mich weichzuklopfen. Du willst mir Angst einjagen, aber das gelingt dir nicht.«

»Leider ist es wahr«, sagte Julia niedergeschlagen. »Wenn du willst, besuchen wir Chantal, dann kannst du dich selbst davon überzeugen.« Sie verstaute das Foto wieder in der Tasche. »Es ist so, Zoe«, fuhr sie fort. »Die Zusammensetzung dieser Pillen ist eine sehr spezielle. Deshalb nimmt die Polizei an, dass Chantal mit demselben Mann zu tun hatte wie du. Das klingt logisch, oder?« Julia sah Zoe eindringlich an, doch das Mädchen starrte wieder auf den Tisch und reagierte nicht. »Es ehrt dich, dass du keine Verräterin sein willst. Aber bitte überlege dir einfach in aller Ruhe, ob es unter diesen Umständen wirklich das Richtige ist, diese Leute zu schützen, die andere in Gefahr bringen. Ich weiß nicht, wie gut du mit Chantal befreundet warst. Immerhin war sie mit dir in einer Klasse, nicht? Aber sie könnte heute noch putzmunter sein, wenn du …«

»Das reicht jetzt«, unterbrach Bärbel ihre Tochter energisch. »Das Maidle hat genug mitgemacht die letzten Tage.«

Julia warf ihrer Mutter einen ärgerlichen Blick zu. Doch dann nickte sie.

»Du hast recht«, sagte sie. »Wir wollen es heute dabei belassen. Aber wir müssen noch über etwas anderes sprechen. Denn Zoe kann nicht hierbleiben.«

Zoe riss erschrocken die Augen auf. »Warum denn nicht?«

»Weil du hier nicht mehr sicher bist«, antwortete Julia sorgenvoll.

»Aber ... ich will nicht weg!«, rief Zoe verzweifelt aus. Hilfesuchend sah sie von Bärbel zu Elke. Wieder schimmerten Tränen in ihren Augen.

»Ich finde, dass sie bleiben kann«, hörte Elke sich sagen. »Schließlich haben sie Zoe bei mir nicht gefunden. Und morgen wechseln wir zum Auerkopf. Denkst du wirklich, die kommen dort hoch?«

Julia schwieg. Nachdenklich sah sie von Zoe zu Elke und wieder zurück.

»Das halte ich für unwahrscheinlich«, sagte Chris. »Da findet keiner hoch, nicht einmal die versiertesten Wanderer.«

»Dann ist es entschieden«, sagte Bärbel nachdrücklich. Offenbar war sie entschlossen, das ihr anvertraute Küken nicht mehr aus ihrer Obhut zu entlassen. »Zoe, du kannst jederzeit hier auf dem Hof bleiben, wenn du willst.«

»Nein, das sollte sie nicht«, widersprach Julia ihrer Mutter. »Jedenfalls nicht in nächster Zeit. Wenn sie Zoe wirklich weiterhin suchen, dann werden sie jeden Hof in der Gegend abklappern. Wenn sie überhaupt hierbleiben kann, dann draußen bei Elke, und zwar so weit wie möglich von allem entfernt. Ist es das, was du willst, Zoe?«

Jetzt nickte das Mädchen heftig, und helle Tränen rannen ihm über die Wangen.

»Gut«, sagte Elke und stand auf. »Dann gehen wir jetzt besser alle schlafen. Ich bin todmüde. Zum Auerkopf ist es keine einfache Passage.«

»Moment mal«, hielt Bärbel sie zurück. »Das ist leicht untertrieben. Diese Passage ist die schwierigste überhaupt. Ich kann dir leider nicht mehr helfen, mein Maidle. Aber allein mit Zoe schaffst du das nicht.«

»Ich könnte helfen«, schlug Chris vor. »Wenn Elke einverstanden ist.« Fragend sah er sie an.

»Natürlich ist sie das«, erklärte Bärbel erleichtert. »Nicht wahr, Elke?«

Auf einmal geht gar nichts mehr ohne ihn, schoss es Elke durch den Kopf. Dabei bin ich zehn Jahre lang sehr gut allein zurechtgekommen. Und doch, sein Angebot entzündete ein kleines Freudenfeuerwerk in ihrem Herzen.

»Das wäre sehr nett«, antwortete sie. Und eigentlich hatte sie auch gar keine andere Wahl.

13. Kapitel

Die Karwand

Mitten in der Nacht, so kam es Elke vor, klingelte der Wecker. Sie hatten beschlossen, so früh wie möglich mit der Wanderung zu beginnen, und dafür gab es zwei Gründe: Zum einen wollten sie vor der Mittagshitze auf dem Auerkopf sein, was bedeutete, dass sie erst zu einem der Karseen absteigen und dann wieder mehrere Hundert Höhenmeter gewinnen mussten. Der zweite Grund war, sie wollten weg sein, falls sich Zoes »Freunde« erneut einfinden würden.

Chris war Bärbels Einladung gefolgt und hatte auf dem Lämmerhof übernachtet. Es hatte wenig Sinn, die ganze gewundene Strecke bis zum Naturschutzzentrum zurückzulegen, wo er vorübergehend das Gästezimmer bewohnte, um am frühen Morgen wieder herzukommen und Elke und Zoe abzuholen. Elke war zu müde gewesen, um sich darüber Gedanken zu machen, wann sie zum letzten Mal unter einem Dach geschlafen hatten.

Was brachte das ständige Grübeln und Nachrechnen?

Nichts. Sie hatten jetzt andere Sorgen. Der morgige Tag würde anstrengend werden.

Es war noch dunkel, als sie in Chris' Ford aufbrachen. Zoe wirkte ernst und in sich gekehrt; nicht einmal Bärbel, die aufgestanden war, um ihnen Pfannkuchen zu backen, hatte ihr ein Lächeln entlocken können. Jetzt saß sie stumm neben Julia auf dem Rücksitz des Wagens. Und sie war nicht die Einzige, die schweigsam war.

Zu Elkes Erleichterung fanden sie auf der Weide alles in bester Ordnung vor. Es gab keinerlei Anzeichen, dass jemand dort gewesen war, und Victor und seine Kollegen hatten offenbar eine geruhsame Nacht verbracht. Die meisten Schafe wachten gerade erst auf und begannen zu grasen, als Elke und Chris sich daranmachten, den Weidezaun abzubauen und in den Ford zu laden. Julia würde ihn zum Lämmerhof zurückbringen, denn Elke brauchte ihn auf dem Auerkopf nicht. Wie schnell die Arbeit doch von der Hand ging, wenn man nicht alles allein machen musste! Als die Morgendämmerung hereinbrach, konnten sie Julia bereits verabschieden.

»Du kennst die Strecke noch?«, fragte Elke Chris sicherheitshalber. Er nickte. Trotzdem sprachen sie kurz die einzelnen Passagen und Abzweigungen durch, damit es unterwegs keine Missverständnisse gab. »Die schwierigste Stelle ist an der Karwand«, sagte Elke. »Es sind zwar nur rund fünfhundert Meter, aber die haben es in sich. Der Weg ist schmal und fällt zum See fast senkrecht ab.« Chris nickte erneut.

»Hast du mal überlegt, alternativ den Weg um den Hexenstein zu nehmen?«, fragte er. »Der ist zwar ein paar Kilometer weiter, aber nicht so gefährlich.«

Elke rieb sich den Nacken und dachte kurz nach.

»Wir haben den einmal genommen«, sagte sie. »Doch da gibt es um diese Jahreszeit eine Menge Wanderer. Das Gasthaus Elberstein liegt ganz in der Nähe.« Sie warf einen bedeutungsvollen Blick in Richtung Zoe, die mit den Zwillingslämmern beschäftigt war und endlich wieder ein wenig froher wirkte. »Dort möchte ich heute ungern vorbei.«

»Alles klar«, sagte Chris und rückte seinen Rangerhut zurecht. »Wollen wir dann los? Ich bilde das Schlusslicht, nehme ich an.«

Elke nickte.

»Und Zoe können wir heute als Springerin einsetzen.«

Sie rief nach dem Mädchen. Zoe hatte Momo bereits im Tragegurt verstaut, und Beppo folgte ihr protestierend, als sie zu ihnen kam. Elke hob den kleinen Bock hoch, um ihn ebenfalls zu tragen.

»Die werden auch von Tag zu Tag schwerer«, meinte Zoe mit einem Lachen.

»Ich kann das Böckchen nehmen«, schlug Chris vor. »Dann bist du flexibler, Elke. Und wenn du müde wirst«, sagte er zu Zoe, »nehme ich alle beide.«

»Du gehst anfangs mit Chris ganz hinten«, erklärte Elke dem Mädchen. »Bald werden wir aber beide die Herde nicht mehr ganz überblicken können. Dann wäre es toll, wenn du zwischen uns hin- und herwechseln würdest, falls notwendig. Die Hunde werden ohnehin den Zug dauernd umkreisen.«

Zoe nickte ernst. Als ob sie über Nacht ein Stück erwachsener geworden wäre, fuhr es Elke durch den Kopf.

Dann pfiff sie die Hunde zu sich und erteilte ihnen Instruktionen. Sie rief Moira und Fabiola, und unter ihren präzisen Rufen und dem Gebell der Hunde setzte sich die Herde langsam in Bewegung.

Die ersten Kilometer waren noch relativ einfach. Doch als die Herde sich auf einem schmalen Holzabfuhrweg verjüngen musste, wurde es kompliziert. Besonders Annabell machte immer wieder Kapriolen, bis Elke eingriff und sie ganz ans Ende der Herde platzierte.

»An die Spitze kann ich sie nicht nehmen«, erklärte sie Chris außer Atem. »Das würden meine Leitschafe nicht akzeptieren. Sieh zu, dass sie bei dir bleibt.« Und dann beeilte sie sich, wieder zu Victor zu gelangen, der vorn die Stellung gehalten hatte. Dankbarkeit erfüllte Elke von den Haarspitzen bis in die Fußsohlen. Was täte sie nur ohne ihre wundervollen Hunde.

Es war eine nervenaufreibende Passage, vor der sie jedes Jahr aufs Neue großen Respekt hatte. Besonders zwei sogenannte Wegspinnen, bei denen fünf Wege sternförmig in alle Himmelsrichtungen abzweigten, gestalteten sich jedes Mal als besonders tückisch, und die Hunde waren vollauf damit beschäftigt, dafür zu sorgen, dass alle Schafe auf der richtigen Route blieben. »Du musst frohgemut vorausgehen«, hatte ihre Mutter ihr immer gesagt. »Und so tun, als ob es ein Spaziergang wäre. Dann folgen dir die Schafe voller Vertrauen, und alles geht gut.« Das war Elkes Mantra, auch als sie schließlich gegen acht den schmalen Steig erreichten, der an der Karwand entlangführte.

»Was ist eine Karwand?«, hatte Zoe sie einmal gefragt,

und Elke hatte von den riesigen Gletschern erzählt, die einst über dem Gebirge gelegen hatten. Damals, vor Jahrmillionen, war der Schwarzwald dreimal so hoch gewesen wie heute, bis er in unvorstellbar langen Zeiträumen von Wind und Wetter abgetragen worden war. Als die Gletscher schmolzen, rutschten sie nach und nach talabwärts und rissen alles mit sich, Bäume und Geröll, fraßen sich ins Gestein und bildeten dort, wo sie zum Stillstand kamen, tiefe kreisrunde Löcher, die ihr Schmelzwasser füllte. Übrig blieben verwunschene Seen am Fuße hoher, vom Gletscher geschaffener Abhänge, die mit der Zeit trotz ihrer Steilheit von Fichten und Tannen besiedelt worden waren. Und da ihr Wasser dunkel war und von oben gesehen schwarz wirkte, nannte man sie auch die »Augen des Schwarzwalds«.

»Viele Sagen ranken sich um diese Seen«, hatte sie Zoe erzählt. »Die bekannteste ist die vom Geist im Mummelsee.«

Doch es gab noch elf weitere, zum Glück vom Tourismus weitgehend unberührte Karseen, und an einem ging ihr Weg an diesem Tag vorbei.

Moira führte die Herde an, als Elke die Tiere auf den schmalen Steig führte, und zügig folgten ihre treuen Anhängerinnen. Während Elke kurz den fantastischen Blick hinunter auf den dunklen See genoss, erinnerte sie sich daran, dass die Urschafe, von denen alle heutigen Züchtungen abstammten, in den Bergen gelebt hatten und ausgezeichnete Kletterer gewesen waren. Befreit von ihrer dichten Wolle, schienen sich auch ihre Tiere leichtzutun. Immerhin war der Weg wenigstens so breit, dass zur Not auch zwei Tiere nebeneinandergehen konnten. Das war vor allem für die Mutterschafe und ihre Lämmer wichtig, die so nah wie möglich beisammenblieben. Elke hoffte, dass alle die Nerven bewahrten und keines der jüngeren Tiere auf die Idee kam, ein anderes anzurempeln, denn die Gefahr abzustürzen war groß. Und doch wusste Elke, dass fast alles von ihr selbst abhing und von der Ruhe, die sie ausstrahlte.

Die ersten Hundert Schafe überwanden die ausgesetzte Passage ohne Probleme, und Elke sammelte sie auf einer kleinen Waldlichtung, wo sie Achill anwies, die Tiere zusammenzuhalten. Dann eilte sie zurück und bezog auf einem exponierten Felsen Posten, um die Ankunft der restlichen Tiere zu überwachen. Von hier aus wirkten die Schafe wie ein Perlenband, das an dem Abhang entlangglitt, hell schimmerten die frisch geschorenen Leiber, unterbrochen von einigen dunklen. Automatisch hatte Elke von Anfang an mitgezählt, mehr als die Hälfte der Herde war bald in Sicherheit. Victor und Strega liefen emsig an der Kante auf und ab, ihrer Verantwortung sichtlich bewusst. Dann erkannte sie ganz oben Fabiola, die nun gemeinsam mit Miri ihre Schar anführte. Alles schien reibungslos zu verlaufen, Schaf um Schaf gelangte auf die Lichtung zu den anderen. Schon konnte Elke Zoe und ganz oben Chris erkennen, die letzte Hundertschaft machte sich zum Abstieg bereit. Schließlich war die Reihe an Annabell mit ihrem Gefolge, und soweit Elke das von unten erkennen konnte, reihte auch sie sich wie die anderen zügig ein. Ein Jahr zuvor hatte sie diese Passage als

Lamm mitgemacht, und Elke hoffte, dass sich das kluge Tier erinnerte und nicht auf die Idee kam, ausgerechnet jetzt eine seiner berühmten Kapriolen zu machen.

Annabell hatte die Hälfte des Wegs passiert, da blieb sie plötzlich stehen. Das Tier hinter ihr kam ebenfalls abrupt zum Stillstand, doch in der Folge stießen mehrere Schafe gegeneinander und begannen, unmutig zu blöken. Eine Handvoll Steinbrocken löste sich von der Wegkante und rieselte den Abhang hinunter.

»Stopp da oben«, rief Elke, so laut sie konnte, den Hang hinauf in der Hoffnung, dass Chris oder Zoe sie hören konnte. »Victor, hab acht!« Der Hütehund reagierte sofort und raste halsbrecherisch an der steilen Kante entlang zu Annabell, die sich noch immer nicht rührte.

Was hat sie nur?, fragte Elke sich alarmiert und versuchte nun selbst, an den ihr entgegenkommenden Schafen vorbei zu Annabell zu gelangen. Victor hatte immerhin erreicht, dass die Tiere hinter ihr alle stehen blieben, wobei sie unruhig die Köpfe hin- und herwarfen. Als Elke endlich zu Annabell stieß, sah sie, was das Schaf irritierte: Vor ihm auf dem Weg saß eine Kreuzotter und reckte den Kopf drohend in seine Richtung. Elke reagierte blitzschnell, hob den Schäferstab, erwischte die Natter mit dem Haken an seiner Spitze und schleuderte sie im hohen Bogen in die angrenzende Vegetation. Dort sah sie nur noch ein kurzes Aufblitzen des schön gezeichneten Reptilienleibs, dann hatte sich die Schlange in Sicherheit gebracht.

»Alles guuuut, Annabell«, beruhigte Elke das Schaf, das sie mit weit aufgerissenen Augen ansah, und tät-

287

schelte ihm den Kopf. »Das hast du gut gemacht. Jetzt ist sie weg, die Natter. Komm, wir gehen zu den anderen.« Und tatsächlich hörte Annabell auf sie, die anderen folgten, und zu Elkes Erleichterung setzte sich ohne weitere Zwischenfälle auch der Rest der Herde wieder in Bewegung. Das Schlusslicht bildete Gretel, gefolgt von Zoe und Chris.

Auf der Waldwiese machten sie kurz Rast, ließen die Tiere ein wenig von dem saftigen Gras fressen, aßen selbst von den belegten Broten, die Bärbel ihnen mitgegeben hatte, dann brachen sie wieder auf. Denn jetzt kam der anstrengendste Teil der Passage, der Aufstieg von dreihundert auf etwas über tausend Höhenmeter.

Auch Elke, die eine ausgezeichnete Kondition hatte, strengte dieser Tag an. Immer wieder überließ sie Victor die Spitze der Herde und ließ sich nach hinten fallen, um nach Zoe zu sehen. Längst hatte Chris ihr Momo abgenommen, sie hatte schon genug damit zu tun, sich selbst und ihren Rucksack den Berg hinaufzuschleppen. Doch Zoe biss die Zähne zusammen, stemmte sich mit vor Anstrengung hochrotem Kopf mithilfe des Schäferstabs, den Bärbel ihr gegeben hatte, über die steilsten Stellen Schritt für Schritt nach oben und beklagte sich kein einziges Mal. Und wie geplant erreichten sie um die Mittagszeit endlich ihr Ziel.

Unvermittelt öffnete sich der Wald, und eine riesige blühende Wiese lag vor ihnen. Zoe stolperte ein paar Schritte in dieses Paradies hinein und ließ sich mit einem Laut der Erleichterung ins Gras fallen, wo sie die Arme ausbreitete. Im Nu hatte die Herde die schattigste Stelle gefunden und begann zu fressen.

288

Momo und Beppo, endlich befreit, tollten über das appetitliche Grün und zu ihrer Mutter, um ausgiebig zu trinken.

»Ist das herrlich hier«, sagte Chris, nahm den Hut ab und wischte sich Stirn und Nacken mit einem seiner weißen Taschentücher. Er betrachtete die fantastische Aussicht über die südlichen Ausläufer des Schwarzwalds und trank einen kräftigen Zug aus seiner Wasserflasche. »Ich war schon viel zu lange nicht mehr hier.«

Elke ließ den Blick über die Herde gleiten. Alle waren wohlauf, und das nach einer solchen Passage. Als sie im März hier gewesen war, um die Wetterkiste beim Unterstand mit haltbarem Proviant zu füllen, hatte noch Schnee gelegen. Sie sah hinüber zu Zoe, die sich wieder aufgesetzt hatte und ihre Wanderschuhe auszog.

»Alles in Ordnung bei dir?«, rief Elke zu ihr hinüber.

»Haben wir Pflaster dabei?« Zoe hatte auch ihre Socken abgestreift und inspizierte ihre Fersen.

Elke griff in eine der vielen Taschen ihrer Schäferjacke und brachte ein Schächtelchen zum Vorschein.

»Blasen?«, fragte sie und ging zu dem Mädchen. Tatsächlich. An jedem Fuß prangte eine riesige Wasserblase. »Die müssen wir aufstechen«, erklärte Elke. »Dann spürst du sie in zwei Tagen schon nicht mehr. Willst du es selbst machen?«

Zoe rang mit sich, dann schüttelte sie den Kopf. Elke grinste und setzte sich zu ihr ins Gras.

»Hast du etwa auch eine Nadel mit?«

»Natürlich. Echte Nomaden haben alles bei sich, was sie brauchen.« Elke kramte in einer anderen Jackentasche und zog ein kleines Etui mit Nadeln, verschiedenen Garnrollen, Ersatzknöpfen und sogar einer kleinen Schere hervor. Routiniert wählte sie eine besonders dicke spitze Nadel, und ehe Zoe protestieren konnte, hatte sie die Blasen auch schon aufgestochen.

»Hey«, maulte Zoe. »Muss man die Nadel nicht erst desinfizieren?«

»Papperlapapp«, antwortete Elke und grinste. »Früher haben wir sie kurz mit Spucke gereinigt, aber das wollte ich dir nicht zumuten.«

Zoe verzog angeekelt das Gesicht.

»Was meinst du, wie viele Blasen ich in meinem Leben schon hatte«, versuchte Elke, sie zu beruhigen, während sie ihre Sachen wieder zusammenpackte. »Jetzt drück das Wasser raus und kleb ein Pflaster drauf. Du wirst sehen, dann tut es überhaupt nicht mehr weh.«

»Elke ist den Umgang mit Schafen gewohnt«, meinte Chris mit einem breiten Grinsen. »Da darf man nicht zimperlich sein.«

Elke lachte und hieb spielerisch mit ihrem Schäferhut nach ihm.

»Was ist, habt ihr Hunger?«

»Riesigen!«

»Und wie!«

Zoe und Chris hatten gleichzeitig gesprochen und mussten nun ebenfalls lachen.

»Dann wollen wir mal sehen, was Bärbel uns heute eingepackt hat.«

Im Schatten einer einzeln stehenden uralten Steineiche packte Elke ihren Rucksack aus. Neben belegten Broten mit Wurst und Schinken für Chris und mit Gemüseaufstrichen für Elke und Zoe fanden sie zu ihrer

Freude auch den Rest, der vom Zwetschgenkuchen übrig geblieben war.

»Wie willst du hier eine ganze Woche überstehen?«, erkundigte sich Chris besorgt, als sie satt und faul im Gras lagen. »Und was macht ihr, wenn es regnet?«

»Da drüben ist die Schutzhütte«, antwortete Elke und wies zum Waldrand, wo sich hinter Büschen wohlverborgen eine kleine Holzkonstruktion befand. Und fügte in Gedanken hinzu: Erinnerst du dich nicht mehr? Auf jedem ihrer Weideplätze gab es einen Unterschlupf, denn im Schwarzwald konnte das Wetter auch im Sommer rasch wechseln.

»Stimmt«, sagte Chris nachdenklich. »Und Vorräte sind in der Kiste, nicht wahr?«

Elke nickte.

»Wir sind ziemlich genügsam, was, Zoe?« Von der anderen Seite des mächtigen Stamms kamen zustimmende Laute.

»Hauptsache, es gibt genug Schokolade.«

Chris schwieg eine Weile.

»Hast du schon mal an einen Esel gedacht?«

Elke öffnete amüsiert die Augen.

»Du denkst jetzt nicht an jemand Speziellen?«

Chris grinste.

»Na ja, du hast recht«, erwiderte er gutmütig. »Es gibt nicht nur Esel mit vier Hufen …«

»… und zwei langen Ohren.« Elke stimmte in sein Lachen mit ein.

»Nein, ich meinte einen Lastenesel«, fuhr Chris fort. »Oder am besten gleich zwei. Die könnten den Weidezaun und eure Ausrüstung tragen. Ihr schleppt doch

291

viel zu schwer an den Rucksäcken mit allem, was ihr zum Kampieren braucht.«

Elke nickte nachdenklich.

»Ja«, sagte sie. »Das wäre eine feine Sache.« Sie ließ sich zurück ins Gras sinken. Auch sie hatte darüber schon nachgedacht. Aber woher sollte sie die Esel nehmen? Keiner im Schwarzwald, den sie kannte, hatte welche. Mal davon abgesehen, dass sie sich die Anschaffung nicht leisten konnte.

»Ich kenne jemanden in Bayern, der einen Eselhof betreibt. Vielleicht gibt er welche ab. Wenn du willst, frag ich ihn …«

»Lass gut sein, Chris«, bat Elke ihn leise. Das ging ihr alles viel zu schnell. Es reichte, dass er ihr inzwischen schon drei Arbeitstage geopfert hatte. Ihr war klar, dass er keine Bezahlung annehmen würde. Sie stand jetzt bereits in seiner Schuld. Ausgerechnet ihm. Aber sie wollte auf keinen Fall, dass er von ihren finanziellen Nöten erfuhr.

»Aber …«

»Bitte«, unterbrach sie ihn und sah ihm in die Augen.

»Ist es, weil … weil du gerade keine Investitionen machen kannst?« Oh Gott, er war bereits im Bilde. Natürlich. Alle Bauern in der Umgebung halfen ihnen ständig aus. Karl Hauser wusste ganz genau, wie es um den Lämmerhof stand. Wie naiv war sie zu glauben, Chris sei nichts davon zu Ohren gekommen? »Du musst dich nicht schämen«, sagte er leise. »Es ist ein verdammtes Wunder, wie du das alles stemmst.« Elke wandte den Kopf ab und verdrehte heimlich die Augen. Jetzt würde er gleich sagen, dass sich die Schäferei ohnehin nicht mehr lohne und sie sich so bald wie möglich von ihrer Herde trennen solle. »Und ich bin überzeugt davon«, fuhr Chris fort, »dass du das weiterhin schaffst. Wenn eine das hinkriegt, dann du.«

Elke sah ihn überrascht an. Meinte er das ernst? Manuel hatte keine Gelegenheit ausgelassen, um ihr einzureden, dass Aufgeben die einzige Alternative sei. Und ihn zu heiraten. Aber Chris, glaubte er wirklich an sie?

»Was siehst du mich so erstaunt an?«, sagte er jetzt. »Glaubst du es denn nicht selbst?«

»Doch«, sagte sie verwirrt. Und musste sich tatsächlich eingestehen, dass sich in letzter Zeit bei ihr trotz ihres festen Willens Zweifel eingeschlichen hatten, ohne dass ihr das wirklich bewusst geworden war. Das Gefühl, auf einem dünnen Brett zu balancieren, überfiel sie, sobald sie den Lämmerhof betrat. Hier draußen glitt das jedes Mal aufs Neue von ihr ab. Die Natur war so mächtig, so beruhigend; sobald sie im Wald und auf den Weiden war, hüllte sie das Gefühl ein, dass ihr nichts passieren könnte. Und dass alles andere nicht wichtig war. Geld. Kredite. Versicherungen. Steuern. Alles, was auf Papier ins Haus kam und in Ordner abgeheftet werden musste, blieb leider immer ganz unwirklich für sie, so vollkommen abstrakt. Und genau das war ihre Schwäche. Eine Schäferin war heutzutage eine Unternehmerin mit allem, was dazugehörte. Sie kannte sich mit Tieren aus und in der Natur. Der Papierkram war ihre Sache nicht.

»Es gibt Zuschüsse von der EU«, sagte Chris, und alles sträubte sich in ihr. Sie wollte jetzt nichts davon hören. Auch wenn er es gut meinte, ging ihr das einfach zu weit. Kaum da, mischt er sich ein, dachte sie. Dass ihr Trotz ziemlich kindisch war, blieb ihr natürlich nicht verborgen, aber das machte sie nur noch wütender. Wütend auf sich und auf ihn.

»Sag mal«, begann sie und wusste gleichzeitig, dass sie jetzt besser schweigen sollte. Aber ihr Trotz war stärker als sie. Er hatte sie seit Jahren geschützt und am Leben erhalten. Ich allein gegen den Rest der Welt. »Wie spät ist es eigentlich?«

Chris sah auf seine Armbanduhr.

»Gleich drei«, antwortete er verwundert.

»Du brauchst bestimmt vier Stunden für den Rückweg«, sagte Elke und biss sich auf die Lippen. So frostig hatte es nicht klingen sollen. Doch wo sie schon einmal dabei war, gab es kein Zurück. »Vielleicht solltest du demnächst aufbrechen?«

Chris sah sie an, und der Ausdruck in seinen Augen tat ihr weh bis ins Mark. Fassungslosigkeit, Verletztheit, Verärgerung und das Aufkeimen von Stolz nahm sie darin wahr. Dann erhob er sich, nahm seinen Hut vom Boden, blickte sich unschlüssig auf dieser wundervollen Hochweide um, als sähe er sie zum ersten Mal, setzte den Hut auf und schlüpfte in seine Wanderstiefel, die er vorhin ausgezogen hatte. Elke kam es so vor, als brauchte er eine Ewigkeit, um die Schnürsenkel zu binden.

»Leb wohl, Elke«, sagte er schroff, als er endlich damit fertig war. In Zoes Richtung rief er: »Tschüss, mach's gut.«

Dann ging er davon, mit langen, ruhigen Schritten

überquerte er die Wiese und verabschiedete sich von Victor, der ihm besorgt ein Stück hinterherlief, von Achill und Strega, die es ihrem Anführer nachmachten. Ohne sich noch einmal umzudrehen, bog er in den Waldweg ein und war einen Atemzug später verschwunden.

In Elkes Kopf tobte ein Aufruhr. Was hatte sie getan? Welcher Teufel ritt sie eigentlich, so garstig zu jemandem zu sein, der in den letzten drei Tagen nichts anderes getan hatte, als ihr zu helfen? Wenn sie so weitermachte, waren ihre Tage als Schäferin gezählt. Ganz egal, was Chris ihr damals angetan hatte, es gab ein paar ungeschriebene Gesetze im Schwarzwald: Man vergalt sich gegenseitige Hilfe mit Respekt und Freundschaft. Man achtete den anderen, auch wenn man nicht seiner Meinung war. Man hielt zusammen, und gerade sie profitierte seit Langem am meisten davon. Bärbel würde entsetzt sein, wenn sie erfuhr, was soeben geschehen war. Und doch. Wieso glaubten die Männer eigentlich immer, dass sie nur zu kommen brauchten und alle Lösungen wüssten, auf die sie von allein nie gekommen wäre? Natürlich hatte sie bereits Antrag um Antrag bei der EU eingereicht, bislang ohne Erfolg. Für das eine Projekt war ihre Herde zu groß, für das andere zu klein. Auch dass sie sich weigerte, ihre Lämmer ans Messer zu liefern, brachte ihr keine Pluspunkte ein. Natürlich hatte sie auch schon des Öfteren über die Anschaffung eines Esels nachgedacht. Abgesehen davon, dass ein Lastentier hilfreich wäre, mochte sie diese Tiere ganz besonders gern. Warum konnte Chris nicht einfach hier bei ihnen sein und seinen verdammten Mund halten? Sie hatte sich tatsächlich in seiner Gegenwart wieder wohlgefühlt. Aber dann musste er damit anfangen, ihr gute Ratschläge zu erteilen. So wie alle eben.

Wütend stand sie auf, um nach der Herde zu sehen. Nach dem beschwerlichen Aufstieg gab es sicher hier und dort ein paar eingerissene Klauen. Oder ein Schaf hatte sich vielleicht einen Stein zwischen die Zehen getreten. Ihr routinierter Blick fand tatsächlich bald darauf ein Tier, das verdächtig humpelte. Sie griff in ihre Tasche nach dem Werkzeug, doch als sie die Klinge aufspringen ließ, stockte sie. Es war das Messer, das Chris bei seinem ersten Besuch auf der Weide verloren hatte. Sie hatte es ihm noch immer nicht zurückgegeben. Ihr war zum Heulen zumute. Verbissen machte sie sich an die Arbeit.

»Darf ich dich etwas fragen?«

Zoe hatte den ganzen Nachmittag im Schatten der Steineiche in einem Buch aus Bärbels Bibliothek gelesen. Erst jetzt, als die Sonne untergegangen war und sich die wenigen Wölkchen am Himmel rosarot färbten, schien sie wieder munterer zu werden. Elke schnitt gerade Scheiben von Bärbels Brot fürs Abendessen ab.

»Klar.«

»Was hat dir Chris eigentlich getan, dass du immer so unfreundlich zu ihm bist?«

Elke hielt in der Bewegung inne. Zoe klang kein bisschen vorwurfsvoll, sondern eher neugierig. Oder ehrlich interessiert. Trotzdem musste Elke ein paarmal tief durchatmen, um diese Frage zu verdauen.

»Das ist eine lange und sehr persönliche Geschichte«, sagte sie schließlich.

»Erzählst du sie mir?«

Wieder war Elke erstaunt. Während all der Wochen, die sie nun schon gemeinsam verbrachten, hatte sich Zoe nie für sie und ihr Leben interessiert. Seit jener Unterhaltung gleich zu Beginn, als sie wissen wollte, warum sie ausgerechnet Schafe hütete, hatte Zoe ihr keine einzige persönliche Frage mehr gestellt. Und natürlich auch nie etwas von sich preisgegeben. Das brachte Elke auf eine Idee.

»Ich erzähle sie dir, wenn du mir auch etwas erzählst.« Sofort verschloss sich Zoes Miene wieder.

»Was denn?«, fragte sie misstrauisch.

»Warum du deinen Vater nicht sehen willst«, antwortete Elke und wusste sehr wohl, dass sie sich auf gewagtes Terrain zubewegte. Aber was sollte es? Sie war nicht scharf darauf, diesem Mädchen zu erzählen, wie Chris sie damals hatte sitzen lassen. Was also hatte sie zu verlieren?

Zoe gab keine Antwort. Schweigsam, wie immer, aßen sie Brot und Käse mit ein paar Nüssen. Der Himmel, der sich so hoch und weit über ihnen spannte und mehr denn je wie eine dunkelblaue gläserne Riesenkuppel wirkte, färbte sich nach und nach zartviolett.

»Wieso willst du das wissen von meinem Vater?«

Elke überlegte. Ja, warum?

»Vielleicht aus demselben Grund, warum du das von Chris wissen willst?«, fragte sie dann zurück. »Wahrscheinlich, weil man gern etwas über die Menschen weiß, mit denen man Tag und Nacht zusammen ist, oder? Was meinst du?«

Zoe schien zu überlegen.

»Ich finde Chris toll«, sagte sie schließlich. »Er hat uns geholfen. Außerdem hatte er Momo und Beppo getragen.«

»Weil du deinen schweren Rucksack hattest.«

»Ja«, pflichtete Zoe ihr bei. »Er hat mir sogar angeboten, mir auch den abzunehmen.«

»Aber du hast abgelehnt?«

Zoe nickte.

»Klar«, sagte sie. »Ich bin ja kein kleines Mädchen mehr.«

»Siehst du«, gab Elke zurück. »Auch bei mir tut er so, als käme ich ohne ihn nicht zurecht.«

Zoe fixierte sie genau.

»Aber das ist doch nicht der wahre Grund, warum du ihn wegschickst, oder?«

Elke fühlte sich ertappt. Manchmal traf dieses Mädchen direkt ins Schwarze. Aber sie sah nicht ein, warum die seltsame Unterhaltung eine Einbahnstraße werden sollte.

»Und du, warum schickst du deinen Vater weg?«

Elke bereute ihre Worte sofort. Aber verdammt noch mal, sie war eben keine Therapeutin. Und diplomatisch schon gar nicht. Schließlich hatte Zoe angefangen mit dieser Unterhaltung. Doch sie schien kein bisschen beleidigt. Eher nachdenklich.

»Also«, begann sie langsam, »wenn dir Chris so was Ähnliches angetan hat wie … na ja, ich meine, wie …« Zoe schluckte schwer.

»Du meinst, wie dein Vater dir?« Zoe nickte. »Was hat er dir denn angetan?«

Zoe begann, ein paar Grasstängel zu pflücken und

selbstvergessen zu einem kleinen Strauß zusammenzu-
fügen.

»Du zuerst«, sagte sie schließlich und sah Elke fest
in die Augen. »Erzähl mir das mit Chris. Dann ... dann
erzähl ich es dir auch.«

Es war schon fast dunkel, als Elke fertig war. Es war
seltsam gewesen, ausgerechnet Zoe von ihrem großen
Herzeleid zu erzählen, das Chris ihr vor so vielen Jahren zugefügt hatte. Dabei wurde ihr bewusst, dass sie
noch niemals darüber gesprochen hatte. Es hatte bislang niemanden gegeben, der das Drama nicht selbst
mitbekommen hätte, jeder hier wusste alles über jeden.
Oder glaubte es zumindest. Und auf einmal wurde
ihr klar, was ihr außer dem Schmerz um ihre verlo-
rene Liebe während der vergangenen Jahre noch zu
schaffen gemacht hatte: dass alle Welt Mitleid mit ihr
hatte, ja, bis heute. Dass keiner sie ansehen konnte,
ohne zu denken: »Armes Maidle. Der Leitner Christian hat sie sitzen lassen. Und sie kommt nicht darüber
hinweg.«

Kurz schoss erneut der gute alte Zorn in ihr auf wie
eine heiß lodernde Flamme. Dann war es ihr, als fiele
sie in sich zusammen und erlosch. Sie hatte keine Nahrung mehr.

»Er hat einen Fehler gemacht«, sagte Zoe nachdenklich und begann wieder damit, Grashalme zu pflücken.

Elke wusste nicht so recht, was sie damit anfangen sollte. Klar, Chris hatte einen gewaltigen Fehler
gemacht. Aber wenn sie es genau betrachtete, dann
machte sie auch andauernd Fehler. Vielleicht kleinere,

berechtigte Fehler. Aber gab es das denn überhaupt, Fehler, die berechtigt waren?

»Meinst du, man kann einen Fehler korrigieren? Im Nachhinein, meine ich. So wie … wie bei einer Rechenaufgabe?« Zoes Stimme hatte wieder diesen dünnen, zerbrechlichen Klang angenommen wie vor Wochen, als der Pilger bei ihnen gewesen war und sie vom Tod gesprochen hatten und von Zoes Mutter.

»Ich weiß nicht«, antwortete Elke ehrlich. »Es kommt wahrscheinlich auf den Fehler an«, fügte sie hinzu.

»Ja«, sagte Zoe, und es war mehr ein Hauch, als sie weitersprach. »Wenn nämlich jemand tot ist, kann man ihn nicht mehr lebendig machen.«

Zoe

Sie hatte es der Schäferin erzählt, ausgerechnet der. Alles. Zum ersten Mal hatte sie über den Unfall gesprochen, und wahrscheinlich war das ein großer Fehler gewesen. Denn jetzt war alles, was sie so lange hinter Schloss und Riegel gehalten hatte, wieder da.

Sie lag mit offenen Augen unter diesem gewaltigen Sternenhimmel und erkannte plötzlich, dass er wirklich dreidimensional war, dass er Tiefe hatte, dass manche Sterne näher waren und andere weiter entfernt. Jedenfalls glaubte sie das. Und wie sie sich darüber bewusst wurde, dass auch die Erde nichts weiter war als ein winziger schimmernder Punkt in diesem riesigen Universum, da durchflutete sie ein vollkommen neuartiges Gefühl, das sie nicht einordnen konnte. So etwas wie Panik, aber auch Euphorie, sie hatte keine Worte dafür. Diese Wiese schien dem Himmel so nah – war sie womöglich so etwas wie eine Startrampe ins Ungewisse, müsste nicht nur für einen Augenblick die Schwerkraft außer Kraft treten, und sie würde hinausgesogen werden in diese Unendlichkeit, würde selbst zu einem Stern, einem kleinen, bis sie verglühte oder, nein, zu einem Eisklumpen erstarrte, denn es war ja kalt da draußen in der Schwärze zwischen den Sternen, so kalt, wie sie es sich niemals vorzustellen vermochte.

Einsam waren sie, diese funkelnden Sterne, einsam und kalt. Aber das war ihr vertraut, das kannte sie, seit ihre Mutter nicht mehr lebte. Und dann lief der Film erneut ab, und alles war wieder präsent: die winterliche Fahrt bei Nacht. Kalt war es gewesen, und ihre Mutter hatte sie in eine warme Decke eingepackt, die nach ihr duftete, nach Vanille und Äpfeln und noch nach etwas anderem, von dem sie danach nie mehr herausgefunden hatte, was es gewesen war. Der Mutterduft eben.

Sie hatte nicht fahren wollen, ihre Mutter. Lass uns dieses eine Mal übernachten, hatte sie ihren Vater gebeten. Ich weiß, hatte sie gesagt, dass du meine Schwester nicht besonders magst, aber es ist Winter, die Straßen sind glatt, und es ist schon so spät.

Doch ihr Vater hatte nicht gewollt. Schau, hatte er gesagt, die Straßen sind trocken, es ist doch nur eine gute Stunde, ich hab auch extra nichts getrunken. Ehe du dichs versiehst, sind wir zu Hause und schlafen im eigenen Bett.

Sie hatte sich überreden lassen. Zoe hatte sich kaum mehr aufrecht halten können vor Müdigkeit, aber das Gespräch zwischen ihren Eltern, das hatte sich in ihr Gedächtnis eingebrannt, auch deshalb, weil sie lieber bei der Tante geblieben wäre. Sie hatte gemault, doch ihr Vater hatte gesagt: Denk doch an den armen Simba, so allein zu Hause, und da hatte auch sie nicht mehr bleiben wollen. Simba sollte sich nicht fürchten. Und so fuhren sie los.

Zoe hatte sich in die Decke gekuschelt und döste auf

der Rückbank vor sich hin, das vertraute Geräusch des Motors tat das seine, und fast wäre sie eingeschlafen. Auf einmal war sie jedoch hellwach, sie wusste auch nicht, warum.

Sie sah aus dem seitlichen Fenster. Über ihnen leuchtete ein unwirklicher Himmel, übersät von Sternen.

»Bist du sicher, dass es nicht glatt ist?«, hörte sie ihre Mutter sagen. »Ich habe kein gutes Gefühl.«

Ihr Vater drosselte die Geschwindigkeit, bremste probehalber ab, der Wagen hielt die Spur wie gewohnt.

»Siehst du?« Er sagte es liebevoll zu ihrer Mutter, ihr Vater war keiner der rechthaberischen Männer, wie ihr Onkel einer war. »Alles in Ordnung.«

Und doch. Auf einmal konnte Zoe die Angst ihrer Mutter so deutlich spüren, als wäre es ihre eigene. Oder war sie selbst es, die sich fürchtete? Ihr Vater nahm die rechte Hand vom Steuer und tastete nach der ihrer Mutter. Sofort verwandelte sich der Ausdruck in ihrem Gesicht, ein Lächeln strahlte auf, Zoe konnte es deutlich sehen.

»Ich bin halt ein Angsthase«, sagte ihre Mutter und lachte. Ihre weißen Zähne blitzten im Sternenlicht. Ihr Vater lachte auch und drehte den Kopf in ihre Richtung.

In diesem Moment passierte es. Der Wagen glitt seitlich von der Straße, obwohl ihr Vater das Lenkrad festhielt, wenn auch nur mit einer Hand. Als ob eine unsichtbare Schnur sie zog, glitten sie aus der leichten Kurve seitlich weg, Zoe war es, als verlangsamte sich die Zeit, als liefe alles nur noch in *slow motion*, unaufhaltsam. Das Lächeln der Mutter gefror in der Kälte des Universums, ein Krachen wie von Kometen, alle Sterne fielen vom Himmel und zerbarsten in schimmernden Juwelen, die sich über ihre Mutter ergossen. Ein mächtiger Ruck, der Zoe von der Rückbank hinunter in den Fußraum schleuderte, ein Knall, ein Bersten. Dann Stille.

Ein Schrei. Wer hatte geschrien? War sie selbst es gewesen? Und dann? Was kam dann?

Das Gesicht ihrer Mutter rot von Blut unter dem glitzernden Sternenregen. Nur der Mund. Der lächelte …

Zoe hielt es nicht mehr aus in ihrem Schlafsack. Vorsichtig schälte sie sich heraus und stand leise auf. Ein Schatten näherte sich, Victor. Der gute, alte, treue Victor. Ihm konnte sie nichts vormachen. Wollte es auch nicht. Nur Elke, die sollte besser nicht aufwachen. Sie musste jetzt allein sein. Allein mit den Sternen.

Sie schlich leise zu einem vor langer Zeit schon gestorbenen Baum und setzte sich auf seinen umgestürzten verwitterten Stamm. Victor legte sich neben sie ins Gras, die Herde im Blick.

Es war kühl hier oben, Zoe fröstelte ein wenig. Aber das war gut. Es machte einen klaren Kopf.

Und auf einmal war er da, ihr Duft, der Mutterduft. Zoe hielt schnuppernd die Nase in die Nachtluft. War es Einbildung? Nein. Er war da. Vielleicht waren es die Blumen. Oder sie selbst?

Etwas in ihr entspannte sich, ganz tief innen, ließ los und wurde weich.

Es war nicht seine Schuld gewesen. Der Gedanke kam ganz klar, als hätte ihn jemand gesagt. Er hatte einen Fehler gemacht. Sie hätten bleiben sollen, ihre Mutter hatte es gespürt, und er hatte ihr nicht geglaubt.

Aber er hatte sie nicht umgebracht. Jedenfalls hatte er es nicht gewollt. Er war unachtsam gewesen. Doch er konnte nichts dafür.

Und auf einmal übermannte Zoe ein Gefühl, das sie fast vergessen hatte. Er fehlte ihr. Er fehlte ihr fast genauso schmerzlich wie sie.

14. Kapitel

Wildes Leben

W as hast du eigentlich gegen Esel?«, fragte Zoe vollkommen unvermittelt, wie es so ihre Art war.

Sie saßen um die mit großen Steinen eingefasste Feuerstelle, die sich mitten auf der Weide in einer kleinen windgeschützten Kuhle befand. Sie war unter hohen Farnwedeln verborgen, und Zoe hätte sie niemals entdeckt, hätte Elke den Steinkreis nicht mit Chris' scharfem Messer freigeschnitten. Jetzt war das Feuer heruntergebrannt, und ein paar Holzstücke glühten.

»Ich habe überhaupt nichts gegen Esel«, entgegnete Elke und formte kleine Kugeln aus dem Brotteig, den sie aus dem deponierten Mehl, Wasser und Salz zubereitet hatte. Dann zog sie jede einzelne zu einem Fladen auseinander und legte diese auf einen flachen Stein. Fladenbrot mit Kräutern sollte es geben. Ihnen lief schon jetzt das Wasser im Mund zusammen. »Ganz im Gegenteil.« Sie platzierte den Stein vorsichtig mitten in der Glut, und nach kurzer Zeit stieg ein verführerischer Duft von ihm auf.

»Warum schaffst du dir dann keine an?«

Elke schob mit einem Ast die Glut zusammen. Sie hatten Glück gehabt, die alte Weißbuche am Waldrand hatte einige ihrer toten Äste abgeworfen. Ihr Holz brannte lange und ausdauernd im Gegensatz zu den Fichtenbengeln, die zum Anfeuern gut gewesen waren, jedoch kaum Glut hinterließen.

»Warum ich mir keine Esel anschaffe?«, griff sie den Faden wieder auf. »Weil ich dafür kein Geld habe.«

Zoe sah sie aus großen erstaunten Augen an.

»Wirklich nicht? Was kostet denn so ein Esel?«

Elke zuckte mit den Schultern.

»Keine Ahnung«, sagte sie. »Ein paar Hundert Euro vermutlich. Reichst du mir bitte die Blätter rüber?«

Sie hatten gemeinsam Huflattichblätter gesammelt. Jetzt schnitt Elke Ziegenkäse in längliche Scheiben und wickelte sie in die handtellergroßen Blätter. Mit kleinen spitzen Holzspießchen, die sie vorbereitet hatte, fixierte sie die Huflattich-Täschchen und legte sie auf den Rand des Steins.

»Wo hast du das denn alles gelernt?«, wollte Zoe wissen, die dem Ganzen fasziniert zugesehen hatte.

»Mein Vater hat mir das beigebracht.« Elke hob mithilfe eines angespitzten Zweiges prüfend eines der Fladenbrote an. Noch war es nicht golden genug. »Im Wald ist alles vorhanden, was du brauchst, hat er immer gesagt.« Zoe runzelte zweifelnd die Stirn, und Elke konnte sich ein Lächeln nicht verkneifen. »Du würdest staunen, wie viele Pflanzen man essen kann. Allein hier um uns herum könnten wir eine ganze Salatschüssel füllen.«

»Welche denn zum Beispiel?«

»Hier, das ist Sauerampfer. Sag bloß, den kennst du nicht?« Zoe schüttelte den Kopf. »Probier mal von den jungen, zarten Blättern.«

»Die hier?«

Elke nickte, und Zoe kostete vorsichtig.

»Und? Wie schmeckt es? Du musst ein bisschen drauf herumkauen.«

»Ziemlich sauer.« Zoe rupfte noch ein paar weitere Triebe ab und steckte sie sich in den Mund. »Aber lecker. Erfrischend.«

»Löwenzahn kennst du aber? Die jungen Blätter eignen sich zum Salat. Aus den gelben Blütenständen kann man ein erstklassiges Gelee kochen. Und wenn du Lust hast, diese jungen Köpfchen hier zu sammeln, dann rösten wir sie und streuen sie über den Käse.«

»Was ist das denn?«

»Spitzwegerich«, antwortete Elke. »Aus den Blättern kann man eine leckere Suppe kochen. Auch die Wurzeln sind essbar. Direkt neben dir, die kleine Pflanze mit den blauen Blütenständen, die heißt Günsel. Man kann sie als Gewürz verwenden oder als Heilkraut gegen alle möglichen Leiden, sogar antibakterielle Eigenschaften hat dieses unscheinbare Kraut. Ich könnte ewig so weitermachen. Das da drüben mit den rosaroten Blüten ist wilder Thymian. Und hier haben wir Dost, eine Oreganoart.«

»Hast du davon nicht etwas in den Brotteig getan?«

»Ja, es wird ein bisschen wie Pizzabrot schmecken. Fast alles auf dieser Wiese ist essbar.«

»Also nicht nur für die Schafe?« Elke lachte und

wendete mithilfe des Zweigs die Fladen. »Und nichts ist giftig?« Zoe zog zweifelnd ihre Stirn kraus.

»Doch, natürlich gibt es auch Giftpflanzen.« Elke wies mit dem Zweig zum Waldrand. »Fingerhut zum Beispiel. Der sorgt für Herzstillstand. Oder Schierling, aber den findest du hier im Schwarzwald eher selten.«

»Kommt davon der Schierlingsbecher?«, fragte Zoe interessiert. Sie hatten im Lateinunterricht einen Text über Sokrates' Tod gelesen. »Ja genau.« Elke sah sie anerkennend an. »Wenn es dir also nicht gehen soll wie Sokrates, dann lass die Finger davon.«

»Und wie sieht der aus?«

»Ich zeig ihn dir bei Gelegenheit.«

Inzwischen waren die Brote fertig, und Elke holte sie mithilfe zweier Zweige aus der Glut und legte jedem von ihnen eines auf den Teller.

»Was wir nicht essen können, und weswegen ich mit den Schafen jeden Sommer herkomme, das sind die jungen Baumschösslinge. Weiden. Birken. Erlen. Ebereschen und andere. Wenn die Herde sie ein paar Jahre lang nicht fressen würde, dann würdest du hier keine Wiese mehr vorfinden, sondern undurchdringliches Gestrüpp. Und wenn wir noch länger wegbleiben, holt der Wald sie sich.«

»Und das soll nicht sein?«

»Nein«, antwortete Elke. »Denn dann verschwinden viele seltene Pflanzen auf Nimmerwiedersehen. Und mit ihnen Tiere, die diese Pflanzen brauchen. Weißt du eigentlich, warum dieser Ort hier Auerkopf heißt?« Zoe schüttelte den Kopf, während sie interessiert zusah, wie Elke die Käsetaschen wendete. Es duftete dermaßen verlockend, dass Zoe mehrmals schluckte. Offenbar lief auch ihr das Wasser im Mund zusammen. »Weil es hier früher viele Auerhähne gab. Und die sind auf eine solche Landschaft angewiesen: einen offenen Wald mit Wiesen dazwischen und Gebüsch. Sie leben hauptsächlich von Waldbeeren, und Beeren brauchen Licht, um zu gedeihen. Mitten im dunklen Forst wachsen sie nicht, nur an Stellen, wo das Sonnenlicht eindringen kann. Holunder ist zum Beispiel eine wichtige Vitaminquelle vor allem für Vögel. Zugvögel müssen sich vor ihrem Abflug Richtung Süden so richtig den Bauch mit diesen Beeren vollschlagen, damit sie ihre kleinen Körper mit Vitaminen und Mineralstoffen vollpumpen. Anders überleben sie die langen Flugstrecken nicht.«

Zoe hatte vergessen, in ihr Brot zu beißen, so fasziniert war sie von dem, was Elke erzählte.

»Dann ... dann wächst das alles hier nicht einfach so?«

Elke lachte.

»Nichts in der Natur passiert einfach so, Zoe. Alles hängt mit allem zusammen. Geht diese Wiese hier verloren, sterben Insekten, und wenn Insekten sterben, folgen Vögel, die diese als Nahrung brauchen, und so weiter und so fort. Wildbienen verschwinden, Hummeln und Schwebfliegen, Erdwespen und wie auch immer sie heißen. Sie alle sind wichtig, denn sie fliegen hinunter ins Tal und befruchten dort die Obstbäume und Felder.«

Elke nahm einen Bissen von dem Brot und legte jedem von ihnen ein Käse-Huflattich-Päckchen auf den Teller. Dann zog sie den Holzsplitter aus ihrer Portion und öffnete das Blatt. Sie brach ein Stück von ihrem Fladenbrot ab und strich damit den flüssig gewordenen Käse heraus. Zoe tat es ihr vorsichtig nach. »Schmeckt's?«, erkundigte sich Elke. Zoe nickte mit vollem Mund.

»Aber hier ist doch noch alles in Ordnung, oder?«, fragte sie nach einer Weile. Sie klang besorgt. »Hier gibt es noch all diese Kräuter. Und überall summen Insekten.«

Elke antwortete nicht gleich. Sie kratzte erst mit ihrem Löffel den letzten Rest des Käses vom Blatt.

»Die Veränderungen vollziehen sich langsam«, sagte sie dann. »Früher bist du hier im Morgengrauen aufgewacht, weil die Vögel ein Höllenspektakel vollführt haben. Das ist heute längst nicht mehr so. Sicher, da sind schon noch einige Vögel, die singen, aber es ist kein Vergleich zu früher. Ich kann mich noch gut daran erinnern, dass Jule und ich am liebsten Tannenzapfen nach diesen Schreihälsen geworfen hätten, so laut war das.« Sie lachte kurz auf. »Es ist stiller geworden im Wald, auch hier«, sagte sie dann traurig. »Und Auerhähne habe ich schon lange keine mehr gesehen.«

»Meinst du … wir könnten vielleicht welche sehen?« Elke zuckte mit den Schultern.

»Sie sind extrem scheu«, sagte sie. »Ich glaube nicht, dass sie sich zeigen. Schon allein wegen der Hunde.«

Gegen Abend zog von Westen her eine graue Wolkenmasse auf, und die beiden trugen ihre Ausrüstung zur Schutzhütte am Waldrand. Sie bestand aus einem Dach über vier Pfosten, das schräg zu einer Seite abfiel und gerade so hoch war, dass man darin bequem sitzen konnte. An drei Seiten war sie mit Holzlatten verkleidet und hatte außerdem einen etwas erhöhten Bretterboden, sodass man im Trockenen saß, egal, wie stark es regnete. Diese Konstruktion gehörte eindeutig zu den komfortableren, Elkes Vater hatte sie aus haltbarem Douglasienholz gebaut.

»Schau mal«, rief Zoe, als sie als Letztes ihre Isomatte über die Wiese trug. »Dort hinten regnet es schon.«

Eine Regenfront, die aussah wie ein grauer Vorhang, schob sich über die Rheinebene, in wenigen Minuten würde sie ihre Hochweide erreichen. Schon frischte der Wind auf.

»Hilfst du mir bitte mal«, rief Elke zurück und holte eine wasserdichte Plane aus der Vorratskiste. Gemeinsam breiteten sie sie über das Dach und beschwerten sie mit Steinen.

Die Schafe hatten sich unter der Steineiche versammelt und drängten sich dicht aneinander. Elke rief nach den Hunden. Auch sie durften unter das schützende Dach. Zu hüten gab es einstweilen nichts.

»Die armen Schafe«, sagte Zoe mitleidig und versuchte, es sich in der Schutzhütte einigermaßen bequem zu machen, während die Hunde kurz miteinander rangelten, wer wo zu liegen hatte.

»Regen macht ihnen nichts aus«, beruhigte Elke sie. »Gut, dass sie geschoren sind. So wird ihr Fell nicht so schwer.«

»Aber sie haben auch keinen Schutz mehr«, wandte Zoe ein, und Elke wunderte sich einmal mehr darüber, welchen Anteil sie inzwischen am Schicksal der Tiere nahm.

Die ersten Tropfen fielen, und sofort sank die Temperatur. Bald kuschelten sie sich in ihre Schlafsäcke und tranken Tee aus Elkes Thermoskanne, starrten hinaus in den strömenden Regen und teilten sich das übrig gebliebene Fladenbrot. Windböen strichen über die Wiese, die Plane begann zu flattern, und Elke rückte die Steine auf dem Dach zurecht.

Dampf stieg von der Wiese auf, Nebelfetzen senkten sich über die Herde, im Nu schien es Herbst geworden zu sein. Der wilde Geruch aus den Hundefellen mischte sich mit einem frischen Aroma nach feuchter Kräuterwiese, nach dem Harz der Bäume und nach Waldboden. Elke liebte diese Regentage fast genauso wie die voller Sonnenschein. Nie roch der Wald so geheimnisvoll wie bei Landregen. Schließlich ließ der Wind nach, und übrig blieb das heimelige Geräusch des gleichmäßig strömenden Regens, ein Plätschern und Rauschen, ein Tropfen und Rieseln, das sich mit dem Atmen und leisen Schnarchen der schlafenden Hunde vermischte.

»Hör mal, Zoe«, sagte Elke schließlich nachdenklich, »ich möchte dich gern etwas fragen. Du hast doch bald Geburtstag.«

Zoe wandte sich ihr überrascht zu.

»Woher weißt du das?«

»Na, ich hab halt so meine Quellen«, antwortete Elke fröhlich. »Meine Schwester hat es mir verraten. Sie und meine Mutter wollen ein kleines Fest für dich organisieren.« Sie zögerte. »Eigentlich sollte es eine Überraschungsparty werden. Aber ich bin mir nicht ganz sicher, ob du … na ja, ob du dich wirklich freuen würdest. Da dachte ich mir, ich spreche lieber mit dir darüber.« Hof-

313

fentlich bin ich nicht eine grandiose Spielverderberin, dachte Elke. Aber sie wusste, dass Zoes Vater vorhatte zu kommen, und das Letzte, was sie wollte, war eine fürchterliche Szene zwischen Vater und Tochter ausgerechnet an Zoes sechzehntem Geburtstag. »Die Sache ist nämlich die …« Herrje, sie war wirklich keine Diplomatin. »Kannst du dir vorstellen, bei der Gelegenheit deinen Vater wiederzusehen?«

Zu Elkes Überraschung blieb Zoe völlig entspannt. Sie saß mit dem Rücken gegen die Bretterwand gelehnt, die Arme um die Knie geschlungen.

»Ja«, antwortete sie, als ob es nichts Besonderes wäre. »Das ist okay.« Na so was, dachte Elke. Doch Zoe war noch nicht fertig. »Ich möchte noch jemanden einladen.«

»Wen denn?«, fragte Elke erstaunt.

»Chris soll auch kommen.«

»Chris?« Elke war viel zu überrascht, um sich zurückzuhalten. »Wieso denn Chris?«

»Weil er nett ist. Und weil ich hier oben sowieso kaum jemanden kenne.«

»Zoe, nein, das … das möchte ich nicht.«

»Aber es ist mein Geburtstag«, entgegnete sie störrisch. »Da darf man einladen, wen man möchte.« Und als Elke nicht aufhörte, sie wütend anzustarren, fügte sie hinzu: »Wenn Chris nicht kommen soll, dann will ich auch meinen Vater nicht sehen.«

Elke holte tief Luft, um heftig zu antworten. Doch der entschlossene Ausdruck in Zoes Gesicht hielt sie davon ab. Sie hatte keinen Zweifel daran, dass Zoe ihre Drohung wahr machen würde. Und das konnte sie ihrer Schwester nicht antun.

Noch in der Nacht hellte der Himmel auf, und die Sterne brachen durch die Wolken. Ein Dreiviertelmond kletterte über den Rand des Waldes und verwandelte die tropfnasse Weide in ein glitzerndes Märchenreich. Elke konnte nicht schlafen. Nach einer Weile schlüpfte sie aus ihrem Schlafsack und ging barfuß, so wie sie es gern heimlich als kleines Mädchen getan hatte, wenn sie ihre Mutter hatte begleiten dürfen, über die nasse, kühle Wiese. Wo die Herde bereits geweidet hatte, war das Gras kurz und hart, und das Stechen an ihren Fußsohlen erinnerte sie daran, dass sie viel zu selten barfuß ging.

Nach einer Weile hatten ihre Füße sich daran gewöhnt, und sie lief hinüber zu der Herde, die unbewegt teils stand, teils lagerte, vor allem die Mutterschafe mit ihren Lämmern kuschelten sich in der Mitte der Herde eng aneinander, während sich die älteren Tiere um sie herum verteilt hatten. Wie so oft erschienen ihr die Schafe im Licht des Mondes wie verzauberte Wesen, und doch war ihr jedes einzelne so vertraut. Gretel mit Momo und Beppo, die von Tag zu Tag selbstständiger wurden. Tula mit ihrem Lamm Tonia, Nette mit Nele, Moira mit Miri.

Annabell hatte in den vergangenen Tagen hier oben ihre Anhängerschar vergrößern können, Elke zählte sechsundsechzig Tiere, die sich auch jetzt ein wenig abseits von den anderen um sie scharten. Vielleicht wäre es eine gute Idee, im Herbst diese Miniaturherde insgesamt abzugeben. An Annabell hing sie nicht so sehr wie an den anderen Leittieren, und eine funktionierende Gruppe war leichter zu verkaufen und brachte einen besseren Preis. Außerdem würde den Tieren die Trennung von der Herde nicht so schwerfallen, wenn sie in dem selbst gewählten Herdenverbund bleiben könnten.

Elke hörte ein Hecheln, dann schloss Victor zu ihr auf. Seine klugen Augen ruhten forschend auf ihr. Als er begriff, dass keine Arbeit von ihm erwartet wurde, begann er, an einem offenbar interessant duftenden Busch herumzuschnüffeln. Ein Käuzchen schrie, ein zweites antwortete. Langsam wurden Elkes Zehen gefühllos vor Kälte. Sie legte den Kopf in den Nacken und betrachtete den Sternenhimmel. Quer durch die Milchstraße bewegte sich blinkend ein Flugzeug langsam von Norden nach Süden. Keiner der Menschen, die darin vermutlich ihrer Urlaubsdestination entgegenschwebten, ahnte, wie schön es hier unten war und dass eine einsame Schäferin ihnen nachblickte.

Als Elke ihre feuchten Füße wieder in den Schlafsack steckte, begannen sie zu prickeln und nach einer Weile zu glühen. Auch Victor kehrte zu ihrem Unterschlupf zurück und legte sich dicht neben ihr nieder. Ein Gefühl namenlosen Glücks dehnte sich in Elkes Brust aus und machte sich so breit, dass es fast wehtat. Und verwandelte sich unversehens in dieses brennende Bedauern, das sie fühlte, seit sie vor Tagen Chris so unfreundlich weggeschickt hatte.

Sie sehnte sich nach ihm. Ja, endlich gestand sie es sich ein. Sie wollte ihn so sehr. Und doch fehlte ihr das Vertrauen. Oder wenn sie es sich genauer überlegte, fehlte ihr der Mut. Mut, sich erneut einzulassen. Und nicht zu wissen, ob sie wieder enttäuscht werden würde. Denn ein zweites Mal, das wusste sie, würde sie das nicht überleben.

15. Kapitel

Das Fest

Ich möchte gern mit meinem Vater telefonieren.«
Bärbel und Elke blickten überrascht von ihren Tellern auf. Zur Feier des Tages ihrer Rückkehr von dem entlegenen Auerkopf hatte Bärbel Heidelbeerpfannkuchen gemacht, und nun hatten sie alle tiefviolette Zungen.

»Klar, kein Problem«, beeilte Elke sich zu sagen. »Du kannst nachher im Büro telefonieren, da bist du ganz ungestört.«

Zoe nahm sich noch einen der duftenden Pfannkuchen, und Bärbel streute extraviel Puderzucker darüber. Aus jeder ihrer Pore strahlte sie Zufriedenheit darüber aus, dass ihr Ziehküken sich endlich wieder mit dem Vater versöhnen wollte.

»Ach, jetzt wird bald alles gut«, sagte sie erleichtert, als Zoe wenig später im Büro verschwunden war. »Ich hab von Anfang an gewusst, dass in diesem Maidle ein herzensguter Kern steckt.« Elke musste grinsen. Sie kannte keinen größeren Optimisten als ihre Mutter.

»Leider gibt es jetzt keine Überraschungsparty«, sagte Elke.

»Besser so«, meinte Bärbel. »Möchtest du auch Kaffee?«

»Ich mach das«, antwortete Elke und erhob sich, um die Kaffeemaschine in Gang zu bringen. Ihr war nicht entgangen, dass sich ihre Mutter noch schwerfälliger bewegte als vor einer Woche. Dennoch strahlte sie vor Heiterkeit. Bärbel war wirklich ein Phänomen.

»Nachher kommt übrigens der Bastian«, sagte sie gerade.

»Holt er wieder Käse?«

»Nein«, hörte Elke ihre Mutter sagen. »Er ... er kommt jetzt öfter.« Elke, die gerade die Kaffeepulvermenge in den Filter maß, warf ihrer Mutter einen erstaunten Blick zu. Beinahe hätte sie sich verzählt. »Komm, setz dich her«, sagte Bärbel auf einmal entschlossen. »Lass den Kaffee, ich muss dir etwas sagen.«

Verwirrt ließ Elke den Messlöffel sinken und setzte sich zu ihrer Mutter.

»Was ist denn?«, fragte sie bang. Bärbel war auf einmal so ernst, so aufgewühlt.

»Bastian und ich, wir sind jetzt zusammen«, sagte Bärbel mit fester Stimme und sah ihr dabei forschend in die Augen.

»Was ... was meinst du damit?«

»Herrje, Elke«, seufzte ihre Mutter. »Wir sind ein Paar. Ja. Seit ein paar Wochen schon. Ich hab's mir erst nicht eingestehen wollen, aber ... ich liebe Bastian. Und er liebt mich auch.«

Elke starrte ihre Mutter an und verstand für einen

Moment die Welt nicht mehr. Und doch wurde ihr sofort klar, wie dumm das von ihr war. Ihre Mutter war eine attraktive Frau, noch nicht einmal sechzig. Und Bastian …

»Das freut mich, Mama«, sagte sie und hörte selbst, wie lahm das klang. »Ich bin nur … entschuldige, aber ich …«

»Du hast mich schon zum alten Eisen gezählt«, unterbrach Bärbel sie mit einem spöttischen Lächeln. »Da bist du nicht die Einzige. Ich hab es selbst nicht fassen können. Aber jetzt hab ich mich entschieden.«

»Hauptsache, du bist glücklich«, sagte Elke und musste sich räuspern. Irgendetwas schien ihr Herz zusammenzupressen. Gönnte sie etwa ihrer Mutter das neue Glück nicht? Sie dachte an ihren Vater, und der alte Schmerz wallte in ihr auf. War das nicht Verrat?, fragte eine kleine gemeine Stimme in ihrem Kopf. Wie konnte ihre Mutter einfach einen anderen Mann lieben?

»Das bin ich, mein Kind«, sagte Bärbel mit warmer Stimme. »Ich bin sehr glücklich. So glücklich wie eine ganze Ewigkeit nicht mehr.«

Auf einmal war es Elke viel zu eng und stickig in der Küche. Der süße Duft der Heidelbeerpfannkuchen, der ihr eben noch so angenehm in die Nase gestiegen war, erschien ihr jetzt unerträglich.

»Ich … ich seh mal nach den Hunden.« Elke erhob sich. Sie blickte sich um. Der Filter der Kaffeemaschine stand offen, ebenso die Dose mit dem Kaffeepulver. Darum konnte sie sich jetzt nicht kümmern. Eilig verließ sie die Küche und trat in den Hof. Tara und Tim schliefen in ihrem Zwinger, es gab keinen Grund, sie zu wecken. Und Zita war mit den Ziegen auf der Weide. Hier war überhaupt nichts für sie zu tun. Eilig schlug Elke den Weg in Richtung Hasenkopf ein. Sie musste jetzt allein sein. Und dafür sorgen, dass wieder Klarheit in ihrem Kopf und Herzen herrschte, ehe sie Bastian gegenübertreten konnte. Klarheit? Wann hatte sie diese zuletzt gehabt?

Erst als sie oben auf dem Hochsitz angekommen war und über den Schwarzwald blickte, hinüber zum Auerkopf und weiter in Richtung Süden, wo wie eine Fata Morgana die schneebedeckten Schweizer Alpen am Horizont erkennbar waren, wurde ihr bewusst, welche Tragweite das, was ihre Mutter ihr gerade eröffnet hatte, auch für sie selbst haben konnte.

Bärbel und Bastian. Würde ihre Mutter den Hof verlassen? Sicher wollte Bastian, dass sie ihm in seinem Restaurant zur Seite stand. Der Lämmerhof war abgewirtschaftet, das war Elke nur allzu bewusst. Dieser Mann von der Bank würde ihnen den Rest geben. War es da nicht ein Glück, dass Bärbel eine neue Aufgabe für sich sah?

Was aber würde aus ihr werden und ihren Schafen? Sie waren ein System gewesen, sie und Bärbel. Brach jetzt auch noch diese Basis unter ihren Füßen zusammen?

Sie hat ein Recht darauf, sagte Elke sich. Immer wieder. Ich sollte mich freuen. Doch sie fühlte nichts außer Angst vor der Zukunft. Ich bin eine schlechte Tochter, schalt sie sich. Ich denke nur an mich.

Gedankenverloren klappte sie das hölzerne Brettchen vor sich um, das ihr Vater für seine Beobachtungsnoti-

zen angebracht hatte. »Habe niemals Angst vor Veränderungen«, hatte er einmal hier oben zu ihr gesagt, als
sie ihn um Rat gefragt hatte, sie wusste gar nicht mehr,
weswegen. »Wenn etwas zu Ende geht, kommt etwas
Neues«, hatte er ihr versichert. »Veränderungen sind
immer eine Chance. Und es hängt von dir ab, ob es gut
wird oder nicht.«

Ach Papa, dachte sie wehmütig. Du fehlst uns so.

Doch auf einmal wusste sie, dass er es gutheißen
würde. Er hatte ihre Mutter geliebt, er würde nicht wollen, dass sie ein einsames, verbittertes Witwendasein
führte bis an ihr Lebensende. Er und Bastian hatten
sich gut gekannt und einander geschätzt. Kein Fami-
lienfest, das man nicht im Auerhahn gefeiert hatte.

Los, gib dir einen Ruck, glaubte sie, die Stimme ihres
Vaters zu hören. Du steckst schon viel zu lange fest. Wer
niemals über seinen Schatten springt, wird vor der Zeit
alt.

Und auf einmal war sie wieder da, die Ruhe und Klarheit, die Elke so lange an sich vermisst hatte. Sie würde
jetzt nach Hause gehen, ihre Mutter in die Arme schließen und ihr von Herzen gratulieren. Und es auch so
meinen.

Eilig stieg sie vom Hochsitz und rannte den altver-
trauten Weg hinunter bis zum Hof. Außer Atem lief sie
in die Küche. Dort fand sie ihre Mutter nicht, wohl aber
Zoe, die das Geschirr abwusch.

»Bärbel ist zu den Bienen gegangen«, sagte sie auf
Elkes Frage hin.

Elke verlor keine Zeit und schlug den Weg zu den
Bienenkästen ein. Schon von Weitem sah sie die weiß

321

verhüllte Gestalt ihrer Mutter dort hantieren. Im sicheren Abstand von zwanzig Schritten blieb sie stehen und beobachtete Bärbel bei der Arbeit. So ruhig und souverän öffnete und schloss sie die Kästen, dass nur wenige Bienen sie umschwärmten. Nach einer Weile war sie fertig und sah auf.

»Was ist?«, fragte Bärbel, als sie zu ihr kam und den Schleier von ihrem Imkerhut hochschlug. Erschrocken erkannte Elke, dass ihre Mutter verletzt wirkte.

»Es tut mir leid«, sagte Elke und nahm sie in die Arme. Dass auf Bärbels Rücken noch ein paar Bienen herumkrabbelten, spielte in diesem Moment keine Rolle. »Ich möchte dir von Herzen gratulieren. Ich freue mich für dich und Bastian.«

Die Arme ihrer Mutter schlossen sich für einen Moment ganz fest um sie. Dann ließ Bärbel sie los.

»Du brauchst keine Angst zu haben«, sagte sie liebevoll. »Ich lass dich schon nicht im Stich. Wir haben ein paar Pläne geschmiedet und wollen eure Meinung dazu hören, deine und die deiner Schwester. Aber das hat alles keine Eile«, fügte sie hinzu, als Elke sie schon wieder besorgt ansah. »Bring du nur gut die Weidesaison zu Ende. Dann werden wir weitersehen.«

Elke lächelte erleichtert.

»Geht es den Bienen gut?«, fragte sie, als sie sich auf den Rückweg zum Hof machten. Bärbel nickte.

»Das wird ein erstklassiger Honig dieses Jahr«, sagte sie zufrieden.

Ein Wagen fuhr auf den Hof, er trug das Logo des Auerhahns. Und auf einmal wusste Elke, was sie an diesem Nachmittag zu tun hatte.

Elke steuerte den Wagen über die gewundene Strecke der berühmten Schwarzwaldhochstraße. Bastian hatte ihr sofort den Autoschlüssel in die Hand gedrückt, als sie ihn gebeten hatte, ihr für ein, zwei Stunden den Wagen zu leihen. Noch immer stand Bärbels Jeep in Antons Scheune, und es war ungewiss, ob er es schaffen würde, die alte Schüssel nochmals fahrtüchtig zu machen. Nicht allein der Auspuff hing an einem seidenen Faden, die gesamte Karosserie war durchgerostet, und ob sich die vielen notwendigen Schweißarbeiten überhaupt lohnen würden, war mehr als fraglich.

Eine weitere weit geschwungene Kurve, dann kam das Naturschutzzentrum in Sicht. Jetzt nur nicht den Mut verlieren, beschwor sich Elke selbst. Sie lenkte den Wagen auf den Besucherparkplatz, atmete ein paarmal tief durch und stieg aus.

Im Büro fand Elke Karl Hauser, der sie überrascht musterte.

»Es ist doch nichts passiert, oder?«, fragte er. »Das würde mir gerade noch fehlen.« Er wirkte verärgert. Doch wohl nicht ihretwegen?

»Nein«, antwortete Elke. »Alles bestens. Ist … Ich meine … ist Chris nicht hier?«

Karl betrachtete sie ein wenig zu lange, wie ihr schien, und Elke wurde es heiß. Was hatte das zu bedeuten? War er sauer auf sie?

»Er ist oben«, sagte er schließlich. »In der Gästewohnung. Und ich glaube, er packt gerade seine Sachen.« Ein eiskalter Schauer lief Elke über den Rücken. Chris packte seine Sachen? »Geh ruhig hoch«, fuhr Hauser fort. »Die Stiege hinauf bis unters Dach.«

Er schlug eine Akte auf und widmete sich ihr mit verbissener Miene. Elke wurde nicht schlau aus seinem Verhalten.

Sie verließ das Büro und betrachtete unschlüssig die steile Holztreppe. Sollte sie wirklich hinaufgehen? Ehe sie es sich anders überlegen konnte, machte sie sich auf den Weg. Oben angekommen, klopfte sie gegen die Tür der Gästewohnung.

»Komm rein«, hörte sie Chris' Stimme und drückte die Klinke herunter. »Ich bin im Schlafzimmer.«

Sie trat in den kleinen Flur. Die Tür zum Schlafzimmer stand offen. Chris faltete gerade ein Hemd zusammen. Vor ihm auf dem Bett sah Elke einen geöffneten Koffer.

»Du?«

Chris legte behutsam das Hemd weg und trat auf sie zu.

»Du packst?« Elke biss sich auf die Lippen. Nun, das war ja offensichtlich.

»Ja«, antwortete Chris. Um seinen Mund lag ein bitterer Zug. »Es war ein Fehler zurückzukommen. Das hab ich jetzt endlich auch kapiert.«

»Ich …« Elke musste schlucken, ihre Kehle war völlig ausgetrocknet. »Ich bin gekommen, um mich zu entschuldigen.« Jetzt war es heraus. »Wegen neulich. Ich war unmöglich zu dir. Du hast mir geholfen, und ich habe mich noch nicht einmal bedankt. Stattdessen habe ich dich fortgeschickt. Das tut mir leid.«

Ein weicher Ausdruck erschien in Chris' Augen.

»Das muss es nicht«, sagte er. »Du hast ja vollkommen recht. Ich hatte gedacht … ich meine, gehofft …

Aber das war dumm von mir. Manche Sachen lassen sich einfach nicht wiedergutmachen. Stimmt's?« Elke wusste nicht, was sie sagen sollte. Der Anblick des halb gepackten Koffers machte sie fassungslos. »Es ist alles meine Schuld«, fuhr Chris fort. »Es tut mir leid, dass ich dich in diese Situation gebracht habe. Aber damit ist jetzt Schluss. Ich habe Karl heute meine Kündigung gegeben.«

Nein, dachte Elke. Das darfst du nicht.

»Chris, ich …«

»Es ist besser so«, sagte er. »Mach dir um mich keine Gedanken, ich finde schon irgendwo einen anderen Job. Es ist nur …« Er rang mit sich. »Ich liebe dich noch immer, Elke. Ich habe dich immer geliebt. Das mit Carol war die größte Dummheit meines Lebens. Es gibt keine Entschuldigung dafür, ich weiß. Ich kann schließlich nicht erwarten, dass du nach all der Zeit noch dasselbe für mich empfindest. Und dass du mir das so deutlich klargemacht hast auf Elke-Art«, sagte er mit einem schmerzerfüllten Lächeln, »dafür bin ich dir sogar dankbar.«

Nein, dachte Elke verzweifelt. Du hast nichts verstanden, überhaupt nichts. Doch wie sollte sie ihm das sagen? Mit welchen Worten? Wusste sie denn selbst, was sie fühlte? Sie nahm all ihren Mut zusammen und sagte: »Aber vielleicht sollten wir noch mal …«

»Nein, Elke, ich hab es jetzt verstanden«, unterbrach er sie. »Du hast es mir mehrmals klar und deutlich erklärt, und ich hätte es wohl schon beim ersten Mal akzeptieren müssen. Es war dumm von mir zu glauben, dass du es dir anders überlegen könntest. Denn wenn man nichts mehr fühlt, nützt auch alles Überlegen nichts, oder?«

Elke schluckte. Wie konnte sie ihm nur klarmachen, dass er auf keinen Fall gehen durfte?

»Es ist schön, dass du gekommen bist«, sagte er jetzt leise. »Ich weiß das zu schätzen.«

Jetzt, dachte Elke. Jetzt musst du es aussprechen. Es ihm sagen. Doch Chris hatte sich von ihr abgewandt und begann, in seinem Schrank herumzuwühlen, der Moment war vorüber. Sie konnte sich nicht von der Stelle rühren. Sie brachte es einfach nicht fertig.

»Ist noch etwas?«, fragte er nach einer Weile irritiert.

Sie nickte. Und musste sich zweimal räuspern, um sprechen zu können. »Zoe hat morgen Geburtstag. Wir machen eine kleine Feier für sie. Und … sie wünscht sich, dass du kommst.«

Chris sah sie befremdet an. Dann schüttelte er den Kopf.

»Nein«, sagte er. »Das halte ich für keine gute Idee.«

»Sie wäre wahnsinnig enttäuscht«, gab Elke zu bedenken. Und ich auch, dachte sie. Oh mein Gott, wie enttäuscht werde ich sein, wenn du erst weg bist.

Chris musterte sie mit ungläubig gerunzelter Stirn.

»Du möchtest, dass ich komme?« Elke nickte. Sprechen konnte sie nicht. Irgendetwas schnürte ihr die Kehle zusammen. »Wirklich? Warum?«

Elke schluckte. Weil ich dich liebe, dachte sie. Weil ich nicht mehr ohne dich leben will, nie mehr. Sie schluckte erneut.

»Ich fände es schön«, brachte sie schließlich hervor. Dann war der Bann gebrochen, und sie stürmte aus der Wohnung, die Treppen hinunter und aus dem Gebäude.

Wie im Traum fuhr sie zurück. Chris würde wieder fortgehen. Aber vorher würde er noch einmal auf den Lämmerhof kommen. Vielleicht. Hoffentlich. Wahrscheinlich aber eher nicht.

Statt gleich nach Hause zu fahren, bog sie bei einem unscheinbaren Waldweg ab. Vorsichtig lenkte sie Bastians Wagen über die holprige Strecke, nahm einen Holzabfuhrweg und gelangte schließlich auf eine Piste, die sie alle nur den »Sandweg« nannten. Vor einer Lichtung hielt sie an. Ihre Herde graste geruhsam in dem eingezäunten Bereich, und wie jedes Mal lief ihr Victor als Erster entgegen.

Wenigstens hier war alles in Ordnung. Immer wenn sie diese Lichtung erreicht hatte, konnte sie sich ein paar Tage Pause gönnen. Nur hin und wieder musste sie den Pferch umstecken, damit die Schafe stets an gutes Futter kamen und die Grinde sorgfältig beweidet wurde.

Genau das tat sie jetzt und zählte dabei ihre Schafe, denn es gab nichts, was sie mehr beruhigte, als das. Und nach Gretel zu schauen und ihren beiden Lämmern. Nach Annabell. Und sich hier und dort um einen Huf zu kümmern. Nette hatte ein entzündetes Auge, vermutlich von einem Insektenstich, sie brauchte eine Salbe, zum Glück hatte Elke stets das Notwendigste in ihrer Schäferjacke bei sich. Momo hatte eine Zecke an der Unterlippe und blökte aufgebracht, bis sie sie entfernt hatte. Victor, Strega und Achill strichen um ihre Beine und wollten Zärtlichkeit und Lob, sie erhielten beides im Überfluss.

327

Warum ist alles so einfach, wenn ich mit meinen Tieren zusammen bin?, fragte Elke sich. Und warum so schwierig mit Chris? Ihre Hunde zeigten die Liebe zu ihr so offen und deutlich, keiner kam auf die Idee, dass er sich damit verletzlich machte, keiner verbarg seine Gefühle. Warum konnte sie das nicht auch? Jetzt, wo sie wusste, dass Chris sie noch immer liebte?

Sie ging zum Wagen und holte für jeden der Hunde seine Futterration, die sie eingepackt hatte. Zuerst fraß Victor, das war die Regel. Dann erhielten Strega und Achill ihren Anteil. Großmütig sah Victor ihnen dabei zu, und nur Elke wusste, welche Beherrschung es ihm abverlangte, ihnen ihr Futter nicht streitig zu machen. Es hatte viel Geduld und Arbeit gekostet, bis er das begriffen hatte. Schließlich füllte sie die Trinkgefäße der Hunde auf und verabschiedete sich.

Sie steuerte den Wagen zurück bis zur Bundesstraße. Dort überlegte sie. Nach rechts ging es zum Lämmerhof. Links lag das Naturschutzzentrum. Ein innerer Kampf tobte in Elke. Dann bog sie links ab. Sie musste noch mal mit ihm sprechen, und zwar richtig. Jetzt sofort.

»Chris ist ins Tal gefahren«, sagte Karl Hauser. Er musterte Elke mit einem Ausdruck, als ginge ihm im nächsten Moment die Geduld aus.

»Ist er ... abgereist?«

»Nein, noch nicht«, sagte Hauser. »Auf einmal brauchte er unbedingt einen neuen Hut. Soll ich ihm etwas ausrichten?«

Elke biss sich auf die Unterlippe und schüttelte den Kopf. Sie hatte sich so fest vorgenommen, endlich mit

Chris über ihre Gefühle zu sprechen. Undenkbar, Karl Hauser das anzuvertrauen.

»Elke«, sagte Karl und beugte sich ihr über den Schreibtisch entgegen. »Es braucht nur ein Wort von dir. Wirklich. Nur eines. Mach es euch beiden doch nicht so schwer.« Elke öffnete den Mund, schloss ihn wieder. Noch nie war Karl Hauser, den sie ihr ganzes Leben lang kannte, so persönlich geworden. Aber sie brachte nichts über die Lippen. »Ich sag ihm, dass du da warst. Okay?«

Doch da war sie schon draußen. Regelrecht aus dem Büro gerannt war sie.

Warum war das Leben so kompliziert?

Als sie zurück zum Lämmerhof kam, stand ein elegantes Auto mit Freiburger Nummer auf dem Hof. Julia saß aufgekratzt in der Küche und unterhielt sich mit Bärbel und Bastian. Als sie Elke sah, sprang sie auf und fiel ihrer Schwester um den Hals.

»Zoe und Phillip machen einen Spaziergang.« Julia glühte nur so vor Glück. »Ich weiß nicht, was du mit ihr angestellt hast, aber auf einmal spricht sie wieder mit ihrem Vater. Du glaubst nicht, wie glücklich er ist.«

Und du erst, dachte Elke liebevoll. Schon lange hatte sie ihre Schwester nicht mehr so strahlen sehen.

»Wir haben gerade über ein paar Ideen gesprochen«, erzählte Bärbel. »Wie wir den Hof wieder rentabler machen könnten.«

Elkes Augen brannten, und in ihrer Brust fühlte sie einen bohrenden Schmerz. Sie hatte alles verdorben. Das Letzte, wonach ihr im Augenblick war, waren

Zukunftspläne. »Was würdest du davon halten, wenn wir die Tenne ausbauen und dort eine Dependance vom Auerhahn aufmachen würden? Für Hochzeiten oder sonstige große Feste, wo die Leute lieber unter sich feiern wollen, und zwar in einem … wie heißt das? Besonderen Ambiente. Bastian meint, dass er schon lange nach so etwas gesucht hat.«

»Das heißt«, warf Julia ein, »dass hier nicht dauernd fremde Leute wären, sondern nur an den Wochenenden.«

»Und das auch nur im Sommer«, fügte der Auerhahnwirt hinzu. »Ganz selten finden Hochzeiten im Winter statt.«

Elke hörte das alles wie durch ein lautes Rauschen hindurch. Sie sah das erwartungsvolle Gesicht ihrer Mutter und nickte zu allem. Zu mehr hatte sie einfach keine Kraft.

»Wir könnten das Leibgedingehaus für dich ausbauen, Elke«, sagte sie gerade. »Dann wärst du ein bisschen abseits von dem allen. Und hättest endlich eine eigene Wohnung.«

Wozu brauch ich eine eigene Wohnung, dachte Elke und sah sich bereits als alte, verbitterte Frau ganz allein in dem Haus, in dem früher ihre Großeltern gelebt hatten. War das ihre Zukunft?

»Wir können auch ein anderes Mal darüber reden«, hörte sie Bärbel sagen. »Ist dir nicht gut, Maidle? Du bist auf einmal so bleich.«

»Nein, es ist nichts«, sagte Elke und stand auf. Sie sah sich um. Auf einmal war ihr die so vertraute Küche fremd. Ihre Mutter hatte recht, es war schon immer

Bärbels Küche gewesen. Bärbels Hof. Elke war zweiunddreißig Jahre alt und wohnte noch immer in ihrem Kinderzimmer. Freilich hatten sie es vor einigen Jahren renoviert, und sie hatte sich neue Möbel gekauft. Trotzdem. Zehn Jahre lang hatte ihr Leben stillgestanden. Keine Angst vor Veränderung? Ihre Mutter hatte recht. Es wurde Zeit, dass sich auch in ihrem Leben etwas änderte. Doch welche Aussichten blieben ihr?

Sie entschuldigte sich und ging hinauf in ihr Zimmer. Es dauerte nicht lange, und Julia folgte ihr.

»Darf ich?« Elke zuckte mit den Schultern. Sie saß in ihrem Schaukelstuhl und starrte an die Wand. »Was ist denn passiert?«

»Nichts«, antwortete Elke. Genau so war es. Nichts war passiert. Und doch würde das, was sie heute versäumt hatte zu tun, Folgen haben.

»Ich bin dir so dankbar«, sagte Julia. »Zoe ist völlig … verändert. Ich glaube, jetzt wird alles gut werden.« Und als Elke schwieg, fügte sie hinzu: »Das mit dem Grenzbeamten, dass der Mann blind bleiben würde, das war übrigens eine Fehldiagnose. Er kann inzwischen wieder etwas sehen, und es heißt, dass er bald ganz gesund wird. Ist das nicht wunderbar?«

»Ja«, sagte Elke mechanisch.

»Eric hat mir übrigens dieses Video gegeben mit den Motorradfahrern. Die Aufnahme ist nicht besonders gut, aber immerhin ein Anhaltspunkt. Die Polizei fahndet jetzt nach denen.«

»Weißt du, Jule«, sagte Elke schließlich, »ich bin ehrlich müde. Kannst du mich bitte allein lassen?«

Julia sah sie erschrocken an.

»Ja natürlich«, beeilte sie sich zu sagen. »Fühlst du dich krank? Kann ich irgendwas für dich tun? Dich beschäftigt doch etwas, das sehe ich dir an.«

»Lass mich einfach in Ruhe!«

Sofort tat es Elke leid. Sie sollte ihre Schwester nicht anschreien. Was konnte Jule dafür, dass sie Chris bald schon erneut verlieren würde? Nichts. Es war ganz allein ihre eigene Schuld.

Auf der gut und gern zwanzig Zentimeter hohen Schwarzwälder Kirschtorte prangten sechzehn Kerzen. Bärbel hatte sich wieder einmal selbst übertroffen.

»Alles Gute für dich«, sangen Bärbel, Bastian, Julia, Phillip und Lena, während Elke sich damit begnügte, leise mitzusummen. Singen war ihre Sache nicht.

Zoe strahlte, und als es ans Ausblasen der Kerzen ging, löschte sie unter dem Jubel der anderen alle sechzehn mit einem einzigen Atemzug.

»Geschenke«, rief Bärbel und reichte Zoe ein liebevoll verpacktes Päckchen.

»Ein Buch?«, fragte Zoe und wog das Geschenk in der Hand. Bärbel machte ein Pokergesicht und grinste. Zum Vorschein kam eine Kladde, in die Bärbel mit der Hand die Rezepte all jener Gerichte eingetragen hatte, die Zoe besonders gern mochte, und das war nahezu alles, was Bärbel je gekocht hatte.

»Bis auf die Kutteln«, rief Zoe und schüttelte sich in Erinnerung daran.

»Die stehen hier auch nicht drin«, beruhigte Bärbel sie. »Dafür alles andere.«

»Und das ist von mir«, sagte Phillip. Elke konnte

die Nervosität in seiner Stimme erkennen, als er seiner Tochter ein handliches Päckchen reichte.

Gespannt riss Zoe das Geschenkpapier auf. Über das, was zum Vorschein kam, war Elke genauso überrascht wie das Geburtstagkind vermutlich: ein brandneues Smartphone.

»Aber ...«, stammelte Zoe mit einem Blick auf Julia. »Darf ich das denn haben?«

»Ja, Zoe«, antwortete sie. »Du bist jetzt schon so lange hier. Wir vertrauen dir, dass du verantwortungs-voll damit umgehst.«

Zoe wurde ganz still und schien vor Freude von innen heraus zu strahlen. Elke dachte an die zornige Zoe, die damals auf ihre Weide gekommen war. Sie war tatsächlich erwachsener geworden. Entspannter. Und sie wirkte viel glücklicher.

Auch zwischen Julia und Phillip schien es gut zu lau-fen. Doch mit Sorge dachte Elke daran, wie Zoe es auf-nehmen würde, dass ihr Vater mit einer Frau zusammen war, und das ausgerechnet mit Julia. Doch was zerbrach sie sich die Köpfe anderer. Sie hatte ihre eigenen Sorgen.

Zoe erzählte ihrem Vater von der Herde, von Vic-tor und den beiden Lämmern Momo und Beppo und machte gerade den Vorschlag, gemeinsam zur Herde zu fahren, als Chris' alter Ford doch noch vor dem Küchenfenster hielt. Elkes Herz setzte aus und begann dann wie wild zu rasen. Alle verstummten, sogar Zoe schwieg, als die Tür aufging und Chris hereintrat.

»Alles Gute zum Geburtstag«, sagte er und vermied es, Elke anzusehen. »Du wirst sechzehn, nicht wahr?«

»Ja«, antwortete Zoe mit einem strahlenden Lächeln

und stand auf, um ihn zu begrüßen. »Super, dass du doch gekommen bist!«

»Wenn man sechzehn wird«, sagte Chris, »braucht man unbedingt einen anständigen Hut.«

Er zauberte einen brandneuen Rangerhut unter seinem Arm hervor, der seinem ziemlich ähnlich sah, und setzte ihn Zoe behutsam auf.

»Passt«, befand er zufrieden.

Zoe stieß einen spitzen Begeisterungsschrei aus und rannte mit dem Hut auf dem Kopf zu dem kleinen Spiegel über der Spüle.

»Danke«, rief sie und fiel Chris um den Hals. »Papa«, wandte sie sich dann an Phillip, »das ist Chris. Er ist der neue Leiter der Naturschutzbehörde hier oben. Chris, das ist mein Vater.« Es war deutlich zu erkennen, wie stolz Zoe auf diesen Geburtstagsgast war. »Chris hat uns geholfen, als wir mit der Herde an diesem See vorbeimussten und dann auf einen ziemlich hohen Berg. Und er hat beide Lämmer getragen.«

Phillip wirkte, als hätte er Sorge, mit diesen großartigen Leistungen Schritt halten zu können.

»Setz dich doch«, bat Bärbel. »Und iss ein Stück Torte mit uns.«

Doch Chris schüttelte den Kopf.

»Ich muss weiter«, sagte er.

»Ach komm«, mischte sich Julia ein. »Was immer du vorhast, für ein Stück von Mamas Schwarzwälder Kirschtorte ist immer Zeit.«

»Ich muss nach Frankfurt«, erklärte Chris mit einer Stimme, mit der nicht zu verhandeln war. »Mein Flugzeug geht heute Nacht.«

Auf einmal herrschte Totenstille in der Küche. Alle starrten Chris entgeistert an. Dann warf Bärbel Elke einen Blick zu, der ihr beinahe das Blut in den Adern gefrieren ließ.

»Wo fliegst du denn hin?«, wollte Zoe wissen, noch immer den Hut auf dem Kopf.

»Zurück nach Kanada«, antwortete Chris. »Sie haben mir dort eine Stelle angeboten.«

»Aber das kannst du nicht machen.« Zoe riss sich den Hut vom Kopf. Alles an ihr war reinste Empörung. »Du kannst nicht schon wieder einfach … einfach so gehen.« Sie warf Elke einen hilfesuchenden Blick zu. Chris jedoch betrachtete sie mit einer Mischung aus Schmerz und Erheiterung.

»So einfach, wie du denkst, ist es nicht, Zoe«, sagte er leise. Dann sah er in die Runde. Nur Elke streifte er mit einem besonders kurzen Blick. »Also dann … Macht es gut alle miteinander.« Und wandte sich zur Tür.

Alle waren wie gelähmt. Auch Elke hatte das Gefühl, zur Salzsäule erstarrt zu sein. Doch als sie draußen den Motor anspringen hörte, bewegten sich ihre Beine wie von selbst. Sie stürzte zur Tür und hinaus, rannte zu dem langsam anrollenden Ford und hämmerte gegen die Fahrerscheibe.

Der Wagen hielt an. Zwei schreckliche Sekunden lang geschah nichts, und Elke fürchtete bereits, er würde einfach Gas geben und losfahren. Dann glitt die Fensterscheibe nach unten.

»Was ist?«, fragte Chris, und seine Stimme klang müde.

»Ich will nicht, dass du fortgehst«, brachte Elke hervor.

Chris sah sie an mit diesen Augen, in denen der gesamte Sommerhimmel versammelt schien.

»Was willst du dann?«, fragte er.

»Dass du bleibst«, flüsterte Elke so leise, dass sie befürchtete, er könnte es nicht gehört haben.

»Wirklich?«

Sie nickte. Ihre Augen brannten. Was würde Chris nun tun?

Er öffnete die Tür und stieg aus. Im nächsten Moment lag sie in seinen Armen.

»Ich liebe dich doch«, schluchzte sie. »Schon immer und ewig.« Dann konnte sie nichts mehr sagen, doch das war auch nicht nötig. Chris hielt sie fest. Alle Anspannung löste sich auf, und ihr war, als fiele eine Zentnerlast von ihr ab.

»Ich liebe dich auch«, sagte Chris leise an ihrem Ohr. »Schon immer und ewig.«

Zoe

Draußen auf dem Hof umarmten sich Elke und Chris, das wurde ja auch Zeit. Doch dann glaubte sie, ihren Augen nicht zu trauen. Oder als würden sie ihr auf einmal ganz weit geöffnet: Ihr Vater tastete nach der Hand dieser Sozialarbeiterin, die lehnte sich an ihn, und er drückte ihr einen Kuss auf die Schläfe. Das Ganze dauerte vielleicht eine Sekunde, dann taten die zwei, als wäre nichts geschehen.

In Zoes Innern wurde es plötzlich eiskalt. Diese Heuchler. Und auf einmal war alles vollkommen logisch: Deshalb setzte sich diese Julia so für sie ein. Nur weil sie scharf auf ihren Vater war. Es ging ihr überhaupt nicht um sie.

Keinem fiel auf, wie schweigsam sie auf einmal war. Als Elke mit Chris endlich ins Haus kam, waren alle nur mit sich selbst und den beiden beschäftigt. Sie hätte es wissen müssen. Die Erwachsenen waren einfach nicht ehrlich.

Sie hielt noch eine gute Stunde durch, dann wollte sie sich in ihre Kammer schleichen. Im ersten Stock hörte sie auf einmal Julias Stimme. Sie blieb stehen und lauschte.

337

»… wenn Zoe wieder bei ihrem Vater wohnt, kommt Elke dann klar ohne das Geld, das sie für ihren Aufenthalt hier bekommt?«

In Zoes Ohren begann es zu dröhnen. Was Bärbel antwortete, bekam sie nicht mehr mit. So leise sie konnte, zog sie sich in ihr Zimmer zurück. Dort setzte sie sich auf ihr Bett und presste die Hände gegen ihre Brust. Warum tat das so weh? Weil sie gedacht hatte, dass diese Schäferin es ehrlich mit ihr gemeint hatte?

Ja, sie hatte tatsächlich geglaubt, dass Elke eine der wenigen war, die nicht bestechlich waren. Und wieder hatte sie sich getäuscht. Sie ließ sich dafür bezahlen, dass sie nett zu ihr war.

Lange saß sie so da und brütete vor sich hin. Man rief nach ihr, und um keinen Verdacht zu erregen, riss sie sich zusammen, ging hinunter in die Küche und verabschiedete sich von allen. Bedankte sich mechanisch für die Geschenke. Und sagte, dass sie jetzt müde sei. Keiner merkte, was wirklich mit ihr los war.

Nach und nach erstarben die Stimmen und Geräusche, ein Auto fuhr ab. Julia und ihr Vater waren gemeinsam gekommen. Konnte sie sich ja jetzt denken, wohin sie fuhren, um die Nacht miteinander zu verbringen.

Sie stand am Fenster und sah die Scheinwerfer, die sich in der Ferne verloren. Vor ihrem inneren Auge stiegen Bilder auf. Das Schlafzimmer ihrer Eltern. Das lachende Gesicht ihrer Mutter. Nein. Das war nicht zu ertragen.

Sie sah sich in ihrer spartanischen Kammer um. Sie dachte an die vergangenen Wochen und Monate. An Gretel und ihre Lämmer. An die Nacht oben auf dem

Auerkopf und den Sternenhimmel, der sie beinahe aufgesaugt hätte. An das Gefühl, hier oben endlich angekommen zu sein und seit dem Tod ihrer Mutter zum ersten Mal wieder so etwas wie Frieden zu empfinden. Aber wenn sie es sich recht überlegte, war das alles nur Schein und Trug. Frieden gab es für sie nicht. Die Erwachsenen waren alle Lügner. Nun, außer Bärbel vielleicht. Aber auch dafür würde sie nicht die Hand ins Feuer legen. Die waren nämlich ganz schön raffiniert, diese Lämmerhof-Weiber. Und nicht zuletzt hatte sie selbst sich auch seit Wochen belogen. Denn sie gehörte nun mal nicht hierher.

Es war spät. Das Käuzchen rief. Und Zoe saß noch immer in voller Montur auf ihrem Bett. Zeit, eine Entscheidung zu treffen. Doch als dieser Gedanke kam, wurde ihr klar, dass sie sich bereits entschieden hatte.

Leander. Als die Motorradmänner aufgetaucht waren, hatte sie Angst bekommen. Feige war sie geworden. Dabei war er doch gar nicht so wie die. Vielleicht litt er sogar unter ihnen. Womöglich brauchte er sie.

»Leander«, sagte sie leise vor sich hin und versuchte, das Gefühl der Sehnsucht, das doch irgendwo in ihr stecken musste, heraufzubeschwören. Nach einer Weile gelang es ihr. Oder war das, was sie da spürte, nur die Erinnerung an die große Liebe, die sie einmal für ihn empfunden hatte? Aber war die wahre Liebe nicht unsterblich?

Sie würde es herausfinden. Man hatte sie zu lange von ihm ferngehalten und mit Lügen in die falsche Richtung getrieben. Das hatte nun ein Ende. Noch heute Nacht würde sie für immer verschwinden.

Zoe schluckte. Um Victor tat es ihr leid. Und um die Lämmer. Doch die würden schon zurechtkommen, immerhin hatten sie ihre Mama. Sie wurden sowieso von Tag zu Tag selbstständiger. Momo und Beppo brauchten sie nicht mehr. Keiner brauchte Zoe. Im Gegenteil. Überall war sie nur im Weg.

Worauf wartete sie also noch? So leicht wie in dieser Nacht würde es ihr nicht mehr so schnell gelingen.

Ihr Vater war mit dieser Julia abgezischt. Und Elke mit Chris. Alle waren sie glücklich heute Nacht. Sogar Bärbel, seit dieser grauhaarige Opa von dem Restaurant sie anschmachtete. Nur sie war allein. Zoe zog die Nase hoch. Nein, sie würde jetzt nicht heulen. Sie würde sich auf den Weg machen. Zurück in die Welt, in die sie eigentlich gehörte.

Leise stand sie auf und überlegte, was sie mitnehmen sollte. Das neue Handy natürlich. Sie lachte bitter auf bei dem Gedanken, dass sie ihr ausgerechnet heute den Schlüssel zur Freiheit in die Hand gegeben hatten. Vertrauen. Pah! Sie hatte vertraut. Es war der größte Fehler ihres Lebens gewesen. Und wenn sie glaubten, sie damit kontrollieren zu können, dann hatten sie sich getäuscht. Rasch deaktivierte Zoe in dem Gerät alle Einstellungen, mit deren Hilfe man sie orten konnte.

Sollte sie Chris' Hut mitnehmen? Besser nicht. Leander würde sie auslachen, wenn sie wie eine Cowboybraut daherkam. Leise setzte sie ihren Tourenrucksack mit Schlafsack und Isomatte auf, denn man wusste schließlich nie. Dann nahm sie Schuhe und Strümpfe in die Hand. Ihre Wasserflasche würde sie am Brunnen

340

auffüllen, der lag auf der anderen Seite des Hauses, und Bärbel würde sie nicht hören.

So schlich sie die Holzstiege hinunter. Inzwischen wusste sie genau, welche der Stufen knarrte und welche nicht. Ohne das geringste Geräusch zu verursachen, gelangte sie in die Küche. Sie stahl die Dose mit Bärbels Keksen vom Regal und stopfte sie in ihren Rucksack. Und ein paar Äpfel. Das musste reichen.

Gerade noch rechtzeitig fiel ihr ein, dass Tim und Tara draußen im Zwinger waren. Also würde sie die Wasserflasche irgendwo anders auffüllen, Brunnen gab es schließlich genug im Schwarzwald.

Unbemerkt gelangte sie in den Hof und ging so rasch wie möglich die Auffahrt hinunter bis zur Straße. Keiner der Hunde hatte angeschlagen. Aber auch kein Auto war unterwegs.

Es war ziemlich weit bis nach Freiburg, und sie hoffte auf eine Mitfahrgelegenheit. Jetzt musste sie erst einmal verschwinden, so weit wie möglich.

Ehe die Straße in den Wald mündete, drehte sich Zoe noch einmal um. Der Mond war jetzt fast voll und schien direkt auf den Lämmerhof. Wie es so auf der Anhöhe hockte, wirkte das alte Haus mit seinen Fenstern und Türen fast wie ein lebendiges Wesen, das ihr gleichgültig nachblickte. Ein seltsames, bohrendes Gefühl wuchs in Zoes Brust. Hier hatte sie für kurze Zeit geglaubt, wieder glücklich sein zu können, so wie früher. Ihren Irrtum hatte sie gerade noch rechtzeitig bemerkt.

Entschlossen drehte sie dem Lämmerhof den Rücken und ging weiter die Straße entlang, die in großen Bogen immer Richtung Süden führte. Dort lag Freiburg. Dort wartete Leander. Sie würden untertauchen und ein Leben jenseits der Gesetze führen.

Die Blasen waren verheilt. Sie fühlte sich stark. Nie war ihre Kondition besser gewesen. Der Gedanke an Leander verlieh ihr Flügel.

Gegen neun erreichte sie den Mummelsee. Hier standen bereits Busse, aus denen Touristen quollen. Sie verteilten sich in den Andenkenläden und dem Restaurant, ältere Damen strebten den Toiletten zu. Zoe beobachtete alles ganz genau.

Sie war erschöpft, schließlich war sie die ganze Nacht hindurch gewandert. Schließlich sprach sie eine junge Frau an, die neben der Fahrertür eines Busses stand und eine Zigarette rauchte. Eine Stunde Aufenthalt, erzählte die Fahrerin. Dann ging es weiter nach Freiburg. Zoe konnte ihr Glück kaum fassen. Sie erfand eine Lügengeschichte, in der eine Großmutter vorkam, die im Krankenhaus im Sterben lag. Natürlich nahm die Frau sie mit. Und obwohl der Bus noch an vielen weiteren Stellen hielt, wo die Rentner alles fotografierten, was ihnen vor die Linsen kam, erreichte sie gegen Mittag Freiburg.

»Soll ich dich zum Krankenhaus bringen?«, fragte die freundliche Busfahrerin, als die Touristen in der Nähe des Münsters aus dem Bus strömten. »Ich muss ohnehin woanders parken.«

»Danke, das ist nicht nötig«, antwortete Zoe. Sie hatte im Bus ein paar Stunden schlafen können, das hatte gutgetan. Jetzt winkte sie noch einmal zurück und verschwand in einer der Altstadtgassen.

16. Kapitel

Spurensuche

Bist du sicher?«, fragte Elke und sah auf ihre Armbanduhr.

Es war fast Mittag, und sie waren gerade in Chris' Ford auf dem Weg zu ihrer Herde.

Sie hatten die Nacht gemeinsam verbracht, in der Gästewohnung unter dem Dach des Naturschutzzentrums. Jetzt war Elke noch immer von Kopf bis Fuß angefüllt mit Zärtlichkeit und Liebe. Auch wenn ihr Verstand sich lange gewehrt hatte, ihr Körper hatte ganz genau gewusst, was er wollte. Sie war glücklich. Auf eine Weise, wie sie es lange Zeit nicht mehr gewesen war.

An diesem Morgen waren sie beide früh wach geworden und hatten sich stundenlang erzählt. Von dem Unfall ihres Vaters. Von Chris' Trennung von Carol. Wie Elke ihre Herde übernommen hatte. Wie es in Kanada gewesen war. So vieles hatten sie aufzuholen. Und dazwischen immer wieder Zärtlichkeiten. Sie waren noch nicht einmal bei der Gegenwart angekommen, geschweige denn in der Zukunft. Wie alles weitergehen sollte, daran dachten sie nicht. Eines stand jedenfalls fest: Chris würde nicht nach Kanada zurückgehen.

Dann war der Anruf gekommen. Bärbel war so außer sich, wie Elke sie schon lange nicht mehr erlebt hatte.

»Das glaub ich nicht«, sagte Elke, und Chris sah sie besorgt an. »Warum sollte sie auf einmal weglaufen? Jetzt doch nicht mehr. Hast du überall nachgesehen? Im Ziegenstall? Bei den Bienen?«

Ja, Bärbel hatte den gesamten Hof abgesucht.

»Sie hat ihren Rucksack mitgenommen«, berichtete sie. »Schlafsack und Isomatte.«

»Aber das ergibt doch gar keinen Sinn!«

»Was ist los?«, fragte Chris, als sie das Gespräch beendet hatte.

»Zoe ist weg.«

Einen kurzen Moment hatte Elke gehofft, Zoe hätte es zu den Lämmern auf die Weide gezogen. Doch da war sie nicht. Natürlich nicht. Schließlich war es ziemlich weit zu Fuß dorthin. In aller Eile versorgten sie die Hunde, steckten den Pferch um und fuhren dann zum Lämmerhof.

»Vielleicht ist sie wieder aufgetaucht«, machte Chris ihr Mut.

Doch das war nicht der Fall.

In Zoes Kammer fanden sie keinen Hinweis.

»Sie hat den Hut nicht mitgenommen«, bemerkte Chris.

Und da ahnte Elke, wo Zoe sein könnte.

»Sie ist zurück nach Freiburg gegangen«, sagte sie.

»Zurück zu diesen Leuten. In ihr altes Leben. Da würde der Hut nur stören.«

»Aber warum?« Bärbel sah aus, als verstünde sie die Welt nicht mehr.

»Irgendetwas muss passiert sein gestern.« Elke biss sich auf die Lippen. Wäre sie nicht so auf sich selbst fixiert gewesen, wäre Zoe womöglich noch hier. »Wir müssen mit ihrem Vater reden. Und mit Jule. Vielleicht haben sie sich am Ende doch wieder gestritten?«

»Was ist mit dem Handy?«, fragte Chris.

»Du meinst, wir sollten sie anrufen?«

»Vielleicht.«

»Aber wenn sie wirklich weggelaufen ist, dann würde sie nicht rangehen, oder?«

»Könnte man sie damit nicht orten?«

»Ich bin sicher, dass sie auf dem Weg nach Freiburg ist.«

Sie verständigten Julia und Phillip und beschlossen, die Strecke abzufahren. Weit konnte Zoe zu Fuß nicht gekommen sein. Bis zum Mummelsee vielleicht. Doch dort war sie nicht.

»Irgendjemand könnte sie mitgenommen haben«, sagte Elke, als sie auf dem Parkplatz vor dem Mummelseehotel standen, der an diesem schönen Sommertag von Touristen nur so wimmelte. Sie fragten an der Rezeption, an der Theke des Restaurants und an der Kasse des Andenkenladens nach einer Sechzehnjährigen mit Rucksack, doch alle zuckten bloß mit den Schultern.

»Von der Sorte kommen hier Hunderte vorbei«,

sagte die Verkäuferin genervt und widmete sich einer Gruppe japanischer Touristen.

»Und jetzt?«

Elke war ratlos. Diese vielen Menschen machten sie ganz nervös. Bei dem Gedanken, Zoe könnte zu diesen Männern gehen, die mit ihren Motorrädern auf ihrer Weide waren, wurde ihr schlecht.

»Lass uns zu Phillip fahren«, sagte sie. »Und uns mit ihm und Jule beraten, was zu tun ist.«

Es war ein seltsames Gefühl, Zoes Zuhause zu betreten. Phillip de Vitt bewohnte einen geschmackvollen Bungalow im Bauhausstil in einem Dorf in der Nähe von Freiburg. Es war eine teure Gegend, Freiburg als Universitätsstadt war ohnehin ein kostspieliges Pflaster. Aber wer es sich leisten konnte, der lebte in den Ausläufern des Schwarzwalds, wo die Immobilienpreise leicht mit anderen Großstädten mithalten konnten.

De Vitt öffnete, bleich bis unter die blonden Haare, und bat sie ins Wohnzimmer. Es war ein großer lichter Raum mit einem eleganten Ensemble aus beigefarbenen Sofas verschiedener Größen. Eine Fensterfront ließ den Blick in den Garten frei. Auf der anderen Seite schloss sich offenbar Phillips Arbeitsbereich an mit einem über Eck laufenden Schreibtisch mit mehreren Bildschirmen und Spielkonsolen, Druckern, Plottern und einer Menge weiterer Geräte. Elke hatte wieder Zoes Stimme im Ohr, wie sie ihr und dem Pilger mit unterdrücktem Zorn von ihrem Vater erzählt hatte, der nichts anderes im Kopf habe als die Computerspiele, die er entwarf.

»Ich hätte viel besser auf sie aufpassen sollen«, klagte

346

er jetzt. »Aber ich habe gedacht, dass sie ihre Freiräume braucht. Jedenfalls hatte der Psychologe es damals so gesagt. Aber das war falsch. Und jetzt hab ich sie schon wieder verloren.«

Phillip de Vitt war den Tränen nahe.

»Wo ist Julia?«, fragte Elke.

»In der Stadt, bei der Polizei. Sie wollen versuchen, sie über das Handy zu finden.«

»Hast du denn gar keine Vermutung, mit welchen Leuten sie verkehrte, bevor sie zu Elke kam?« Chris wirkte, als könnte er sich nicht vorstellen, dass ein Vater so wenig von seiner eigenen Tochter wusste. Phillip schüttelte niedergeschlagen den Kopf.

»Ich hatte ja keine Ahnung«, sagte er und rang die Hände. »Zoe hat immer behauptet, bei ihrer Freundin Chantal zu sein. Sie waren Klassenkameradinnen, Chantal hat sie manchmal hier besucht. Aber die beiden haben sich jedes Mal in Zoes Zimmer zurückgezogen. Soll ich … möchtet ihr vielleicht einen Kaffee?«

»Nein«, antwortete Elke. »Kann ich mir Zoes Zimmer mal ansehen?«

Phillip wirkte überrascht. Er zögerte.

»Ich hab ihr mal versprechen müssen, niemals fremde Leute in ihr Zimmer zu lassen«, gab er zu bedenken.

»Da kannst du beruhigt sein«, antwortete Elke mit einem Lächeln. »Mich würde Zoe nicht als Fremde betrachten. Wir haben Nacht für Nacht gemeinsam auf einsamen Weiden verbracht. Glaub mir, da lernt man sich kennen, ob man will oder nicht.«

Das schien Phillip zu überzeugen. Er führte sie eine

Treppe hinauf und öffnete eine Tür. Unten läutete das Telefon, und Elke war fast erleichtert, als er sie allein in Zoes Reich ließ.

Das Zimmer war riesig, Elke schätzte es auf gut und gern vierzig Quadratmeter. An der Wand ein Bett mit einer schwarz-weiß gemusterten Tagesdecke. Ein natur- weißer Flokati, der fast den gesamten Boden bedeckte. Ein Schreibtisch mit Schulbüchern und Heften. Alles wirkte ordentlich und aufgeräumt.

Wo würde Zoe etwas, das ihr enorm wichtig war und das sie vor den Augen ihres Vaters verstecken musste, aufbewahren? Elke stellte sich mitten ins Zimmer und ließ den Blick über die Wände gleiten. Hundefotos in allen Größen an einer Seite, vor allem ein Labrador beherrschte die Collage. Eine Weltkarte bedeckte die gegenüberliegende Wand. An der dritten hingen Poster von Lady Gaga und einem anderen weiblichen Popstar, den Elke nur dem Sehen nach kannte. Die vierte Wand bestand aus einem großen Panoramafenster.

Elke ging zum Bett und setzte sich darauf, so wie sie sich vorstellte, dass Zoe es tat. Ihr Blick fiel auf eine kleine Fotografie in einem Rahmen, die auf der Konsole über dem Kopfende des Bettes stand. Ein Frauenporträt. So könnte Zoe aussehen, wenn sie einmal erwachsen sein würde.

»Ihre Mutter«, sagte Elke leise vor sich hin und nahm den Bilderrahmen in die Hand.

Zoes Mutter lachte auf dem Foto und ließ blitzende Zähne sehen. Elke fühlte auf einmal ein Kribbeln in der Bauchgegend, so als käme sie einem Geheimnis auf die Spur. Doch welchem?

Sie dachte daran, wie sie selbst seit Jahren ein bestimmtes Foto versteckte, nämlich hinter dem Jugendfoto ihrer Mutter. Ohne darüber nachzudenken, drehte sie den Rahmen um und öffnete die beiden Metallzungen, die die Rückseite festhielten. Der Pappdeckel löste sich, und das Foto fiel Elke in den Schoß. Doch nicht nur das von Zoes Mutter. Da war noch ein zweites Bild, das hinter ihrem Porträt verborgen gewesen war.

Elke drehte es um und betrachtete es. Das Foto zeigte Zoe mit einem jungen Mann. Er war schlank und gut aussehend, trug die blonden Haare modisch geschnitten und überragte Zoe um einen guten Kopf. Sein Lächeln hatte etwas aalglatt Verführerisches an sich, irgendetwas, das Elke auf den ersten Blick irritierte. Sie schätzte ihn auf ungefähr zwanzig. Zoe strahlte auf dem Foto und lehnte sich gegen ihren Begleiter. Elke hob das Bild ganz nah vor ihr Gesicht, und da sah sie es. Der Mann hatte zwei verschiedenfarbige Augen. Das eine war braun, das andere von einem hellen, durchdringenden Blau. Wie das Auge eines Huskys, dachte Elke.

Sie drehte das Foto um. *Mit Leander, an seinem Geburtstag,* stand dort. Darunter hatte Zoe ein Herz gemalt.

»Leander also«, murmelte Elke.

Sie brachte den Rahmen wieder in Ordnung und stellte ihn an seinen Platz.

»Hast du was gefunden?«, fragte Phillip, der den Kopf zur Tür hereinstreckte.

Elke nickte, nahm das Foto und erhob sich von Zoes Bett.

»Weißt du, wer Leander ist?«

Zoe

Sie suchte jeden einzelnen Ort auf, wo sie sich schon einmal mit Leander getroffen hatte, doch sie konnte ihn nirgends finden. Im Stadtgarten setzte sie sich auf eine Bank, leerte Bärbels Keksdose und ließ sie dann in einem Papierkorb verschwinden. Sie hätte daran denken sollen, mehr Geld mitzunehmen. Seit man sie in den Schwarzwald verpflanzt hatte, hatte sie keines mehr gebraucht. In ihrer Jeans steckte noch ein Zehneuroschein, den sie damals an Julia vorbeigemogelt hatte. Mehr hatte sie nicht.

Was sie brauchte, war ein Plan. Bislang war es ihr Ziel gewesen, Leander finden. Dass es nicht so einfach werden würde, war ihr klar gewesen. Doch in der Nacht hatte sie nicht an die Schwierigkeiten gedacht.

Die Stadt kam ihr fremd und schmutzig vor. Zu viel Asphalt, zu wenig Grün, zu viele Autos. Auch die Straßenbahnen fand sie hässlich. Und in der Altstadt waren eindeutig zu viele Touristen. Auf dem nahen Spielplatz kreischten zwei verwöhnte kleine Gören.

Sie hatte zu lange in der Einöde gelebt. Die vielen Menschen schüchterten sie ein.

Sie könnte bei Chantal vorbeischauen. Ob sie wohl

noch im Krankenhaus war? Sie hatte nicht gefragt, in welchem. Bei Chantals Eltern konnte sie ja schlecht aufkreuzen. Da könnte sie genauso gut gleich nach Hause gehen.

Nach Hause. Kurz zog sich Zoes Herz schmerzhaft zusammen. Dann straffte sie sich. Sie hatte schon lange kein Zuhause mehr.

Eine junge Frau mit einem großen struppigen Hund ging vorbei, er erinnerte sie an Victor. Der Hund reckte die schwarz glänzende Nase in ihre Richtung, schnupperte und wedelte mit dem Schwanz, so als würde er sie kennen. Mit Hunden hatte sie sich schon immer gut verstanden. Schade, dass die Welt nicht nur aus Hunden bestand.

Ein verwahrloster Typ mit Rastalocken schlenderte heran und warf ihr neugierige Blicke zu. Zeit zu verschwinden. Mit diesen Hippietypen hatte sie nichts am Hut. Leander achtete auf sein Äußeres, war stets gut gekleidet, die Haare nach der Mode geschnitten. Sie verließ den Park und beschloss, eine Flasche Mineralwasser zu kaufen. Ihre Trinkflasche war schon lange leer.

Auf dem Weg zum Drogeriemarkt traf sie Maik.

»Weißt du, wo Leander ist?«, fragte sie ihn.

Maik starrte sie an und wollte weitergehen. Da musste sie lachen. Er erkannte sie tatsächlich nicht mit ihrer neuen Frisur.

»Hey, ich bin's, Zoe«, sagte sie und amüsierte sich über das verdutzte Gesicht. Maik war ein Jahr älter als sie, aber immer ein bisschen schwer von Begriff. Auch jetzt starrte er sie unentwegt an und wollte es nicht glauben.

351

»Ich kenne keine Zoe«, sagte er. »Und auch keinen Leander.«

Er ging weiter, doch so einfach ließ sie sich nicht abwimmeln. Sie folgte Maik. Genau wie sie war er in Leanders Auftrag mit Pillen im Gepäck durch die Gegend gereist. So begriffsstutzig er auch war, Maik hatte sich offenbar noch nicht erwischen lassen, im Gegensatz zu ihr.

Auf einmal drehte er sich zu ihr um und packte sie am Arm, dass sie leise aufschrie.

»Wenn du so klug bist, wie du immer behauptet hast«, sagte er leise ganz nah vor ihrem Gesicht, »dann geh nach Hause und komm nie wieder.«

Er stieß sie fast von sich und rannte davon. Zoe rieb sich empört den Arm. Hatte der sie nicht mehr alle?

Sie brauchte ein paar Sekunden, bis sie sich wieder gefasst hatte. Dann blieb also nur eines. Warten, bis es dunkel wurde. In den Club würde Leander ganz sicher kommen.

17. Kapitel

Chantal

Das muss er sein«, sagte die Beamtin und wies auf den Bildschirm. Elke sah in das glatte Gesicht mit dem undefinierbaren Lächeln und den beiden unterschiedlichen Augen.

»Ja«, sagte sie. »Wer ist das?«

Die Beamtin warf Julia einen strengen Blick zu und schloss die Datei wieder.

»Das sind laufende Ermittlungen«, sagte sie. »Danke für Ihre Hilfe, aber jetzt sollten Sie wieder gehen.«

Elke glaubte, nicht recht zu hören.

»Wir müssen das Mädchen finden«, sagte sie. »Bevor irgendetwas passiert.«

»Wir tun, was wir können«, sagte die Frau, und Elke hätte sie am liebsten geohrfeigt.

»Komm«, sagte Julia leise und zog an ihrem Arm. Elke wollte gerade aufbegehren, als sie das Zwinkern in den Augen ihrer Schwester sah.

»Was ist?«, fragte sie unwillig, als sie draußen im Flur waren.

»Ich hab eine Idee«, sagte Julia und zog sie aus dem Gebäude.

Erst als sie im Golf saßen, sprach sie weiter:

»Lass uns diese Klassenkameradin von Zoe besuchen. Diese Chantal. Ich habe vorhin erfahren, dass sie morgen aus dem Krankenhaus entlassen wird. Also geht es ihr besser. Sie weiß mit Sicherheit, wo man diesen Leander treffen kann. Und das ist genau das, was Zoe vorhat.« Auf einmal schlug sie sich gegen die Stirn. »Oh Mist!«, rief sie.

»Was denn?«

»Jetzt haben wir das Foto nicht mehr.«

»Doch«, antwortete Elke und zog es aus ihrer Tasche.

»Du hast …?«

»Schließlich hab ich es auch gefunden«, gab Elke zurück. »Meinst du, ich lass es bei dieser wenig kooperativen Polizistin?«

Julia lachte und startete den Motor.

Krankenhäuser erfüllten Elke immer mit einem Gefühl der Beklemmung. Diesen bitteren Geruch nach Krankheit und Tod konnte sie nur schwer ertragen. Zum Glück schien Jule zu wissen, wo sie hinmussten. Selbst als eine Krankenschwester sie aufhalten wollte, fand sie die richtigen Worte.

»Wir sind Chantals Tanten«, behauptete sie, und schon war der Weg frei. Das Mädchen lag nicht in einem Bett, sondern saß in einem pinkfarbenen Jogginganzug im Flur vor einem bodentiefen Fenster.

»Hallo, Chantal.«

Das mollige Mädchen mit den rotblonden Haaren fuhr herum.

»Wer sind Sie?«

»Freundinnen von Zoe.«

Das Mädchen erschrak.

»Wie ... wie geht es ihr?«

»So genau wissen wir das nicht«, antwortete Julia und nahm auf einem der Stühle Platz. »Sie ist weggelaufen. Und wir befürchten, dass sie wieder zu Leander gegangen ist.«

Chantals Unterlippe begann zu zittern.

»Er hat sie immer lieber gemocht als mich«, flüsterte sie.

»Er hat dafür gesorgt, dass du sehr krank geworden bist«, wandte Julia ein. »Oder nicht?«

Das Mädchen drehte sich weg und sah wieder aus dem Fenster. Julia und Elke wechselten einen Blick.

»Du möchtest nicht, dass Zoe mit Leander zusammen ist?«, fragte Elke auf gut Glück.

»Nein«, antwortete Chantal und sah sie interessiert an. Offenbar hatte sie einen Nerv getroffen.

»Dann sag uns, wo sie ihn treffen könnte. Dann werden wir verhindern, dass die zwei zusammenkommen.«

Chantal wirkte verwirrt. Elke fragte sich, was das Nervengift bei ihr wohl verursacht hatte. Ob sie tatsächlich wieder gesund war? Oder ob sie bleibende Schäden von der Überdosis davontrug?

»Leander mag keine Verräter«, sagte Chantal.

»Er wird es nicht erfahren«, behauptete Julia.

»Das sagt auch die Polizei. Sind Sie von der Polizei?«

»Nein«, antwortete Julia. Doch Chantal wirkte misstrauisch.

»Du darfst morgen wieder nach Hause, stimmt's?«

Chantal lächelte Elke glücklich an.

»Wenn du uns hilfst, ist Zoe morgen schon nicht mehr in Freiburg.«

Das Mädchen schien nachzudenken. Eine Schwester kam und brachte Tabletten samt einem Becher Wasser.

»Lange können Sie nicht mehr bleiben«, sagte sie streng zu Elke und Julia. »Sie sollten sich bald verabschieden.«

Umständlich nahm Chantal eine Tablette nach der anderen aus dem winzigen Plastikbecher und steckte sie in den Mund. Elke sah ungeduldig zu, wie sie in kleinen Schlucken das Wasser trank. Sie warteten. Doch Chantal machte keine Anstalten zu antworten. Vielleicht hatte sie ihre Frage schon vergessen?

»Wenn es dir wieder so richtig gut geht«, wagte Elke einen neuerlichen Versuch, »wo gehst du dann hin, um deine Freunde zu treffen?«

»Ins Scharnako«, antwortete Chantal wie aus der Pistole geschossen.

»Weil da Leander auch hingeht?«

Chantal nickte glücklich.

»Dann wünschen wir dir eine gute Besserung«, sagte Julia und erhob sich erleichtert.

»Alles Gute, Chantal«, sagte Elke.

Unter den wachsamen Blicken der Schwester verließen sie die Station.

»Du bist ganz schön raffiniert«, sagte Julia, als sie wieder in ihrem Golf saßen. »Ich glaube, ich nehme dich künftig mit, wenn ich meine jungen Klienten befrage.«

»Oh nein«, antwortete Elke mit einem Lachen. »Ich bin froh, wenn ich wieder bei meinen Schafen bin.«

»Jetzt müssen wir rausfinden, wo das Scharnako ist«, sagte Julia zufrieden.

Doch Elke blieb nachdenklich. Das Gespräch mit Chantal hatte sie mitgenommen. Kaum auszudenken, wenn es Zoe ähnlich ergehen würde. Erinnerungen stiegen in ihr auf, während sie durch den Abend fuhren. Zoe mit Momo auf dem Arm auf der Weide. Gemeinsam mit Victor. Sie wollte nicht, dass ihr etwas zustieß. Dazu hatte sie Zoe viel zu gern.

»Hier«, sagte Phillip und sah vom Bildschirm auf. »Scharnako. Das ist eine Art Diskothek.« Er wies auf den digitalen Stadtplan.

»Was machen wir eigentlich, wenn wir Zoe dort finden?« Chris war wie immer praktisch denkend. »Entführen wir sie dann einfach? Ich meine, sie will ja dorthin. Sie ist bei Nacht und Nebel weggelaufen. Wollt ihr sie aus dem Club raustragen, oder wie stellt ihr euch das vor?«

Keiner wusste eine Antwort. Jeder von ihnen kannte Zoes widerspenstige Art, wenn etwas nicht nach ihrem Willen ging.

»Es wird sich ergeben«, sagte Elke schließlich. Sie dachte an Udo und Walter und wie sie die Schafe dazu brachten, ganz still zu halten, damit sie sie scheren konnten, und das keineswegs mit roher Gewalt. »Ich muss da rein.«

»In diese Diskothek?«

»Genau.«

»Dann komm ich mit.« Chris' Augen leuchteten. »Wir waren schon lange nicht mehr miteinander tanzen.«

Elke grinste.

»Dann müsst ihr euch aber anders anziehen«, riet Julia. »Mit diesem Hinterwäldler-Look lässt euch der Türsteher nicht rein.«

»Wie gut, dass ich immer noch meinen Koffer im Wagen habe«, schmunzelte Chris und ging, um ihn zu holen.

»Und ich?« Elke sah ratlos an sich herab.

»Du ziehst etwas von mir an«, beschloss Julia. »Komm mal mit hoch.«

»Wie?«, fragte Elke verblüfft. »Du wohnst hier schon?«

Auf einmal sah Julia verlegen aus.

»Nein, wohnen nicht. Aber ein paar Kleider hab ich schon mal hiergelassen.«

Zoe

Endlich war es so weit. Das Scharnako öffnete zwar bereits um einundzwanzig Uhr, aber vor zehn war da nichts los. Ihr Gepäck hatte sie in einem Schließfach am Bahnhof gelassen, dort auf der Toilette hatte sie sich geschminkt. Ob Leander ihr neuer Look gefallen würde?

Den Türsteher kannte sie nicht, doch der war kein Hindernis. Sie wusste von einem anderen Weg ins Innere des Clubs über die unauffällige Hintertür um die Ecke, durch die die Bar ihre Getränke anliefern ließ. Sie hatte Glück, sie war nicht abgeschlossen. Sie huschte am Lager vorbei durch eine weitere Tür, ein paar Stufen hinauf und in eine Art Durchgangskammer, die mit Putzgeräten vollgestellt war. Dort bemühte sie sich, keinen der Besen und Wischmopps umzuwerfen und nicht gegen einen Eimer zu treten. Sie erinnerte sich genau: Von hier ging es in einen weiteren Flur. Auf der linken Seite gelangte man in den Club, aus dem gedämpft Musik drang, vor allem die Schläge des Basses konnte Zoe über die Mauern und den Fußboden bis in ihrem Körper fühlen. Geradeaus befand sich hinter einer geriffelten Glastür eine

359

Art Büro. Leise öffnete sie die Tür der Putzkammer einen Spalt weit.

Stimmen drangen aus dem Raum gegenüber. Die Bürotür stand halb offen.

»Das ist zu wenig«, sagte eine tiefe Stimme, die Zoe einen Schauer über den Rücken jagte. Sie kannte diese Stimme. Aber woher?

Noch war Zeit umzukehren. Ein flaues Gefühl im Magen brachte sie beinahe dazu, den Rückweg anzutreten, raus aus dieser muffigen, nach Putzmitteln, abgestandenem Rauch und Bier stinkenden Höhle. Doch was dann? Wo sollte sie hin? Sie straffte sich und wog ihre Chancen ab, unerkannt in den Club zu gelangen. Da hörte sie Leanders Stimme.

»Wenn es euch nicht passt, dann …«

»Dann was?«

Die dunkle Stimme klang höhnisch. Und da wusste Zoe wieder, wo sie die gehört hatte. Auf dem Waldparkplatz. Von dem Motorradmann.

Hinter sich vernahm sie auf einmal erschreckend nah Gerumpel und das Geklirr von aneinanderschlagenden Flaschen. Jemand war im Getränkelager, der Rückweg also versperrt. Zoe holte tief Atem und schob die Tür der Putzkammer gerade so weit auf, dass sie hindurchschlüpfen konnte. Vorsichtig wie eine Katze schlich sie nach links. Hinter der Glastür des Büros sah sie dunkle Schemen. Einer erhob sich, doch da hatte Zoe schon die Klinke der schallgedämmten Tür gefunden und stand im nächsten Augenblick im Club.

Die Musik fuhr ihr in die Eingeweide, so laut war sie. Nach den stillen Wochen in den Bergen war es wie ein

Tritt in den Magen. Ein schwarzer Moltonvorhang bot Zoe zunächst einmal Schutz vor fremden Blicken und gewährte ihr Zeit, sich an das Ambiente zu gewöhnen. Und ihren Schreck zu überwinden, den ihr die Stimme des Motorradmanns eingejagt hatte.

Was wollte der von Leander?

Ihr Herz klopfte heftig. Sie sah sich um. Der Club war viel kleiner, als sie ihn in Erinnerung hatte. Und schäbiger. Die dunkelrot gestrichenen Wände waren abgestoßen, das sah sie trotz der schummrigen Beleuchtung. Die geschwungene, schwarz lackierte Theke wirkte ramponiert. Auf der Tanzfläche bewegten sich ein paar Gestalten unter dem zuckenden Licht, Zoe kannte keinen davon. Wo waren denn alle?

Sie zählte in Gedanken die Namen ihrer früheren Freunde auf und merkte, dass sie keinen einzigen vermisst hatte. Sie war wegen Leander hier. Sollte sie einfach zurück ins Büro gehen und sich hinter ihn stellen, ganz egal, was dieser Motorradmann und seine Kumpel von ihm wollten? Wäre das nicht mutig? Oder eher dumm?

Ein Schwung neuer Gäste kam, darunter war niemand, den sie kannte. An der Theke standen ein paar ältere Leute, Üʒo, wie Barfrau Britt sie nannte, sie drehten ihr den Rücken zu und schienen den Eingang zu beobachten. Hatte der eine nicht Ähnlichkeit mit Chris? Ach was, sie sah schon Gespenster.

Zoe gab sich einen Ruck und löste sich von dem schwarzen Vorhang, ging zur Bar, bestellte eine Cola mit Schuss und bezahlte mit ihrem letzten Geld. Britt erkannte sie nicht. Oder tat sie nur so?

Mit dem Drink in der Hand fühlte sie sich schon etwas weniger fehl am Platz. Sie setzte sich in eine dunkle Ecke und starrte auf den schwarzen Vorhang, wartete ungeduldig, dass Leander endlich auftauchte. Doch er kam nicht. Die Tanzfläche füllte sich, und schließlich hielt sie es nicht mehr aus auf ihrem Platz. Besser, zwischen den zuckenden Leibern zu verschwinden, als allein herumzuhocken. Sie ging zu den anderen unter das Stroboskoplicht und begann ebenfalls zu tanzen.

Eine Zeit lang verschmolz sie mit den Rhythmen, und das lästige Denken hörte auf. Als sie die Augen hob, sah sie ihn auf einmal für einen kurzen Moment, ehe die Tanzenden ihn wieder verdeckten. Leander. An der Bar. Ganz am Ende, nahe der Wand, dort, wo er immer stand. Er lachte, und das wechselnde Licht färbte seine Zähne mal golden, mal pink, dann wieder violett. Er beugte sich zu einem Mädchen, zog es zu sich heran und küsste es.

»Hey, pass doch auf!«

Sie war stehen geblieben und ein Hindernis für die anderen geworden. Auf einmal blendete sie das Scheinwerferlicht, und sie wäre fast gestolpert, als sie die Tanzfläche verließ. In ihrem Kopf drehte sich ein Kreisel, als sie sich zur Bar durchkämpfte und schließlich dicht hinter Leanders Rücken einen Platz eroberte, dort, wo die Bar endete.

»Du und ich gegen den Rest der Welt«, sagte er zu dem Mädchen, das ihn aus verzückten Augen anhimmelte. Es hatte lange Haare, die ihr glatt und glänzend über den Rücken fielen. »Du und ich, wir gehören zusammen. Ganz egal, was passiert.« Das Mädchen strahlte. Es war hübsch, höchstens vierzehn, schätzte Zoe. Und auf einmal verschwamm das Gesicht des Mädchens mit ihrem eigenen, Zoe sah sich selbst an seiner Stelle. Wie lange war das her? Ein Jahrhundert? Oder wirklich erst ein halbes Jahr?

Zuerst fühlte sie nichts. Dann ein großes Loch dort, wo einmal ihr Herz gewesen war. Schließlich folgte Ernüchterung. Und die Erkenntnis, wie sehr sie sich in ihm getäuscht hatte. Er hatte sie benutzt, nicht geliebt. All der Ärger, den sie in den vergangenen Monaten durchgestanden hatte, fußte auf einer Selbstlüge. Sie sah, wie Leanders Hand wie zufällig über die Brust des Mädchens fuhr, sodass es den Atem anhielt und kurz die Augen schloss.

»Hallo, Leander«, sagte sie dicht hinter ihm. Er reagierte nicht, nur das Mädchen, das starrte sie an, empört, dass sie es wagte zu stören. »Das hat er auch zu mir gesagt«, erklärte Zoe über Leanders Schulter hinweg. Er wandte halb den Kopf und warf ihr aus den Augenwinkeln einen Blick zu, so als wäre sie ein lästiges Insekt.

»Hau ab«, sagte er.

»Ich bin Zoe«, sagte sie. »Und ich werde nicht abhauen. Hast du mich schon vergessen?« Und zu dem Mädchen gewandt, fügte sie hinzu: »Demnächst wird er dich bitten, für ihn etwas über die Grenze zu bringen. Oder in eine andere Stadt. Ich kann dir nur raten, es nicht zu tun.«

Als er zu ihr herumfuhr, sah sie blanke Wut in Leanders Augen aufblitzen.

363

»Verschwinde!«, zischte er. »Geh dorthin zurück, wo du dich verkrochen hast, Versagerin!«

Mit einem Schlag wurde es taghell im Club. Die Musik erstarb.

»Polizeikontrolle«, hallte eine Stimme durch den Raum. »Jeder bleibt an seinem Platz.«

Leander schnellte von der Bar weg und sprintete durch den Raum zu der Tür hinter dem schwarzen Vorhang, doch ehe er ihn erreichte, wurde der Stoff beiseitegeschoben, und zwei Polizisten nahmen Leander in Empfang.

Zoe duckte sich, schlüpfte durch einen schmalen Zwischenraum zwischen Wand und Theke hinter die Bar und verschwand durch die Tür in Richtung Getränkelager. Was für ein Idiot Leander doch war, durch den gesamten Club zu sprinten, wo es hier viel kürzer nach draußen war, dachte sie, als sie zwischen den Getränkekisten zum Hinterausgang hetzte. Dort prallte sie gegen einen massiven weichen Körper.

»Na, wen haben wir denn da?«

Der dicke Polizist schien es ehrlich zu bedauern, als er ihr routiniert, und ohne ihr mehr wehzutun als notwendig, den Arm auf den Rücken drehte und die Handschellen schloss. Blinkende Lichter erleuchteten die Gasse, ein Polizeiauto reihte sich an das nächste. Während der Beamte sie zu einer Limousine führte, erkannte Zoe etwas weiter zur Straße hin die Motorradmänner, die einer nach dem anderen in Polizeiautos geschoben wurden.

Jetzt ist alles aus, dachte Zoe, als der Polizist mit seiner Pranke ihren Kopf nach unten drückte, damit sie sich beim Einsteigen nicht am Autodach stieß. In der Schweiz war man längst nicht so fürsorglich mit ihr umgegangen. Mit Grauen dachte Zoe daran, was nun auf sie wartete. Verhöre. Stundenlanges Warten. Man würde ihre Akte finden. Und alles würde von vorn beginnen.

Sie schloss die Augen und sah Elkes Herde vor sich. Und Victor, der eifrig um sie herumlief. Wie in einer fernen Welt, die für sie nun für immer verschlossen bleiben würde.

18. Kapitel

Ein Ende und ein Anfang

Verdammt, wo ist sie hin?« Julia starrte auf die Stelle an der Bar, wo Zoe eben noch gestanden hatte. Sie hatten auf eine Gelegenheit gewartet, viel zu lange, wie ihnen jetzt klar wurde. Von dem Zugriff der Polizei hatte sie keine Ahnung gehabt. Und jetzt war Zoe weg. »Sie kann doch nicht vom Erdboden …«

»Sie ist hinter die Bar geschlüpft und dann dahinten raus«, unterbrach Elke sie, die sich in Lücken zwischen Weidezäunen auskannte. »Komm, lass uns draußen nach ihr …«

Doch zuerst mussten sie sich alle selbst ausweisen. Julia versuchte, den Beamten, die sie kontrollierten, ihre Funktion zu erklären, doch keiner hörte ihr zu. Endlich ließ man sie gehen.

Die ersten Polizeiwagen fuhren bereits los. In einem erkannten sie Leander.

»Dort ist sie«, rief Phillip, »dort hinten«, und rannte zu dem übernächsten Polizeiwagen. Tatsächlich, Zoe saß im Fond und starrte vor sich hin. Todesmutig stellte sich Phillip vor das Fahrzeug und breitete die Arme aus, um es am Wegfahren zu hindern.

»Das ist meine Tochter«, rief er dem Beamten zu, der mit drohender Miene aus dem Wagen stieg. »Das Ganze ist ein … ein Versehen. Wir sind gemeinsam hergekommen. Aber plötzlich bekam sie wohl Angst und lief weg.«

Julia stellte sich neben ihn und sprach auf den Polizisten ein, während Elke Blickkontakt zu Zoe aufzunehmen versuchte. Doch das Mädchen starrte völlig entgeistert durch die Windschutzscheibe nach vorn zu ihrem Vater, als hätte sie eine Erscheinung.

Hinter ihnen begann es zu hupen. Der Polizist mit dem Bauchansatz sah sich Phillips Ausweis an, verglich ihn mit Zoes.

»Was ist?«, rief ein Kollege ihm von hinten zu. »Brauchst du Hilfe?«

»Nein«, rief der Beamte zurück.

»Dann fahr endlich los!«

»Wenn es sein muss«, sagte Phillip entschlossen, »dann komme ich mit auf die Wache.«

»Wir kommen alle mit«, erklärte Julia.

Von hinten näherten sich zwei wütend aussehende Polizisten.

»Hören Sie«, mischte Chris sich nun ein und zückte seinen Dienstausweis. »Im Grunde sind wir Kollegen. Wir sind alle zusammen mit dem Mädchen hier. Bitte lassen Sie Zoe gehen. Was auch immer Sie suchen, bei ihr finden Sie nichts.«

Der Polizist sah von Phillip zu Chris, von Julia zu Elke. Dann zu seinen Kollegen, die nur noch eine Autolänge entfernt waren. Sie wirkten sauer. Offenbar nervte der dicke Polizist sie schon lange.

»Na schön«, sagte er und riss die Fahrzeugtür auf. »Raus mit dir!« Zoe sah so aus, als wollte sie etwas sagen, doch Elke schüttelte stumm den Kopf. Also hielt sie den Mund, ließ sich von dem Polizisten aus dem Wagen ziehen und die Handschellen lösen.

Eine Stunde später saßen sie gemeinsam in Phillips Wohnzimmer. Zoe hielt eine Tasse Kakao in beiden Händen, die bedenklich zitterten.

»Was habt ihr denn im Club gemacht?«, fragte sie schließlich.

»Nach dir schauen«, sagte Elke und grinste sie an.

»Und woher wusstet ihr ...«

»Intuition«, behauptete Julia.

Elke warf ihr einen strafenden Blick zu.

»Ich denke, wir sollten von nun alle vollkommen offen und ehrlich miteinander sein«, sagte sie und sah Zoe an. »Wir haben Chantal besucht.«

»Und sie hat es verraten?« Zoe schien es kaum glauben zu können.

»Nicht direkt.« Elke warf ihrer Schwester einen verschwörerischen Blick zu. »Aber wir haben es aus ihr herausgefragt, wenn du so willst. Sie wollte Leander auf keinen Fall verraten. Aber sie wollte auch nicht, dass du wieder mit ihm zusammen bist.«

Zoe lächelte freudlos und stieß die Luft aus.

»Dieser Bastard«, sagte sie und betrachtete ihren Kakaobecher. »Er hatte uns alle im Griff.«

Keiner sagte etwas. Phillip wirkte einfach nur unendlich erleichtert und konnte den Blick nicht von seiner Tochter abwenden. Wie Gretel, nachdem Beppo und Momo nach ausgelassenem Spiel wieder bei ihr sind, dachte Elke.

»Da ist noch etwas«, sagte Elke und zog das Foto aus der Tasche, auf dem Zoe mit Leander zu sehen war. »Das hab ich mir ausgeliehen.« Sie reichte Zoe das Bild.

Die funkelte sie wütend an.

»Du hast in meinem Zimmer rumgeschnüffelt?«

Elke nickte.

»So wie du in meinem. Aber du musst verstehen, dass ich es aus Sorge um dich getan habe, nicht aus Neugier.«

Zoes Wangen waren noch immer gerötet vor Empörung. Dann starrte sie auf das Foto. Im nächsten Moment zerriss sie es in kleine Stücke. »Woher hast du gewusst …«

»Wo du es versteckt hast?«, half Elke nach. »Denk mal nach, vielleicht kommst du selbst darauf.« Zoe zog die Stirn kraus. Dann wurde sie rot. Offenbar erinnerte sie sich an das Bild hinter dem Bild in Elkes Zimmer.

»Moment mal«, mischte Julia sich ein. »Was habt ihr denn da für Geheimnisse miteinander?«

»Geheimnisse eben«, antwortete Elke. »Nicht wahr, Zoe?« Und als diese zaghaft grinste, fuhr sie fort. »Aber ihr zwei«, sagte sie zu Julia und Phillip. »Habt ihr Zoe nicht auch etwas zu erklären?«

Julia räusperte sich.

»Dein Vater und ich …«, begann sie, doch Zoe unterbrach sie.

»Ich weiß, dass ihr etwas miteinander habt«, sagte

sie mürrisch. »Du hast nur so getan, als ginge es dir um mich. In Wirklichkeit hattest du es auf meinen Vater abgesehen.«

»Zoe!«, rief Phillip entsetzt.

»Das ist nicht ganz richtig«, antwortete Julia. »Als ich mich für deinen Fall eingesetzt habe, kannte ich Phillip ja noch gar nicht. Erst als ich die Idee hatte, dich bei Elke unterzubringen, habe ich deinen Vater aufgesucht, um es mit ihm zu besprechen. Ohne sein Einverständnis wäre es nicht gegangen. Und dann … nun ja. Wir haben uns sofort ineinander verliebt.«

»Ja, so war es.« Phillip rang die Hände und erinnerte Elke wieder daran, wie sie ihm zum ersten Mal auf der Weide begegnet war. Hilflos und voll schlechtem Gewissen.

»Bist du deswegen weggelaufen?«

Zoe sah Elke trotzig an.

»Und du, du hast Geld dafür genommen, dass du nett zu mir warst!«

Elke stutzte.

»Stimmt!«, sagte sie dann. »Das hab ich ganz vergessen. Wie viel war das noch mal pro Monat, Julia?«

»Bärbel hat davon eine Sondertilgung von unserer Hypothek gemacht, um diesen Leiermann von der Bank zu beruhigen. Damit haben wir den Lämmerhof gerettet«, sagte Julia in Zoes Richtung. »Aber weißt du, Zoe, meiner Schwester ging es nie ums Geld, leider. Die Wahrheit ist aber auch nicht schön: Elke wollte dich nämlich überhaupt nicht aufnehmen, mit oder ohne Geld.«

Elke überlegte einen Moment.

»Zoe hat recht«, sagte sie schließlich. »Ich finde, das Geld sollte sie bekommen. Anfangs hast du dich zwar wahrlich stur angestellt. Aber dann hast du mir bei der Weidearbeit sehr geholfen.«

»Aber, Elke ...«

»Nein«, unterbrach sie ihre Schwester. »Mir würde das an Zoes Stelle auch gegen den Strich gehen.«

»Weil du und Zoe dieselben Sturköpfe seid!«, rief Julia ungehalten aus.

Kurz war es mucksmäuschenstill im Raum. Dann begann Zoe leise zu lachen.

»Wisst ihr, wie ihr ausseht, wenn ihr euch streitet?«, fragte sie. »Wie Annabell und Fabiola, kurz bevor sie aufeinander losgehen.«

»Wie dem auch sei«, sagte Julia ein wenig beleidigt, »die Bank hat inzwischen das Geld. Und sie gibt es dir ganz sicher nicht zurück.«

»Ich hab nicht gewusst, dass ihr Schulden habt«, sagte Zoe leise.

»Ja, und Elke ist so stur und weigert sich, Tiere zum Schlachten zu verkaufen.« Julia war noch immer zornig.

»Das soll sie auch nicht«, erklärte Zoe entschlossen. »Kein Lamm oder Schaf soll sterben müssen. Es muss doch irgendwie anders möglich sein, Elke zu helfen.«

»Ich hab da eine Idee«, meldete sich Phillip. »Schon seit einiger Zeit tüftle ich daran herum, seit ich bei euch auf der Weide war. Wie wäre es, wenn wir gemeinsam ein Spiel entwickeln. Ein Computerspiel.«

Zoe stöhnte und verdrehte genervt die Augen.

»Papa«, beschwerte sie sich. »Musst du immer und in jedem Augenblick mit diesem Quatsch anfangen?«

»Jetzt lass ihn doch erst mal ausreden«, meinte Chris, der bislang geschwiegen hatte. »Ideen sind dazu da, dass man sie sich anhört und überlegt, ob sie etwas taugen. Was wolltest du uns erzählen, Phillip?«

»Ich dachte an ein Spiel, bei dem die Spieler quasi selbst Schäfer werden und eine eigene Herde zusammenstellen. Und die müssen sie wie ein Unternehmen führen. Die Aufgabe ist, so viele Schafe wie möglich zu haben und mit ihnen über eine bestimmte Weideroute zu ziehen, mit wachsenden Schwierigkeitsgraden. Dabei könnten sie eine Menge über die Umwelt lernen, über das Wetter zum Beispiel, denn es könnten Stürme aufziehen. Und über die Pflanzen und die anderen Tiere des Waldes.«

»Ja, das klingt spannend«, meinte Julia, deren Interesse geweckt war.

»Sie haben natürlich auch Hunde und müssen die trainieren«, fuhr Phillip fort, und seine Wangen röteten sich vor Begeisterung. »Und sie müssen sich Gefahren stellen. Wölfen zum Beispiel. Oder den Folgen des Klimawandels.«

Nun war auch Zoe interessiert.

»Aber du kennst dich doch mit der Schäferei überhaupt nicht aus«, wandte sie kritisch ein.

Phillip nickte ernst.

»Genau«, sagte er. »Deshalb bräuchte ich eine Beraterin. Ich habe an dich gedacht, Elke. Wir können das Konzept nur gemeinsam entwickeln, weil ich, wie Zoe richtig sagt, keine Ahnung von den Einzelheiten habe. Dafür würde ich dich für die Zeit, die du investierst, bezahlen und außerdem natürlich am Gewinn des Spiels beteiligen. Ich bin jetzt schon sicher, dass das einschlagen wird.«

»Ein Spiel«, sagte Elke nachdenklich und wirkte ein wenig verwirrt. »Das ist so gar nicht meine Welt.«

»Aber meine«, ermutigte Phillip sie.

»Ich finde, das klingt spannend«, sagte Chris. »Damit könnte man das Wissen um die Erhaltung unserer Natur denen nahebringen, die ohnehin nicht mehr von den Videospielkonsolen wegzukriegen sind.«

»Ich überleg es mir«, sagte Elke ernst. »Du kannst mir ja bei Gelegenheit mehr davon erzählen. Aber ich fürchte, ich sollte jetzt dringend zurück zu meiner wirklichen Herde. Morgen müssen wir wieder weiterziehen, wenn ich nicht will, dass meine Schafe verhungern.«

Sie erhob sich, Zoe ebenfalls.

»Ich komme mit«, sagte sie entschlossen.

»Wirklich?«, fragte Elke. »Wieso bist du dann überhaupt weggelaufen?«

Einen Moment lang wirkte Zoe trotzig. Dann entspannte sie sich wieder.

»Weil ich blöd war«, sagte sie schlicht.

»Nein«, wandte Julia ein. »Du warst verliebt. Stimmt's? Wenn man jemanden liebt, tut man die unverständlichsten Dinge.«

Elke sah, wie Zoe einen inneren Kampf mit sich ausfocht. Schließlich blickte sie Julia in die Augen.

»Du meinst, so wie du und mein Vater?«

Julia setzte ein schiefes Grinsen auf und nickte.

»Kannst du uns verzeihen, dass wir es dir nicht gleich gesagt haben?«

Zoe zögerte kurz. Dann nickte sie.

»Ist schon in Ordnung«, meinte sie. »Aber Mama werde ich nie zu dir sagen. Schmink dir das gleich von vorneherein ab.«

Julia lachte.

»Da bin ich aber erleichtert«, sagte sie. »Sag einfach Julia zu mir. Das reicht vollkommen.«

»Willst du nicht doch bleiben?«, fragte Phillip seine Tochter mit einem Anflug von Traurigkeit.

Doch Zoe schüttelte den Kopf.

»Am liebsten möchte ich in Zukunft auf dem Lämmerhof wohnen«, sagte sie. »Ich komm dich aber gern besuchen, Papa. Nur die Stadt … Ich fühl mich hier nicht mehr wohl.«

»Und die Schule?«

Elke sah ihre Schwester amüsiert an.

»Wie meinst du das?«, fragte sie. »Wir sind doch schließlich auch zur Schule gegangen. Im Tal gibt es ein Gymnasium.«

»Und wie soll sie dahin kommen?«

»Ich könnte den Mofa-Führerschein machen«, warf Zoe ein. »Ich will ohnehin nicht mehr zurück an meine alte Schule.«

»Erst müssen wir Bärbel fragen.« Julia wirkte nicht recht zufrieden.

»Klar müssen wir das.« Elke grinste. »Aber ich weiß jetzt schon, wie ihre Antwort ausfallen wird.«

Julia schüttelte staunend den Kopf.

»Kaum zu glauben, dass du dich mit Händen und Füßen gewehrt hast, als ich damals mit der Idee ankam …«

»Das ist Schnee von gestern«, unterbrach Elke ihre

Schwester. »Wenn du wirklich bei uns leben willst, Zoe, hab ich nichts dagegen, solange du dich an die Regeln hältst.«

Zoe verzog das Gesicht.

»Die Hundert-Meter-Regel?«

Elke lachte schallend.

»Nun ja, die können wir vielleicht etwas erweitern.« Dann wurde sie ernst. »Wir reden später drüber, zusammen mit Bärbel. Aber Regeln sind wichtig, wenn man zusammenleben möchte. Du musst zum Beispiel lernen, dass es keine Lösung ist, einfach abzuhauen, wenn dir etwas nicht passt. Sprich mit uns, wenn dich etwas stört. Das ist die erste Regel, auf die ich bestehe. Denn wenn du noch ein weiteres Mal abhaust wie letzte Nacht, kannst du nicht mehr auf dem Lämmerhof wohnen. Ist das klar?«

Phillip sog scharf die Luft ein, und auch Julia wirkte alarmiert. Doch Zoe sah Elke offen an und nickte.

»Ja«, sagte sie. »Ist klar.«

Elke grinste.

»Wunderbar. Aber jetzt muss ich unbedingt ins Bett. Und wenn ich dich so ansehe, dann geht es dir nicht anders. Hast du vergangene Nacht überhaupt geschlafen, Zoe?«

Es war weit nach Mitternacht, als sie in Chris' Ford die Ausläufer des Mittelgebirges erklommen und schließlich die berühmte Schwarzwaldhochstraße erreichten. Wie im Traum glitt das Mummelsee-Hotel mit seinen ausgedehnten Parkplätzen an ihnen vorüber, während Elke mit dem Schlaf kämpfte. Chris legte seine Hand auf die ihre und warf ihr einen kurzen zärtlichen Blick zu. Jetzt wird alles gut, schien er zu sagen.

Sie erwiderte den Druck seiner Finger, und eine riesige Erleichterung machte sich in ihr breit.

Im Lämmerhof brannte noch Licht. Eine Gestalt trat aus der Tür, als sie in den Hof fuhren. Zoe rannte auf sie zu, und Bärbel schloss sie fest in die Arme.

»Maidle«, sagte sie nur. »Gut, dass du wieder zu Hause bist.«

Elke und Chris wechselten einen Blick.

»Darf ich heute bei dir übernachten?«, fragte Chris mit einem Lächeln.

»Ich bestehe darauf«, sagte Elke und schlang den Arm um seine Hüfte. »Ich lass dich ohnehin nicht wieder weg.«

Der Himmel schimmerte in zartem Perlmutt, als sie und Chris am nächsten Morgen gemeinsam zur Herde fuhren. Sie hatten beschlossen, Zoe ausschlafen zu lassen. Die Weide duftete nach feuchtem Gras und den wilden Himbeeren, die am Rand der Grindenwiesen reiften. Victor war völlig aus dem Häuschen, als er sie begrüßte. Die Schafe wirkten unternehmungslustig, so als wüssten sie, dass sie an diesem Tag weiterziehen würden und dass die unberührte Wiese, die auf sie wartete, eine der saftigsten des gesamten Jahres war.

»Ich könnte die Passage leicht mit den Hunden allein bewältigen«, sagte Elke. »Musst du dich nicht mal wieder bei Karl im Naturschutzzentrum blicken lassen?«

»Das reicht heute Mittag noch.« Chris schob seinen

Hut in den Nacken und blinzelte in die Morgensonne, die ihre goldenen Strahlen zwischen den hohen Tannen hindurchschickte. Dann half er Elke, den Zaun zu öffnen und auf dem Pick-up zu verstauen.

»Hooo«, rief Elke und gab den Hunden die gewohnten Instruktionen. Moira folgte wie immer als Erste, mit ihr setzte sich der Kopf der Herde und dann der Rest in Bewegung auf die breite Schneise zu, die sanft hügelaufwärts führte. Victor, Strega und Achill flogen nur so an den Flanken der Herde entlang, stießen immer wieder zu ihrer Schäferin, um sich Lob und eine kurze Liebkosung abzuholen, dann widmeten sie sich erneut hoch motiviert ihrer Arbeit.

Als sie bereits ein gutes Stück des Hangs erklommen hatten, sah Elke zurück. Hinter der wogenden Masse aus Tierleibern kam Chris ins Blickfeld. Glück wallte in ihr auf, Zärtlichkeit und eine Erleichterung, wie sie sie schon seit Jahren nicht mehr gefühlt hatte. Bei dem Gedanken, dass er vor zwei Tagen noch um ein Haar für immer gegangen wäre, wurde ihr heiß und kalt vor nachträglichem Schreck. Gretel holte zu ihr auf und rieb zärtlich den Kopf an ihrem Oberschenkel. Momo und Beppo waren zu zwei ansehnlichen Lämmern herangewachsen. Nein, sagte Elke sich, während sie ihren Schäferstab fest in die Hand nahm und zügig voranschritt, um ihre Herde weiterzuführen. Nie wieder würde sie ihren Stolz überhandnehmen lassen und Chris ihre Gefühle verheimlichen. Dafür war das Leben und vor allem das Lieben viel zu schön.

Danksagung

Diese Geschichte zu schreiben war mir eine echte Herzensangelegenheit. Im Schwarzwald aufgewachsen und nach Jahren »in der Fremde« wieder zu meinen Wurzeln zurückgekehrt, ist mir klar geworden, welch ein großer Reichtum diese Landschaft darstellt, und gleichzeitig, wie gefährdet sie heute ist. Ich bewundere alle, die sich für die Erhaltung unserer Umwelt einsetzen, und dazu zählen vor allem auch jene Menschen, die dort leben und, von der Öffentlichkeit meist unbemerkt, einen wichtigen Beitrag dazu liefern. Man kann ihnen nicht genug danken.

Auch wenn Elkes Geschichte frei erfunden ist, so hat mich doch eine Frau dazu inspiriert, eine moderne Schäferin zur Heldin eines Romans zu machen, und das ist Ute Svensson-Müller, der ich an dieser Stelle sehr herzlich dafür danken möchte. Der Dokumentarfilm von den Filmemachern Kay Gerdes und Jess Hansen über den Wanderschäfer John Kimmel *Mit 1000 Schafen unterwegs* war mir ebenfalls eine wertvolle Informationsquelle über das Leben als Wanderschäfer.

Um die Geschichte so authentisch wie möglich zu erzählen, bin ich selbst auf Wanderschaft gegangen und habe die Welt der Grinden mit ihrer Flora und Fauna hautnah erforscht. Wichtige Informationsquellen wurden für mich darüber hinaus die Publikationen des Nationalparks Nordschwarzwald sowie die beiden wunderschönen Bücher *Der Grindenschwarzwald*, herausgegeben vom Naturschutzzentrum Ruhestein & pk-Verlag, und 100 *Jahre Bannwald Wilder See*, Band 85 der Schriftenreihe FostBW, um nur die wichtigsten zu nennen.

Alles über die Käserei erfuhr ich von den Sennern auf der Alp von Gorda im Tessin – mille grazie. Frau Vogertshofer von der Firma Heiniger Schuranlagen beantwortete mir geduldig all meine Fragen rund um die Schur auf der Weide, herzlichen Dank dafür. Und Sabine Hinterberger berichtete mir von ihren Erfahrungen mit straffällig gewordenen Jugendlichen, was ausgesprochen hilfreich war, danke!

Hilfreich war auch das Arbeitsstipendium des Förderkreises deutscher Schriftsteller in Baden-Württemberg, das ich für die Arbeit an dem Manuskript erhielt.

Danken möchte ich außerdem meiner fabelhaften Agentin Petra Hermanns, die alle Phasen des »Schäfchen-Romans«, wie wir ihn lange nannten, begleitete. Anja Franzen vom Verlag Blanvalet danke ich für ihr Vertrauen in und die Begeisterung für die Geschichte. Und Angela Kuepper danke ich für das so einfühlsame wie sorgfältige Lektorat.

Daniel Oliver Bachmann, meinem wundervollen Begleiter nicht nur während der Wanderungen auf den Schwarzwaldgrinden, danke ich von Herzen für das Teilen seines immensen Wissens über die Natur und deren Bedrohung. Jede meiner Geschichten trägt deine Spuren. Dafür meinen großen Dank.

Wenn die Heide Blüten trägt, ist es Zeit, nach Hause zurückzukehren!

416 Seiten. ISBN 978-3-7341-0653-8

Gerade hat Maklerin Emma ihre Scheidung hinter sich gebracht, da hat das Leben schon eine neue Herausforderung parat: Sie soll eine Pension in der Lüneburger Heide aufkaufen. Eigentlich ein Klacks für die 36-Jährige, wäre da nicht ein Haken: Das Gebäude steht in Emmas Heimatort – und gehört ihrer Jugendliebe Mark. Widerwillig reist Emma zurück nach Hause und wird mit alten Gefühlen konfrontiert. Und dann lernt sie auch noch Pferdewirt Leo kennen, zu dem sie eine besondere Verbindung spürt. Inmitten der idyllischen Heidelandschaft muss sich Emma nun die Frage stellen, was – und vor allem wer – ihr im Leben wirklich wichtig ist.

Lesen Sie mehr unter: **www.blanvalet.de**

Komm, tanz mit mir ins Glück!

304 Seiten. ISBN 978-3-7341-0553-1

»Kostenloses Wohnen auf dem Bauernhof. Gegenleistung: Unterstützung unseres noch rüstigen Onkels Alfred.« Als Romy den Aushang im Supermarkt entdeckt, scheint das die Lösung all ihrer Probleme zu sein, denn die Singlemama aus München hofft auf einen Neuanfang auf dem Land. Alfred ist zwar wenig begeistert, doch nach anfänglichen Schwierigkeiten entsteht eine ganz besondere Freundschaft zwischen Romy und ihm. Zusammen entwickeln sie dann auch eine Geschäftsidee, die dem Hof finanziell auf die Beine helfen soll – unterstützt durch Hannes, der Romy nicht gerade kalt lässt. Doch dann taucht der Vater ihres Sohnes auf und stürzt Romy in ein Gefühlschaos.

Lesen Sie mehr unter: **www.blanvalet.de**

Bücherwurm trifft Bienenflüsterer – und vielleicht wartet hinter der nächsten Ecke auch die Liebe …

384 Seiten. ISBN 978-3-7341-0792-4

Die Buchhändlerin und überzeugte Großstädterin Josefine liebt ihren Beruf – zum Glück, für Urlaub hat sie ohnehin keine Zeit. Und ihre schönsten Ferien bei ihrer Tante Hilde in der Rhön verblassen langsam zu nostalgischen Erinnerungen – genauso wie der Gedanke an die ganz besondere Mission, mit der ihre Tante ihre Buchhandlung führte. Doch dann hinterlässt ihre Tante Josefine ein Erbe, das sie zurück in diese wunderschöne ländliche Gegend katapultiert, in der sie jemanden wiedertrifft, der ihr Herz schon als Kind berührt hat. Es ist der junge Imker Johannes, mit dem sie über ihre Tante auf schicksalhafte Weise verbunden ist …

Lesen Sie mehr unter: **www.blanvalet.de**